ullstein

Das Buch

Die kleine französische Stadt Albi erblüht zu Beginn des 15. Jahrhunderts in den Farben des besten aller Färber: Die prächtigen Stoffe des Rotfärbers Lucas Terrefort sind begehrt im ganzen Land – selbst Adlige und Könige buhlen um die Gunst, seine Farben tragen zu dürfen. Lucas' ganzer Stolz ist sein Sohn Simon, der das Talent seines Vaters geerbt hat. Es scheint, als würde er einmal das Erbe seines Vaters antreten – spricht nicht auch der weinrote Fleck, den er seit seiner Geburt im Gesicht trägt, für seine Bestimmung als Rotfärber?

Doch Simon ist von früher Jugend an von der verzehrenden Leidenschaft für die Farbe Blau erfüllt, die schönste und edelste aller Farben, die Farbe des Himmels und des Meeres. Nur diese eine will er schaffen, die Farbe seiner Träume. Für sie riskiert Simon alles – die Liebe und sein Leben ...

Ein sinnlicher, außergewöhnlicher Roman über die wundersame Geschichte der Farbe Blau, die zu Beginn der Renaissance die Welt eroberte.

Der Autor

Olivier Bleys, 1970 in Lyon geboren, hat in Paris studiert. Die Suche nach der Farbe Blau hat ihn in mehrere Länder geführt: vom Südwesten Frankreichs bis nach Marokko, in die Türkei und nach Mali. *Die Blaufärber* ist sein dritter Roman und eine Hommage an die traditionelle Handwerkskunst. Olivier Bleys lebt heute als freier Schriftsteller und Webdesigner in Paris.

Von Olivier Bleys ist in unserem Hause bereits erschienen:

Das Phantom des Eiffelturms

Olivier Bleys

Die Blaufärber

Historischer Roman

Aus dem Französischen
von Claudia Steinitz

Ullstein

Besuchen Sie uns im Internet:
www.ullstein-taschenbuch.de

Umwelthinweis:
Dieses Buch wurde auf chlor- und säurefreiem Papier gedruckt.

Ungekürzte Ausgabe im Ullstein Taschenbuch
1. Auflage November 2007

Titel der französischen Originalausgabe: *Pastel* (Éditions Gallimard, Paris)
Umschlaggestaltung: HildenDesign, München
Titelabbildung: Caravaggio, The Conversion of the Magdalen/
© The Detroit Institute of Arts, USA/Bridgeman Art Library
Druck und Bindearbeiten: Ebner & Spiegel, Ulm
Printed in Germany
ISBN 978-3-548-26578-0

Für Valérie M., eine Katze in unserer Mitte

So wie Gelb immer ein Licht
mit sich führt, so kann man
sagen, dass Blau immer etwas
Dunkles mit sich führe.

GOETHE
Farbenlehre

1

Schon immer hatte Simon eine große Leidenschaft für die Farbe.

Einige behaupteten, sie sei im Leib seiner Mutter Éléonore, der Gattin eines berühmten Färbers, entflammt: Glaubte man ihnen, so hatten die bunten Kleider, die an sonnigen Tagen den nackten Bauch der jungen Albigenserin umhüllten, das Kind gleichsam in einem Meer von Farben gebadet, in die sich sein erwachendes Auge vernarrte.

Ein Heilkundiger ging noch weiter und behauptete gar, es sei in Simons Blut etwas von den Pigmenten gelangt, die man bei der Färberei verwandte – jenen zerriebenen oder gekochten Pflanzen und zerstampften Wurzeln, deren Spuren Éléonores Hände so dauerhaft bewahrten, dass man die Färberfrau das *Mädchen mit den Regenbogenfingern* nannte.

Gleichwie die Erklärungen lauteten, Simon war bei seiner Geburt am zweiten Mai 1423 mit einem beachtlichen Feuermal von der Größe eines Eichenblatts geschlagen. Überall verbreitete sich das Gerücht, das Kind sei »von der Farbe gezeichnet« zur Welt gekommen.

»Herr im Himmel, das Gesicht des Kleinen ist ja ganz gefleckt!«, riefen die Matronen, als sie das Neugeborene in einem Holzzuber badeten. »Wie ein Tuch, das beim Färben Falten hatte«, mischte sich ein Lehrjunge ein, der sogleich eine gewaltige Maulschelle erhielt.

Sie unternahmen alles nur Mögliche, um das auffällige Mal auszulöschen. Eine Bäuerin, die bei der Niederkunft geholfen hatte, kannte ein Rezept und ging mit den anderen Weibern hinunter ans Ufer des Tarn, um eine bestimmte, nach Honig duftende Pflanze zu pflücken, deren Blüten sie in einem Mörser zerkleinerte. Der so gewonnene Brei wurde auf das Gesicht des Säuglings gestrichen, vermochte jedoch nichts gegen den Makel auszurichten, ja schien gar die Farbe spürbar zu verstärken.

Die Mutter, nun in Kenntnis gesetzt, zeigte sich höchst beunruhigt, und mehr noch der Vater, der in dieser Verzierung ein Gelüst seines Weibes während der Schwangerschaft zu erkennen meinte: »Wo hattest du nur deinen Kopf, um seinen wie ein Rotkehlchen zu färben?«

Und dennoch, als man ihnen das frisch gewickelte Kind reichte, verwandelten sich die schmerzvollen Mienen der Eltern langsam in ein Lächeln. Zwar wurde mehr als die Hälfte des kleinen Gesichts von einem hässlichen Muttermal verzehrt, das am Ohr begann, das Kinn bedeckte und dem Rükken der Nase bis zur Stirn hin folgte; dessen Farbe aber, ein ins Malvenfarben gehende Zinnoberrot, war wunderbar, von einem Glanz und einer Gleichmäßigkeit, die den Kenner wahrhaft begeistern konnte.

Meister Lucas erklärte voller Stolz, keines seiner bei den Tuchmachern stets gepriesenen Krapp- oder Cochenillebäder habe jemals ein so lebhaftes Blutrot hervorgebracht. »Mit diesem Zunftzeichen wird unser Junge gewiss seinen Weg in der Farbe machen!«, sagte der Handwerker voraus und lachte strahlend. Die Mutter bekräftigte: »Trägt er so nicht lebenslang die Farbe seines Geschlechts?« Bei diesen letzten Worten, die an den scharlachroten Grundton des Familienwappens gemahnten, brachen alle Anwesenden in Beifallsrufe aus und schüttelten herzlich die Hand des Vaters.

Man legte den Säugling mit einem hübschen Spitzenhäubchen in die Holzwiege, und bald schon wusste die ganze Stadt, dass im Haus von Lucas und Éléonore ein künftiger Färbermeister das Licht der Welt erblickt hatte.

Jahre vergingen, die den seltsamen Fleck nicht von Simons Gesicht abwuschen, wohl aber rasch seine große Empfänglichkeit für die Farben enthüllten. Das Kind war noch nicht sechs Jahre alt, da weihte es sein Vater als eifriger Lehrer bereits in die Geheimnisse der Färberkunst ein.

Zunächst kam es darauf an, des Knaben Sinne für die Natur zu wecken, für die tausend Quellen, die sie dem Liebhaber der Farben bietet. Meister Lucas führte Simon auf langen Spaziergängen durch die Felder und über die immer grünen Hügel rings um Albi. Jede Pflanze, jedes Tier war Gegenstand einer einfachen Unterweisung, mit Worten, die das Kind verstehen konnte. Der weise Färber lenkte die Aufmerksamkeit seines Sohnes auf den schwarzen, bald ins Bläuliche spielenden Saft, den die Heidelbeeren um ihre Münder hinterließen; oder er enthüllte das Geheimnis der am Fuße eines Baumes im weichen Humus aufgelesenen Nüsse, deren grüne Schale er lange in seiner Handfläche rieb.

»Nichts ist vergebens in der Natur«, lehrte Meister Lucas seinen Schüler, »jede Pflanze besitzt Tugenden, die man kennen und pflegen muss. Manche heilen Wunden, machen die Zähne weiß oder verleihen dem Kupferkessel den Glanz der Sonne. Andere würzen gar köstlich unsere Speisen. In meinen Augen die kostbarsten aber, und Zierde meines Gartens, sind jene Pflanzen, die Farben in sich tragen.«

»Und selbst auf dieser Wiese würdet Ihr welche davon pflücken, Vater?«

»Ganz gewiss.«

Darauf zeigte das Kind dem Färber wie im Spiel von Brombeerranken gerissene Flaumbüschel oder Grashalme vom Grabenrand: »Dies zum Beispiel?«, fragte es, hin- und hergerissen zwischen der Freude, den Vater in eine Falle zu locken, und der Furcht, es könne gelingen. Der Färber, darauf bedacht, seinen Sohn in der Nützlichkeit aller Dinge zu unterweisen, war um eine Antwort nie verlegen: »dies« konnte mit Geschick ein Aschgrau oder Flachsblond ergeben, wenngleich in Wahrheit der Nutzen zunächst darin bestand, Wespen fernzuhalten und dem Lattich einen köstlichen Geschmack zu verleihen.

»Vater, ich will alles wissen. Werdet Ihr mich die Farben lehren?«

»Ich werde sie dich lehren«, versprach der Meister. »Und ich werde dich auch in der Kunst des Schreibens und Lesens unterweisen … Nur wenige Färber besitzen dieses Wissen. Aber ich schätze den Belesenen ebenso sehr, wie der Fußgänger den Reiter ehrt. Du sollst die Buchstaben kennen, das ist all mein Hoffen!«

Der Tag neigte sich dem Ende zu, als Vater und Sohn vom Spaziergang heimkehrten, und der große Korb quoll über von Pflanzen, deren Namen und Eigenschaften Simon mit leiser Stimme vor sich hin sprach.

Meister Lucas' Lehren bestanden nicht nur aus weisen Darlegungen. Wozu war es gut, die Techniken der Farbe zu kennen, wenn man nichts von der Kunst verstand, sie miteinander zu verbinden, noch von den zarten Botschaften, die sie vermittelten, wenn sie in einem Samtstoff schmolzen oder auf einer Seidenbahn glänzten?

Das zweite Kapitel von Simons Lehrstück wurde vor einem Fenster der Kathedrale von Albi aufgeschlagen. Gerade hatte es zur Vesper geläutet. Die Sonne des Erntemonats strahlte auf das Rot und das Gelb der Glaskomposition. Vibrierende Farbfäden schwangen durch das Kirchenschiff und breiteten sich majestätisch am Fuße des Hauptaltars aus. Es war, als durchschneide ein Lichtschwert die Leere der Kirche. Meister Lucas nahm Simons Hand und brachte ihn zu den Farben, die wie ein Blumenteppich auf den Stufen zum Chor niedergelegt waren.

Dort schob der Färber einen Ärmel des Kindes zurück, nahm sein Handgelenk und führte es ganz langsam bis zum Fluss eines schönen Blau, das wunderbare Rottöne säumte. Das Kind sah mit weit aufgerissenen Augen, wie sich seine Fingernägel langsam verfärbten. Der Ton von verblichenem Rosa, den sie zunächst angenommen hatten, wurde von blassem Violett durchtränkt, um schließlich ins zarte, samtige Blau der Vergissmeinnicht zu münden. Simon konnte einen Schrei nicht zurückhalten, als seine Fingerspitzen mitten in die Farbe eintauchten.

Meister Lucas beugte sich mit dem Ernst des Lehrers zu ihm hinab: »Was empfindest du? Kälte oder Wärme?«

Simon blickte auf seine Hand, auf die leichenfarbene Haut, die Nägel mit ihrem Schildpattglanz: Ein lebloses Körperteil, das in der Tiefe klaren Wassers trieb.

»Kälte«, antwortete der Junge.

»Es ist kalt, weil es blau ist. Hast du die Ertrunkenen gesehen, die der blaue Ozean nach einem Sturm auf die Klippen wirft? Ihre Haut ist blass und das Haar gesträubt, man erkennt, dass sie die Kälte durchlitten haben. Ebenso ballen sich am blauen Himmel die Wolken, wenn sie Hagel bringen.«

»Aber dennoch hält sich die Sonne dort auf, die Seele des Feuers!«

»Ja, aber sie hält sich dort wie ein von Feinden umzingelter Soldat. Niemals strömt sie über die eisigen Felder des Azur, niemals ergießt sie sich auf unsere Köpfe wie das graue Wasser der Wolken … Die Sonne lebt im Himmel wie in der Verbannung.«

Simon spürte, wie ein Schauer über seinen Rücken lief. Seine in Blau gebadete Hand erstarrte.

»Jetzt probiere das Rot«, verlangte der Färber.

Das Kind folgte seinem Wunsch. Sogleich schien die noch zitternde und eisige Hand von einer Flammenschärpe umhüllt zu werden.

»Rot, mein Kind. Spürst du, wie es brennt? Sein Strich gleicht der Zunge des Drachens! Das Blau hat einen kalten Atem, der den Geist trägt, das Rot hingegen verströmt einen warmen Hauch, der den Körper entflammt. Deshalb dient die blaue Tinte dem Schreiben, und der rote Wein erhitzt unser Blut!«

»Vater, warum sind wir Rotfärber?«

Die Stirn des Meisters legte sich in strenge Falten. »Ich bin es, weil mein Vater es war, und du wirst es sein, weil ich es bin. Außerdem musst du wissen, dass Rot die einzig anständige Farbe ist! Die Blaufärber sind Verräter und Hochstapler, deren abscheuliche Kocherei nicht den Namen Kunst verdient.«

Das Kind überlegte, seine Hände spielten an der Grenze der beiden Farben.

»Dennoch ist das Blau sehr liebenswert!«

Streng schloss sich des Vaters große Hand um die des Sohnes. Meister Lucas zog Simon fort vom Altar.

»Es ist genug für heute ... Wir werden zurückkehren, wenn die Sonne auf der Stirn der heiligen Ursula die Rose der Schamhaftigkeit erblühen lässt. Im Lichte der letzten Strahlen beglückt das Fenster die Augen mit köstlichen Flammen. Komm, beeil dich!«

Das Kind folgte dem Färber, dessen Filzschuhe geräuschlos über die Steinplatten glitten. Im Laufen blickte es zurück zum Altar, der umkränzt war von Farben, die durch die Schritte in Bewegung gerieten und unter dem Lichtbogen musikalisch bebten. Das majestätische Rot zog das Auge an; ein reicherer, innigerer Eindruck aber fesselte es an das Blau ... »Das Blau wird im Himmel geboren«, dachte Simon, als er den Kopf zum Gewölbe der Kathedrale und zu dessen goldgestirntem Azur erhob. Das Gewölbe war hoch, so hoch und so eng, dass es die gebogenen Fenster zu sich zu ziehen schien. Ein wunderbares Aufstreben rief Säulen, Bögen und die gesamte Kirche hinauf zum bestirnten Firmament. Simon drückte die Hand seines Vaters noch fester. »Das Blau wird im Himmel geboren«, wiederholte er für sich und ihn schwindelte.

Als an Simons Kinn der erste Flaum zu sprießen begann, hielt Meister Lucas die Zeit für gekommen, ihn ernsthaft zu unterweisen. Nach der freien Farbe in der Natur sollte sein Sohn die Zubereitung der verschiedenen Töne erlernen, die sich mit großem Geschick aus gekochten oder zerriebenen Pflanzen gewinnen ließen.

Nun öffnete sich dem Heranwachsenden die Färberwerkstatt. Dort, im von der Wärme der Bäder erfüllten Halbdunkel, erfuhr Simon von den Verfahren, durch welche die Farbe dauerhaft mit dem Stoff verbunden wurde. Sein Vater zeigte ihm, wie das Feuer unter den Bottichen zu füttern und ihre Temperatur zu beherrschen war, so dass sie mehrere Stunden lang abwechselnd kochten und ruhten. Manchmal mussten die Bäder abgedeckt oder mehrere Hände voll Asche hineingegeben werden, die das Wasser brodeln ließ und es mit leichtem Schaum bedeckte. Kellen oder Schüreisen wurden nicht wie Löffel benutzt, sondern ahmten gleichsam den Biber nach, der bald an der Oberfläche schwimmt, bald tief nach unten taucht. Auf diese Weise war man sicher, den zu färbenden Stoff bis in die kleinsten Falten hinein zu erreichen.

Es war ein umfangreiches Wissen, und trotz seiner Bereitschaft zeigte Simon nicht sofort die erwartete Begabung. Vielmehr ließen ihn in den ersten Tagen seine Unkenntnis und fehlendes Geschick tausend Dummheiten anstellen. Nicht zu zählen waren die durch seine Schuld verdorbenen Bäder, die in den Fluss gegossen wurden, ohne dass man auch nur ein einziges Taschentuch hineingetaucht hätte.

Meister Lucas litt sehr darunter, er zweifelte, jemals einen Färber aus diesem erbärmlichen Schüler zu machen, und fügte sich bereits in die Aussicht einer anderen Laufbahn für seinen Erben: Früchte aufsammeln oder unter den Bäumen harken – Beschäftigungen, die auf einfache Geister zugeschnitten waren. Wenn seine Zunftkollegen ihn nach Neuigkeiten fragten, plauderte der Färber über das Wachstum des Krapp, den drohenden Hagel oder einen zu reparierenden Kessel, schwieg jedoch hartnäckig über seinen Sohn, der bislang der Gegenstand seines Stolzes gewesen war.

Für Simon war kein Wort hart genug, um die Qualen zu schildern, die er erlitt. Gern beschrieb er die Werkstatt als Vorhof zur Hölle und die Kunst des Färbens als Werkzeug der Dämonen, um die Menschheit zu foltern. Wie denn, solch schmutzigen und ermüdenden Arbeiten verdankte man den Glanz von Seide und Brokat? Dieser erstickenden Luft, dieses Drecks und Gestanks bedurfte es, um die Geheimnisse der Pflanzen zu ergründen?

Nach den anmutigen Belehrungen der Natur erschien ihm diese Enthüllung wie eine Kränkung, schlimmer noch: wie ein Verrat.

Mit der Zeit jedoch besserte sich Simon. Gewiss, er beging noch immer manche Ungeschicklichkeit, aber das war harmlos und vor allem zog er die Lehre daraus. Wenn ihm beispielsweise zweimal die Kelle in den Bottich gefallen war, festigte sich seine Hand und ließ den Griff kein weiteres Mal mehr fahren.

Auf diese Weise lernte Simon durch häufige Fehler, keine mehr zu begehen, und schließlich beherrschte er seinen Beruf.

Meister Lucas hatte zu große Erfahrung, als dass er die neue Sicherheit seines Schülers nicht wahrgenommen hätte. Er war jedoch auch zu gewitzt, um ihn dafür zu loben. So behielt er seine rauen Manieren bei, und während Simon rasche Fortschritte machte, behauptete der Meister das Gegenteil, um des Sohnes Ehrgeiz anzustacheln.

Vom Morgengrauen bis tief in die Nacht arbeitete Simon unter dem strengen Blick des Meisters in der Werkstatt. Nichts, was er unternahm, entging der väterlichen Kritik: Packte er einen Sack mit Kalk, warf ihm der Meister seine feuchten Hände vor, die das Pulver hart werden ließen; tauchte er die Wollstränge in das Bad, beschuldigte ihn sein Lehrer, die schönsten Fäden zu riskieren, ehe er die Mischung ausprobiert hätte. »Zu früh«, schimpfte der Meister, wenn Simon ein noch frisches Bad störte; »zu spät«, urteilte er einen Augenblick darauf.

Selbst an dem Urin, den Simon den Bädern beimengte, um die Gärung zu beschleunigen, fand Meister Lucas etwas auszusetzen: Er sei trüb und gewiss nicht scharf genug. »Du pisst schlecht!«, donnerte Lucas. »Ein guter Färber, das merke dir, isst kein Wild, weil das schweren Urin gibt, sondern viel Saubohnen, die sein Wasser für die Bäder passend machen.«

Bei dieser Behandlung hatte Simon binnen kurzem allen Geschmack an der Färberei verloren. Der bloße Anblick der Bottiche wurde ihm zur Qual, und er konnte sich nichts vorstellen, was weniger erstrebenswert wäre, als ein Leben in ihrem Dienst.

Eines Morgens fand der junge Mann die Kühnheit, mit seinem Vater zu reden.

»Vater, ich muss Euch eine Entscheidung mitteilen.«

»Ich habe dir auch etwas zu sagen.«

»Ich höre auf mit der Färberei.«

»Die Zunft hat deine Stoffe geprüft. Deine Arbeit wurde für gut befunden. Du bist zum Gesellen ernannt.«

In diesem Moment erlosch in Simon jeder Zorn. Als Meister Lucas ihm die Hand entgegenstreckte, erschien ein Lächeln auf seinem Gesicht. Die beiden Männer umarmten sich.

»Ich will dich an meiner Seite haben«, fuhr der Färber fort. »Du wirst die niederen Arbeiten aufgeben und dich ganz und gar der Kunst des Färbens widmen. Nicht länger Bottiche bürsten, Tücher bleichen oder Dreck auslesen ... Ob aber das Bad reif ist oder der Stoff fertig, ob zwei Handvoll Farbe besser sind als drei, um das Zinnoberrot zu erzeugen, darüber wirst du ganz allein entscheiden. Und glaube nicht, dass du bei diesem Tausch gewinnst ... Ein Färber streckt sich erst in seinem Grab zur Ruhe aus. Er fürchtet den Schlaf wie der Kranke das Wachsein: Wenn sich sein Bad nun während der Nacht erwärmte? Wenn die Farben schlecht herauskämen, ihn einen ganzen Arbeitstag verlieren ließen, zehn Stücke Seide nur noch zum Rinder schnäuzen gut wären? Es ist wahrhaftig ein unerquickliches Leben, ein Leben voller Pein und Mühsal. Liebst du dieses Leben?«

»Ich liebe es, Vater!«

»Dann bist du verrückt, und das ist gut so. Lassen wir den Sand nicht nutzlos durch das Uhrglas rinnen: du hast viel zu lernen. Binde diese Schürze um und folge mir zu den Bottichen.«

Von diesem Tage an war keine Rede mehr von Hilfsdiensten und Zurechtweisungen. In der Werkstatt arbeiteten Meister und Geselle in stillschweigendem Einvernehmen und mit einem Eifer, der ihre Kunst in kurzer Zeit in der ganzen Stadt zu höchstem Ansehen führte.

2

Mit seinem Aufstieg zum Gesellen hatte Simon in einem neuen Leben Fuß gefasst.

Er war nun ein erwachsener Mann, unter dessen Hemd man breite Schultern und Arme so kräftig wie Baumstämme erahnte. Wie ein Krieger das gehorsame Pferd zwischen den Schenkeln spürt, nahm er in jeder Verrichtung seinen muskulösen Körper wahr, der auf seinen Befehl hin schwere Kellen anheben, eine Schraube festziehen oder einen Kessel umkippen konnte. Seine Arme besaßen eine neue Stärke, die er noch nicht einzuschätzen wusste, so rasch war seine Kinderhaut fester geworden.

»Unser Junge reift heran«, sagte Meister Lucas zu seinem Weib Éléonore.

In seiner Stimme schwang ein Hauch von Bitterkeit. Er war nicht mehr der einzige, der den Beruf beherrschte: Bei gewissen Aufgaben, die vor allem die Muskeln beanspruchten, war sein Sohn ihm gleich und würde ihn bald überholen.

»Ja, er reift heran«, stimmte das Mädchen mit den Regenbogenfingern zu. »Simon ist jetzt alt genug, sich eine Frau zu nehmen ... Bald wird es Zeit für uns, den Familien der Nachbarschaft einen Besuch abzustatten.«

»Später, wenn der Winter vorbei ist. Bei der großen Kälte, die von Quercy herbläst, kleiden sich die Bürger neu und doppelt so dick. Es gibt Arbeit für zehn Hände!«

Jene Zeit war tatsächlich verheißungsvoll.

Bald sprach es sich herum, dass in der Feigenmühle der Sohn mit dem Vater arbeitete und die Tuchhändler, die gewöhnlich sehr lange auf ihre Bestellungen warten mussten, fassten neuen Mut. Sie glaubten, mit zwei Männern an den Küpen, ohne die Tagelöhner für die einfachen Verrichtungen zu zählen, würde die Arbeit schneller vonstatten gehen. Éléonore beruhigte die Händler: Sie würden nicht wie ehedem darunter zu leiden haben, dass Meister Lucas sich lange Zeit nahm, um eine Pflanze zum Kochen oder eine Rinde zum Zerreiben auszuwählen. War die Werkstatt jetzt nicht größer, um dem Gesellen Raum zu geben? Hatte man nicht neue Bottiche geweiht, eine zweite Trockenkammer eingerichtet?

Die misstrauischen Tuchhändler zogen an ihren Holzpfeifen: »Wann sind wir an der Reihe? Wenn die Esel die Vespermesse singen?«

»Vor Weihnachten, gnädige Herren.«

»Ist das gewiss?«

»Gewiss und fest wie ein Fels.«

Doch daraus wurde nichts. Wenngleich reformiert, erweitert und nach der Anzahl der Bäder und der Arbeit des Personals nunmehr eine der größten in Albi, behielt die Werkstatt von Meister Lucas doch ihre Gewohnheit bei, die Kundschaft schmachten zu lassen.

Vor Ablauf von drei Monaten war mit der Lieferung einer gewöhnlichen Farbe nicht zu rechnen; ihrer neun wartete man auf eine besondere Qualität, wie das Purpur der antiken Togen. Es wurde aus einer Muschelart gewonnen, deren Geheimnis verloren schien und allein von Meister Lucas bewahrt wurde.

»Verlangt die Farbe der Wolke«, rühmte sich der Färber, »die Schamröte auf der Wange des Engels, den Ton des Löwenmauls. Ich schwöre, dass ich sie nachahmen kann.« Und der Meister hielt Wort …

Die Kessel der Feigenmühle wussten die Farben der Natur ebenso wiederzugeben wie die der Fantasie. Doch dieses Wunder war etwas träge: Nach Wochen oder Monaten ohne Lieferung sandten die Tuchhändler oft ihre ältesten Söhne zu Meister Lucas. Junge Leute betraten die Mühle, der eine mit einem Korb Quitten, der andere mit einem Hasen, und suchten zu verstehen, wie die Arbeit im Hause ablief. Am selben Abend berichteten sie ihren Vätern, wie Lucas vor einem Zuber mit Klatschmohn gesessen hätte, wo er zwei Stunden lang nichts anderes tat, als Blütenblätter zwischen seinen Handflächen zu zerreiben.

»Nichts anderes?«, tobten die Tuchhändler.

»Nichts«, versicherten die Söhne.

»Er will uns also hinhalten! Nun gut, jetzt gehe ich selbst zu ihm und werde ihm was erzählen. Der Knüppel, mit dem ich Meister Lucas den Hintern verbläue, wird ihm schöne Farben verpassen, darauf könnt ihr wetten!«

Der Tuchmacher bewaffnete sich mit dem Knüppel und legte im Sturmschritt den Weg von seinem Geschäft zur Mühle zurück. War er aber eingetreten, ohne sich anzumelden, erstarrte er auf der Schwelle: Éléonore stand vor ihm und drückte den Stempel auf die bereits gefalteten Stoffe. »Da seid Ihr ja!«, lächelte sie ihm entgegen. »Eure Bestellung ist fertig. Ich wollte sie Euch eben bringen!« Der verwirrte Tuchhändler griff nach seinem Ballen und kehrte nach Hause zurück.

Meister Lucas nutzte den Sommer, für den Färber eine Zeit der Untätigkeit, um das Werkstattschild vergrößern und mit Gold auslegen zu lassen. Außerdem wurde ein weicher Ziegel als Bogenstein über dem Tor angebracht, der golden in der Augustsonne glänzte. Der Name des Sohnes erschien neben dem des Vaters, beide mit prachtvollen Initialen, über denen die neue Devise der Werkstatt zu lesen war: *Sufficit ad id natura, quod poscit.*

»Was heißt das?«, erkundigte sich Simon, der nur wenig Latein verstand.

Meister Lucas antwortete ihm voller Nachsicht. »Das heißt: ›Die Natur gibt das, wonach sie verlangt‹. Wir müssen denen entgegentreten, die unsere Kunst des Färbens hinter die der Feldbestellung und der Tierzucht stellen, weil diese das Überleben des Körpers sichert, während jene scheinbar zu nichts nutze ist. Ich aber behaupte, dass Gott, indem er die Farben erfand, ihre Notwendigkeit bewiesen hat. Wenn nicht, warum hätte er dann die Natur damit bedeckt, in ebensolcher Fülle wie mit essbaren Früchten und trinkbarem Wasser? Wären die Farben überall, wenn wir ihrer nicht bedürften?«

»Die Natur verlangt nach Farben, also gibt die Natur sie uns …«

»Wahrhaftig! Bewahre diese Worte, um sie zusammen mit dem verdienten Backenstreich jenen Unverschämten zu servieren, die unsere Kunst der Lächerlichkeit preisgeben.«

Simon spuckte in hohem Bogen aus.

»Sie sollen es nur wagen, es wird ihnen Leid tun!«

»Sie werden es wagen. Sie werden mit dem Finger auf dich zeigen, sich dabei die Nase zuhalten und rufen: ›Da ist der Mann, der seine Tage damit verbringt, im Auswurf der Bottiche zu knien, stinkendes Leinen zu wringen und Vogelkot zusammenzuharken! Den möchte ich nicht einmal als Schweinehirten haben!‹ Die Kinder werden deinem Weib mit Trommeln und Schellen hinterherlaufen und das gemeine Pack wird seine Hunde auf dein Maultier hetzen, so wie sie es mit den Blinden tun.«

Simons Fäuste waren geballt und weiß vor Zorn.

»Wenn sie das tun …«

Éléonore, die einen Krug brachte, nahm den Gesprächsfaden sogleich auf.

»Du kannst nicht dagegen an, Simon. Das ist das Leben, das Gott den Färbern bestimmt hat. Viele verachten unser Handwerk, verbinden es mit Unrat und Gestank. Dennoch empfängt dein Vater an seiner Tür die Beamten des Königs und lässt ihre Sporen im Bodensatz der Trockenkammer versinken. Vor den Augen der Welt werden wir verlacht, heimlich aber gepriesen und begehrt. Das ist das Wunder, das unsere Farben vollbringen, die vergeblich ihresgleichen suchen.«

Diese Lektion der Weisheit entlockte dem jungen Simon nur ein Seufzen. Er warf einen Blick auf das Werkstattschild, drehte sich um und flüchtete zu den Bottichen.

»Unser Junge ist in einem schwierigen Alter«, kommentierte Éléonore. »Ich fürchte, dass ihn binnen kurzem die Lust nach einem Luftwechsel ankommen wird ...«

»Simon bleibt«, brummte Meister Lucas. »Sollte ich vielleicht für einen undankbaren Sohn dieses ganze Geschäft hoch gebracht, diesen Ruf, vor dem man bis nach Spanien den Hut zieht, begründet haben? Lieber will ich den Rest meines Lebens auf Brennnesseln schlafen! Zwanzig Jahre habe ich diesen Sohn großgezogen, in der Hoffnung, die Früchte zu ernten ... Er gehört zu dem Land, das ihn ernährt hat!«

»Möge der Himmel dich erhören! Die Natur verfügt nach eigener Laune über ihre Kinder, lässt die einen sesshaft werden, die anderen reiselustig. Die Zeiten ändern sich, Lucas ...«

Der Färber wandte sich in finsterster Laune zur Tür.

»Ja, die Zeiten ändern sich. Die Söhne gehen fort und die Weiber diskutieren. Ich weiß nicht, ob mir dieser Ton gefällt!«

Durch die vereinten Anstrengungen von Vater und Sohn gelangte Meister Lucas' Werkstatt bald zu unvergleichlichem Ruhm.

Im dritten Jahr gab es in der Stadt Albi keinen Bürger mehr, gleich ob einfacher Schreiber mit eisernem Brillengestell oder königlicher Beamter mit reichem Auskommen, der in seinen Schränken nicht einen der mit dem Stempel des berühmten Hauses versehenen Stoffe aufbewahrte. Manche hatten sich ein Hemd ohne Kragen und Ärmelumschlag schneidern lassen, um Stoff zu sparen; andere eine prächtige Huppelande aus den seltensten und begehrtesten Stoffen. Ein jeder rühmte die Beständigkeit, die Schönheit und Tiefe der Farbe, die aus der kleinen Werkstatt in Albi einen Rivalen der berühmten italienischen Tuchfabriken machte.

»Welch ein Glanz auf diesem *Gazellenblut*-Taft! Seht nur, wie er im Licht erstrahlt! Gewiss tragen auch die Heiligen im Paradies keine schöneren Gewänder!«

»Und dieses Brabanter Tuch? Ist das *Erikablüte* oder *Löwenfell*? Bei Gott, dieser Lucas muss ein Zauberer sein, dass seine Farben unsere Augen so zu täuschen vermögen!«

Solche Sätze hörte man häufig bei den Tuchhändlern an der *Plassa*, jenem engen Platz neben der Église Saint-Julien, wo sich die Läden drängten. Ob des Zuspruchs, den Lucas' Stoffe fanden, sahen sich die Händler veranlasst, ihnen die erste Reihe auf ihren Schautischen vorzubehalten, zum Schaden konkurrierender Ballen, die lediglich in dunklen Regalen Platz fanden. Man schwor allein auf den Chamäleon-Stempel, mit dem Lucas, entgegen der Sitte, jedes Stück versah, das er gefärbt hatte.

»Warum das Chamäleon?«, murrte ein Kommis, der mit dem Zuschnitt betraut war. »Diese Bestie verschreckt die Kundschaft. Gilt sie den Patres nicht als Symbol der Falschheit, weil ihre Augen nach hinten schauen, während der Kopf nach vorn gewandt zu sein scheint? Vergleicht man mit ihr nicht auch den Höfling, der sich stets der Farbe seiner Umgebung anpasst?«

Der Färber entgegnete frei heraus: »Das Chamäleon bin ich, weil es mein Handwerk ist, jede Farbe nachzuahmen; Chamäleon bin ich auch, weil mir die Natur als Vorbild und Hilfsmittel dient. So, wie die Farben in der Frucht oder der Blüte erscheinen, bringe ich sie auf den Stoff. Missfallen sie Euch? Sehr gut, dann nehme ich das Tuch zurück!«

»Nein, nein«, mischte sich der Tuchhändler eilig ein. »Mein Kommis weiß nicht, wovon er spricht. Wir schätzen die Stoffe mit dem Chamäleon-Stempel wirklich sehr. Alles, was Ihr färbt, wird bar bezahlt, zu höchsten Preisen.«

Meister Lucas wandte sich um und ging grußlos hinaus.

Des Färbers Schroffheit hätte die Kundschaft verjagen können.

Das Gegenteil jedoch geschah. Je abweisender die Werkstatt ihre Auftraggeber behandelte, desto zahlreicher und drängender waren die Käufer. Unter den Bürgern entbrannte geradezu ein Wettbewerb, vor den anderen bedient zu werden. Die Bevorzugung durch Meister Lucas wurde als Zeichen der Wertschätzung aufgefasst und war ebenso leidenschaftlich begehrt wie anderswo der Ritterschlag eines Fürsten oder das Lächeln einer Königin.

Gaben die Tuchhändler es irgendwann auf, ihre Stoffe einzufordern, so traten nicht selten die Kunden an ihre Stelle. Aus Furcht, erkannt zu werden, kamen diese Herren des Nachts zur Mühle und blieben lange unter dem Fenster von Meister Lucas stehen, um ein Wort für ein Seidentuch oder einen Ballen Brokat einzulegen. Der Ablauf war immer gleich: Zunächst sprachen die Bürger von oben herab zu Lucas, drohten ihm, ihre Leute zu schicken, um die Werkstatt zu plündern, wenn sie nicht auf der Stelle beliefert würden; dann, da keine Antwort kam, wurde die Beschimpfung zur Bitte, die Forderung zum Wunsch, bis die Herren schließlich, allen Stolz vergessend, die Hände falteten und bettelten. Nun traten Simon, seine Mutter oder ein Diener mit einer Schale Suppe aus dem Haus und halfen dem armen, auf einer Mantelecke knienden Mann aufzustehen. »Das nützt überhaupt nichts«, erklärte der gute Samariter, »Meister Lucas tanzt nicht nach einer fremden Pfeife. Geduldet Euch, Euer Stoff kommt, und wenn es lange dauert, so wird er deshalb nur noch besser. Im

Übrigen meine ich, ihn heute morgen in der Trockenkammer gesehen zu haben!«

Dass die Reichen einem einfachen Handwerker solch Ehre erwiesen, bereitete den Armen große Freude. Lucas selbst lachte am meisten darüber: »Sieh sie dir an, mein Sohn, Ochsen am Futtertrog! Das beweist zur Genüge, wie künstlich der Ruhm der großen Herren ist. Wenn das Färben Grund genug ist, damit einem die Edelleute zu Füßen liegen, so sage ich voraus, dass eines Tages ein Troubadour, ein Liedermacher, das Zepter der Welt tragen wird.«

»Das ist nicht möglich, Vater!«

»Alles ist möglich, weil die Dummheit stets schneller ist als die Klugheit! Aber genug philosophiert. Achte auf das Bad mit den Wollspindeln: Es wird heiß.«

Eine solche Bekanntheit musste bald die Stadtmauern überwinden.

Als die Chamäleonstoffe erst auf dem Markt von Pézenas Einzug hielten und dann, in stetigem Strom, bis auf die Plätze von Toulouse und Bordeaux gelangten, stiegen die Bestellungen um ein Vielfaches. Nun brachten die Händler dem Färber nicht mehr ein paar Klafter Tuch, sondern riesige Partien, jede mit genügend Stoff, um die Wände eines Hauses neu zu tapezieren. Nachdem zunächst die Tuchverkäufer um mehr Ware gebettelt hatten, war es jetzt an den Großhändlern, die Werkstatt zu belagern. Mächtige Männer, deren Schiffe zentnerweise Stoffe transportierten, flehten den Meister an, einen Alleinverkaufsvertrag mit ihnen zu schließen. Lucas' Antwort war immer gleich: »Wenn ich mehr färbe, wird die Qualität nachlassen.«

»Stellt Gesellen ein!«

»Was soll ich Fremden beibringen, wenn ich fünfzehn Jahre brauchte, um meinen eigenen Sohn auszubilden.«

Der Händler lachte, seine Hand wühlte in einer Börse voller Goldstücke.

»Wollt Ihr Geld? Guter Mann, ich mache Euch reich! Selbst der Tuchverkäufer Jean Baudier, der fünfzehn Weinberge und zweitausend Livres sein eigen nennt, wird sich neben Euch wie ein Hungerleider ausnehmen.«

»Wozu so viel Geld? Ich habe genug, um mein Bett mit frischem Stroh zu polstern, meinen Krug zu füllen und jedes Jahr, wenn das Wasser niedrig steht und meine Mühle flieht, der heiligen Cäcilie eine schöne Wachskerze zu weihen. Braucht es mehr? Besitzen ohne zu bedürfen, heißt nur, zusätzliche Falten bekommen.«

Der Händler sah ein, dass er einem solchen Starrkopf nichts entlocken würde, warf schließlich das Handtuch und verließ Schulter zuckend die Werkstatt.

Das vierte Jahr brachte den endgültigen Triumph der Feigenmühle.

Die Kundschaft war noch zahlreicher geworden. Dazu gehörten inzwischen selbst die Ärmsten, die gerade genug Geld besaßen, um sich ein Halstuch zu leisten, und auch die wirklich Reichen, die auf sich hatten warten lassen, weil es unter ihrer Würde gewesen war, mit den anderen herbeizueilen.

So erreichte der Erfolg der Chamäleonstoffe seinen Höhepunkt: Sie wurden so bekannt wie die Farcen von Meister Patelin, die Märchenfee Melusine oder die Edeldame Tartine. Gleich diesen legendären Gestalten hielt Meister Lucas Einzug in die Folklore seiner Zeit. Karten mit seinem Bildnis zeigten ihn mit weichem Hut vor einem dampfenden Bottich. In Marionettengestalt erlebte der Meister tausend Abenteuer im Land des Staunens. Seine große Nase zog den Blick auf sich, deshalb verzierte man damit Schlösser, Schneiderscheren, bemaltes Geschirr und sogar einen König auf dem rot-weißen Schachbrett.

Der Färber urteilte hart über diese unschuldigen Aufmerksamkeiten: »Ich bin Meister Lucas und nicht der tapfere Ritter

Lanzelot. Niemals habe ich Drachen besiegt oder mit Johannes dem Priester in seinem afrikanischen Königreich geplaudert. Ich färbe, das ist genug. Man möge mich in Frieden lassen!«

Diese wunderbare Zeit wurde in Albi die »Zeit des Regenbogens« genannt. Die Straßen der Stadt, bevölkert von Männern und Frauen in neuen Gewändern, leuchteten wie Frühlingswiesen: Von einer Schulter zur anderen wechselten blumenfrisches Grün oder schillerndes Rot mit lächelnden Gelbtönen. Die Stoffe fielen in matten Falten oder reflektierten das Sonnenlicht mit den Schattierungen des Moiré. Überall waren die Familienwappen zu sehen, bei den Bürgern ohne Erbfolge mit einfachem Garn, für einige wenige mit Goldfaden gestickt.

So schön wirkte die Stadt in den Farben von Meister Lucas, dass die Bewohner sich fürchteten, ihre Mauern zu verlassen: Würde die Welt sie nicht enttäuschen, wenn diese prächtigen Livreen fehlten? »Draußen ist alles Asche, Asche und Rauch«, sagten die Händler, die von Reisen zurückkehrten.

Also verriegelten die Albigenser die Tore, bewaffneten die Wachen, und öffneten daheim glückselig ihre Truhen, um das Brokatkleid oder das Samtwams erstrahlen zu sehen, dem Meister Lucas Leben eingehaucht hatte.

3

So hoch das Ansehen von Meister Lucas auch gestiegen war – seinem Schüler diente es keineswegs so, wie er erhoffte.

Gewiss, das Werkstattschild kündete von zwei Handwerkern und in den Augen des Chamäleons standen beider Namen verzeichnet, für die Albigenser aber lag das Verdienst einzig beim Meister und nicht beim Gesellen. Zwar duldete man Simons Vermittlung – wie auch die Éléonores – in geschäftlichen Dingen, ganz anders aber war es bei Fragen des Färbens, wo die Meinung des jungen Mannes kaum Gehör fand. Dem Meister und nur dem Meister stand es zu, das geeignete Pigment für das Bad eines kostbaren Stoffes auszuwählen oder das Rezept für ein *Taubenhalsweiß* zusammenzustellen. Allzu oft hatte Simon die Erniedrigung durch einen Tuchhändler erfahren, der über seine Schulter hinweg nach Meister Lucas rief, obwohl er selbst seine Hilfe anbot. Niemand glaubte, dass sich ein früherer Lehrling, eben noch damit beschäftigt, die Küpen auszuspülen, in wenigen Jahren das umfangreiche Wissen seines Berufes aneignen konnte. Schlimmer noch: Für viele, die niemals die Schwelle der Werkstatt überschritten hatten, war Simon noch immer das mit Hilfsarbeiten beschäftigte Kind. Den Eintrag seiner Initiale neben der des Vaters schrieb man einer übertriebenen, vielleicht unverdienten Gunst zu.

Mit gutem Grund lastete dieses Missverständnis schwer auf

der Stimmung des Gesellen. Es schmerzt, mit anzuhören, wie ein anderer Lob empfängt, wenn man den eigenen Anteil kennt, den man an einem Werke hat. Zu erleben, wie ein Stoff, für den ihm allein alles Verdienst gebührte, Meister Lucas lange Elogen einbrachte, erfüllte den Gesellen mit Bitterkeit; dass sein Vater obendrein auch noch darauf verzichtete, die Wahrheit zu offenbaren, riss die Wunde des Stolzes noch weiter auf.

»Vater, der Schulterkragen für den Bischof hat Euch viel Lob eingebracht. Ich hörte, dass Euch Ehrwürden zum Zeichen seines Wohlgefallens einen Jagdfalken und eine goldene Geldkatze geschenkt hat. Ich habe Anteil an dieser Belohnung!«

»Meinst du?«, fragte Lucas hart. »Ich denke, dass die zwanzig Jahre, in denen ich dir die Suppe kredenzt, dir Schuhe und Strümpfe bezahlt habe, dich für lange Zeit zu meinem Schuldner machen.«

Besiegt kehrte Simon an seine Küpen zurück, kam jedoch rasch mit neuer Munition wieder: »Dennoch ist es nur gerecht, dass eine wertvolle Arbeit ihrem Schöpfer Profit bringe!«

»Bist du ihres Wertes gewiss? Ja, weil du auf die Schmeicheleien hörst, die ein Geselle meiden muss, auf die Trinkgeldgeber, die für uns sind wie der Judas im Evangelium! Du sollst wissen, dass ein Kunde sein Vergnügen an dem Geld misst, das er ausgibt, und oft wird er von einer mittelmäßigen Färbung sagen, sie sei schön, nur weil er sie teuer bezahlt hat. Hüten wir uns vor solchen Lügen!«

»Ihr sprecht die Wahrheit, dennoch …«

Meister Lucas schlug mit der Kelle gegen die Wand des Bottichs.

»Dennoch langweilst du mich! Warum musst du ständig schwatzen, fragen, hier und da mit den Leuten diskutieren, anstatt deine Arbeit zu machen, also zu färben? Dem verdienstvollen Färber ist die Farbe Antwort auf alles. Es gibt nichts, was er nicht bei ihr findet. Erlerne die Farbe, liebe sie: Sie wird dir die Eitelkeit des Geldes ebenso wie die der Schmeicheleien beweisen, all dessen, woran der gemeine Mann sich ergötzt.«

»Ihr redet weise, Vater.«

Meister Lucas war schon wieder über ein Krappbad gebeugt, er hörte nicht das heimliche Bedauern in der Stimme seines Sohnes, achtete nicht der zögernden Schritte des Gesellen hin zu den Kesseln, die um den Weg zu ringen schienen, hierhin oder dorthin, hinein oder hinaus.

Nur Éléonore, schweigende Zeugin dieser Gespräche, spürte Simons Verzweiflung und verstand, welch gefährlicher Niedergang der Werkstatt dadurch drohte.

Die Ereignisse sollten ihre Befürchtungen schon bald bestätigen.

Oft beendete Simon den Tag in einem kleinen Garten hinter dem Haus, wo Meister Lucas Pflanzen züchtete. Der Färber nannte den Garten sein »Laboratorium«, weil er dort Forschungen zu den Farbrezepten anstellte. Ein Mörser, ein Stößel, eine alte, rostige Klinge und zwei, drei Holzschalen, deren Wände von Farben zerfressen waren, bildeten seine ganze Ausstattung: Mit diesen einfachen Instrumenten hatte er die *Päonie*, eine Nuance von Pfingstrosenrot, geschaffen, einen gelblichen Marmorton und andere Farben, die bald in allen Werkstätten Albis hohe Gunst genossen.

Der in Schatten und Stille getauchte Garten war Simons liebste Zuflucht. Dort saß der junge Geselle bis zur Dämmerung auf dem Boden und ließ seine Gedanken schweifen. Sein Geist durchlief die Erinnerung an den verstrichenen Tag, an die eintönigen Stunden, die er damit verbracht hatte, Körner auszulesen und die stinkenden Mischungen in den Bottichen zu erhitzen oder abzukühlen. Dann breitete sich in seinem Innern tiefe Niedergeschlagenheit aus. Er spürte, wie ihn der Mut verließ und die Tränen kamen, unaufhaltsam wie die Tauperle an der Spitze eines Grashalms. Simon starrte auf seine rissigen Hände und dachte: »Diese Hände haben gearbeitet. Sie sind in die Färberflotte getaucht und haben den Stoff in der Trockenkammer lange über die Mangel gezogen. Wofür? Ein Teller Erbsen und ein Maß Bier. Das ist mein ganzer Lohn! Niemals aber ein Lob, eine Anerkennung …«

Trübe Gedanken wirbelten in Simons Geist, wie das Wasser eines Tümpels einen Stock umkreist. Einige wurden klarer und trieben ihn zu finsteren Entschlüssen: seine Sache vor der Zunft vertreten, mit der Konkurrenz verhandeln … Aber die Wahrscheinlichkeit des Unheils, das er heraufbeschwören würde, wenn er auch nur die geringste dieser Absichten ausführte, ließ ihn sogleich verzichten.

Gleich der Zahl eines Würfels wechselte seine Laune rasch darauf ins andere Extrem. Simon begann von einem neuen Leben zu träumen, dem eines Meisters, voller Reichtum und Ehren. Man müsste das Wissen des Vaters um größere Geschäftstüchtigkeit ergänzen: Käme zur Kunst des Färbens der Geist des Rechnens, würde sich das Schicksal der Feigenmühle gewiss grundlegend ändern. Simon malte sich die Wonnen des Wohlstands aus: Felder, Mühlen, die sich für ihn drehten, Färber, die den ganzen Tag lang ihren Schweiß gaben, um seine Habe zu mehren, prächtige Häuser, Diener, geputzte Pferde! Boniface, der Zunftmeister der Färber, würde vor ihm den Hut ziehen. Der Finanzminister des Königs würde ihn in seinen Dienst nehmen und die prächtigsten Stoffe bestellen, ohne nach Zeit oder Preis zu fragen.

Im Sturm dieser Gedanken fühlte sich der Geselle stark und siegessicher. Wenn er Genie besaß, nun gut, dann würde er es bekannt zu machen wissen, und selbst der schwerfälligste Tuchhändler, der besonnenste Bürger würde bald schon erfahren, welche Meisterschaft ihm eigen war.

»Ich werde ein Färber sein!«, verkündete Simon und streckte die Brust heraus. Schon wieder lächelnd, rannte er zu den Küpen, um die nachlässigen Gehilfen anzutreiben.

Die Wochen verstrichen, ohne die seltsame Gemütsverfassung des jungen Mannes zu ändern.

Jeden Abend, oder fast jeden, verzog sich Simon mit der Miene eines Lebensmüden in den Garten; kaum eine Stunde später kehrte er strahlend und entschlossen zurück. Dieses Auf und Ab wie auf einem Kamelrücken ärgerte Meister Lucas. Deshalb hielt der Färber, der das direkte Gespräch als Universalheilmittel für Familienkrankheiten ansah, seinen Sohn eines Tages auf dem Weg zum Garten auf.

»Simon, jeden Abend gehst und kommst du wie ein Mönch mit kranker Blase. Ich verlange keine Rechenschaft über deine Tage, aber die Gehilfen haben sich beklagt und Bäder sind durch dein Verschulden brackig geworden. Deshalb ist es meine Pflicht, dich zu befragen!«

Simon war gerade in seiner finsteren Stimmung und so wehrte er zunächst mürrisch ab: »Lasst mich, Vater! Ich gehe, wohin ich will!«

Des Färbers Gutmütigkeit hielt diesen davon ab, die Hand gegen den Unverschämten zu erheben. Fest packte er Simons Arm. »Sag mir wenigstens, was dich in diesen Garten zieht, wo es nichts anderes zu tun gibt, als Malven zu pflücken und Spinat auszusäen!«

Simon kreuzte die Arme und antwortete nicht. Meister Lucas hätte das schwierige Gespräch gern an diesem Punkt beendet, aber die laute Entgegnung seines Sohnes hatte Aufmerksamkeit geweckt, und er wollte vor den anderen nicht als der Nachgiebige erscheinen.

»So, du spielst also mal wieder den Dickkopf … Darin bist du mir sehr ähnlich, und ich glaube wohl, dass die Stimme des Blutes aus deinem Verhalten spricht! Im Übrigen braucht es dein Geständnis nicht, um dahinter eine Schürzengeschichte zu vermuten. Gewiss dient dir der Garten für dein Stelldichein. Du triffst dort eine Dame, nicht wahr? Eine Dame, die du Flegel über die Mauer steigen lässt, für eine Umarmung ohne Sakramente! Stell sie mir vor, anstatt hier im Schatten dein Unwesen zu treiben! Ich habe ein weites Herz, gleich, ob Königin oder Zigeunerin, ich gelobe, sie zu empfangen, wie es deine Auserwählte verdient.«

Bei diesen seltsamen Worten runzelte Simon die dichten Brauen.

»Vater, Ihr irrt … Ich kenne kein Mädchen.«

»Na, na! Wozu noch die Falle tarnen, wenn das Wild gefangen ist? Ich bin deiner Mutter in einem Stall begegnet und habe sie hinter einer Tonne näher kennengelernt. Hat das vielleicht unserer Ehe geschadet?«

»Bei meiner Seele …«

Der Tonfall klang aufrichtig und verwirrte den Färber. Meister Lucas trat einen Schritt zurück, um seinen Sohn genauer zu betrachten. Er nahm seine Lieblingspose ein, die Hand am Kinn, ein Auge halb geschlossen. So blickte er auch auf bestimmte Mischungen, die gelb färbten, obwohl sie rot enthielten. »Was dann?«, fragte der alte Meister zögernd.

Simon schüttelte ungläubig den Kopf. Er zuckte die Schultern und verließ die Werkstatt.

Diese Szene blieb im Geist von Vater und Sohn lange lebendig. Mehrere Wochen erschien Simon nicht zum Abendessen und bewegte sich an den Bottichen wie ein Automat; Lucas seinerseits verlor gar die Lust am Färben.

Wie so oft war es die Frau der Familie, die den Ausweg aus diesem Konflikt fand. Das Mädchen mit den Regenbogenfingern blickte in die Herzen der beiden Männer und begriff, dass sie sich nicht von selbst würden befreien können. Wenn keine schnelle Hilfe käme, würde der Verdruss böse Folgen nach sich ziehen und sich dauerhaft in der Werkstatt einnisten.

Éléonore beschloss, die Angelegenheit zu klären, und nahm dabei von vornherein zwei mögliche Ergebnisse in Kauf: entweder den wiedergewonnenen Familienfrieden, der die Chamäleonstoffe retten würde, oder deren Ende, Simons Aufbruch in die Ferne und die Schließung der Werkstatt durch Lucas. »Dem entzündeten Geschwür muss man mit glühenden Eisen beikommen!«, erklärte sie mutig.

Es geschah an einem Herbstmorgen, einem jener Nebeltage, da Lebewesen und Landschaften nur undeutliche Konturen erhalten, was es Priestern oder Ackerbauern leichter macht, die einen oder die anderen in neue Form zu gießen.

Kaum hatte Éléonore ihr Kleid übergezogen und den Zopf im Rücken zusammengesteckt, ging sie zum schlafenden Lucas und versetzte ihm eine kräftige Ohrfeige. Diese Tat zeigte Wirkung: Der Färber öffnete die Augen, glaubte sich in einem Alptraum, hustete in doppelten Quinten, fuhr auf und fragte in stammelndem Dialekt, ob Feuer in der Mühle ausgebrochen sei, die Engländer in der Stadt stünden oder die erste Trompete der Apokalypse geblasen habe.

Ohne zu antworten, fuhr das Mädchen mit den Regenbogenfingern fort ihn zu misshandeln. Lucas blieb nichts anderes übrig, als sein Bett zu verlassen und ihren Anweisungen folgend zu Simons Tür zu trotten, der er drei Schläge versetzte.

»Wer ist da?«, fragte eine vom Schlaf getrübte Stimme.

Der Meister sah sein Weib an, denn in dieser Verfassung des Gehorsams wusste er nicht, mit welchem Namen er antworten sollte.

»Es ist dein Vater!«, rief Éléonore, »Dein Vater, der dich sehen will und nicht warten wird, bis ihr an den Küpen steht. Komm heraus, sonst, beim Worte Éléonores, lassen wir das Beil dieses Holz zerschlagen!«

Diese Drohung wirkte beim Sohn noch besser als die Ohrfeigen beim Vater. Das letzte Wort war noch nicht ausgesprochen, da öffnete sich weit die Tür und zeigte Simon, im Nachthemd, die Füße noch in die Decke gewickelt.

»So ist es recht!«, lobte die Mutter. »Da ihr nun aufgestanden seid, werdet ihr in die Küche hinuntergehen, euch auf eine Bank setzen und von Angesicht zu Angesicht wie echte Männer den Streit klären, der euch seit zwanzig Tagen zu Fremden voreinander macht.«

So geschah es. Sie stellten eine Bank zurecht, setzten sich darauf und sprachen sich unter dem scharfen Blick Éléonores, die ein Schüreisen schwenkte, gründlich aus.

Die Fragen waren aufrichtig, die Antworten ehrlich. Anders war es gar nicht möglich angesichts der Entschlossenheit, mit der die Ehefrau und Mutter ihre Aufgabe als Schiedsrichterin wahrnahm und jedes Mal einen Topf oder ein Käsesieb zerbrach, wenn sie eine Lüge zu erkennen meinte. Das Gespräch verlief in etwa so:

»Vater, ich muss Euch gestehen, welch ein Martyrium die Färberei für mich in diesem letzten Jahr war. Niemals wurden meine Anstrengungen anerkannt, nie mein Name geehrt, trotz all des Eifers, den ich bei der Ausübung dieses Berufs entfalte.«

»Ich hingegen muss dir sagen, mein Sohn, in welche Zweifel mich unser jüngster Disput gestürzt hat, so sehr habe ich meine Unkenntnis über dein innerstes Wesen und dein wahres Begehren gespürt.«

»Tatsächlich war ich verwirrt durch Euren Verdacht, eine Frau stünde in meinem Leben. Frauen habe ich nie gehabt noch gewollt, ich fürchte gar, dass mich die Kunst des Färbens von den Leidenschaften meines Alters abgebracht hat.«

Da Éléonore die Geständnisse als hinreichend erachtete, verordnete sie ein weiteres Gespräch, in dem ein Ausweg aus der Situation zu finden wäre. Nachdem Vater und Sohn sich über dieses Ziel geeinigt hatten, wollten sie die Küche bereits wieder verlassen, als Éléonore sie erneut hinsetzen hieß, bewaffnet diesmal mit einem Geflügelspieß.

»Nicht so schnell«, schimpfte die Färberin. »Weder an einem anderen Tag noch an einem anderen Ort, hier und jetzt müsst ihr den Knoten lösen. Macht es kurz, denn die Köchin ist unterwegs, und nichts ist schädlicher als die Geschwätzigkeit des Gesindes!«

Lucas und Simon gehorchten. Die Diskussion wurde fortgesetzt, länger und hitziger diesmal – reift doch bekanntlich ein Geständnis, sofern man sich darauf einlässt, schneller als die Lösung des Problems.

Schließlich gelangten die beiden Männer zu dem Ergebnis, dass Simon sich ein Weib nehmen und im selben Zug seine Unabhängigkeit erlangen sollte. Als Familienvorstand in einer Färberei mit eigenem Werkstattschild würde der Geselle gewiss Heilung für seinen verletzten Stolz wie auch für sein Herzeleid finden. Ein Händedruck besiegelte diesen ehrlichen Handel.

»Bravo!«, rief Éléonore und nickte zum Zeichen ihres nüchternen Einverständnisses.

Dieses einfache Wort begeisterte die beiden Männer, die sich lautstark dazu beglückwünschten, eine so verdienstvolle Frau als Gattin und Mutter zu haben.

4

Sie machten sich sogleich daran, die klugen Vorsätze zu verwirklichen, die sie unter Éléonores Aufsicht gefasst hatten.

Zunächst mussten sie eine Werkstatt finden, und so unterbreitete Meister Lucas das Problem dem Zunftmeister Boniface. Tatsächlich erklärte dieser, er besitze eine Niederlassung, die wohl geeignet sei, den Gesellen aufzunehmen.

»Sie ist nahe Canavières«, erklärte der Zunftmeister. »Ein schönes Haus am Flussufer, mit der Vorderseite zur Straße, für den Laden. Zu den Feldern hin gibt es einen großen Raum, in dem die Bottiche bequem Platz finden werden. Ich will mich anheischig machen, Werkzeug und Gerätschaften zu besorgen, damit Ihr die Arbeit beginnen könnt. Meister Étienne gibt den Beruf auf und weiß nicht wohin mit seinen Kellen und Küpen.«

Das Angebot erschien Simon ehrenhaft und er nahm es im Grundsatz an. Dann kam man zu den Einzelheiten des Geschäfts: Als Entgelt für die Überlassung der Werkstatt sollte sich der Geselle verpflichten, bei Unterzeichnung des Vertrages zwanzig Livres zu zahlen, weiterhin in jedem Quartal die Hälfte seiner Färbereinnahmen.

»Die Hälfte, das ist allerhand!«, protestierte der Geselle schüchtern.

Meister Boniface schien verärgert, dass man diesen Punkt zur Diskussion stellte.

»Junger Mann, Ihr solltet Euer Glück zu schätzen wissen, einen Färber zum Vater zu haben, noch dazu einen Meister. Viele Burschen sind als Kinder von Landarbeitern oder Lastenträgern geboren. Gibt man sie in die Lehre, so bleiben diese Jungen jahrelang in einer fremden Werkstatt, ohne je ihr eigenes Geschäft zu führen. Ihr genießt einen Vorteil, also erfreut Euch daran! Aber lasst nicht den Bauch vor dem Kopf marschieren, und denkt daran, gut zu färben, ehe Ihr teuer färbt!«

»Das nenne ich weise gesprochen!«, erklärte Meister Lucas beifällig. »Findest du nicht, Simon, dass diese Lektion von Meister Boniface wahrlich schön ist? Möge sie deinen seltsamen Drang nach Vermögen eindämmen, in dem ich für den Beruf des Färbers nichts Gutes sehe!«

Dann, ohne weiter nach der Meinung des Gesellen zu fragen, der noch die Worte für seine Entgegnung suchte, erklärte Lucas: »Einverstanden, Meister Boniface, der Handel ist besiegelt! Lasst den Kanzlisten die Verträge aufsetzen, Simon wird sie so bald wie möglich unterzeichnen.«

Es folgte großes Händeschütteln.

Während sich also die Werkstatt recht vielversprechend anließ, sah es mit der Braut ganz anders aus – sie war weitaus schwerer zu finden als vier Wände oder eine Partie Färberkrapp.

Bei dieser zweiten Suche büßte Simon für seinen Geburtsfehler, das weinrote Mal in seinem Gesicht. Den Frauen flößte es größte Abscheu ein: »Komm her, mein Junge, damit wir dir ein weißes Christengesicht verpassen!«, kreischten die Klatschbasen am Waschplatz. »Um mir den anzudrehen, müssten die Krone von Frankreich und die Glocken von Rom an seinem Hals hängen!«, scherzten die Kindermädchen beim Spaziergang.

Was die Frauen abstieß, war nicht so sehr der körperliche

Makel, denn zu jener Zeit gab es viele Krankheiten, die das Äußere entstellten. Nein, unerträglich in ihren Augen war, dass der Fleck so sehr an die Färberei erinnerte, dass er wie eine obszöne Ergänzung der befleckten Fingernägel wirkte. Die für immer von der Arbeitsfarbe gezeichneten Hände versahen den Handwerker mit dem erniedrigenden, unauslöschlichen Makel seines Standes. Was war erst von einem Gesicht zu sagen, das denselben Schmutz aufwies, von einem Antlitz, das seine Schande wie eine Fahne vor sich her trug!

Dieses Hindernis erschien zunächst unüberwindlich. Lucas und Éléonore besuchten die Familien der Nachbarschaft, bekamen jedoch überall die gleiche Antwort, eine Ablehnung ohne Umschweife: »Was denn, Ihr wollt unsere Tochter mit einem Jungen verheiraten, dessen Beruf es ist, die Wäsche rot zu färben? Dazu noch ein beflecktes Gesicht und so hässliche Fingernägel, dass sie sein Hemd verderben? Lieber geben wir sie dem Teufel!«

»Halt ein, Jacquemont!«, antwortete Meister Lucas heftig, »du sprichst von meinem Sohn, nicht von einem dieser Landstreicher, die im Heu schlafen und sich mit deinem verwurmten Fleisch die Eingeweide verderben!«

»Maden? In meinem Fleisch?«

»Ganz gewiss, und in solchen Mengen, dass sie auf dem Brot tanzen!«

»Geh zum Teufel, Sohn einer Hündin!«

»Geh du zuerst, Haderlump! Zuhälter! Kahlkopf! Erbsenzähler!«

Von Misserfolg zu Misserfolg machten Lucas und Éléonore weitere Abstriche in bezug auf Simons Braut. Gleichzeitig lernten sie, das Erbe ihres Sohnes mit immer größeren Übertreibungen darzustellen. Die Werkstatt in Canavières wurde jedes Mal schöner und eindrucksvoller: »Zwölf Färberkessel!«, prahlte Lucas. »Ein Einkommen von zehn Livres im ersten Monat!« – »Zwanzig Livres!«, übertrumpfte ihn Éléonore, die meinte, wenn sie schon die Sünde der Unwahrheit begingen, sei es besser, diese schön und stark zu machen …

Als Simons Eltern die weniger wohlhabenden Familien mit noch fetteren Angeboten besuchten, hofften sie, ihr Samen werde auf fruchtbaren Boden fallen. In der Tat ließ die Ernte nicht auf sich warten: Zahlreiche Väter versprachen ihre älteste Tochter, einige gingen sogar so weit, die Nachgeborene als zweite Partie anzubieten, die beispielsweise einen Gehilfen in der Feigenmühle heiraten oder den Haushalt des künftigen Paares besorgen könne. »Nehmt meine Tochter!«, riefen die Väter wie Marktschreier, »sie ist gut und gesund und wird schöne Kinder zur Welt bringen. Wenn ihr noch zehn Sous auf die hundert Livres drauflegt, von denen Ihr gerade spracht, gebe ich Euch für eine Lebensrente mein Weib obendrein!«

Lucas und Éléonore hatten größte Mühe, diese wild Gewordenen zu bremsen, vor allem, wenn es Händler mit viel Geschäftssinn waren. Nichts brachte sie dann noch davon ab, um ihre Erstgeborene zu schachern wie um einen Kamm oder einen Fingerhut, mit »Topp!« und »Ich mache dir einen Freundschaftspreis!«, um den Kurs zu erhöhen.

»Man müsste die Kinder bekannt machen, sehen, ob sie einander gefallen«, gab Éléonore zuweilen zu bedenken, empört, dass man über Simons Zukunft verhandelte wie über eine Obststiege auf dem Markt.

»Sie bekannt machen, wozu das?«, fragte der Vater. »Ich habe meine Braut erst am Tag der Trauung kennengelernt, und das war gut so, denn wenn man mich nach meiner Meinung gefragt hätte, hätte ich sie nicht mal als Latrinenschmuck gewollt!«

Wenn die Väter jedoch zu einer Einigung gelangten, war das Geschäft noch lange nicht perfekt: Jetzt musste noch die künftige Braut überzeugt werden.

Nun war aber der Geschmack dieser Fräuleins geprägt von den zuckersüßen Seiten des *Rosenromans* und von Träumen, in denen Ritter von stattlicher Gestalt erschienen. Selten entsprach ihre Sehnsucht dem Wunsch des Vaters: Sobald die Mädchen Simon vorgestellt wurden, brachen sie in Schluchzen aus oder flüchteten in die Röcke ihrer Mutter und schrien dabei, sie würden sich eher in den Brunnen stürzen, als den Verlobungsring anzunehmen. Der Vater diskutierte eine Weile mit der Widerspenstigen – manchmal muss man am Strick ziehen, um den Ochsen zum Laufen zu bringen –, da er aber ein weiches Herz besaß, gab er schließlich nach: Simon würde seine Tochter nicht bekommen …

Nachdem Familie Terrefort durch alle Häuser der Stadt gezogen war, in denen es heiratsfähige Mädchen gab, musste man sich wohl oder übel dem Offensichtlichen beugen: Der Geselle würde keine Hochzeit feiern.

Lucas faltete den schönen Mantel zusammen, den er bei den Besuchen getragen hatte, Éléonore räumte die Wäsche in den Schrank, die sie heimlich für Simons Hausstand bestickt hatte, und Simon, der stärker litt, als er zugeben mochte, knotete seine Färberschürze zu und kehrte an die Küpen zurück.

Eine Angelegenheit wenigstens nahm ihren Lauf, das war die Abmachung mit Meister Boniface. Der Zunftmeister zeigte große Eile, die Werkstatt von Canavières einzurichten, was in den Augen von Meister Lucas, der nur wenig Geschäftssinn besaß, allein von seinem Wunsch kündete, Simon zu unterstützen.

»Du musst seine Güte würdigen! Meister Boniface ist ein reicher Mann, er hat den Gewinn aus deiner Färberei keineswegs nötig. Ist es nicht bewundernswert, dass er einem jungen Gesellen so nachdrücklich unter die Arme greift?«

»Gewiss«, antwortete Simon verlegen, »allerdings hat mir ein Freund erzählt … Also, ich glaube … Nun, soll man nicht eine Betrügerei hinter so großer Eile vermuten?«

Meister Lucas brauste auf, als würde die Beschuldigung ihn persönlich treffen.

»Oh nein! Bete, dass Meister Boniface dich niemals hören möge, sonst könnte er dir mit gutem Recht sein Vertrauen entziehen! Bei meiner Seele, ich glaube, dass dich dein Verstand verlassen hat – gewiss hat dir die schlechte Luft bei den Farbbädern das Gehirn zerfressen. Meister Boniface ist der beste Mensch, den es gibt, der ehrlichste, der anständigste! Er ist so sanft wie ein Lamm!«

»Möge es so sein, Vater …«

Das Misstrauen des Gesellen störte den Fortgang der Angelegenheit keineswegs. Drei Monate nach dem ersten Gespräch zwischen Simon und Meister Boniface war der Vertrag aufgesetzt und wartete nur noch auf die Unterschriften der beiden Männer. Sie einigten sich, den Pakt am fünfundzwanzigsten März, dem Tag der Verkündigung, vor Ort in der Werkstatt von Canavières abzuschließen: Mit dem Frühling würde Simon das Haus in Besitz nehmen.

Der erwartete Tag kam heran. Simon hatte sein einziges Wams angezogen. Es glich dem eines Possenreißers und war aus selbst gefärbten Stoffresten zusammengenäht. Seine Finger hatte er gebürstet, bis sich die Haut löste. Sie schauten nahezu weiß unter den Spitzenärmeln hervor.

»Du bist schön, mein Sohn«, sagte Éléonore und umarmte ihn. »Dieses Wams kleidet dich wie ein Engelsflügel! Also hüte dich zum Trost deiner Mutter, es zu beschmutzen, wenn du über die staubige Straße galoppierst!«

Meister Lucas gab feierlichere Empfehlungen: »Lies den Vertrag sorgfältig, ehe du deinen Namen darunter setzt. Meister Boniface genießt all mein Vertrauen, den Kanzlisten aber meide ich wie faulen Fisch. Diese Kanaille hat uns allzu oft Hemden zum Bleichen gegeben, die ohne Kragen und mit Blut bespritzt waren, gerade so, wie er sie von den Schultern der Erhängten stiehlt.«

Simon nickte bedeutungsvoll. Da die Zeit voranschritt, umarmte er seine Eltern ein letztes Mal und trabte langsam die Straße nach Canavières hinauf.

Ein Menschenleben fließt selten von der Quelle bis zur Mündung, ohne dass man ein einziges Mal der großen Gelegenheit begegnet. Manche lassen sie an sich vorüberziehen wie ein Mädchen, dessen Schönheit unter einem schäbigen Gewand verborgen bleibt, andere, erfahrenere, wissen sie zu erkennen: Dafür werden sie reichlich belohnt.

Simons Stunde war gekommen, seiner *Gelegenheit* zu begegnen.

Sie zeigte sich in der Gestalt eines Reiters, der auf der staubigen Straße aus Richtung Canavières herangaloppiert kam. Der Mann trieb sein Pferd an, ohne nach vorn oder nach hinten zu blicken, während Simon verträumt die Zügel seines Tieres locker ließ, und so trafen sich die beiden auf vorhersehbare Weise: hart und plötzlich wie zwei Turnierkämpfer.

Unversehens fanden sich die Pferde Stirn an Stirn, die Reiter flogen aus den Sätteln. Über ihre Tiere hinweggeschleudert, prallten sie in der Luft in einer kurzen Umklammerung gegeneinander und kreuzten Arme und Beine, ehe sie kräftig in den Staub bissen. Ein Mantel zerriss, ein Hut flog hoch in einen Baum und blieb dort hängen. »Teufel noch mal!«, fluchte Simon, der den Himmel an der Stelle der Erde sah. »Gottverdammich!«, schimpfte der Unbekannte und wischte sich das Blut ab, das aus seiner Nase quoll.

Als jeder sich vergewissert hatte, dass er noch von dieser Welt war, ging der Blick zum anderen.

Simon sah einen Bürger mittleren Alters, weniger dick, als die Gewalt des Aufpralls hätte vermuten lassen, aber kräftig genug, um sich allein unter dem Pferd hervorzuarbeiten, das auf seine Beine gerollt war. Der Spitzbart und die mageren, gebräunten Wangen verliehen ihm ein spanisches Aussehen.

In den Augen des Unbekannten konnte der vor ihm stehende Bursche trotz Wams und Hemd aus gutem Leinen nur von niederer Herkunft sein, wie es die Kupfermünzen verrieten, die ihm aus der Tasche gefallen waren. Die rosa gefärbten Nägel deuteten auf den Beerenwalker oder Gerber. Er sprach deshalb in einem für solche Leute angemessenen Ton: »Sag an, Bursche, hast du überhaupt die Augen offen, dass du dich so den Leuten vor den Kopf wirfst?«

»Vergebung, gnädiger Herr, aber Ihr kommt schnell daher!«

»Weil ich zu tun habe und schon allzu spät dran bin! Komm schon, hilf mir, in den Sattel zu steigen!«

Simon eilte zu dem Edelmann und bot ihm seine verschränkten Hände, auf die sogleich ein schlammiger Absatz drückte.

»Dein Name?«, fragte der Unbekannte ohne jede Freundlichkeit.

»Ich bin Simon Terrefort, Sohn von Meister Lucas.«

Der Mann befreite seinen Stiefel, der noch von den Händen des Jungen festgehalten wurde. Sein von dichten Wimpern verdeckter Blick richtete sich direkt auf den Gesellen: »Meister Lucas, der Färber?«

»So ist es«, antwortete Simon.

Der eine war erstaunt, gekannt zu werden, der andere zu kennen. Die beiden Männer sahen einander mit neuen Augen an. Simon bemerkte den mit Grauwerk gefütterten Mantel und das goldbesetzte Hemd. Im Ohr glänzte ein Diamant, dessen Blitzen das Auge zum Ausweichen zwang.

Was dem Reiter an dem Jungen auffiel, war das mohnrote Mal, unter dem das Gesicht mit dem streitsüchtigen Kinn zur Hälfte verschwand.

»Na, du hast es ja gut getroffen, siehst aus wie ein Trunkenbold, der auf dem Tavernentisch geschlafen hat!«

»Die Natur hat mich so erschaffen …«

Ein schmales Lächeln ging über das Gesicht des Edelmanns und sein Blick wurde freundlicher.

»Ich heiße Joachim Fressard«, sagte der Unbekannte, »ich handle mit Färberwaid, im Béarn und nun auch hier. Deshalb nennt man mich den ›Färberwaidner‹. Sag mir, Simon, bist du aus dem gleichen Holz geschnitzt wie dein Vater? Dem Holz, aus dem man Katapulte und Galgen fertigt? Der Teufel soll mich braten, wenn ich diesen Mann jemals verstanden habe!«

»Ihr wart bei Meister Lucas?«

»Ich war bei ihm, ja, und ich werde nicht wieder hingehen! Es ist ein Unglück, als Sohn eines solchen Mannes geboren zu sein!«

Simon verneigte sich, ehe er mit schmeichelnder Stimme antwortete: »Sie müssen meinem Vater verzeihen! Die Färberkunst ist sein ganzes Leben, nichts auf der Welt könnte ihn von einer Küpe ablenken, die gerade in Arbeit ist. Selbst ich bin für ihn wie ein Schatten, manchmal besprengt er mich mit Wasser und meint den Boden zu spülen.«

»Dabei kam ich mit guten Worten, aber sie verpufften wie der Rauch im Wind. Ich habe wohl gespürt, dass dein Vater nicht zuhörte.«

»Vielleicht werde ich Euch zuhören?«

Die Hand des Färberwaidners, die schon nach dem Zügel gegriffen hatte, ließ diesen fallen und tastete nach dem Ohrring. Seine Angestellten hatten diese Bewegung als Zeichen gründlichen Überlegens zu deuten gelernt; Simon sah darin nichts als eine gewisse Eitelkeit.

»Wie weit bist du am Geschäft beteiligt, mein Junge?«

»Nicht im geringsten. Meine Unterschrift unter einem Vertrag ist so viel wert wie die des letzten Tunichtguts, der Steine und Mörtel für die Türme der Kathedrale schleppt. Aber ich verhandle mit Meister Boniface: Er ist unser Zunftmeister, ein einflussreicher Herr, der mehrere Werkstätten besitzt und mir erlauben möchte, mich in einer von ihnen niederzulassen.«

Die kurzen Lippen des Färberwaidners spannten sich wie ein Bogen über den schönen Zähnen.

»Du willst dein eigenes Geschäft? Das hört man gern. Aber ich möchte wetten, dass dir Meister Boniface seine Werkstatt nicht aus Wohltätigkeit überlässt. Sicher verlangt er eine Miete?«

»In der Tat, ich schulde ihm für jedes Stück, das ich färbe, die Hälfte des Preises.«

Joachim runzelte vorwurfsvoll die Brauen.

»Alle Wetter! Die Hälfte!«

Dann packte er väterlich die Schulter des Gesellen und zog ihn an sich.

»Ich kann dir auch eine Werkstatt geben, und nur für ein Viertel deines Verdienstes …«

Der Fleck im Gesicht des Gesellen färbte sich vor Aufregung noch dunkler.

»Ihr behaltet nur ein Viertel des Gewinns?«

»Wie ich es gesagt habe.«

Nicht weniger jungfräulich in Geschäften als in der Liebe, hielt es Simon doch für angebracht, Vorsicht walten zu lassen. Er kreuzte also die Arme, beugte sich nach vorn und kniff ein Auge zusammen, geradeso wie ein Pferdehändler, der ein Tier begutachtet. Fressard gähnte, um nicht zu lachen.

»Das Geschäft mit Meister Boniface ist so gut wie besiegelt!«, wagte der Geselle einzuwenden. »Wie Ihr mich hier stehen seht, war ich eben auf dem Weg zu dem Haus, das er mir überlassen will. Wir haben vor, dort den Vertrag zu unterzeichnen.«

»Wo befindet sich dieses Haus?«

»Nicht weit von Canavières.«

»Canavières sagst du? Aber das ist ja am Ende der Welt! Es wird dich teuer kommen, deine Ware auszuliefern, falls überhaupt irgendein Bürger so weit von seinem Heim entfernt eine Bestellung aufgeben sollte! Und ist das Wasser in Canavières denn eigentlich sauber? Kommt es nicht von den Gerbereien herab, deren stinkende Brühe den Fluss verseucht?«

An Simons Gesichtsausdruck konnte man deutlich ablesen, dass er all diese Einzelheiten des Geschäfts nicht bedacht hatte. Der Färberwaidner fuhr mit blitzenden Zähnen fort: »Ich habe ein Haus am Ufer des Tarn, hinter Castelviel. Es ist nur zwei Bogenschüsse von Albi entfernt und groß genug, um Färberkessel, eine Trockenkammer und alle Gerätschaften aufzunehmen. Willst du dein Schild dort aufhängen? Ich trage alle Kosten, bei dir liegt es, die Arbeit anzulocken und gute Geschäfte zu machen. Natürlich wirst du vor allem anderen meinen Färberwaid kaufen ...«

»Ich müsste also blau färben?«

»Hast du etwas dagegen? Ich weiß, dass dein Vater rot färbt.«

»Im Gegenteil, ich liebe die Farbe Blau. Für meine Meisterprüfung will ich ohnehin eine Küpe davon färben.«

»Abgemacht, Bursche. Führ mich zur Taverne, wir werden auf das Wohl unserer Träume trinken ... Und vielleicht bekommen wir, wenn wir den letzten Becher leeren, die Inspiration für einen Vertrag. Nichts besiegelt eine neue Freundschaft so gut wie zwei Unterschriften aus derselben Feder.«

»Das nenne ich wohl gesprochen!«, freute sich Simon. »Mein Vater ist ein Träumer, müsst Ihr wissen, der nie etwas von Geld verstanden hat. All seinen Gewinn steckt er in das Rot, so sehr ist er von seinem Ehrgeiz und seinen Experimenten besessen. Mit solchen Leuten würde bald kein Speck mehr in der Kammer hängen!«

»In deiner wird es daran nicht mangeln, Simon, der Wohlstand steht vor deiner Tür!«

Wiederum flammte der rote Fleck im Gesicht des Gesellen auf. Wären seine Gedanken in diesem Augenblick aus seinem Kopf ans Tageslicht getreten, hätte man die prächtigsten Karossen und Paläste gesehen, Pelze und Equipagen ...

Joachim Fressard reichte Simon seinen Handschuh, den dieser freimütig ergriff. Gemeinsam machten sich die beiden Männer auf den Weg zur Taverne.

Beim Abendessen in der Mühle war Simon sehr verschlossen. Er saß vor seiner Suppe und ließ sie kalt werden, ohne den Löffel einzutauchen. Auch eine Scheibe Schinken und die Gänseterrine konnten ihn nicht locken. Selbst der herrliche Hasenpfeffer, Prachtstück dieses sonntäglichen Mahles, kehrte so unberührt in die Kammer zurück, wie er serviert worden war. Éléonore lag ihm wegen seiner Appetitlosigkeit in den Ohren, Simon aber hielt die Lippen geschlossen und errötete im Dampf seiner Schale wie ein junges Mädchen.

In seinem Ärger, offenbar allein zur Erbauung der Fliegen zu reden, schlug Meister Lucas schließlich mit der Faust auf den Tisch: »Nun, gnädiger Herr! Verstopft ein Dämon Eure Sprachwege, gleich dem Sünder, der stumm bleibt bei der Beichte? Oder reichte Euch ein Zauberer seinen Trank, der die Worte in Eurer Kehle aufsaugt wie ein Schwamm?«

»Ein Zauberer?«, fragte Éléonore erschrocken.

»Ja, ein Zauberer, ein Waldenser!«, brüllte der Färber. »Ganz Albi spricht bereits davon! Und ich kenne sogar seinen Namen: Es ist Joachim Fressard.«

Simon fuhr so heftig zusammen, dass ein Krug vom Tisch zu Boden fiel. Eine Katze aus der Nachbarschaft stürzte sich gierig auf die Pfütze und zerbrach in ihrem Eifer eine Schale, deren Splitter wie scharfe Messer durch die Luft flogen. Das ganze Haus schien aus den Fugen.

»Ihr … Ihr kennt ihn, Vater?«

Der Färber zuckte die breiten Schultern, wie jemand, dem man eine allzu vertraute Geschichte erzählen will.

»Du warst noch nicht geboren, als wir schon unseren Strauß ausfochten; und es war ein heftiger Strauß, denn dieser Mann ist ein Schlitzohr.«

»Ein Schlitzohr?«, wiederholte Simon aschgrau.

»Ja, ein Schlitzohr, ein Gauner, ein Schurke! Einer von denen, die sich mit dem Galgen anfreunden und den Geruch von verbranntem Holz hinter sich zurücklassen!«

Dann wandte er sich zu Éléonore: »Weißt du, dass unser Sohn, der am Morgen bei Meister Boniface erwartet wurde, erst zur None dort erschienen ist? Drei Messen, um fünf Meilen zu reiten, das nenne ich sein Pferd zügeln! Der Kanzlist war schon gegangen, da er in der Nähe von Mazicou noch andere Angelegenheiten regeln musste. Und während unser Sohn dann fast vom Pferd fällt, erklärt er unumwunden, dass er es sich überlegt habe, dass die Werkstatt von Canavières nicht mehr nach seinem Geschmack sei, kurz, dass man den Vertrag begraben solle. Stell dir vor, wie zornig Boniface war!«

Éléonore reichte ihrem Sohn ein Taschentuch.

»Hat er Hand an dich gelegt? Ist dein Hemd deshalb so zerrissen?«

»Albernes Zeug!«, explodierte Meister Lucas. »Boniface hat einen anständigen Bauch, aber noch mehr Verstand: Er weiß wohl, wie wenig eine Tracht Prügel bei einem Taugenichts von Färber hilft. Vielmehr wird er ein Gesuch an die Geschworenen der Zunft richten. Simon wird ausgeschlossen und zu einer Geldstrafe verurteilt werden! Schande! Schande über den Namen der Terrefort!«

Entsetzen stand auf Éléonores rundem Gesicht geschrieben.

»Aber warum dieser Widerruf? Warum diese Verspätung bei Meister Boniface? Simon, sag uns die Wahrheit!«

Meister Lucas kam ihm zuvor: »Bei meiner Seele, ich glaube wohl, dass Simon auf dem Weg nach Camvières eine Begegnung hatte. Joachim Fressard ist ein Fuchs, er riecht den Färber wie das Schwein die Trüffel: Kein Zweifel, nachdem ihn der Vater abwies, hat er beim Sohn alles auf eine Karte gesetzt!«

Meister Lucas griff nach einer Feige, die er mit einem Bissen zermalmte.

»Natürlich hat Joachim vom Färberwaid gesprochen?«

Zu erregt, um ein Wort herauszubringen, nickte Simon nur schwach.

»Fressard ist ein Hochstapler, der jedem, den er trifft, sein blaues Pulver zu verkaufen sucht. Ich zweifle nicht daran, dass er die richtigen Worte gefunden hat, um dein junges Gehirn zu verdummen. Also vergiss, was er dir gesagt hat! Es wird bei den Terrefort keinen Färberwaid geben, weil der Färberwaid blau färbt, und wir die Handwerker des Rot sind. Das Gelb mag noch angehen, seine Kunst ist mit unserer verwandt. Aber Blau niemals!«

Simon, aufrecht auf seiner Bank, hatte so viel Farbe wie ein Salzkorn. Da er nicht wagte, Meister Lucas anzusehen, klammerte sich sein Blick an dessen Hemdkragen. Der Geselle musste zwei Anläufe nehmen, um seine Zunge in Bewegung zu setzen, die ihm schwer wie ein Stein im Mund lag: »Vater, ich glaube, dass Blau die Farbe ist, die ich färben möchte.«

Das Mädchen mit den Regenbogenfingern hatte sich an die Seite ihres Sohnes gestellt, um einen Schutzwall gegen Lucas' Zorn zu errichten. Doch der erwartete Blitz schlug nicht ein. Der Meister nickte gewichtig, wie ein Mann, der die Bestätigung seiner schlimmsten Befürchtung erhält. »Das ist deine Wahl?«

Die Stille klaffte so hässlich wie eine Bauchwunde. Simon wiederholte, dass er das Blau wähle.

»Hat man jemals einen Terrefort blau färben sehen?«, spottete der Meister böse. »Und gar noch meinen Sohn, der das Rot sogar im Gesicht trägt! Bei allen Göttern! Was machst du mit Meister Boniface, mit deinen Eltern, deren Ehre auf dem Spiel steht?«

Der Geselle wagte nicht zu gestehen, dass er allein an sich selbst gedacht hatte, als er Fressard seine Unterschrift gab.

»Ich habe einen Vertrag unterzeichnet, Vater.«

»Einen Vertrag? Was ist das nun wieder für ein Taschenspielertrick?«

»Ja, Fressard vermietet mir sein Haus in Signac und alles Material zum Färben, das sich darin befindet, für einen gewissen Anteil an meinem Gewinn ...« Der Anteil ist geringer als bei Meister Boniface, hätte Simon beinahe hinzugefügt.

»Blau ... Du färbst blau. Das zerreißt mir das Herz ...« Lucas wiegte seinen kahlen Kopf und rang nach Luft, als sei er kurz vor dem Ersticken.

Ohne ein weiteres Wort stand der Meister auf und stieg mit steifem Schritt die Treppe zum Obergeschoss hinauf.

Über der Feigenmühle war die Nacht hereingebrochen.

Simon lag auf dem Bett und wartete auf den Schlaf, wie ein Angler an einem zugefrorenen See auf den Fisch warten mag. Neben ihm lag ein Buch und stand ein Becher mit Weißdorntee, aber weder die Langeweile der Lektüre noch die Wohltat der Kräuter hatten seine offenen Augen zu schließen vermocht. Des Gesellen Geist blieb wach, sein Körper unnötig munter, beide in jener eigenartigen Verwirrung, alles zu können, aber nichts zu wollen.

Wie ein Schwimmer, der kurz Luft holt, tauchte dennoch ab und zu ein Gedanke in Simons Bewusstsein auf, und der Geselle verspürte Bedauern, sich dem Vater so schlecht erklärt oder Meister Boniface das Misstrauen gegen die Werkstatt in Canavières verschwiegen zu haben. Öfter noch plagten ihn Zweifel an Joachim Fressards wahren Absichten. Aber diese Empfindungen entglitten zu rasch seiner Aufmerksamkeit. Wie Fische, deren Schuppen nur flüchtig im Dunkeln aufblitzen, ohne dass sie nach dem Köder schnappen, ließen sie ihn leer und übellaunig zurück, ratloser noch als zuvor.

Stundenlang fand Simon keine andere Beschäftigung, als erst mit den Ohren, dann auch mit den Augen, die das Dunkel zähmten, die kleinsten Bewegungen der Mäuse auf den Dielen zu verfolgen. Sie kamen in Karawanen vorbeigehuscht, ein Rosenkranz weißer Felle, der durch die Löcher im Boden oder die Mauerscharten glitt. Als Simon sie so geschäftig am Büfett hinuntersausen und dann plötzlich auf den Hinterpfoten aufgerichtet erstarren sah, dachte er über die Gefühle nach, die jene kleinen Geschöpfe in ihrem zurückgezogenen Leben wohl bewegen mochten. In ständiger Angst vor der Katze, die ihnen auflauerte, und vor dem Menschen, dessen Aufmerksamkeit sie wecken könnten, verbrachten die Mäuse ihr Erdenleben in ständigem Bangen. »Die Armen! Die armen Mäuse!«, klagte Simon, und als er mit der Hand über sein Gesicht strich, wunderte er sich, dort Tränen wegzuwischen.

Der Mond ging auf und hüllte das Obergeschoss in milchiges Licht. Dieser Eindringling störte Simon. Er schob die Beine aus dem Bett, stand auf und ging zur Tür. Die aufrechte Haltung quälte ihn jedoch, Anfälle von Schwindel ließen ihn immer wieder eine Wand suchen, um sich abzustützen, ehe er das Treppengeländer erreichte und mit letzter Kraft umklammerte.

Als er die Stufen hinabstieg, klangen seine Schritte dumpf wie Faustschläge auf einem Mehlsack. Der Jauchegeruch führte ihn zum Stall, der Atem des Pferdes zu dessen Maul, in das er die Gebissstange legte. »Was tue ich hier?«, fragte sich Simon, während er den Zügel durch die Ringe zog. Doch die Schwierigkeit, das Pferd zu zäumen, ohne eine Kerze zu Hilfe zu nehmen, beanspruchte all seine Aufmerksamkeit. Offenbar hatten seine Arme und Beine einen Entschluss gefasst, der nicht bis in sein Denken vordrang.

So fand sich Simon bald mit der Sicherheit eines Schlafwandlers draußen auf seinem Pferd wieder, das ihn zu den Feldern trug.

Als die Hufe laut auf das Pflaster schlugen, legte Meister Lucas seine Hand um die Kerze. Die zitternde Flamme warf sanfte Schatten über sein Gesicht.

»Es ist vorbei, Éléonore. Unser Junge ist fortgegangen.«

Der Färber zog das Tuch über die Schultern seiner Frau, die auf einem Schemel saß und ihr Spinnrad drehte. Eine schlafende Dienerin saß ihr gegenüber, die Hände in einem Wollstrang, aus dem sich der krause Faden löste.

»Er will etwas Luft schnappen!«, suchte sich das Mädchen mit den Regenbogenfingern zu beruhigen.

»Heilige Jungfrau! Geht er nicht heute Abend, tut er es morgen. Dieser Dämon von Fressard mit seinem Wolfsgebiss lässt nicht mehr los, worin er sich einmal verbissen hat!«

»Er muss dich wahrlich bei lebendigem Leib verschlungen haben, dass du ihm noch immer so grollst!«

Um seiner Ehre willen überhörte der Färber diese Spitze, aber das Blut, das mit einem Mal in seine Trinkerwangen schoss, verriet ihn doch. Die Dienerin, von den lauter werdenden Stimmen geweckt und mit den Umgangsformen des Paares vertraut, legte die Wolle beiseite und ging hinaus.

»Du bist recht aufsässig heute!«, sagte der Meister und zog mit seinen Fäusten die liegen gebliebene Wollschleife auseinander.

Éléonore überwand den spärlichen Widerstand des Fadens.

»Mein Freund, ich hätte nicht den Instinkt einer Frau, spürte ich nicht in deinem Ausbruch, dass eine Geschlechtsgenossin im Spiele war. Gewiss hatte Fressard eine Braut, die du ihm streitig machtest? Du verschweigst es, weil man den erfolgreichen Nebenbuhler lieber verschweigt …«

In ungewollter Anerkennung der Geistesschärfe seiner Frau stampfte Meister Lucas mit dem Absatz auf den Boden. Der Faden in seiner Hand zitterte kaum weniger als seine Stimme: »Wenn jemals einer eifersüchtig auf den anderen war, so Joachim, merk dir das! Wir waren tatsächlich hinter demselben Mädchen her, ihr Name war Maguelonne. Im Jahr, da Karl VII. König wurde, erlernte ich in Orthez die Färberei. Mein Meister stellte mir seine jüngste Tochter vor, das bezauberndste Nähmädchen weit und breit. Oh! Wenn du sie hättest sehen können! Augen wie Perlen und ein Mund, vor dem selbst Venus erblassen musste … Das war Maguelonne.«

»Und danach?«, fragte Éléonore bestürzt, weil sich Lucas so in seinen Träumen verlor.

»Wonach?«, brummte der Färber. »Eine Jugendromanze, eine Schwalbenliebe! Maguelonne war in mich verliebt, aber Fressard hatte den Trumpf des besseren Berufes in der Hand. Der Färberwaidner wurde dem Färberjungen vorgezogen. Seitdem sind sie Mann und Frau.«

Bei diesem »seitdem«, das geheime Nachforschungen und womöglich eine noch immer brennende, verborgene Leidenschaft enthüllte, zog Éléonore mit einer heftigen Bewegung am Spinnrocken und riss dem Färber den Faden aus den Händen. Meister Lucas erwachte betreten, verlegener als ein Mönch im Taufgewand.

»Das sind alte Geschichten, Éléonore …«, seufzte er.

In dem Verlangen, irgendetwas zu zerstören, presste Éléonore die Wolle zu einer großen Kugel zusammen und warf sie ins Feuer. Einen Augenblick schossen die Flammen zu erstaunlicher Höhe empor und röteten gar den Kaminsims. Im Zimmer war es taghell.

»Sag mir, hat dieser Fressard Kinder von Maguelonne?«

»Weder von ihr noch von sonst irgendwem«, antwortete Meister Lucas, der in dieser Frage eine Falle witterte. »Ich glaube, es ist ihm von Natur her versagt.«

»Dann sieh dich vor, dass er dir nicht auch noch den Sohn nimmt, nachdem er dir schon die Frau gestohlen hat!«, versetzte das Mädchen mit den Regenbogenfingern.

Lucas ließ die mächtigen Knochen seiner Hand krachen. Blitzartig ergriff ihn das Verlangen, sein Recht durch ein paar ordentliche Fausthiebe geltend zu machen, wie sie die Färberjungen widerstrebenden Frauen zu versetzen pflegten. Dann überlegte er sich jedoch, dass eine solche Leidenschaft eher einem Laufburschen als einem Meister anstünde, hielt sich also zurück und stieß nur hervor: »Simon hat das Blau gewählt. Er ist nicht mehr mein Sohn.«

Éléonore suchte tief im Blick des Meisters, ohne darin auch nur die geringste Nachsicht zu finden. Vielleicht meinte er es ernst …

»Ich bin es im Übrigen auch Leid, ihm Unterkunft und Essen zu gewähren«, fuhr Lucas entschlossen fort. »Er soll verschwinden! Morgen, auf der Stelle. Nicht der Sohn geht weg, sondern der Vater jagt ihn davon!«

Die Stimme des Färbers klang so fest, dass Éléonore nicht zu widersprechen wagte. Schon hatte Meister Lucas seinen Sessel verlassen, um mit großen Schritten in Simons Stube zu eilen.

»Heilige Jungfrau, schenke uns dein Erbarmen!«, betete das Mädchen mit den Regenbogenfingern und presste ihr Messbuch an die Brust.

Simon ritt mit hingegebenen Zügeln, er spürte die Zweige nicht, die wie Schlangen zischend gegen seinen Mantel peitschten.

Zu beiden Seiten der Straße rasten zwischen dem dichten Fluss von Bäumen die Fachwerkscheunen auf ihrem gedrungenen Holzunterbau und die mit abgeblätterter Fayence verzierten rustikalen Taubenschläge vorbei. Die Illusion der Geschwindigkeit verlieh den in Mondlicht getauchten, schweren Gebäuden ein bedrohliches Aussehen: dieses schien unverhofft an einer Wegbiegung aufzutauchen, jenes einen gepanzerten Flügel – in Wirklichkeit ein vorstehendes Ziegeldach – auszustrecken und dem Reiter lange mit dem Blick zu folgen.

»Ich schere mich nicht um eure Grimassen, ihr Gespenster von Albi!«, rief Simon und schlug mit seinem Hut auf den Hals des Pferdes ein. »Ich will einfach nur weit weg, dahin, wo ich Seelenruhe finde!«

An jedem Meilenstein gab er dem Pferd die Sporen, so stark waren sein Bedürfnis nach dem Ungewissen und sein Wunsch, sich zu verlieren. Erreichte er eine Gabelung, wandte sich Simon ab wie von einem Abgrund; stieß er auf eine Kreuzwegstation oder einen Wegweiser, zog er ihnen den gleichförmigen Horizont der Wälder vor.

Lange floss der Tarn neben ihm her, vertraut trotz der unbekannten Ufer. Der Mond legte silberne Blasen auf das Wasser, wie Milch, die Tropfen für Tropfen herabfällt. Dann führte Simon sein Pferd linker Hand, und nun verengte sich der Treidelweg, wurde dunkler, war bald kaum noch zu erkennen unter dem Gewirr der Gräser. Das Tier blähte die Nüstern, neugierig auf die Kräuter, die seine warmen Beine streiften.

»Vergiss den Stall, mein Ross! Tauch lieber tiefer ein, führe uns in die Irre!«

Bald verschluckte der Schatten des Unterholzes Reiter und Pferd. Hindernisse tauchten auf, Wurzeln und Steine, die unter den Hufen Funken schlugen. Simon hatte das Tempo gebremst, berührte die Zügel nur noch, um das Tier in die verborgensten Winkel zu führen.

Schließlich, als er gewiss war, ganz verloren zu sein, als nur noch namenlose Bäume und Bäche ohne Botschaft ihn umgaben, stieg der Geselle vom Pferd und setzte den Weg zu Fuß fort.

Die Nacht war stumm. Das Summen des Flusses drang nicht bis in die Tiefe des Waldes. Die vom Geruch der Säfte und des brackigen Wassers erfüllte Luft trug Simon wie im Taumel. Er lief mit ausgestreckten Armen inmitten riesiger Stämme und meinte, zwischen hohen Steinsäulen das Mittelschiff einer Kathedrale zu durchschreiten. Die Bäume vor seiner Hand fühlten sich an wie gewölbte Schädel, wie Panzer aus Rinde und altem Moos.

Je tiefer er jedoch vordrang, desto fester wurde Simons

Schritt, desto gelöster sein Gang. Einen Steinwurf entfernt entdeckte er eine Lichtung. Ein Schein von zartem Blau, rasch verschluckt vom Fließ der Blätter, begrenzte sie wie eine Aureole. Er ging näher heran.

Vor ihm erhob sich eine Kapelle, eine zarte Steinsilhouette unter dem Sternenzelt. Der Schatten ließ nur das mit Schiefer gedeckte Türmchen, eine Nische mit Blumen und ein schiefes, von Rost zerfressenes Kreuz erkennen, das vielleicht von einem Grab verpflanzt worden war. Irgendjemand hatte das Gras eine Elle breit rings um den grünen Sockel abgemäht. Die einzigen Öffnungen im dicken Mauerwerk waren ein Fenster und die Tür, ein einfacher Holzflügel ohne Eisenbeschlag, überdies durch eine dichte Efeuranke dauerhaft offen gehalten. Dort drang das Licht heraus.

Simon nahm die Mütze ab und trat durch die Tür, die eng war für seine Schultern. Seine von Nacht getränkten Augen blinzelten lange, ehe sie die Helligkeit im Innern zu durchdringen vermochten. Er entdeckte Stühle, ein Betpult aus rohen Brettern, einen rustikalen Hocker, der vielleicht als Melkschemel gedient hatte, ehe er hier Einzug hielt. An den Wänden hingen Kohlezeichnungen, talentlose Darstellungen eines Kreuzweges mit seinen zahlreichen Gestalten, umkränzt von lateinischen Sprüchen.

Der Betplatz war der Jungfrau Maria geweiht. Eine Madonnenstatue mit gefalteten Händen, noch gröber gearbeitet als alle Fresken am Gewölbe oder an den Wänden, ruhte auf zwei Eisenträgern über dem Altar. Da Simon keine andere Nahrung für seine Neugier fand, ging er näher heran.

Die Skulptur war aus Holz, aus schlechtem Holz, von den kühlen Nächten abgenutzt wie ein Stallbalken. Es machte die Jungfrau grau, besetzte ihren Mantel mit Spänen. Unter dem ungeschickten Messer des Bildhauers waren Hände von unterschiedlicher Größe herausgekommen, ein Kleid mit einander entgegenlaufenden Falten, vor allem aber ein Gesicht, das auf einer Komödiantenbühne nicht fehl am Platz gewesen wäre, so hervorstechend waren die große Nase und die kürbisrunden Wangen.

Dennoch besaß diese Statue, die eher geeignet schien, als Vogelscheuche auf einem Luzernefeld zu stehen, eine ungewöhnliche Anmut, die ebendieser Unförmigkeit entsprang. War es die naive Darstellung der Tränen mit Kupfernägeln, die ins Holz des Gesichtes getrieben waren? War es das Blau des Mantels, mit grobem Pinsel hingeworfen, das sich in unbeholfenem Fluss über dem weißen Kleid ergoss? Simon wunderte sich, dass er den Blick schon bald nicht mehr davon lösen konnte.

Vor allem die Farben berührten ihn. Er strich mit dem Ärmel über das rauchgeschwärzte Holz und führte den Kerzenstumpf, den er neben dem Altar gefunden hatte, dicht an die Skulptur heran.

»Beim Kreuz Gottes!«

Große Wärme breitete sich in seiner Brust aus. Simon presste die freie Hand um die andere, die die Kerze hielt, weil sie so stark zitterte, dass die Flamme tanzte.

»Bei meiner Seele!«, sang Simon, und ein Lächeln zeigte sich auf seinem Gesicht.

Vor ihm, auf dieser so armselig gearbeiteten Madonna, dieser Verunstaltung einer Marienfigur, die gut in das Inventar eines Lumpensammlers gepasst hätte, erstrahlte ein wunderbares Blau, ein Blau, wie es Simon nie zuvor hatte bewundern dürfen …

Seine Erregung war so groß, dass sie ihm den Atem raubte, bis das Kerzenlicht ein letztes Mal aufflackerte. Ein Zauber schien sich über ihn gelegt zu haben, der seinen Blick am blauen Mantel der Madonna haften ließ.

»So wahr ich lebe, ehe die Nacht vorbei ist, werde ich meinem Vater dieses Blau gezeigt haben!«

Da sich Simon nicht von großen Skrupeln leiten ließ, öffnete er sogleich seinen Quersack, um die bemalte Statue hineinzulegen. Mit dem Zeugnis dieses so meisterhaften Blau hoffte er, Lucas zu überzeugen und vielleicht gar die Voreingenommenheit des Meisters gegen die Farbe des Himmels zu besiegen.

Simons Hand schob sich bereits hinter die Madonna, als ein Geräusch ihn herumfahren ließ. Von der Frau, die hinter ihm eingetreten sein musste, nahm er nur noch eine Schleppe und ein fliegendes Band wahr. Aus Angst, man könnte ihn für einen Kirchenplünderer halten, ließ Simon die Madonna los und eilte dem Kleide nach.

Die Flüchtende hatte ein paar Sätze Vorsprung, Simon hingegen den Schwung seiner zwanzig Jahre und die Glut einer Nacht voller Abenteuer. Das Spiel war bald entschieden. Ehe die Unbekannte ihr Pferd erreichen konnte, ward ihr geschickt ein Bein gestellt und ihr Lauf gestoppt. Simon packte ihre Schulter, umklammerte ihr Handgelenk, bis der spitze Dolch zu Boden fiel, und schon hatte er seine Beute da, wo er sie sich wünschte: auf dem Boden, Arme und Beine bewegungsunfähig, ohne andere Wahl, als sich seinem Willen zu beugen.

»Was haben wir denn da für eine Schelmin, die mich beim Gebet ausspioniert und dann ohne Dank und Gruß ihr Bündel schnürt! Wollen doch sehen, welches Gesicht eine so ungeschliffene Seele begleitet!«

Simon schob die Kapuze zurück, die über dem Gesicht der Unbekannten lag. Der Anblick entlockte ihm einen Pfiff.

»Potztausend! Wäre der Mond nicht der Stern der Träume, würde ich glauben, hier meinem Stern zu begegnen … Was für ein schönes Mädchen!«

»Ich bin eine Dame, mein Herr. Und als Dame verlange ich, dass Ihr mich gehen lasst, denn es ist sehr unbequem, so mit dem Rücken auf der Erde zu liegen. Überdies ist mein Gemahl wahrlich kein Mann, der es hinnimmt, dass jemand so mit seiner Gattin umgeht.«

Simon brach in spitzes Lachen aus, das sie verletzen sollte.

»Oh, was für ein furchterregender Hirte, der sein Schäfchen bei Mondaufgang über die Felder rennen lässt!«

Die Gefangene widersprach nicht, bewegte nur ihre Hüfte, um eine Börse in den Falten ihres Mantels sichtbar werden zu lassen.

»Kommen wir zur Sache: Hier habe ich genug Geld für einen Krug Wein und ein Mädchen in der Herberge. Nehmt es und geht! Es ist eine Sache auf Leben und Tod, dass ich bald dort bin, wo man mich erwartet.«

»Meinem Pferd wird es ein Vergnügen sein, Euch dorthin zu bringen«, schlug Simon schmeichelnd vor.

»Ich habe mein eigenes Pferd, das besser und schneller läuft als Euer ausgelaugter Gaul.«

Simons Zunge schnalzte zwischen den Zähnen. Er vergaß die wollüstige Erregung, in die ihn der weibliche, ihm ausgelieferte Körper versetzte, und dachte nur noch daran, diese unerträgliche dumme Ziege zum Schweigen zu bringen.

»Ihr tut Euch wichtig, und ich finde Euch recht überheblich für ein Mädchen, das auf einem Bett aus Tannennadeln liegt! Ihr müsst wissen, mein Liebchen, dass mein Name in meiner Zunft sehr berühmt ist, und wenn er auch nicht zu einem Edelmann gehört, so doch keineswegs zu einem Landstreicher, der sich die Mädchen auf den Friedhofswiesen zu Willen sein lässt!«

»Und ich glaube, dass Ihr nicht einmal den Strick wert seid, Euch aufzuhängen … Kein Mann von Ehre würde im Übrigen eine Frau so zusammengekrümmt unter seinen Knien festhalten!«

»Soll ich Euch freilassen?«

»Bei Gott!«

Simon lockerte seine Umklammerung ein wenig, hielt jedoch die Hand fest um das Handgelenk der Gefangenen geschlossen. Er wollte durchaus den Preis für seine gekränkte

Eitelkeit erlangen und vielleicht auch einen Kuss oder zwei, ehe er den Vogel fliegen ließ. Doch die Unbekannte kümmerte sich nicht um seine Wünsche: Kaum waren ihre Beine frei, trat sie dem Burschen mit solchem Zorn und solcher Kraft in die Seite, dass er nach hinten fiel. Das Mädchen riss sich los. Im nächsten Augenblick war sie verschwunden.

»He!«, rief Simon. »Fortgehen, ohne einen Namen zu hinterlassen! Wie finde ich Euch wieder?«

Seine Stimme prallte wie ein verirrter Pfeil gegen das Dickicht. Simon begriff, dass ihn niemand hörte. Voller Bitterkeit gegen das Weibergeschlecht wandte er sich wieder zur Kapelle, wobei er seine geprellte Hüfte rieb.

Waren sie weiter gerannt, als ihm seine Erinnerung sagte? Der Weg erschien ihm jetzt ganz fremd, die Entfernung größer. Er hätte schwören mögen, dass dieser Stamm auf dem Hinweg nicht da gewesen war, ebenso wenig jener sichelförmige Ast. Der anbrechende Tag zerstörte schließlich auch die Hoffnung, die Kapelle an ihrem bläulichen Schein zu erkennen.

Als ein Schnauben Simon die Nähe seines Pferdes anzeigte, hielt er es für besser, diesem Zeichen zu folgen, als sich womöglich in einem Wald ohne Zuflucht und ohne Konturen zu verirren. Er sagte sich, er werde später zurückkehren, um die Madonna mitzunehmen.

Schwer im Sattel hängend ließ Simon das Tier den Heimweg antreten. Sie erreichten die Mühle mit der Morgensonne.

Die Feigenmühle glich einer für den Krieg gerüsteten Festung.

Beide Eingänge waren versperrt: Ein großer Stein, den man sonst nur an stürmischen Tagen benutzte, hielt die Besuchertür fest geschlossen; das Tor für die Lieferungen von Stoff oder Farbe war durch einen zerborstenen Mühlstein blockiert.

Mehrere Männer standen auf Verteidigungsposten: Es waren Hilfsarbeiter, die vor der Werkstatt Wache hielten und Simon nach dem ihnen erteilten Befehl wissen ließen, dass ihm das Haus verschlossen sei.

Schließlich stand noch ein Paket auf dem Brunnenrand. Simon war nun nicht mehr erstaunt, darin seine Hemden, seine Wäsche und das Gesellenwerkzeug zu finden, alles fest mit einer Rindersehne zusammengebunden, wie es sich für Lasten gehört, die für eine lange Reise bestimmt sind.

Die Krönung war das Schild der Mühle, das ein brutaler Hammer an den Ecken malträtiert hatte, um Simons Namen und seine schöne Initiale zu zertrümmern. Das Chamäleon hatte ein Auge verloren.

Als wachsamer Hüter des Hortes tauchte Meister Lucas an einem Fenster im Obergeschoss auf. Das Auge, das sich auf seinen Sohn richtete, war so schmal wie eine Schießscharte. Simon postierte sich dickköpfig im sonnigen Hof.

»Ihr verabschiedet mich also?«

»Ja, das ist das Schicksal von Gesellen ohne Verdienst.«

Der Satz traf ihn so heftig, dass Simon, der gerade vom Pferd stieg, beinahe gestürzt wäre. Hätte er in diesem Augenblick eine Feuerwaffe in der Hand gehabt, hätte er sie wohl auf seinen Vater abgeschossen.

»Meister Lucas, wir haben keinen Einstellungsvertrag geschlossen!«

»Das war ein Fehler, der noch heute korrigiert wird. Ich werde dich als Lehrling und späteren Gesellen in der Kanzlei der Zunft eintragen lassen. Außerdem wartet ein Jahresvertrag auf deine Unterschrift. Er ist so datiert, dass er heute endet.«

Zum Beweis legte Meister Lucas eine Wachstafel auf das Fensterbrett, die er mit einem Griffel bearbeitete.

Das Ganze ging Simon entschieden zu schnell. Der Meister kam ihm vor wie ein Gerichtsdiener: Solche Beamten verwirrten ihre Opfer so gekonnt mit Siegeln und Formeln, mit Briefen und Wechseln, dass diese am Ende den Verstand und oft auch all ihren Besitz verloren.

»Und wenn mir das nicht passt?«

»Dann wird es sein, als hättest du niemals gearbeitet! Ich werde leugnen, dass du je einen Anteil an der Produktion hattest und vor dem Schultheiß erklären, dass du diese Stoffe unmöglich rot färben konntest, du, ein Blaufärber ...«

Simon lehnte sich an den Sattel, da seine Beine nachzugeben drohten.

»Solche Niedertracht wollt Ihr in die Welt setzen, Vater?«

»Ich werde es tun, denn deine Entscheidung für das Blau ist meine Schande! Weißt du, dass der Begründer unseres Namens den Weg von Lectoure bis nach Venedig zurückgelegt hat, um das Scharlach der Eiche zu finden, jenes Rot von so seltener Tugend, dass ein Gesetz es den Prinzen von Geblüt vorbehält?«

»Ich weiß es, aber das ist eine alte Geschichte!«

Meister Lucas hatte die Niederschrift des Vertrages unterbrochen, um sich besser auf seine Moralpredigt konzentrieren zu können. In dieser Haltung, den Griffel abwechselnd gen Himmel und auf den Abtrünnigen gerichtet, der die Religion des Rot aufgab, schien er ersteren zur Bestrafung des letzteren anzurufen.

»Mag es hageln, mag es stürmen, mag der Blitz einschlagen über diesem Hohlkopf! Der Vater meines Großvaters ist in die Schule des Rot gegangen! Sein Sohn tat es ihm nach, und auch der Sohn seines Sohnes und weiter bis zu mir! Und du willst zum Blau wechseln?«

»Und wenn?«

Meister Lucas spürte, wie der Zorn seine Brust schwellte. Er umklammerte das Fensterbrett, wie man sich in reißendem Strom an einem Ast festhält.

»Blau ist die Farbe der Bosheit und des Unglaubens! Blau schmückt die Frauen mit dem Putz des Todes und dem Gesicht eines Gespenstes.«

Ein Finger richtete sich auf den Meister, als wolle er ihn verwünschen.

»Rot ist die Farbe der Sünde! Rot die Armbinde der Dirnen! Rot der Mantel des Henkers!«

»Die Barbaren entstellen sich mit Blau, um in den Krieg zu ziehen!«

»In ihrer letzten Stunde erbrechen die Sterbenden widerwärtiges Rot!«

»Schluss!«, brüllte der Meister und zerbrach seine Tafel am Holzrahmen des Fensters. »Ich habe genug von deiner Unverschämtheit! Geh mir aus den Augen! Und wenn du die Farbe wechseln willst, dann wechsle auch den Namen!«

»Das werde ich tun, Vater, und mein Name wird unter den Blaufärbern ebenso berühmt werden wie Eurer für das Rot. Bringt mir den Vertrag und lasst mich noch meine Mutter umarmen, ehe ich dieses Haus für immer verlasse!«

Der Abschied zwischen Simon und Éléonore war zärtlich und traurig. Zwar war sich die Färbersfrau einig mit Lucas, was Fressard anging – auch sie misstraute ihm –, was aber diesen so brutalen Abschied betraf, vermochte sie ihrem Gatten doch nicht Recht zu geben. Die Liebe legte ihr Worte von Hoffnung und Versöhnung in den Mund, sie lud Simon ein, zur Feigenmühle zurückzukehren, wenn die Zeit ihr Werk getan hätte, und versicherte ihm, dass sein Bett in der Mühle immer bereitet, seine Schüssel immer gefüllt sein würde. Sollte sich Meister Lucas so hart zeigen, den Anteil seines Sohnes an der Färberei des Rot abzustreiten, dann würde Éléonore, das versprach sie bei ihrer Seele, diese Lüge töten.

»Danke, Mutter. Ich schulde Euch ewige Dankbarkeit. Passt gut auf Euch auf und sagt Meister Boniface, dass es mir Leid tut, dass er keine Schuld trägt an dieser Trennung und gewiss einen besseren Mieter verdient als mich!«

Éléonores Sorgen waren jedoch ganz andere: »Hast du wenigstens ein Bett für diese Nacht?«

»Gewiss, man erwartet mich bei Joachim Fressard.«

»Schuldet er dir Speis und Trank?«

»Nein, aber er ist eine gute Seele, dessen Pforte sich mir auf ein einziges Wort hin öffnet.«

»Ich werde darum beten, dass er dich aufnimmt. Das Glück ist oft wechselhaft, und dumm ist, wer sein Brot auf ewig sicher wähnt! Möge das Blau dich mehr lieben als das Rot!«

Diese Worte der Vernunft waren Balsam für Simons Herz, der sein Paket griff und die Mühle verließ, ohne sich von seinem Vater zu verabschieden.

Die Neuigkeit flog davon wie ein Armbrustpfeil, vom ältesten Gehilfen in die Luft geschossen. Dieser Schurke kannte jeden Spottvers und beherrschte auch die Kunst, selber welche zu produzieren. Auf der Stelle schneiderte er einen griffigen Satz zurecht, der dem Ereignis entsprach: »Meister Lucas verjagt den Sohn! Meister Lucas verjagt den Sohn!«

So riefen sie es den Neugierigen entgegen, die zur Feigenmühle kamen. Dieser Satz, erdacht, um leicht von der Zunge zu gehen und sich rasch zu verbreiten, sollte die Welt umrunden, noch ehe es Mittag schlug.

Die Nachricht erreichte einen Aalfischer, der für seine flinke Zunge bekannt war. Gleich darauf traf sie das Ohr eines Korbmachers, der sie einer Milchhändlerin weitersagte, die mit einem Weber auf vertrautem Fuße stand. Der Weber verschenkte sie sogleich an einen Hausierer, der vor seinem Geschäft stehen geblieben war. Für diesen wiederum war die üble Nachrede ein Teil seines Berufes, und sein Geschwätz entflammte in zwei Stunden alle Dächer der Stadt.

Auf den für die Albigenser Häuser typischen Terrassen in der obersten Etage drehten die Weiber die Gerüchtemühlen und fütterten sie großzügig mit dem Strom dialektgefärbter Worte. Bald gab es keine lebende Seele mehr, die nicht um den Niedergang des Simon Terrefort wusste, der von seinem Vater wegen des Verbrechens der Blaufärberei vertrieben worden war. Die Angelegenheit wurde nach dem örtlichen Geschmack zubereitet, mit kräftigem Speck und scharfen Gewürzen, ein leckerer Eintopf von Verleumdungen, der den Bauch füllte und das Lachen sättigte.

Der letzte, der es hörte, war Simon selbst, den ein Ochsentreiber auf dem Weg nach Castelviel anhielt, ohne ihn genauer zu betrachten.

»Und du, weißt du es auch schon? Meister Lucas setzt seinen Sohn vor die Tür!«

Erst jetzt erkannte der Ochsentreiber seinen Schnitzer und sprang zurück, um einem Schlag zu entgehen – vergeblich, denn die Maulschelle erreichte ihren Empfänger und ließ ihn kopfüber, die Beine gen Himmel gereckt, zwischen seinen Tieren am Boden landen.

»Das wird dich lehren!«, brüllte Simon.

Dann griff er wieder nach den Zügeln und trieb sein Pferd zu schnellerem Lauf, da er bei Joachim Fressard eintreffen wollte, ehe das Gerücht ihn überholte. Er tat gut daran, denn überall auf dem Weg nach Castelviel wirkten Spötter und singende Aufschneider bereits an seiner Legende. Ganz Albi ergötzte sich an seinem Abenteuer.

Da aber Anzüglichkeiten stets dazu neigten, zu Beschimpfungen zu werden, und verdorbene Früchte zu Steinen, verspürte Simon große Erleichterung, als er hinter den Toren des Färberwaidners Zuflucht fand.

Joachim Fressard kam ihm bereits entgegen.

»Seid mir willkommen, Simon Terrefort! Ihr seid müde! Nehmt ein gutes Bett und einen Becher Wein von mir an … Morgen haben wir den ganzen Tag Zeit, um über unsere Geschäfte zu reden und vielleicht das Haus in Signac zu besichtigen, wo ich Euch eine Werkstatt einzurichten gedenke.«

Simon genoss die Gastlichkeit des Händlers. Allerdings hatten die Ereignisse am Morgen seine Nerven so stark erschüttert, dass er unfähig war, auch nur das leiseste Wort der Dankbarkeit über die Lippen zu bringen. Er schob den Becher zurück, den man ihm anbot und flehte um ein Eckchen, in dem er sich ausstrecken könne. Die Hausdiener führten ihn in ein Zimmer über dem Stall. Dort umklammerte er sogleich das Kopfkissen, schlief ein und überließ es den Umstehenden, ihm die Stiefel auszuziehen.

5

Zwischen Abend und Morgen überquert manch einer eine Grenze, erstürmt eine Festung oder nimmt ein Weib. Simon hingegen war von seinem alten Leben in ein neues gestürzt: Geboren als Terrefort, Sohn von Meister Lucas, öffnete er nun die Augen und erwachte als ein anderer.

Noch zwei Tage zuvor sollte ein Rotfärber sein Werkstattschild in Canavières aufhängen und mit Meister Boniface zusammenarbeiten. Nun jedoch würde ein Handwerker des Blau seine Küpen in Signac aufstellen und mit Joachim Fressard verhandeln. Inzwischen waren zwei Verträge geschrieben worden, der eine, um den alten Herrn zu verlassen, der andere, um einen neuen Teilhaber zu gewinnen. Simon ging fort aus dem Haus seines Vaters und fand unter dem Dach eines Unbekannten Zuflucht, dem er bei einem Zusammenstoß ihrer Pferde begegnet war. Wer würde da nicht den Verstand verlieren?

Was sich jedoch Simons Geist an diesem Märzmorgen als erster Gedanke präsentierte, war nicht die Pflicht, seinen Gastgeber zu begrüßen, oder die Sorge, einen versöhnlichen Brief an Meister Boniface zu schreiben, noch das Verlangen, die Werkstatt in Signac zu sehen. Nein, der erste Gedanke galt einem gar leichtfertigen Thema, bei dem sich ein ernsthafter Mann unter so schwierigen Umständen keinen Moment aufgehalten hätte: Es war das Abenteuer der vergangenen Nacht …

Simon bewahrte in sich das Bild des blauen Mantels der Madonna und, nicht weniger anziehend, das der Unbekannten, die er unter den Bäumen verfolgt hatte. Die beiden Gestalten überlagerten einander auf dem getrübten Spiegel seiner Erinnerung: Er glaubte Kupfertränen auf den Wangen der Gefangenen zu sehen, dann menschliche Haut, die an der Stirn der Statue pulsierte. Zu Simons größter Verwirrung wechselte die eine mit der anderen, und er war nicht imstande, die Ordnung dieser zweifachen Begegnung wieder herzustellen: War es die Frau, die er in der Kapelle umarmt hatte? War es die Statue, die unter seinen Knien gelegen hatte?

Simon gab diese Überlegungen auf, da er um das Gleichgewicht seiner Sinne fürchtete. Nachdem er sich in einem Zinnspiegel ein christliches Aussehen gegeben, seine staubigen Stiefel abgeklopft und einen frischen Überwurf aus seinem Paket gezogen hatte, betrat er eine Treppe, die ins Freie führte.

Die Sonne war noch jung, und auf dem frisch geharkten Hof zeigte sich nur ein Stallbursche, der ein Pferd abrieb. Getreu seiner Gewohnheit, sich mit den kleinen Leuten gut zu stellen, ging Simon mit zwei glänzenden Münzen in der Hand auf diesen zu.

»Einen schönen guten Morgen, mein Junge. Sag mir, ist der Herr im Haus? Wir haben Geschäfte zu regeln, und ich möchte so früh wie möglich mit ihm sprechen ...«

Eingenommen von der freundlichen Art des Färbers ebenso wie von den Münzen, die rasch in seine Tasche geglitten waren, unterbrach der Junge die Pferdepflege, um Auskunft zu geben: »Er ist ausgegangen, gnädiger Herr. Seine Gattin hatte heute Nacht Fieber. Bei Tagesanbruch hat er sie zum Arzt gebracht.«

Simons Gesicht zeigte tiefste Anteilnahme: »Bei meiner Seele! Kein schlimmes Fieber hoffe ich?«

»Niemand weiß es. Ich habe nur gesehen, dass Herr Fressard hoch erfreut war. Ihr müsst wissen, dass die Herrin guter

Hoffnung ist. Mein Herr glaubt, dass das Fieber vom Bauch aufsteigt.«

»Sieh an! Weißt du, wann Fressard zurück sein wird?«

»Er hat nichts gesagt, aber wenn er in Albi ist, kehrt er gewöhnlich erst nach Mittag zurück. Er trifft dort viele Leute, um seine Geschäfte zu befördern.«

»Nun gut, wenn der Herr nicht zu Hause ist, werde ich meinem Pferd ein wenig Bewegung verschaffen. Zu dieser Stunde ist es in der Natur wahrhaft köstlich!«

»Ich bringe es Euch, gnädiger Herr!«

Simon belohnte den Stalljungen mit einem weiteren Geldstück, schwang sich in den Sattel und verließ in leichtem Trab den Hof.

Nebel erwartete ihn jenseits der Mauern. Ein feuchter Schleier verwischte die Ränder der Dächer und die Wipfel der Bäume. Es war, als habe jemand Tüll über die Landschaft gebreitet, der Erde als Braut der Morgensonne den Schleier angelegt.

Simon ließ seinem Pferd die Zügel locker und nahm einen tiefen Atemzug, der ihn bis in die Seele reinigte. Dann widmete er seinem neuen Stand ein paar kurze Gedanken und überlegte sich, wie gut es doch war, ziellos über eine Landstraße zu reiten, während er noch gestern nach den Anweisungen seines Vaters die stinkenden Bäder gerührt hatte … Kein Zweifel: bei einem Geschäft selbst das Ruder zu führen war etwas ganz anderes, als der Angestellte eines Färbermeisters zu sein! Hatte ihn der Stalljunge nicht »Gnädiger Herr« genannt? Ja, gnädiger Herr! Das war das Werk des Blau – und dabei hatte er noch kein einziges Stück gefärbt!

In dieser Stimmung verspürte Simon große Lust, vor der Feigenmühle herumzustolzieren. Gewiss wäre es eine schöne Begegnung zwischen dem alten, armen Färber mit den von widerlichem Schlamm überzogenen Armen und dem stolzen Reiter, dessen fast weiße Finger nichts anderes zu tun hatten, als sein Pferd auf einen Spazierritt zu führen. Er überlegte kurz, dann verwarf er den Gedanken. Für seinen entflammten Stolz waren derart kurzlebige Siege nicht mehr angemessen: Lieber als zu Pferd wollte er sich in einer Kutsche vor dem Tor der Feigenmühle brüsten!

Trotz allem musste er eine Richtung wählen, nachdem er den Ort verlassen hatte. Simon dachte sich, wenn er schon einmal unterwegs sei, könne er seine Zeit auch sinnvoll nutzen und die geheimnisvolle Kapelle suchen. Zwar bewahrte er keinerlei Erinnerung an den Weg, den er zurückgelegt hatte – weder hin, als er sein Pferd nach Belieben geführt, noch zurück, als das Tier sich selbst seiner Nase folgend die Richtung zum Stall gesucht hatte. Aber egal. Die Wälder waren weiß Gott nicht voll von Heiligtümern, die eine so ungewöhnliche Statue beherbergten. Er würde die Priester fragen, die von Berufs wegen auch die kleinsten Kapellen kannten.

Wie ein Zeichen der Vorsehung tauchte ein Geistlicher auf der Straße auf, kaum dass Simon diesen Plan gefasst hatte. Er war zu jung, um die Würde eines Priesters zu besitzen, das neue Brevier in seiner Hand, seine dilettantisch geschnittene Tonsur und der schwankende Blick, den er auf die Frauen richtete, mochten zu einem Akolythen oder Sakristan passen. Simon nahm die Mütze vom Kopf und sprach ihn an: »Ich grüße Euch, Bruder.«

»Guten Tag«, entgegnete der Geistliche mit dünner Stimme.

»Ihr seht mich in größter Verwirrung …«, fuhr Simon mit gefalteten Händen fort. »Als ich gestern durch den Wald ritt, entdeckte ich eine runde, bemooste Kapelle, die der Jungfrau Maria geweiht war. Der kleine Altar mit seinen Harzkerzen und dem Strauß Feldblumen gefiel mir so gut, dass ich Halt machte, um mich zu sammeln.«

Der Geistliche nickte mit steifem Kinn.

»Ich habe lange gebetet, meine Seele strömte über in Anbetung und tiefstem Lobpreis unserer Jungfrau … Als meine Augen sich wieder öffneten, sah ich, dass es Nacht geworden war. Ich ging zu meinem Pferd hinaus, ohne an das Messbuch zu denken, das ich auf der Bank in der Kapelle liegen gelassen hatte. Es ist ein Gebetsbuch, das meinem Herzen sehr teuer ist, denn ich hatte es zum Ruhme der Jungfrau in Maroquinleder binden und mit frommen Bildern illustrieren lassen. Oh! Ich glaube, ich würde sterben, wenn es verloren wäre … Kennt Ihr diese Kapelle?«

»Eine Marienkapelle sagt Ihr? Davon gibt es sehr viele! Es gibt Notre-Dame de la Drêche, wo Frauen, die vergebens auf ein Kind hoffen, einen alten Baum mit Blumen schmücken, Notre-Dame de Mespel in den Wäldern von Grésigne, Notre-Dame du Lait, die in Cadalen steht.«

»Die Kapelle, die ich meine, ist weniger als eine Kapelle«, unterbrach ihn Simon, dem die hohe Stimme des Geistlichen auf die Nerven ging. »Ich zweifele daran, dass jemals Pilger sie aufsuchen, denn sie steht mitten im Wald, ohne jeden Weg, der dorthin führt oder wieder fort.«

Der Geistliche dachte nach, wovon eine Falte in der Ferkelhaut seiner Tonsur kündete. Verlegen wandte er ein: »Dennoch kann ich Euch schwerlich antworten, ohne mehr zu wissen! Hat diese Kapelle denn etwas Bemerkenswertes an sich?«

»Durchaus, ein schief hängendes Kreuz und eine eigenartige Madonna, deren Gesicht aufgedunsen und zerbeult ist wie ein Nagelkopf und die Hände so misslungen, dass sie in Krallen zu münden scheinen.«

Der Geistliche schlug ob dieser schrecklichen Beschreibung entsetzt ein Kreuz. Er schob die Hände tief in die Ärmel und richtete einen verwirrten Blick auf den Geburtsfleck des Gesellen. Simon erkannte, dass er das Falsche gesagt hatte, und verabschiedete sich: »Ich danke Euch, mein Bruder. Möge der Herr Euch einen schönen Tag schenken!«

Diese Worte wurden von dem christlichsten Lächeln begleitet, dessen Simon fähig war, einem Lächeln, das er der seligen Heiligengestalt in der Cäcilien-Kathedrale abgesehen hatte. Der Geistliche war dadurch jedoch keineswegs besänftigt und schlug in Simons Rücken ein weiteres Kreuz, um sich zu schützen.

Von Lescure bis Terssac, von Arthes bis Castelnau wiederholten alle Geistlichen, die er sich mit gewählten Worten und einer gemilderten Beschreibung der Madonna gewogen machen konnte, den gleichen enttäuschenden Vers. Auch die Pilger, die ihre Füße am Wegesrand massierten, sangen kein anderes Lied: Niemand schien eine Kapelle mitten im Wald zu kennen, die zwar so häufig besucht wurde, dass man Kerzen darin abbrannte, gleichzeitig aber so vernachlässigt war, dass die Statuen dem Ungeziefer anheim fielen.

Als Simon die bereits hoch stehende Sonne und die fremdartigen Kirchtürme bemerkte, die den Weg säumten, fühlte er seinen Willen erlahmen. Eine hässliche Madonna, selbst wenn sie von einem so kostbaren Blau geschmückt wurde, war es nicht wert, dass er seinen neuen Teilhaber vor den Kopf stieß und sein Pferd zu Schanden ritt.

Schon wollte Simon umkehren, als ein weibliches Gesicht hinter einem Fenster seinen Blick fesselte. Der Eindruck war kurz, denn die Frau ging am Arm eines Mannes, der sich sogleich vor sie geschoben hatte – kurz aber ist auch die Lunte am Pulverfass. Diese Lippen wie Libellenflügel, die Brauen wie blasse Daunen, die unter der Haut hervorzuleuchten schienen, die gewölbte, durch gezupfte Haare noch vergrößerte Stirn, Simon kannte sie: Sie gehörten der Unbekannten im Mondlicht …

»Diesmal entkommst du mir nicht!«, schimpfte er laut und sprang vom Pferd.

Seine Stimme lockte ein Mädchen auf die Türschwelle, das gerade eine Gans rupfte. Sie hatte das Pech, ihm im Wege zu stehen, ein Stoß des Gesellen warf sie gegen einen Abfalleimer.

Nachdem Simon somit ungeladen die erste Tür durchschritten hatte, fühlte er sich stark genug, sich auch an den nächsten Einlass zu verschaffen. Er lief mit raschem Schritt durch die Zimmer, auf der Jagd nach der hellen Gestalt, die entfloh wie ein Leinentuch im strömenden Wasser. Dabei gab es immer größeres Gedränge, denn überall tauchten Burschen auf, um ihn daran zu hindern, Schaden anzurichten. Er aber schien durch ihr Eingreifen nur zusätzliche Kräfte zu gewinnen. Schließlich kam das Kleid zum Stillstand, und Simon wusste, dass die Beute sein war.

»Halt an, meine Schöne! Wir haben miteinander zu reden!«

Mit einem gewaltigen Kraftakt befreite er sich von der Traube der Störenfriede. Anstatt einen neuen Sturm auf den rot gefärbten Dämon zu wagen, eilten diese ins Obergeschoss, um ihren Herrn zu alarmieren, der seinem ungebetenen Gast mutig entgegentrat.

Simon sah einen Bauern; und direkt hinter ihm Joachim Fressard …

»Bei allen Heiligen!« rief der Geselle, der seinen Augen nicht traute.

Der Färberwaidner täuschte sich über den Grund seines Eindringens und bereitete Simon einen herzlichen Empfang: »Simon! Welch eine Freude, Euch zu sehen! Welcher Zufall hat Euch hierher in diese Waidmühle geführt, die so weit von Castelviel entfernt ist? Man möchte glauben, dass uns das Leben stärker aneinander bindet als zwei Brüder!«

Tatsächlich hatte Simon kaum Aufmerksamkeit für die Höflichkeiten des Färberwaidners, um so mehr aber für die Frau, die sich hinter dessen Schultern versteckte und mit ihrem von blauen Bändern durchzogenen Haar seinen Blick gefangen nahm wie ein großes Netz.

»Ich stelle Euch Maguelonne vor, meine Gemahlin!«, fuhr Fressard fort und zog die Schöne an seine Seite.

Maguelonne, die bei Simons Anblick nahezu erstarrt war,

machte Anstalten, sich zurückzuziehen. Ein Blick ihres Gemahls brachte sie davon ab. Ihre Hand streckte sich wie von einer Schnur gezogen nach vorn – eine Hand, die Simon schlaff und flüchtig berührte, feindlich wie ein Fehdehandschuh.

»Monsieur«, grüßte Maguelonne kalt.

Simon fühlte den Blick der Gemahlin auf seinem roten Fleck ruhen, was ihn schmerzte.

Fressard fand unbeabsichtigt einen Ausweg aus dieser fatalen Sackgasse. Da Simon nun einmal da war, schien es eine gute Gelegenheit, ihm die Gewinnung des Färberwaids vorzuführen. Fressard zog die kleine Gruppe hinter das Haus, wo sich ein bestelltes Feld ausbreitete.

Kaum hatte sich Joachim ein paar Schritte entfernt, als Maguelonne ihre Nägel erbarmungslos in Simons Arm bohrte: »Ich weiß nicht, welch üble Laune des Schicksals Euch auf meinen Weg geführt hat. Seid jedoch gewiss, dass wir beide, Ihr und ich, sehr unter dem Gerede leiden müssten, das über unsere erste Begegnung entstehen würde. Ich heiße Euch deshalb zu schweigen, wie auch ich es tun werde, indem ich vorgebe, Euch nie gesehen zu haben.«

Das war weniger ein Rat als vielmehr ein Befehl. Simon verschlug es angesichts solcher Kühnheit die Sprache. Er staunte auch, als er sah, wie sich das Gesicht des Weibes, nun, da sie ihrem Ärger Luft gemacht hatte, entspannte. Geschmeidig wechselte sie in die Rolle der Ehefrau, die den Geschäftspartner ihres Gemahls umsorgte. Sie reichte Simon den Arm, erkundigte sich nach seiner Arbeit, erwies ihm all die kleinen Aufmerksamkeiten, die er auf dem Boden eines solchen Geheimnisses für unmöglich gehalten hätte. So zeichnete sich also der erste Rock, der in sein Leben getreten war, sogleich durch die Lüge aus!

Inzwischen führte Fressard sie in die Furchen des Waidfeldes. Es lag auf einer abschüssigen, von der Sonne begünstigten

Fläche, deren fette Erdklumpen hier und da nach Schafmist rochen. In den zwei Ellen breiten Furchen wuchsen Reihen von Salatköpfen oder wenigstens Pflanzen, die solchen glichen, große Bouquets stumpf-grüner Blätter. Einige von ihnen stachen durch eine blaugrüne oder violette Färbung an ihrem spitz zulaufenden Ende hervor: das Zeichen ihres Färbevermögens.

Fressard pflückte eine Waidrosette, damit man sie besser betrachten konnte.

»Im Norden Frankreichs nennt man sie *guesde* oder *vouède*, im Artois *Sankt-Philips-Kraut, nila* ist es jenseits der Pyrenäen, *vado guado* im Lande Italien und *Persisch-Blau* bei den Turbanträgern. Der Waid wurde zu allen Zeiten in unserer Gegend angebaut. Die Alten benutzten ihn als Heilmittel gegen Beschwerden an Leber und Milz, gegen kranke oder warzige Haut. Er war auch ein hoch geschätztes Futtermittel, denn er bleibt immer grün, ist gleichgültig gegen die Glut des Sommers oder die Winterkälte. Seht nur, Simon, diese Rosette atmet förmlich Gesundheit, sie gleicht mit ihrer Blätterfülle einer Aufwallung von Grün und ist aus violetten Samen gewachsen, die von erster Güte sind.«

Simon hatte Mühe, den Ausführungen des Färberwaidners zu folgen, kehrte sein Geist doch immer wieder zu Maguelonne zurück, die dicht bei ihm stand. Die Gemahlin hingegen zeigte größtes Interesse und lauschte mit einem Kopfnicken, die Hand getreulich auf die Schulter des Gatten gelegt.

»Gibt die Rosette auch Blüten?«, fragte die brave Schülerin.

»Gewiss, ab dem zweiten Jahr, wenn aus ihrem Herzen mehrere Stängel wachsen, die die Größe eines Kindes erreichen. An der Spitze dieser Schafte öffnen sich dann die Sonnen des Waids, gelbe Blüten, die Nebelflecken gleichen und den anziehenden Duft von Honig verströmen, hochgeschätzt von den Bienen.«

Als Fressard, der neben den Rosetten niedergekniet war,

seine Rede beendet hatte, erhob er sich wieder. Dabei hätte er um ein Haar bemerkt, dass der Geselle eine impulsive Bewegung hin zu Maguelonne machte. Diese fand auf der weichen Erde nur mit Mühe ihr Gleichgewicht wieder und belohnte Simon mit dem Blick einer Wölfin, aus dem mehr Verachtung als Feindschaft sprach.

»Besichtigen wir nun den Mühlstein«, schlug der Färberwaidner vor.

In gleicher Ordnung wie auf dem Hinweg wandte sich die kleine Gruppe vom Feld in Richtung Mühle, die am Teppich aus trockenen Blättern, der die Schwelle bedeckte, leicht zu erkennen war. Mit einem schrillen Kratzen auf dem steinigen Boden befreite Fressard die angelehnte Tür und mit ihr einen furchtbaren Gestank, eine widerliche Mischung aus Mist, Urin und Erbrochenem, die die Nase quälte und einem den Magen umdrehte.

Da Simon nicht gleichzeitig Nase und Ohren verschließen konnte, musste er erfahren, welch widerwärtige Heimsuchung die Gewinnung des Waids bedeutete.

»Donnerwetter! Ich habe eigentlich keine Angst vor dem Gestank der Bottiche, aber dieser hier übersteigt jedes Maß!«

»Es riecht stark, das ist wahr«, stimmte Fressard zu. »Oft geht die Schönheit mit Gestank einher.«

Im Innern der Mühle herrschte drückende Hitze. Der Färberwaidner öffnete einen Fensterladen, ehe er mit schweißnasser Stirn fortfuhr: »Direkt nach der Ernte wäscht man die Blätter des Färberwaids im Fluss. Nachdem sie getrocknet sind, bringt man sie zur Mühle, um sie unter den Mühlstein zu legen. Das ist dieser schwere Granitbrocken aus der *Montagne Noire*, der aufrecht steht, wie man es von Ölmühlen kennt. Ein Arbeitspferd dreht ihn in einer Furche, in welche die Körbe mit den Blättern geleert werden. Seht Ihr den Jungen, der vorneweg läuft und vor dem herannahenden Stein den Waid zusammenscharrt? Seine Arbeit ist sehr gefährlich und viele seinesgleichen haben einen Fuß oder ein Bein, wenn nicht gar ihr Leben dabei gelassen.«

»Das ist ja schrecklich!«, seufzte Maguelonne und klammerte sich an den Arm ihres Gatten.

Joachim belohnte diesen Anfall von Zärtlichkeit mit einer leidenschaftlichen Umarmung. Ein Anblick, der für Simon so schmerzhaft war, dass er die Augen abwandte. Zum Glück war es nur eine kurze Szene, und Fressard fuhr mit jener Spur von Selbstzufriedenheit, die das öffentliche Bekenntnis weiblicher Zuneigung bei jedem Manne weckt, in seiner Erklärung fort: »Wenn der Waid zerquetscht ist, sammelt man den Brei in Haufen, die mit einem Knoblauchgelee bedeckt werden, um Würmer fernzuhalten. Zwei oder drei Wochen lässt man ihn dann nur das Wasser abgeben. Das geschieht auf einem abschüssigen Fliesenboden, der vom Südwind getrocknet wird. Anschließend beginnt die Arbeit der Frauen, die darin besteht, aus diesem Mark die Waidkuchen zu formen, Bälle so dick wie ein Apfel oder eine kleine Melone. Der Waidhändler nimmt je nach Kurs bis zu einem Livre für hundert Stück. Bei dem Preis kommt der Bauer zu Wohlstand, und auch der Händler kann sich noch bereichern. Ihr werdet Euren Anteil an diesem Reichtum haben, Färber ...«

Der Satz klang süß in Simons Ohren und seine Laune hellte sich sogleich auf. Mit leichtem Schritt stieg er hinter Joachim die Treppe hinauf.

»Das ist die Trockenkammer!«, erklärte der Färberwaidner auf der Schwelle eines großen Raumes, den eine Reihe hoher Gitter ausfüllten.

In diesem Raum, der allen Winden offen stand, ruhten, vor Regenfällen geschützt, tausende Waidkuchen. Sie waren schwarz und glänzten wie zu lange gebackene Brotlaibe. Joachim nahm einen in die Hand und zerbrach ihn nicht ohne Mühe auf einem vorspringenden Stein. Er reichte Simon die eine Hälfte, sie war schwer und dicht, ein angenehmer Geruch stieg aus ihrem violett schimmernden Innern auf. Ein an der Mauer geriebenes Stück hinterließ eine grünliche Spur.

»Das ist guter Waidkuchen!«, kommentierte Joachim für den Gesellen.

»Aber die Färber verwenden doch nicht den Waidkuchen?«

»Nein. Der Waidkuchen ist nur eine bequeme Form, den Waid zu lagern. Diese Kugeln werden geschrotet und mit brackigem Wasser angefeuchtet, damit sie gären. Die Arbeiter werfen den Brei mit Schaufeln von einer Seite des mit Ziegeln ausgekleideten Beckens auf die andere und beurteilen seine Konsistenz mit dem *bigos*, einem speziellen Eisengerät. Ist er zu stark gegoren, fügt man Wasser hinzu. Nicht genug? Dann wird er mit Urin oder mit altem Waid gemischt. Allmählich trocknet die Paste und nimmt das Aussehen von Schotter an. Das ist dann das Waid-Granulat, das Ihr in Ballen von zweihundert Toulouser Pfund für Eure Färberei erhaltet …«

Simon kratzte nachdenklich an einem Rest von Waidkuchen, der an seiner Hand haftete.

»Das nenne ich einen Aufwand treiben! Wenn ich recht verstehe, wächst der Waid nicht gerade wie Quecke im Straßengraben! Warum treibt man solchen Aufwand im Dienste des Blau, während man zum Rot färben oft nur eine Blüte zerstoßen und ins Bad werfen muss?«

»Das Blau ist schwierig, aber seine Ergiebigkeit ist höher. Nirgends wächst der Waid besser als hier im Albigensischen und in Lauragais, auf dem weichen Lehmboden Eurer Hügel.«

In diesem Augenblick bemerkte Simon, der Maguelonne ansah, wie diese sich an ein Gitter klammerte. Gleich darauf sank sie zusammen und zog im Fallen Dutzende Waidkuchen mit sich. Simon stürzte zu ihr.

»Mein Gott! Maguelonne!«

Einem Reflex folgend umschlangen ihre Arme seinen Hals. Er fühlte mit einem Mal die Last ihres hingebungsvollen Körpers, gleich einem Ast voller Früchte, dessen Stütze bricht.

»Los, weg da!«, schimpfte der Färberwaidner, der ebenfalls herbeigeeilt war. »Sie braucht Luft!«

Simon aber beugte den Rücken, verstärkte den Griff um Maguelonnes Oberkörper und hinderte Fressard, näher zu kommen. Dieser kurze Augenblick erschien ihm wie lange, köstliche Stunden. Er blies durch die goldenen Locken, die sich um sein Handgelenk wanden, bettete ihren Kopf in einen Wäschehaufen, berauschte sich an dem Veilchenparfum, das in Wellen von ihren Brüsten zu ihm aufstieg. Seine Fingerspitzen, die durch Unachtsamkeit, wenn nicht gar mit Vorsatz, unter den Kragen ihres Kleides gerutscht waren, berührten ihre warme Haut.

»Simon, es reicht! Gebt mir Maguelonne!«

Bedauernd öffnete Simon die Arme. Fressard entzog ihm seine Frau und legte sie auf den Trockentisch. Dort ohrfeigte er die blassen Wangen nicht ohne Ungeduld. Seine Stimme kündete von deutlichem Ärger: »Kommt schon, Maguelonne, macht die Augen auf! Ihr seid gestürzt … Das ist nicht gut für das Kind!«

Ihre Augen öffneten sich zwischen den glänzenden Wimpern und trafen den Blick des Färberwaidners.

»Der Arzt hat nicht von einem Kind gesprochen, sondern von der Möglichkeit eines Kindes«, korrigierte sie ihn mit schwacher Stimme.

Maguelonne schien unzufrieden, dass man vor Simon solche Dinge aussprach. Fressard ignorierte diese Schamhaftigkeit und legte die Hand auf ihren Bauch, nicht wie ein zärtlich Liebender, sondern wie ein schützender Vater.

So verharrte das Paar eine ganze Weile.

Simon spürte, dass er überflüssig war, und zog sich zurück.

In der Feigenmühle ließ der Abschied des Gesellen ein Trauerhaus zurück.

Meister Lucas brachte die Zähne nur noch auseinander, um

seine Suppe und in regelmäßigen Abständen die Schafsmilch zu schlürfen, mit der er sich von den scharfen Dämpfen der Bäder kurierte. Es war ohnehin besser, wenn er schwieg, denn Éléonore wartete nur auf einen Vorwand, um die Klinge mit ihm zu kreuzen. Die Gehilfen taten es ihm nach und rührten wortlos in den Bottichen, die ihrerseits langsamer zu färben schienen.

Eben jener stummen und feindseligen Festung stattete Meister Boniface einen Besuch ab. Entgegen seiner Gewohnheit trug er das Gewand des Zunftmeisters, das seinem Schmerbauch Haltung verlieh und sein Dreifachkinn wie einen Sockel hob. Sein Gesicht war von Natur her keineswegs liebenswürdig, aber an diesem Tag wurde der missmutige Ausdruck noch von einer stärker als sonst gerunzelten Stirn unterstrichen.

»Ho! Jemand zu Hause?«, rief er an der Schwelle des Mühlenhofes.

Da er weder auf seinen Ruf noch auf sein Klopfen Antwort erhielt, musste der Zunftmeister notgedrungen den Karreneingang nehmen. Dort traf er einen Gehilfen, der bei einem Haufen Krapp beschäftigt war.

»Du da! Hast du keine Ohren, dass du einen Besucher vor der Tür stehen lässt?«

Der Gehilfe lächelte entschuldigend, nahm eine Handvoll Farbe und ging zurück in die Werkstatt.

»Teufel noch eins! Haben hier alle ihre Zunge verschluckt und stellen sich taub?«

»Nein, Boniface, aber das Haus leert sich und den Bewohnern schnürt es die Kehlen zu!«

Als der Zunftmeister Lucas' Stimme erkannte, drehte er seinen stattlichen Körper um.

»Meister Lucas! Kommt herunter! Wir haben zu reden!«

Der Färber winkte höflich ab, wie man eine Leckerei zurückweist.

»Im Zunfthaus so lange Ihr wollt, Meister Boniface, aber

nicht hier … Mein Weib Éléonore will nichts über ihren Sohn hören.«

»Ja, man möchte wohl meinen, dass bei den Terrefort die Weiber das Ruder in der Hand halten!«

Dass Lucas dies unwidersprochen ließ, verwirrte Boniface. Dann musste er wahrhaftig leiden! Aber der Zunftmeister hatte geschäftliche Dinge im Kopf, die er zum Abschluss bringen wollte.

»Nun, Lucas, dann kommt her zu mir, damit wir reden können! Ihr habt großen Kummer … Aber glaubt mir, dieser Taugenichts von Simon hat auch mir beachtlichen Schaden zugefügt! Was soll ich mit der neuen Werkstatt anfangen, die ich jetzt immer noch am Hals habe? Wenigstens hundert Livres Arbeitslohn und das ganze Krapp im Lager!«

Lucas zeigte keine Anteilnahme.

»Ein Färber findet sich schnell wieder, aber ein Sohn, ein Erbe …«

»Zum Teufel mit der Erbschaft!«, wütete Boniface, der die Geduld verlor. »Sie wird beträchtlich magerer sein, wenn Ihr mir erst dies hier bezahlt habt!«

Und der Zunftmeister schwenkte ein Bündel von Pergamenten, deren gerade Schriftreihen Zahlen vermuten ließen.

»Rechnungen?«, wunderte sich Lucas. »Das ist mir ein Ding! Ich schulde Euch nichts!«

»Ihr schuldet als Vater! Letztendlich habt Ihr mir doch Simon geschickt!«

Der Färber lachte freudlos, mit verletzender Ungezwungenheit: »Wendet Euch an ihn!«

»Wir haben keinen Vertrag unterzeichnet, er kann sehr gut behaupten, nichts von Canavières zu wissen.«

»Simon ist immer noch Färber. Verjagt ihn aus der Zunft.«

»Das hieße, die Rechnung ohne Fressard zu machen. Der hat nämlich den Schultheiß zum persönlichen Freund. Ebenso gut könnte man den Leviathan herausfordern!«

Lucas gab alle Zurückhaltung auf und streckte dem Zunftmeister wütend die Hand entgegen: »Ihr langweilt mich, Boniface! Ich werde nicht die Schulden eines Unseligen zahlen, der sich dem Blau an den Hals wirft! Sucht Euch andere Kühe zum Melken!«

Darauf schlug er dem Besucher den Fensterladen vor der Nase zu.

Dieses Ende war so rasch gekommen, dass Boniface einen Moment sprachlos war. Er betastete sein Wams, wühlte in seinen Taschen, schien dort die Entgegnung zu suchen, die ihm nicht einfiel. Endlich formten sich ein paar Worte in der Tiefe seines Gehirns. Er spuckte sie aus, wie man einen Stein mit der linken Hand wirft: »Das werdet Ihr bereuen, Lucas! Ihr und Euer Sohn!«

Die Gehilfen hörten es und fragten sich, ob es nicht an der Zeit sei, ihren Lohn einzufordern.

Von der Waidmühle zurückgekehrt, hatte Simon sein Pferd dem Stalljungen anvertraut und war in das Zimmer gegangen, in dem er die letzte Nacht verbracht hatte. Es war Essenszeit, aber er dachte nicht daran, sich ohne Einladung an Fressards Tisch zu setzen, erst recht nicht nach dem Geschehen in der Trockenkammer, das den Färberwaidner womöglich gegen ihn aufgebracht hatte.

Gewiss stand es Fressard zu, die Maguelonne angetane Kränkung als Beleidigung gegen sich selbst, ihren Gemahl, aufzunehmen. Stellte er die Ehre über alles, so konnte dieser Zwischenfall durchaus ihre Beziehung zerstören; stand für ihn hingegen das Geschäft an erster Stelle, war eine Versöhnung möglich. Simon kannte seinen Geschäftspartner zu wenig, um sein Verhalten vorherzusehen.

In der Dämmerung ließ ihn ein Diener wissen, dass sein Pferd gesattelt sei. Simon sah darin einen höflichen Wink, sich zu verabschieden. Hastig sammelte er seine Sachen zusammen und stieg die Treppe hinab, ohne einer Menschenseele zu begegnen. Im Hof stand sein Pferd neben einem schönen Fuchs, der noch vom raschen Lauf dampfte, nicht weit entfernt scharrte eine Stute im Staub. Auf den Sätteln beider Pferde waren die ineinander verschlungenen Initialen von Joachim und Maguelonne zu lesen.

Simon war nicht überrascht, als sich der Stalljunge auf ein weiteres Pferd schwang, offenbar sollte er ihn begleiten.

»Wohin reiten wir?«, erkundigte sich Simon, als sie Castelviel verlassen hatten.

»Nach Signac, gnädiger Herr.«

»Dein Herr will also, dass ich mich noch heute dort niederlasse?«

»Ja, gnädiger Herr«, antwortete der Führer wortkarg.

»Und Maguelonne? Hast du mit ihr gesprochen? Hat sie sich nach mir erkundigt?«

»Ich weiß es nicht, gnädiger Herr.«

Simon erkannte, dass eine Indiskretion über die Stimmung des Ehepaares wohl kaum die zwei Sous wert war, sie zu erkaufen. Er enthielt sich also eines Handgeldes, zum großen Missfallen des jungen Mannes, der seinen Herrn ohne weiteres verraten hätte und dem Färber vielsagend zuzwinkerte.

»Spar dir die Mühe«, versetzte Simon schließlich. »Du hast nichts anzubieten, um mir das Geld aus der Tasche zu ziehen.«

Bald tauchten die plumpen Umrisse des Hauses von Signac hinter einer Weidengruppe auf. Verärgert, dass Simon ihm die Belohnung vorenthielt, entledigte sich der Stallbursche misslaunig der Schlüssel, die an seinem Gürtel hingen, und ritt davon.

Auf den Treppen des Hauses in Castelviel herrschte große Aufregung. Knechte und Mägde sprangen die Stufen hinauf und hinab, einen Krug, einen Napf oder ein Tuch in den Händen, allesamt geschäftiger als ein Mundschenk im Dienste des Königs.

Dennoch war es nicht Eifer, der das Zimmermädchen rennen und den Stallburschen vier Stufen auf einmal nehmen ließ. Ihre Triebkraft hatte einen anderen Namen: Neugier. Alle drängten sich, etwas von dem Gespräch zu hören, das Fressard, seine Gattin und ihr Gast führten.

Dieser Mann war wie ein Fürst in Castelviel eingezogen. Während Tuchmacher und Lieferanten schon auf der Straße vom Pferd stiegen und dann selbst ihre Tiere festmachten, war er herrschaftlich bis in die Mitte des Hofes geritten, ehe er seinen Fuchs – und ein paar Münzen – dem Stallburschen überließ. Fressard war sogar auf die Freitreppe getreten, um ihn zu empfangen – das hatte man in Castelviel noch nie gesehen. Die beiden Männer waren zu Maguelonne gegangen, die seit der Rückkehr aus der Waidmühle das Bett hütete.

»Ergebenster Diener, meine Dame ...« Der Besucher verneigte sich, als er über die Zimmerschwelle trat.

Nachdem er mit diesem kurzen Satz der Form Genüge getan hatte, sprach er kein Wort mehr, sondern vertiefte sich in die Vorbereitung einer Untersuchung. Maguelonne verfolgte das Ausbreiten von Lanzetten, Klistieren und Schalen für den Aderlass mit großer Sorge. Beunruhigt wandte sie das Gesicht zu Fressard.

»Joachim, mein Gemahl, wer ist dieser Mann?«

»Ein Arzt«, antwortete der Färberwaidner, »ein geschätzter Meister von der Universität in Toulouse. Er genießt dort großen Ruhm für sein Wissen über die Verfassung der Weiber und die Wege der Geburt. Zu seinen Patienten gehören mehrere Hofdamen.«

Maguelonne arbeitete an einer weiteren Frage, aber die Berührung der Hände des Arztes auf ihrem Bauch raubte ihr den Atem. Es folgte ein kräftiges Abtasten verschiedener Regionen ihres Körpers, das der Bettlägerigen Tränen der Scham in die Augen trieb.

Fressard sprach als Erster: »Ist Maguelonne also schwanger?«

Eine zweifache Kerbe bildete sich zwischen den Brauen des Arztes, eine seltene Furche in dem glatten Gesicht.

»Es ist wirklich noch zu früh, um das zu sagen. Beim Abtasten ist nichts zu spüren.«

»Sie hat die Sinne verloren, sie hat Fieber!«, argumentierte Fressard.

»Ohnmachtsanfälle sind ein Indiz, gewiss …«

»Zweimal heute!«

»Das ist viel«, gab der Arzt zu. »Aber Schwindel hat zuweilen auch andere Ursachen: Die Hitze im Freien, die Bänder eines Kleides …«

Der Färberwaidner fegte diese Antwort mit einer Handbewegung beiseite.

»Hört mich an, Doktor! Seit zwanzig Jahren habe ich Maguelonne Tag und Nacht genommen. Ich habe sie oft, so oft geliebt, dass ich mir das Kreuz verrenkt und die Schenkel verbrannt habe! Und all diese Umarmungen sollen ohne Ergebnis geblieben sein? Beim Leib Gottes! Was ist dann das Rezept, um ein Weib schwanger werden zu lassen?«

Verletzt von diesem rohen Geständnis wagte der Arzt eine schüchterne Hypothese: »Manche Frauen können keine Kinder bekommen!«

Ein Blick ging von Fressard zu seiner Frau.

»Meine schon. Sie hat früher einen Färber gekannt – verdammt sei seine Nachkommenschaft –, der hat ihr eine Kreatur in den Bauch gesetzt. Glücklicherweise hat ein Sturz vom Pferd uns von dieser faulen Frucht befreit.«

Ein erstickter Schrei löste sich von Maguelonnes Lippen, sie hüllte sich fester in ihre Decke. Der Arzt überwand seine Verlegenheit nur mit Mühe.

»Eine Fehlgeburt meinen Sie? Das ist sehr ernst! Meiner Meinung nach …«

»Schluss mit Eurer Meinung, Doktor!«, unterbrach ihn der Färberwaidner trocken. »Ich habe Euch für teures Geld aus

Toulouse kommen lassen. Bestimmt nicht, um den gleichen Vers zu hören wie von unserem alten Landarzt Auguste! Für mich gibt es keine Zweifel, dass sich der Bauch meiner Frau über einem Kind rundet. Und wenn ich mich auf die Hebammen verlasse, die in dieser Frage konsultiert wurden, so wird dieses Kind ein Junge sein!«

»Mein Herr, die Natur allein ...«

»Von wegen Natur!«, brüllte Fressard, der in Zorn geriet. »Das ist eine bequeme Entschuldigung für Eure Zweifel! Wenn man die Bäume stutzt und die Felder furcht, kann man doch wohl auch das Kinderkriegen regeln!«

Auch den Arzt packte angesichts des Benehmens seiner Kundschaft der Ärger. Als ihn nun Fressard auch noch belehrte, verlor der gute Mann die Geduld. Er streifte seine Handschuhe an, schloss sein Köfferchen und verließ sogleich den Raum.

»Was hat den denn gestochen?«, fragte der Färberwaidner.

Maguelonne auf ihrem Bett lächelte mühsam.

»Mein Gemahl, wir müssen uns der Wissenschaft der Ärzte beugen. Seit zwanzig Jahren bittet Ihr Gott um einen Sohn. Hat er Euch erhört?«

»Am heutigen Tag!«

Maguelonnes farblose Wangen röteten sich vor Erregung.

»Joachim, ich habe nicht mehr das Alter, Mutter zu sein!«

Eine wilde Grimasse entstellte seine Züge. Er warf sich auf Maguelonne, die einen Entsetzensschrei ausstieß. Fressards drohend erhobene Hand schlug jedoch nur auf das Kissen.

»Oh! Meine Gemahlin! Wenn Ihr kein Kind im Bauch habt, werde ich Euch ordentlich verprügeln! Seid Ihr des Wahnsinns, so zu reden? Die Geschichte ist voll von Königinnen, die noch mit grauem Haar Kinder zur Welt gebracht haben!«

»Aber ich spüre in meinem Innern keinerlei Leben, kein Erwachen!«

»Na und? Wollt Ihr vielleicht, dass sich unser Kind mit Pauken und Trompeten ankündigt? Weiß Gott, ich habe das Gefühl, dass die Ärzte Euch mit ihrem Geschwätz den Schädel verstopft haben! Wenn aber mein Sohn nicht bald zur Welt kommt, werde ich Euch anklagen, vor Gott und vor mir schuldig zu sein! Ich werde Euch verstoßen und auf die Straße jagen, ohne einen Taler, ohne ein Kleid!«

Wenn auch zitternd, begegnete Maguelonne diesen Worten doch voller Mut: »Ihr seid nicht mehr bei Sinnen, Joachim!«

»Vielleicht, dann bin ich eben verrückt ... Aber es gibt niemanden, der mich je mein Wort hat brechen sehen! Deshalb wiederhole ich es, Maguelonne: Macht mir einen Sohn, oder es wird Euch teuer zu stehen kommen!«

Kaum hatte Fressard diese Drohung ausgesprochen, klopfte es dreimal gegen die Tür.

»Wer ist da?«, brüllte er.

Das Gesicht einer Dienerin erschien im Türspalt.

»Herr, ich bringe das Abendessen ...«

Joachim drückte einen Kuss auf die Stirn seiner Gattin, dann verließ er das Zimmer.

Mit einer Schale in der Hand näherte sich die Dienerin Maguelonnes Bett. Sie hatte noch keine drei Schritte gemacht, als sich die Nervenanspannung ihrer Herrin in einem Strom von Tränen löste.

»Was denn! Was denn!«, stammelte die Dienerin und stellte den Teller ab, um nach Maguelonnes Händen zu greifen. »Ihr weint?«

»Ich bin verloren!«, schluchzte Maguelonne.

»Was sagt Ihr da? Kommt schon, kostet diese Gemüsesuppe. Sie wird Euch stärken.«

Maguelonne protestierte schwach, dass sie nicht essen wolle. Ihre Hand griff dennoch gierig nach dem Löffel, aber sogleich kräuselte sich die hübsche Nase.

»Marine, die Suppe ist kalt!«

Schamhitze stieg in die Wangen der Dienerin. »Aber ich musste doch warten, an der Zimmertür …«

Maguelonne verstand, dass sie gelauscht hatte, und konnte dem Verlangen nicht länger widerstehen, ihr Herz auszuschütten: »Oh weh! Joachim, mein Gemahl, hat Böses mit mir vor!«

»Ja, er ist ein schlechter Mensch, der eine Frau wie Euch nicht verdient …«

»Er wird mich verstoßen, wenn ich ihm keinen Sohn schenke!«

»Ihr scherzt! Glaubt er, dass man ein Kind zur Welt bringt, wie man das Feuer entfacht?«

Die Dienerin eilte zur Tür, um die Neugierigen zu verjagen, dann fuhr sie mit leiser Stimme fort: »Herrin, nichts beweist doch, dass Ihr die Schuld daran tragt! Ich kenne so manchen Mann mit zugebundenem Hosenlatz, dessen Samen den Frauen ebenso dienlich ist wie Rübensaft.«

»Marine!«, schimpfte Maguelonne mit amüsierter Schamhaftigkeit.

»Verzeiht mir, Herrin! Aber es tut mir weh zu hören, wie dieses Ungeheuer Euch anfaucht, wenn vielleicht er es ist, der Kinder unmöglich macht!«

»Leider Gottes wäre es in diesem Fall noch schlimmer! Denn dann hätte ich gar keine Hoffnung mehr, schwanger zu werden!«

»Warum nicht?«

Maguelonnes Gesicht rundete sich vor Überraschung. Sie forschte in den Augen der Dienerin, um sich zu versichern, dass sie richtig gehört hatte, und ihre Augen wurden noch größer.

»Marine! Daran darfst du nicht einmal denken!«

»Ich denke daran, Herrin! Es gibt mehr Männer hier als Tropfen im Regen. Warum soll man sich mit einem einzigen begnügen? Noch dazu mit einem halben? Meine Mutter sagte immer: Wenn der Brunnen versiegt ist, muss man am Fluss trinken.«

»Nein! Nein!«, rief Maguelonne mit nervösem Lachen. »Ich will dir nicht länger zuhören! Meinen Mann betrügen? Ich würde vor Schande sterben! Und mit wem auch? Alle, die mich Joachim kennenlernen ließ, sind verheiratet oder alt und steif. Ja, mit wem?«

Die Ehrlichkeit dieser Frage, die von einem Augenzwinkern begleitet wurde, brachte die Dienerin zum Lachen. Sie überprüfte noch einmal, dass kein Spion hinter der Tür stand, dann kam sie zum Bett zurück.

»Madame, ich habe einen jungen, gar nicht so schlecht gebauten Mann bei Euch gesehen, von dem es heißt, dass er Euch liebt. Er ist Junggeselle und wird Euch wie nichts den Dienst erweisen, um den Ihr ihn bittet!«

»Wer denn?«, fragte Maguelonne mit gespielter Gleichgültigkeit.

»Der Färber, den Euer Gemahl in seinen Dienst genommen hat! Simon Terrefort!«

»Er!«

Dieser Schrei ließ die Dienerin zusammenfahren. Die Schale entglitt ihren Händen und ergoss sich über die Laken.

»Marine!«

»Halb so schlimm, Madame …«, sagte die Magd und wischte die Suppe mit ihrem Kleid weg. »Nun trefft Eure Entscheidung!«

»Die ist bereits getroffen! Das Feuergesicht jagt mir Angst ein mit seinem fleckigen Antlitz und den nach Farbe stinkenden Fingern. Lieber ein Schwein reiten!«

»Aber dennoch …«

Ein Leuchten entzündete sich in Maguelonnes Augen.

»Was hältst du von einem Bürger? Ich kenne mehrere von äußerst angenehmem Äußeren!«

»Ein Bürger würde sich brüsten, er würde überall erzählen: ›Seht nur, diese hübsche Dame … Gestern noch hielt ich sie in den Armen.‹ Der Färber dagegen hütet seine Zunge aus Furcht, bestraft zu werden.«

»Marine, wahrhaftig, ich kann nicht! Simon stößt mich ab! Außerdem kennst du nicht die ganze Geschichte. Einst kannte ich seinen Vater Lucas, der mich verführte. Sein Kind starb in meinem Bauch. Seit diesem unseligen Tag habe ich geschworen, alle Färber von mir fernzuhalten!«

»Sein Vater? Schau an!«

Männerschritte dröhnten auf der Treppe. Die Dienerin brachte hastig ihr beflecktes Kleid in Ordnung und gab dabei einen letzten Rat: »Überlegt es Euch, Herrin! Vertut nicht Eure Chance! Simon ist nicht so hässlich, wie er Euch vorkommt. Wäre nicht dieser Fleck auf seinem Gesicht, wüsste ich mehr als eine, die ihm die Arme öffnen würde!«

Marine hatte diesen Satz kaum vollendet, als die Tür aufgestoßen wurde. Joachim Fressard stand vor ihnen.

»Raus!«, fauchte er nur.

Die Dienerin verschwand.

Als Simon im Haus in Signac allein war, ergriff er von seinem neuen Reich Besitz.

Der Raum, in dem die Küpen standen, hatte die nötige Größe, trotz der niedrigen Decke und der engen Lichtöffnungen, die den Abzug der Dämpfe behindern würden. Ein abschüssiger Fliesenboden führte vom Färbersaal in das Farbenlager, während nach hinten hinaus eine weniger geneigte Rampe den Weg zum Ufer des Tarn und zur Trockenkammer wies. Die Bottiche, drei an der Zahl, waren wie üblich halb in den Boden eingelassen, Eisenbänder umschlossen das gewölbte Eichenholz. Im Obergeschoss gab es einen Wohnraum, der über eine Treppe mit der Werkstatt verbunden war, in der bereits der Tisch für den Zuschnitt stand.

An diesem Anblick gab es nichts auszusetzen, und während Simon seinen Eigentümerrundgang vollendete, beglückwünschte er sich dazu, Joachim Fressard sein Vertrauen geschenkt zu haben. Das war ein schönes Färberhaus, nicht ganz so groß wie manche Werkstätten, wo zehn Bottiche nebeneinander Platz hatten und in denen sich die Beinkleider eines ganzen Regiments färben ließen, aber dennoch ein ansehnliches Bauwerk, um dass ihn so mancher Meister beneiden konnte. Der Vertrag war bis in die kleinste Einzelheit erfüllt, wie beispielsweise ein darin aufgeführter seltener Kupferkessel: Dieses mit den Retorten in der Alchimie verwandte Gefäß kochte die Flüssigkeiten wirksamer als gewöhnliche Töpfe.

»Das riecht nach Reichtum!«, sagte der Färber zu sich selbst und liebkoste die Wand des Kessels. »Meister Lucas kann sich auf etwas gefasst machen!«

Als Simon jedoch genauer hinschaute, fand er durchaus Grund, sich zu beklagen, zumindest seine Begeisterung zu zügeln. Die Werkzeuge waren abgenutzt: Simon verzichtete sogleich auf mehrere Zuber, deren Boden so durchlöchert war wie eine alte Hose; die kostbare *Champagne*, ein rundes Netz aus gespannten Schnüren, das die Stoffe vom Bodensatz der Bäder trennte, hatte zumindest eine ernsthafte Ausbesserung nötig.

Am bedauerlichsten war jedoch die Sparsamkeit, mit der Joachim Fressard den Waidvorrat der Werkstatt angelegt hatte. Im Lager fanden sich gerade sechs Ballen, also die Menge, die man für halb so viele Bäder benötigte. Simon suchte überall, inspizierte selbst die Wohnung, um zu sehen, ob zufällig eine vergessene Karrenladung herumstand ... vergebens.

Sehr deutlich zeigten sich darin die Herausforderung für den Gesellen und zugleich die Grenzen von Joachim Fressards scheinbarer Großzügigkeit: Gewiss, er gab ihm den Farbstoff und bot ihm ein vollständig eingerichtetes Haus, aber als Gegenleistung verlangte er eine anständige Färbearbeit noch vor dem dritten Bad. Der Einsatz war gewaltig.

»Alle Wetter! Meint er, ich hätte zehn Arme, um ein solches Werk zu vollbringen!«

Simon erkannte, dass er all sein Talent würde einbringen müssen, und das auf der Stelle. Die Sorglosigkeit des ersten Augenblicks machte wildem Wetteifer Platz, dem rasenden Drang, die Meister zu übertreffen und durch einen Geniestreich allen sein Können zu beweisen. Er rannte in den Lagerraum, aus dem er mit einem ganzen Ballen beladen zurückkehrte, den er trotz seines Gewichts von zweihundert Pfund ebenso leicht hochgehoben hatte, als wäre es ein Arm voll Federn. Das Wasser, um den Bottich zu füllen, wurde mit derselben Inbrunst geschöpft: zwei Wege reichten aus, um es von den schlammigen Ufern des Tarn zu holen.

Im Handumdrehen hatte Simon seine Färberei in Gang gesetzt. Das Wasser, mit Urin versetzt und mit Ginster und Heu angereichert, brodelte im Kessel. Der Waid ruhte in der Küpe unter einer Schicht von Weizenkleie. Als Simon das eine auf das andere gegossen und alles mit einem hölzernen Schürhaken ordentlich verrührt hatte, bedeckte er den Bottich mit einem Tuch, das die Dämpfe gefangen hielt.

Nun musste er zehn Sanduhren verrinnen lassen, was nicht zuviel war, um den folgenden Schritt zu bedenken, den schwierigsten, von dem das Schicksal der Färberei und die Bestätigung seiner Kunst abhingen.

Diese Prüfung erfüllte Simon mit weniger Zuversicht, als er sie Joachim Fressard und auch sich selbst gegenüber gezeigt hatte.

Zwar kannte er in groben Zügen den Gang des Blaufärbens und auch die dazu nötigen Rezepturen, aber sein Wissen um diese Farbe war weit von dem entfernt, das er über das Rot besaß. Erfüllt von besorgtem Eifer schlich der Geselle um das große Holzgefäß herum und betete wie ein Anfänger die Lektion der Dosierung her: »Eine gute Schaufel Asche und ungelöschten Kalk pro Waidballen, umrühren, bedecken und einen Spalt öffnen, ruhen lassen, das Bad mit zwei Schaufeln Kalk vollenden ...«

Leider konnte auch dieser Vers ihn nicht beruhigen. Simon wusste genau: Was den Lehrjungen vom Gesellen unterschied und den Gesellen unter den Meister stellte, waren nicht die Formeln, die jedem zugänglich waren, der sich bemühte, sie zu lernen. Nein, die wahre Kluft öffnete sich durch Intuition und Fingerspitzengefühl, durch tausend Nuancen des Wissens, die kein Buch lehren konnte und von denen mancher noch so Eifrige oft gar nichts ahnte. Es reichte also nicht aus, einen Bottich richtig zu füllen, es galt, ihn auch wirklich zu verstehen, all seine Sinne für jenes geheime Flüstern zu öffnen, in dem die Farbe ihre Launen enthüllte, und das von ihrer Schwäche oder ihrem Wohlergehen kündete ...

Voller Verlangen, sich zu beweisen, presste der Geselle sein Ohr an die Eichenwand. Er vernahm ein Plätschern, Röcheln und Gurgeln, suchte deren Bedeutung zu entschlüsseln. Zeigte diese an der Oberfläche aufplatzende Blase, dass die Masse sich erhitzte? Musste man in jenem Zischen das Anzeichen für eine Zersetzung der Mischung sehen? Zu seinem großen Entsetzen erkannte Simon, dass er nichts davon wusste. Die Sprache des Rot war nicht die Sprache des Blau. Diese Worte des Wassers und der Gase blieben ihm fremd.

»Ich Unseliger!«, klagte er.

Es juckte ihn, eine Ecke des Tuches zu lüften – nur ein paar Zoll –, um die Entwicklung des Bades am Werk zu sehen. Aber wozu wäre das gut? Würde das Gesicht offener sein als sein Raunen?

Simon verzichtete darauf und setzte sich in eine Ecke des Saales.

Vier Stunden verstrichen. Dann öffnete Simon den Bottich, um das Auslüften vorzunehmen. Grünliche Dämpfe hoben ihre absonderlich frisierten Köpfe bis an die Decke. Der Geruch war ihm fremd.

»Sehen wir uns den Zustand des Bades an …«, ermunterte sich der Geselle und blies auf den Bottich.

Sogleich zerriss ein schmerzhafter Schock seine Brust: Das Bad war grau …

»Verdammnis über mich!«, rief Simon und warf seine Mütze auf den Boden.

Die Hände begannen ihm zu zittern. Er raffte all seinen Willen zusammen, um die finsteren Triebe der Gewalt zu bändigen: den Bottich zertrümmern, die Schaufeln zerbrechen, die Waidsäcke zerreißen … Panik drang ihm in die Adern wie eine lange, kalte Nadel.

»Nein, nicht!«, bezwang sich Simon mit unendlicher Mühe. »Was weiß ich denn von einem Bottich Blau, der noch nicht gearbeitet hat? Dieses Grau kann ganz anständig sein!«

Seine Hände griffen wieder nach dem Schaufelstiel. Das Färben ging weiter. Mit der blinden Disziplin eines Menschen, der sich mit der Gefahr abgefunden hat, reihte Simon die Handbewegungen aneinander, die er sich aufgesagt hatte. Er maß ab, gab hinzu, rührte, schöpfte, wobei auf jede Handlung eine Pause von mehreren Sanduhren folgte.

Als der Bottich endlich reif war, graute schon der Morgen. Nun wagte der Geselle, die Mischung zu prüfen. Er wählte ein Stoffstück aus und tauchte es in das Bad. Wenn die Farbe richtig war, würde die Probe dunkelgrün auftauchen und sich dann im Kontakt mit der Luft blau färben. Würde es die Farbe abweisen oder hellblau werden, wäre die Mischung gut für die Gosse.

»Komm schon, meine Schöne! Das ist der richtige Moment, dein Kleid zu schürzen!«

Eine Stunde später zog er den Stoff aus dem Wasser. Nun gab es ein neues Problem: Die Schattierung war unmöglich zu erkennen, denn wegen des Rauchs in der Luft, der so dicht stand, dass man kaum die Hand vor Augen sah, war das Licht zu schwach und die Farbe unkenntlich.

»Launisches Schicksal!«, jammerte Simon. »Nun, da zu urteilen ist, verliert der Richter seine Augengläser!«

Er griff nach einer Kerze, die er von einem Ende des Bandes zum andern führte. Scharfer Speichel brannte auf seiner Zunge.

Soweit er es im Licht der Wachskerze bestimmen konnte, war das Probestück von schimmelgrüner Farbe, die rasch zu Persisch-blau wechselte. Die zusätzliche Überprüfung des Satzes, jener Farbreste, die am Boden des Bottich zurückblieben, und des Schaums an der Oberfläche, aus dem die Maler ihre Farbpaste gewannen, besiegelte diese gute Meinung. Im Lichte der Kerze schien das Färben gelungen …

Simon streckte sich direkt auf dem Boden des Saales aus, das Hemd über der schweißnassen Brust geöffnet. Ein Lächeln breitete sich langsam auf seinem Gesicht aus. Der Geselle betrachtete seine blauen Hände.

»Dafür schulde ich Euch ewiglich Dank, Heilige Jungfrau, da Ihr mir Euren azurblauen Mantel gezeigt habt!«

Diese Anrufung, dem Quell seiner Freude entsprungen, überraschte Simon selbst. Zweifellos hatte die Geburt des Blau ihn von der Welt abgelenkt, denn er hatte keinerlei Erinnerung, während der Arbeit am Bottich auch nur einen einzigen Gedanken an die Marienkapelle verschwendet zu haben. Ebenso wenig hatte er an Fressard, Maguelonne, Meister Boniface oder sonst irgendwen gedacht. War es möglich, dass Gesichter, die sein Denken am Vortag noch so intensiv erfüllt hatten, schon am nächsten Tag in den Dämpfen des Blau verschwunden waren?

Wie dem auch sein mochte, nun, da das Bild der Madonna in seinem Geist erwacht war, entfaltete es sich dort in beachtlicher Größe. Selbst die kleinste Begebenheit in dieser der Eroberung des Blau geweihten Nacht schien ihm von der Aufmerksamkeit der Jungfrau gezeichnet. Simon war überzeugt, dass er ihr den glücklichen Schwung verdankte, der ihn in dieses furchterregende Abenteuer getrieben hatte. Maria verdankte er es auch, dass er das Entsetzen über das grau gewordene Bad überwunden hatte. Das überwältigendste Zeichen für den Schutz der Muttergottes jedoch lag ferner: Es wurde im Aufkommen des Blau sichtbar, in der wunderbaren Auflösung der Qualen seiner Seele und seines Körpers.

»Von heute an weihe ich Euch das ganze Werk meiner Küpen!«, versprach Simon mit der Hand auf dem Herzen. »Mein Emblem wird Euren Namen tragen, mein Wahlspruch Euch zum Lobpreis dienen! Das schwöre ich, Jungfrau Maria!«

Nach diesen edlen Worten erhob sich Simon, um die *Champagne* mit dem zu färbenden Stoff zu füllen. Vor Mittag würde der Stoff trocken sein, zur rechten Zeit, um ihn Joachim Fressard vorzulegen.

»Dann werden wir sehen, ob er zufrieden mit mir ist«, brüstete sich der Geselle vor sich selbst. »Ja, das werden wir sehen!«

Schon hatte er die Stücke in das Weidennetz gelegt, da ließ das Gefühl, ein Fremder sei im Raum, ihn in der Bewegung innehalten. Simon wandte sich um und ballte die Faust um den Griff des Schürhakens, den er schon öfter als Waffe gegen Marodeure eingesetzt hatte.

»Wer geht dort?«, fragte der Geselle laut, da er die von Dampf umwölkte Gestalt kaum erkennen konnte.

Die so angesprochene Person stieg eine Stufe herab und machte einige Schritte auf den Bottich zu. Ein Kleid aus dunklem Stoff, dessen Falten den Rauch einsogen, strich über die Kacheln und zog wie zartes Elfenbeingeschmeide die schmucklosen Finger und das bleiche Gesicht mit sich. Die langen Ärmel schleiften auf dem Boden. Das Haar unter dem Tröpfchenschleier erschien weiß.

»Maguelonne!«, rief Simon.

Er wollte die Frau in seine Arme schließen, besann sich jedoch sogleich. Eine solche Regung war nicht selbstverständlich. Wenn man es recht bedachte, waren sie einander erst einmal begegnet, ließ man das zwiespältige Abenteuer bei der Kapelle außer Betracht, in dem weder er noch sie die ihnen zustehenden Rollen gespielt hatten. Hier nun kam sie zu ihm, ein einladender Akt, nachdem sie ihm in Fressards Beisein allerdings die kalte Schulter gezeigt hatte. Sollte er ihr entgegengehen oder lieber warten, was sie tat? Wem stand es zu, als erster zu reden?

Maguelonnes unzweideutige Schlichtheit machte Simons Zögern ein Ende. Ganz ungezwungen schürzte sie ihr Kleid bis über die Knöchel, umging die Abflussrinne, die den Bottich säumte, und stellte sich direkt vor den Gesellen hin.

»Joachim hat mir erklärt, Euer Verhalten in der Waidmühle habe von großherziger Ergebenheit gezeugt. Ich hatte die Sinne verloren und Ihr seid mir zu Hilfe gekommen. Seid dafür bedankt.«

Das letzte Wort wurde von einem Kuss auf die Wange begleitet. Maguelonnes unbewegtes Gesicht brachte Simon gleichwohl davon ab, irgendwelche Schlüsse oder gar Vorteile daraus zu ziehen. Er reagierte, wie es sich als Antwort auf einen konventionellen Kuss geziemte, und hätte die Besucherin womöglich davongehen lassen, so sie nicht mehr Entschlusskraft gezeigt und sich im letzten Augenblick doch noch umgewendet hätte. Die Färberwaidnerin ließ alle Anzeichen starker Verärgerung erkennen: »Los doch, haltet mich zurück … Habt Ihr mir gar nichts zu sagen?«

Nie zuvor hatte der Geselle sein Gehirn derart ausgepresst. Gewiss doch, dieser Kuss war schon etwas! Da er jedoch nicht besonders schlagfertig war, wusste er nichts zu entgegnen.

»Nein, er sagt nichts!«, fuhr Maguelonne fort und stampfte mit dem Fuß auf. »Er schweigt! Eine Dame stößt seine Tür auf, erklärt ihm voller Natürlichkeit ihre Dankbarkeit, ja streift sogar seine besudelte Wange … und der Herr hält die

Lippen geschlossen! Gestern ward Ihr sehr viel eifriger! Wenn dem so ist, lebt wohl!«

Maguelonnes Auftritt, der mit seiner Lautstärke die Werkstatt erfüllte, rüttelte den Gesellen endlich wach. Er schnäuzte sich und fand die rechten Worte, um sie zurückzuhalten, wie auch die Gesten, um sie zu besänftigen.

»Bei meiner Seele«, lächelte die Färberwaidnerin. »Ich kenne die Terrefort! Der Sohn ist wie der Vater!«

»Ihr kennt meinen Vater?«, staunte Simon.

»Besser, als du ahnst.«

Bald waren Simon und Maguelonne dicht beieinander, ihre Hände leidenschaftlich verschlungen, ihr heftiger Atem mischte sich, ihre Körper pressten sich durch den Stoff hindurch gegeneinander, sie zitterten am ganzen Leib wie zwei Liebende, die es drängt, sich zu umarmen ... sie wollten sich küssen ... Aber nein: Im letzten Augenblick öffnete der Geselle die Augen und erkannte in Maguelonnes Blick eine Ablehnung, die ihre Inbrunst Lügen strafte. Seine Entdeckung ließ ihn erstarren. Bedächtig löste er sich aus der Umarmung.

»Was ist plötzlich mit dir los?«, fragte Maguelonne, die ihn duzte wie einen Geliebten.

»Ihr heuchelt. Ich weiß nicht warum, aber Ihr heuchelt.«

»Du redest dummes Zeug! Los doch, Bursche, tu deine Pflicht!«

»Ist es mein Gesicht, das Euch verschreckt? Ich weiß, dass es die Frauen abstößt, wegen des roten Flecks.«

»Was interessiert mich dein Gesicht?«, schimpfte sie ungeduldig.

Simon ließ seine Miene hart werden, aber sie schmolz sogleich wieder. Hier zitterte eine Falte, da ein Mundwinkel, eine Wimper, sie alle verrieten die Maske. Maguelonne nahm es wohl wahr, und so folgten auf die Proteste sogleich Zärtlichkeiten: Sie strich in langer Liebkosung über die ausgestreckten Arme des Gesellen, zog seine Hände an die erregendsten Stellen ihres Körpers, gab ihm hier und da kleine Küsse; kurz, demonstrierte ihm die erlesene Kunst einer Kurtisane.

»Und das ist geheuchelt?«, fragte die Schelmin, während sie ihm langsam die Nadeln aus dem Hosenlatz zog.

Simon war nicht aus Stein, weshalb er sich bald erhitzte, ja sogar in Glut geriet. Wenn auch sein Geist sich auflehnte, stimmte sein Körper doch zu, und bald schon behandelte er Maguelonne besser und kühner, als sie es mit ihm wagte. Nacheinander fielen die lächerlichen Hürden, die sich ihrem Verlangen entgegenstellten. Nackt auf ihrem Kleid ausgestreckt schlang die Frau ihre Arme um den Hals des Gesellen und zog ihn zu sich.

Die Umarmung wurde ohne jede Verliebtheit vollzogen und gar armselig zu Ende gebracht. Kaum war die Angelegenheit erledigt, löste sich Maguelonne von dem Färber und sammelte ihre Sachen zusammen, um sich in einer anderen Ecke des Raumes anzukleiden. Sie schien von einer besonderen Erregung erfüllt und Simon spürte, dass sie nicht ihn betraf.

Fassungslos sah der Geselle zu, wie Maguelonne die feucht gewordenen Röcke übereinander zog.

»Wann sehe ich Euch wieder?«, fragte er

»In vier Wochen.«

»Das ist spät.«

»Ich umarme dich.«

Das tat die Gattin des Färberwaidners und hauchte einen eisigen Kuss auf Simons Stirn. Ein Wirbel von Parfum und raschelndem Stoff trug sie hinaus.

Der Geselle deckte sich mit einer Plane zu und war sogleich eingeschlafen.

Die Ohren des Pferdes richteten sich auf, als Maguelonne nahte, die den feuchten Stoff ihres Kleides zusammenpresste.

Sie war kaum in den Damensattel gestiegen, als sich das Tier schon in raschem Schritt in Bewegung setzte und bald in einen gleichmäßigen Trab verfiel. Maguelonne ließ die Zügel locker und die Stute wählte selbst ihren Weg. Das Pferd verhielt sich ohnehin wie ein Eingeweihter, als hätten das besondere Kleid, das die Reiterin in jener Nacht trug, oder auch ihr Amazonensitz ihm gesagt, was ihr Bestimmungsort war.

Der Weg verlief bald tief im Wald. Der dörfliche Geruch vermischte sich mit den wilderen Noten der Farnkräuter. Auf beiden Seiten des Weges quoll raschelnd und finster das Laubwerk hervor, die gezahnten Baumwipfel vor einem helleren Himmel erinnerten an Finger. Wenn der Wind sie im Spiele beugte, schien sich eine Hand über der Reiterin zu schließen.

Maguelonne empfand keine Angst. Sie saß gerade im Sattel, über den sich der weite Rock ihres Kleides wie eine gestrandete Meduse ausbreitete, ihr Haar war von Bändern wie von schlangengleichen Algen durchzogen und sie hielt dem Wind ein ruhiges, hellwaches Gesicht entgegen. Nichts durchbrach die eisige Harmonie ihrer Züge als hier und da eine still herabrinnende Träne.

Vielmehr schien der Tag bei ihrer Annäherung zurückzuweichen und sich zu öffnen, um das Pferd hindurchzulassen, das jetzt im Galopp durch die kalten Staubwirbel jagte. Etwas Unsichtbares zog das Tier nach vorn, saugte es in die Tiefe dieses schwarzen Waldes.

Kaum eine Stunde war vergangen, da wechselte das Pferd die Gangart. Als sie sich einer in bläulichen Schimmer getauchten Lichtung näherten, die sich zwischen den Bäumen auftat, zeigte es Anzeichen von Nervosität: Es schnaufte, schlug aus und senkte tief den Kopf. »Hierher!«, befahl Maguelonne. Die Stute erstarrte.

Die Reiterin setzte den Fuß auf den feuchten Boden und ging auf die kleine Kapelle zu, die sich einen Steinwurf entfernt erhob. Unwillkürlich hatte sie die Hand auf ihren Bauch gelegt, den sie langsam und zärtlich liebkoste. Wäre auch nur der geringste Sonnenstrahl durch das dichte Geäst des Unterholzes gelangt, hätte ihr Gesicht unter dem Glas der Tränen geglänzt.

Nachdem Maguelonne die Kapelle betreten hatte, holte sie zwei Glutstücke aus einer Dose in ihrem Ärmel, die ihr dazu dienten, die Kerzen rings um den Altar zu entzünden. Die Färberwaidnerin zeigte ihre Vertrautheit mit diesem Ort, stapelte die auf den Bänken vergessenen Messbücher, sortierte die Blumen in den Sträußen. Ihre Bewegungen verrieten jedoch, dass sie mit diesen unbedeutenden Verrichtungen einen schmerzlichen Augenblick hinauszuzögern suchte. Als die kleine Kapelle sauber und gefegt war, begannen die Tränen erneut über Maguelonnes Wangen zu fließen.

»Mein Kind!«, klagte das Weib und legte beide Hände auf ihren Bauch.

Sie fühlte, wie sie Schwindel überkam, und biss sich schmerzhaft auf die Lippe. Ihr bebender Blick richtete sich auf die Madonna auf dem Altar.

»Jungfrau Maria, ich bitte dich, aus tiefstem Herzen flehe ich dich an!«

Mit Mühe, sich bei jedem Schritt auf die Bänke stützend, die unter ihrer Last knarrten, legte Maguelonne die wenigen Meter zurück, die sie von der Statue trennten. Ihre Hand erhob sich, fiel wieder herab, hob sich erneut und schob sich plötzlich hinter den Rücken der Madonna, von wo sie ein farbiges Band hervorholte.

Es war nichts weiter als eine Seidenborte, deren verblichenes Blau in der Mitte einen kräftig roten Fleck trug. In ihren Fingern jedoch schien dieses Endchen Stoff zur kostbarsten Reliquie zu werden.

Sie wurde von größter Erregung ergriffen und ihre Tränen flossen doppelt stark.

»Jungfrau Maria, du hast mir mein Kind genommen!«, klagte Maguelonne mit herzzerreißender Stimme.

Mit der Entschlossenheit eines Chirurgen, der die Wunde

öffnet, legte sie plötzlich das Band um ihre Taille und verknotete es. Ein Schrei erhob sich von ihren Lippen und verklang in einem Klagelaut. Dann legte sich tiefer Frieden über ihr Gesicht. Eben noch hatten sie die Zuckungen des Schluchzens zerrissen, nun entspannte und beruhigte sich ihr Atem.

Kniend inmitten ihres Kleides, dessen Blütenkranz sich über den kalten Stein legte, faltete Maguelonne die Hände und versank im Gebet.

Wie Simon vorhergesehen hatte, stattete Fressard ihm gegen Mittag seinen Besuch ab. Beim Anblick des blauen Stoffes, der auf dem Schneidetisch ausgebreitet war, schnalzte er zufrieden.

»Das ist gute Arbeit, Simon, eine Färberei, die Euch ehrt!«

Der Geselle wusste nicht, worüber er sich mehr freuen sollte: über das Lob des Färberwaidners oder über das herzliche Lächeln, das dieser ihm zeigte, der Beweis, dass sein Geschäftspartner nichts von dem Abenteuer wusste. Beruhigt zog Simon einen Stuhl heran.

»Danke, Simon, ich komme nur vorbeigeflogen. Die Ernte auf der Farm von Piedporc soll heute beginnen, ich werde dort vor der None erwartet!«

Ohne den Mantel von den Schultern zu legen, nahm Joachim ein Stück Stoff und trug es ins Sonnenlicht. Gleichsam im Sog seiner Schritte folgte Simon mit dem anderen Ende des Tuchstreifens, der sich über den Boden schlängelte.

»Man muss es im Tageslicht sehen, nicht wahr? Manche Stoffe haben im Schatten eine Anmut, die sie unter dem Auge Gottes verlieren.«

Als sie am Fluss waren, öffnete Simon die Arme, um dem Stoff Weite zu geben. Fressard hingegen raffte ihn zusammen und wählte nur ein Stückchen aus, das er auf seine Handfläche legte. Damit zeigte er Simon, dass er kein Kunde war, den man mit dem Eindruck des Ganzen betrügen konnte, sondern ein Fachmann, der sich seine Meinung am Detail bildete.

Eine ganze Weile betastete Joachim Fressard den Stoff, kniff hinein, rieb die Falten aneinander und befeuchtete sie mit Speichel. Es kam Simon vor, als spielten diese mit Ringen überladenen Finger in seinen offenen Eingeweiden. Schließlich gingen sie wieder in die Werkstatt, der Färberwaidner legte das Leinen fast gleichgültig zurück und fragte in professioneller Manier: »Ist das echte oder unechte Färbung?«

»Unechte. Die echte trinkt zuviel Farbe. Meine Vorräte reichen nicht aus.«

Fressard wies mit dem Kopf auf die vollen Säcke vor dem Bottich.

»Ich hoffte nicht, das Blau so schnell zustande zu bringen«, erklärte Simon mit einem bescheidenen Lächeln. »Ich hatte noch Farbstoff für weitere Bäder aufgehoben.«

Gemessenes Schweigen empfing die Worte des Gesellen. Die Hand des Färberwaidners spielte mit seinem Ohrhänger, an jenem Tag eine dicke graue Perle, einer Träne gleich.

»Ihr unterschätzt Eure Kunst, Simon, und vernachlässigt unser Geschäft. Ihr müsst wissen, dass die Tuchhändler unsere Stoffe für den Markt am Freitag erwarten!«

»Freitag ist übermorgen!«

»Genau. Sind nicht zwei Tage das richtige Maß, um zwei Küpen Blau zu färben? Wenn doch ein Tag ausreichte, um dieses Tuch zu fertigen?«

»Das ist viel Arbeit! Bei Meister Lucas hätte der ganze Advent nicht ausgereicht!«

»Gewiss, aber Ihr gehorcht nicht mehr Eurem Vater … Ihr gehört Euch selbst, und wir sind Partner. Ihr folgt Eurem eigenen Interesse und meinen Gesetzen, wenn ihr das Blau in kürzester Zeit liefert.«

Diese lebhafte Auseinandersetzung, in der beide mit Schärfe auf das letzte Wort des anderen reagierten, war für Simon wie eine Tracht Prügel. Vergebens suchte er im konzentrierten Blick des Färberwaidners nach dem eben noch so freundschaftlichen Strahlen. Jetzt war das Auge trocken und funkelte wie eine gezogene Klinge.

»Lasst Ihr das Bad kochen?«, erkundigte sich Joachim Fressard, der den Färbesaal mit steifem Schritt durchmaß.

»Ja, im Kessel.«

»Beizt Ihr?«

»Soviel nötig ist. Damit die Farbe fest am Stoff haftet, habe ich Asche und ungelöschten Kalk zum Bad hinzugegeben. Aber Alaun wäre besser …«

»Geselle, es ist meine Pflicht, Euch zu warnen. Der Kessel steht in diesem Haus, weil ein Rotfärber es vor Euch nutzte. Die Meister des Blau haben nicht die Gewohnheit, das Wasser ihres Bades zu erwärmen, aus dem sehr weisen Grund, dass der Waid auch kalt seine Wirkung entfaltet. Deshalb werden sie auch Bottichfärber genannt, ihre Verwandten des Rot aber die Brodelfärber. Wenn Ihr meinen Rat hören wollt, so verzichtet künftig auf das Erwärmen … Verdammt, das Holz zum Erhitzen ist teuer, und ich habe keine Pfründen wie der Bischof, um jeden Tag Euren Scheiterhaufen zu füttern!«

Simon setzte zu einer Entgegnung an, aber Fressard kam ihm zuvor: »Was den Alaun angeht, so ist er überflüssig. Der, den man in Phokäa aus dem Gestein kratzt, kostet hundert Sous das Pfund. Welches Laken verdient schon einen solchen Balsam? Genug mit den Ausgaben! Die Farbe wird mit Weinstein aus dem Fass, mit Essig oder Kastanienruß genauso gut gebeizt!«

Da Joachim Fressard erriet, wie sehr er den jungen Mann quälte, versüßte er seine letzten Worte mit einem beschwichtigenden Lächeln. Das bewahrte ihn vor einem offenen Streit, für den sich der Geselle schon die Worte zurechtlegte.

Stattdessen erhielt der Färberwaidner eine kurze Zustimmung, die ebenso gern gegeben wurde, wie man eine belagerte Festung räumt. Dann wurde er mit dem Argument verabschiedet, die Färberei könne nicht warten. Fressard stimmte nur zu gern zu, schüttelte Simons Hand, wiederholte noch einmal: »Freitag!« und wies dabei auf den bereits gefärbten Stoff. »Freitag!«, bestätigte der Geselle. Damit war der erste Besuch des Färberwaidners in Signac beendet.

Als Simon allein war, nahm er einen Stuhl und trug ihn hinaus. In seinen Gefühlen mischten sich Enttäuschung und Groll in wechselnden Proportionen, je nachdem, ob er den Schimpf bedachte, der seinem Namen angetan wurde, oder das Unrecht gegen seine Kunst. Er machte sich Vorwürfe, der Güte Joachim Fressards vertraut und nicht den harten Geschäftsmann in ihm erkannt zu haben, der jetzt die Maske fallen ließ. Der Färberwaidner zeigte sich in neuem Licht: Nicht treu, sondern eigennützig, nicht umgänglich, sondern listig. Bei solchen Leuten lohnte es nicht, für einen Streit einen Vertrag aufs Spiel zu setzen, weil die Grimasse ebenso schnell zum Lächeln wurde wie umgekehrt.

Dieses trostlose Porträt, dessen Farben Simon langsam erwachen sah, quälte ihn mehrere Stunden. Dann, in der Dämmerung, erlebte der Geselle erneut das Wunder des Blau in seiner Küpe, und seine Seele wurde von Licht erfüllt. Er rollte die zweite Stoffbahn über die erste und liebkoste lange die eine und die andere, glücklich wie ein Vater, der sich über die Wiege seiner neugeborenen Kinder beugt.

»Mag es hageln, mag es stürmen, mag der Blitz einschlagen über meinem Hohlkopf! So lange mein Bottich blau färbt, werde ich als aufrechter Mann in dieser Welt stehen.«

6

Mit der Hinwendung zum Blau meinte Simon sein Leben fest in der Erde verankert zu haben. Ganz anders ging es unter dem Banner des Rot zu, wo Meister Lucas kohlrabenschwarze Trübsal blies, was seine Farbe gleichsam verschmutzte.

Es traf die Werkstatt bis ins Mark: Das Chamäleonrot, das stets den Ruhm der Feigenmühle ausgemacht hatte, schien die persönliche Note zu verlieren, die es einst zur Legende erhoben hatte. Die letzten Früchte der Färberküpen bewiesen zwar noch das handwerkliche Können des Meisters, zeugten aber keineswegs von seinem Genie: Ein voller Grundton, kräftig, aber ohne Glanz; regelmäßig und tief auch in der Falte, aber nicht mit einst zu vergleichen. Manche sprachen von »geknebeltem Licht«, von »steinigem Glanz«. Andere, maßvollere, bezeugten ein Unbehagen, das zu benennen sie sich weigerten. »Mein Rot blutet«, kommentierte der Meister wortkarg, um dem Niedergang seiner Färberei Ausdruck zu verleihen.

Folgerichtig trübte dieses Rot auch im übertragenen Sinne die geistige Verfassung dessen, der es erschuf. Ein weit verbreiteter Volksglaube besagt, dass das Unglück den Menschen gleichgültig gegen die Welt werden lässt. Bei Meister Lucas geschah das Gegenteil: Er, der sich normalerweise nicht um Bestellungen scherte und seine Launen als Experimentator stets über das Interesse an den Geschäften gestellt hatte, war in diesen Wochen der zuverlässigste und disziplinierteste aller Färber. Die am Morgen abgegebenen Stoffe wurden am Abend geliefert, das Geld zuweilen gar zurückgegeben, so schwer fiel es dem Meister, die plötzliche Inflation des Wechselgeldes zu verwalten.

Die Angestellten des Hauses vergaßen, was sie ihrem Arbeitgeber verdankten, und nutzten diese wunderliche Laune, um die Kasse leer zu fegen. Sandte der Meister sie aus, eine Rechnung zu begleichen, kehrten sie mit neuen Stiefeln oder Handschuhen zurück, und gern hätten sie alles mitgehen lassen, wäre nicht die wachsame Éléonore gewesen, die jeden Tag einen Knecht vor die Tür setzte. Das Mädchen mit den Regenbogenfingern beklagte sich auch über die Mägde, die so zahlreich wie die Kreuze bei einer Prozession den Dienst in der Mühle antraten und wieder verschwanden: »Sie stehlen die Kerzenstummel, um sie an die Armen weiterzuverkaufen. Sie stehlen die Asche, die man zum Waschen verwenden kann … Großer Gott! Gibt es auf dieser Welt denn überhaupt eine einzige ehrliche Magd?«

Einige Tuchmacher waren dumm genug, sich über diesen neuen Zustand zu freuen. Wer Lucas kannte, empfand hingegen größte Besorgnis, erschrak über die sogleich ausgeführten Bestellungen und bat um die Gunst, mit Verspätung beliefert zu werden: »Ich trage dieses Hemd nicht oft, Lucas. Bediene heute erst die anderen, du kannst es später färben.«

Das Angebot war weniger großzügig, als es den Anschein hatte: Die erfahrenen Tuchmacher erkannten, dass mit diesem neuen Rhythmus die Qualität der Rottöne nachließ und binnen kurzem ganz gewöhnlich sein würde. Viele Kunden brachten Stoffe zurück, ohne dass man wusste, ob es eine ehrliche Reklamation war oder die Rache für die Erniedrigungen von einst, als der Meister sie vor seinem Haus betteln ließ.

Seit Bankiersgedenken hatte man nie zuvor ein so gut florierendes Unternehmen gesehen – das Geld strömte weiterhin, da der schnelle Fluss der Lieferungen die langsamer eingehenden Bestellungen wettmachte –, ein Unternehmen, das dennoch so missachtet wurde, und auf das jeden Tag neue Spottverse und Epigramme verfasst wurden. In den Tavernen belachten die Bürger das »hinkende Chamäleon«, und sie lachten noch immer, wenn sie die zu färbenden Stoffe abgaben, um deutlich zu zeigen, dass Geld nicht gleich Respekt ist, dass man das eine geben kann, ohne das andere zu gewähren.

Ein derartiges Paradox war eine schmerzhafte Demütigung für Meister Lucas: Er hätte lieber nichts verkauft, dafür aber die Achtung der Kundschaft bewahrt, anstatt einen in Ungnade gefallenen Namen reich zu machen. »Der Schatz der Ehre ist mehr wert als alles Gold«, sagte ein Sprichwort, an dessen Wahrheit der Färber glaubte. Die Neuigkeiten aus der Stadt – heute eine Vogelscheuche, die man mit seinem Stoff bekleidet hatte, morgen ein Tuchhändler, der das Zeichen des Chamäleons abzukratzen suchte – bereiteten ihm Höllenqualen. Ein so plötzlicher Umschwung erschien ihm unerklärlich: Wie denn, hatten wenige Wochen ausgereicht, um aus einem angesehenen und unter seinesgleichen viel beachteten Tuch diesen lächerlichen Lumpen zu machen, dem die gemeinsten Attacken und niedrigsten Kränkungen galten?

»So ist das Leben!«, kommentierte das Mädchen mit den Regenbogenfingern. »Wer sich auf dem Rad des Glücks erhebt, dem ist auch der Niedergang bestimmt. Schon so mancher ist so hoch gestiegen, dass er den König duzte und von goldenen Tellern aß: Tags darauf war er ein Bettler, der die Krumen und Reste in seiner Hand zählte …«

Kurz, Gefahr drohte diesem Heim, und schon fühlten sich die Klatschbasen berufen, das Ende der Werkstatt vorherzusagen. »Noch vor Weihnachten wird es bei der Feigenmühle nur noch eine Ruine und ein Distelfeld geben!«, prophezeiten auch die anderen Färbermeister, recht zufrieden über den unverhofften Niedergang ihres Konkurrenten.

Natürlich kannte Joachim Fressard den Verdruss der Familie Terrefort. Er wusste um die unheilvollen Gerüchte, von denen die verrauchten Gasträume der Tavernen ebenso widerhallten wie die überdachten Märkte. Mehr noch, er hatte sich ein eigenes Bild gemacht und war am Tor der Feigenmühle vorbeigeritten: Des Meisters Flüche, Éléonores Schluchzen, die Untätigkeit der Gehilfen, die in den Mischzubern Frösche fingen, genügten, um den nahen Ruin der Chamäleonstoffe zu vermuten.

Dennoch verbot ihm sein abergläubisches Naturell, darüber zu lachen. Was wusste er schon vom geheimen System der Welt und vom bösen Schicksal, das seine Scherze womöglich heraufbeschwören könnten? Hatte man nicht Wölfe gesehen, die eine Beute angriffen, sich dann aber durch die Sprünge einer anderen ablenken ließen und von der ersten abwandten, um den Neuankömmling zu zerreißen?

Deshalb verzichtete Joachim Fressard auf jeden Spott. Das hinderte ihn aber weder daran, seit Beginn dieser Ereignisse ständig guter Dinge zu sein, noch seine Machenschaften zu verfolgen, die sich in seinem vor raffinierten Taktiken glühenden Geist von selbst bis in schwindelnde Höhen entwickelten. Der Niedergang von Meister Lucas erschien ihm wie ein unerwartetes Geschenk, das Simons Aufstieg begünstigte. Die Verachtung des Rot erleichterte die Verbreitung des Blau erheblich. Der Braten war aufgetischt: Es galt, auf der Stelle sein Messer darin zu versenken – also Stück für Stück die Auslagen der Tuchhändler zu besetzen, auf denen ein Platz frei wurde.

Joachim war fest dazu entschlossen. Da der Markt kurz bevorstand, richtete sich all seine Anstrengung darauf, von Simon die notwendigen Stoffe zu erhalten. Der Färberwaidner unternahm am ersten Tag einen Inspektionsbesuch, kam am zweiten wieder und blieb am dritten. Kaum hatten die Stoffe die *Champagne* verlassen, nahm Joachim sie dem Gesellen aus der Hand, um sie, noch triefend nass, dem Mann zu übergeben, dessen Aufgabe es war, die Läden zu beliefern. Eine Unterbrechung der Bäder wurde nicht mehr geduldet. Mit dem Argument, bei solchem Bedarf sei jedes Zögern reiner Selbstmord, hatte der Färberwaidner zur Verstärkung der Bottiche alle Becken, Mulden, Eimer, Töpfe und andere Behälter von mittlerer Größe einbezogen, die sich finden ließen. In diesen Ersatzkesseln, zu denen auch ein Futterkübel aus dem Stall gehörte, drehte sich der Rührlöffel, während die großen Bäder ruhten und umgekehrt. So war immer eine Ladung im Färbebad, eine andere gerade begonnen und eine letzte ruhte, zur größten Befriedigung Joachims, der erklärte, in den Bädern schon »das Geschäft schnurren« zu hören. Simon war anderer Ansicht, und stellte sich voller Wonne vor, den Färberwaidner umzubringen, weil dieser sich ebenso wenig um die Qualen seiner Schultern kümmerte wie um die Kürze seiner Nächte, die alle zwei Stunden von einem übelriechenden Frondienst unterbrochen wurden.

»Herr, Ihr bringt mich um mit der Arbeit! Ich habe wahrlich nicht den Ruf eines Nichtstuers, aber irgendwann ist es genug! Bei all dem Wasser, das wir aus dem Fluss schöpfen, werden wir ihn irgendwann geleert haben! Hat man nicht schon erlebt, dass der Brunnen von Théron in Castelviel und der von Griffoul in Bout-du-Pont während der Hundstage versiegt sind?«

»Das lag nicht an den Wäscherinnen«, entgegnete Joachim. »Zeigt gefälligst etwas Ausdauer!«

Zu Gunsten Fressards muss man bekunden, welchen Gewinn das Produkt der Färberei aus diesem strengen Regime zog. Schon nach zwei Tagen verließ ein mit Stoffballen schwer beladener Karren die Werkstatt von Signac und wandte sich zum Gehöft des Färberwaidners, womit noch acht Tage zuvor niemand, nicht einmal Joachim, gerechnet hätte.

Der Geselle war zu erschöpft, um sein Verdienst zu erkennen, fand jedoch in dem wieder erlangten Recht zu schlafen

Grund genug zur Freude. Sobald Fressard verschwunden war, zog er seinen Strohsack bis in das Lager, das bald von lautem Schnarchen erfüllt wurde.

Der Markttag kam heran.

Der Färberwaidner stand im Morgengrauen auf, wie es sich für einen Lieferanten ziemt, der einen vorteilhaften Platz für seine Ware zu erlangen sucht. Um vor den Tuchhändlern eine gute Figur zu machen, hatte er sich einen weiten Mantel aus blauem Tuch geleistet, der die Kruppe seines Pferdes bedeckte, außerdem eine Seitentasche, die dazu bestimmt war, den Tageserlös aufzunehmen.

Fressard war überzeugt, die Saison mit guten Verkäufen zu eröffnen. Er rechnete mit Einnahmen von fünfundzwanzig oder dreißig Livres, von denen er sich selbst den Hauptanteil zusprechen würde, um die Ausstattung des Hauses zu bezahlen. Dem Gesellen würde er den Rest überlassen. Das war das Mindeste, was er von Simons Stoffen erwarten konnte, die für des Färbers Alter und seine geringe Erfahrung einen so gelungenen und unverhofften Farbton aufwiesen.

Als der Färberwaidner die *Plassa* betrat, war der Markt noch nicht geöffnet. Mit Straßenstaub bedeckte Ballen lagen auf dem Pflaster, einige waren gerade vom Rücken eines Maultiers oder von einem Karren abgeladen worden, andere, die man bereits geöffnet hatte, boten den Blicken ihr buntes Inneres. Hier war es eine Traube Glocken für Schafe oder Kühe, deren kleinste Bewegung die Luft mit Silberklang erfüllte; dort, aufgestapelt und zusammengeschnürt, Backformen für Waffeln, Oblaten oder Wachskuchen, mit Stroh gefüllte Holzschuhe und gezackte Ambosse … Eine alte Frau zählte stumpfsinnig einen Stapel mit Holzkohlefladen. Unter den gewitzten Händen der Ladenbesitzer wurden die Auslagen zusammengestellt: der glatte Krug vor den angeschlagenen, der emaillierte Abortkübel vor den irdenen …

Fressard führte sein Pferd zwischen den Waren hindurch, um die *cuberta de la draparia* zu erreichen, den Markt der Tuchhändler. Dann lenkte er seine Schritte zu einer azurblauen Auslage. Ein Händler entblößte den Kopf, als er näher trat: »Einen schönen guten Tag, gnädiger Herr Fressard!«

»Grüß Gott, Meister Meulier!«, antwortete der Färberwaidner mit einem breiten Lächeln.

Über die Stoffe hinweg schüttelte man sich die Hand.

Nach ein paar freundlichen Worten richtete Fressard seine Aufmerksamkeit auf die Ware. Meulier war dafür bekannt, nur mit blauen Stoffen zu handeln, jede andere Farbe auszuschließen und zu verachten. Auf seinem Tisch gab es Stoffe jeglicher Herkunft und Qualität mit einer Palette von zwanzig verschiedenen Tönen, meist auf Namen getauft, die von jenseits der Berge stammten: *allazzati fermi* oder Zartblau, *turchini al diritto* oder Blassblau, *sbiadati chiari* oder Sterbendes Blau, *cilestrini per Roma* oder Himmelsblau, *monachini* oder Königsblau, *perso avantazà* oder Aldegoblau, bis hin zum Höllenblau, das man durch mehrere hochkonzentrierte Waidbäder erzielte, und dessen hoher Preis es für vornehme Gewänder bestimmte.

Dieser allein dem Blau geweihte Stand verlangte ein wachsames Auge, und Fressard suchte lange, ohne die Stoffe von Simon zu erkennen, dessen Marienstempel nirgends zu sehen war. Schließlich fand er sie, aber in der letzten Reihe, kaum sichtbar unter einem fremden Stapel, was den Färberwaidner sehr ärgerte.

»Bei meiner Seele, unser Blau steht hinter den anderen zurück! Es zerreißt mir das Herz, solche Ungerechtigkeit zu erleben! Los doch, Tuchhändler, leg es in die erste Reihe. Simons Werk verlangt viel Licht …«

Der Händler wirkte verlegen. In einer ersten Regung wollte er den Stoff aus dem Stapel ziehen, besann sich dann jedoch und schob ihn mit schuldbewusstem Blick dorthin zurück, was Fressard sehr erstaunte.

»Simon färbt gut«, gab der Tuchhändler zu. »Aber er hat keine Erfahrung mit dem Blau, er verlängert seine Bäder und überfordert die Dosierung! Berühr den Stoff, Joachim, ist er nicht steif und nässt hier und da, wie ein Mantel, der feucht ist vom Morgentau? Nach einer Weile verfärben sich die Finger. Meister Albert und Meister Guillaume leisten bessere Arbeit …«

Dieses offene Eingeständnis verletzte den Stolz des Färberwaidners. Nachdem er die graue Perle an seinem Ohr zwischen den Fingern gerollt hatte, griff er mit lauter Stimme an: »Gaunerei! Wer einmal von der Leidenschaft der Farben besessen ist, kennt sie alle und färbt sie ebenso gut. Außerdem ist es nicht Sache des Tuchhändlers, über seine Auslagen zu urteilen, sondern Sache der Kundschaft …«

»Ganz richtig«, entgegnete Meulier, »genau so läuft das Geschäft! Die Kundschaft will die Marienstoffe nicht kaufen!«

»Das möchte ich sehen!«

»Mach Platz, du wirst es bald erleben …«

Fressard trat zur Seite. Sogleich begann der Tuchhändler mit einer klaren, weit tragenden Stimme, die man diesem schmalbrüstigen Mann nicht zugetraut hätte, seine Ware anzupreisen: »Hier gibt es Stoffe aus Châlons! Stoffe! Schleiertuch aus Arras! Leinen aus der Champagne und der Normandie!« Die Wirkung ließ nicht lange auf sich warten: Zu zweit und zu dritt strömten die Bürger von allen Seiten herbei und umringten den Stand. Gerührt lauschte Joachim dem Lied der vollen Geldkatzen.

Als erster kam ein Bankier, der in der Stadt dafür berühmt war, viel Geld für seine Kleidung auszugeben. Sein Blick strich über die angebotenen Stücke, seine Hand rieb einige Stoffe aus der ersten Reihe, dann band er seine Börse auf, in der kurz ein schöner Silbertaler glänzte. Sein Diener lud sich einen Ballen auf die Schulter, der nicht von Simon stammte.

»Pah! Setzt Euch doch Augengläser auf die Nase!«, fluchte Fressard.

Ein zweiter Kunde kam, dessen sorgsamer Prüfung kein Stück entging und der sich schließlich für ein Tuch aus Rouen entschied.

»Er hat keinen Geschmack!«, schimpfte der Färberwaidner.

Auch die Folgenden wählten Stoffe aus, an denen der Geselle keinen Anteil hatte. Der Ablauf war immer gleich: Der Kunde trat näher, berührte Simons Tuch, runzelte die Brauen und wandte sich ab. Dann fiel seine Wahl auf ein rivalisierendes Blau, wie zum Beispiel die berühmte »Gründlingsschuppe« von Meister Albert.

Fressard beobachtete dieses Kommen und Gehen mit großer Ungeduld.

»Wahrhaftig, es ist ein Jammer! Hat man je erlebt, dass das schlechte Tuch weggeht, während der anständige Stoff am Boden des Korbes liegen bleibt?«

Mit Fug und Recht gönnte sich Meulier das Vergnügen, ihn an seine Worte zu erinnern, das Auge der Kunden sei wichtiger als das der Fachleute.

»Schluss damit!«, fauchte Fressard und packte den Tuchhändler beim Ärmel. »Hüte dich, jemals über mich zu lachen! Es gibt im Handel liebenswürdige Kreaturen, die man nach Belieben verspotten kann. Ich gehöre nicht zu ihnen …«

Meulier machte sich mit einer stolzen Bewegung los: »Ganz ruhig, Herr Händler! Ist es vielleicht mein Fehler, wenn man den Marienstoffen nicht wohlgesonnen ist?«

»Das gefällt dir, was … Meinst du vielleicht, ich wäre zu früh aus dem Nest gefallen, um zu glauben, es sei einfach Pech? Wenn mein Blau liegen geblieben ist, so deshalb, weil jemand gegen mich intrigiert!«

Der Tuchhändler schlug sich gegen die Stirn. »Dein Verstand verhaspelt sich, Joachim! Wer sollte so etwas tun?«

»Vielleicht der alte Lucas … Wir sind uns früher einmal in die Quere gekommen. Er machte meiner Frau den Hof, sie hat ihn brav zurückgewiesen. Egal, ich werde den Namen des

Schurken und seine Methode bald herausbekommen. Dann Gnade ihm Gott! Wer immer mir Unrecht tut, wird dafür bezahlen!«

»Brrr!«, machte Meulier scherzhaft.

Diese Art verärgerte den Färberwaidner noch mehr.

»Zweifelst du an mir? Die Tuchhändler von Orthez wissen wohl, was ihnen droht, wenn sie mir schaden! Ich hänge noch den alten Zeiten an, als die Justiz zuschlug, ohne lange zu schwatzen: eine Hand ab dem Dieb, das Ohr angenagelt dem Fälscher!«

Fressards Augen brannten mit Furcht erregender Glut. Erschreckt von diesem Blick wandte Meulier sich ab.

Von der Uhr der Église Saint-Julien schlug es Mittag, und Simons Blau hatte noch immer keinen Abnehmer gefunden. Die allmählich sich leerende Auslage ließ seinen Stoff schändlich unter den anderen Resten hervortreten, grobe Ballen von halb wollenem, halb leinenem Stoff, wie sie von den Bauern verlangt wurden.

Wer als letzter seine Geldbörse öffnete, um sechs Klafter Stoff mit dem Marienstempel zu kaufen, war Fressard selbst, der nicht ohne Grund das Gerede fürchtete, das es um die verramschten oder einfach liegen gebliebenen Stoffe geben würde. Der Färberwaidner zahlte zwei Livres, die er aus hinreichender Höhe herabfallen ließ, damit sie hell auf dem Wechselteppich klimperten, begleitet von einer anrührenden Lobrede auf das Werk des Gesellen: Fressard erklärte sich »hoch erfreut« über den Kauf der Stoffe, behauptete, allein »am Sommerhimmel« je ein so intensives und zugleich so zartes Blau gesehen zu haben, und versprach schließlich, bald eine Bestellung bei diesem »Meister der Färberei« aufzugeben.

Die Geschichte berichtet nicht, ob die Kunden den Köder schluckten, erzählt uns aber vom herzlichen Lachen des Tuchhändlers, der es höchst vergnüglich fand, dass sein Lieferant dergestalt seine Rechnung bezahlte.

Tatsächlich versetzte diese unvorhergesehene Ausgabe für eine Ware, von der er sich einen Gewinn erhofft hatte, den Färberwaidner in größte Wut. Sobald der Markt geschlossen war, stürmte er mit verhängten Zügeln zu Simon.

»Da habt Ihr Euer Werk, Geselle!«, schrie Joachim und warf dem Färber das Leinen vor die Füße. »Man hat es nicht geschätzt, weder die Kunden, die daran schnupperten wie an einer Fastenspeise, noch die Tuchhändler, denen es störend war auf ihren Auslagen! Ich weiß nicht, warum ich es bezahlt habe, aber damit seid Ihr mein Schuldner um zwei Livres, die von künftigen Gewinnen abgezogen werden.«

Damit verschwand Fressard, ohne zu grüßen.

Diese Szene ließ Simon völlig verstört zurück. Er blieb einen Moment reglos stehen, die Hände noch in dem Sack mit Farbstoff, den er gerade geöffnet hatte. Mehr als der Ausbruch des Färberwaidners bestürzte ihn der Anblick des blauen Tuchs, das auf dem Boden ausgebreitet war. Einen Freund tot am Fuße eines Turms oder den Kopf seines Pferdes am Haken des Fleischers zu finden, hätte ihn nicht mehr bewegen können.

»Heilige Jungfrau!«, klagte der Geselle. »Hast du mich Färber werden lassen, damit ich nun diese Demütigung erleide?«

Simon raffte den Stoff zusammen und trug ihn hinaus ans Tageslicht. Er wollte wenigstens prüfen, weshalb seine Farbe mit solcher Verachtung gestraft worden war, und entscheiden, ob er sich dem allgemeinen Eindruck fügte oder nicht. Das Tuch wurde entfaltet und jeder Fingerbreit sorgsam begutachtet.

Eine Überraschung erwartete den Gesellen: Zwar schien die Farbe tadellos und sprach ihn somit von jeder Schuld frei, das Leinen aber wies überall Zeichen von Beschädigung auf. Hier und da sah man Fingerabdrücke, Dreckstreifen, Risse, wie sie ein Taschenmesser schneidet, oder Essigflecken. Das ganze Stück schien schlimmer misshandelt als ein Segel nach dem Unwetter.

»Bei meiner Seele!«, rief der Färber.

Simon versuchte sich zu fassen. Welchen Nutzen sollte ein Tuchhändler daraus ziehen, seine eigene Ware zu verderben, oder die Kundschaft, die des Tuchhändlers zu beschmutzen? Ebenso gut war es möglich, dass Fressard in seinem Zorn den Stoff zwischen den Beinen seines Pferdes herabhängen, ihn zertrampeln, durch die Pfützen schleifen, an den Dornen hatte zerreißen lassen!

Gewiss ... aber wenn trotz allem jemand versucht hatte, den Verkauf zu hintertreiben? Was wäre wirksamer gewesen, als das Tuch zu verpfuschen? Diese Spur war es jedenfalls wert, verfolgt zu werden. Der Färber riss einen Streifen von dem Stoff ab, steckte ihn zusammengefaltet unter seine Jacke und machte sich auf nach Castelviel.

Während Simon zum Haus seines Teilhabers unterwegs war, verließ Fressard den Ort und ritt hinaus in die Natur.

Die Wut des Färberwaidners hatte seine übliche ,ernste und nachdenkliche Stimmung nicht lange zu überlagern vermocht. Nach einem kurzen Ausbruch der Leidenschaft fand Fressard zu seiner Kaltblütigkeit und zu klaren Gedanken zurück. Dieses Gefühl schien auch zu der Landschaft zu passen: nach dem Gedränge der Stadt nun der freie Horizont der Felder, auf allen Seiten Weite und Grün ...

Wie gewöhnlich band Fressard sein Pferd an einem Pflock auf der Weide fest. Nichts entspannte ihn so sehr, wie allein auf einem Feldweg auf und ab zu laufen. Solche Spaziergänge deuteten auf Tage der Ungewissheit, auf Stunden, da der Färberwaidner, an sich und an allen zweifelnd, in der Natur Stille und Trost suchte.

So verhielt er sich auch, wenn er vor schwierigen Fragen stand. Er blätterte nicht in Büchern und Registern, sondern lüftete seinen Geist in den Wäldern. In Nachahmung des heiligen Ludwig, der unter einer Eiche Recht sprach, holte sich

Fressard seinen Rat von der Erde, die er »Fundstätte des gesunden Verstandes« getauft hatte. Dies geschah ganz direkt, indem er nämlich seine Hand in den Lehm des Ackers steckte. Erschien ihm die Erde verschlossen, krustig oder von Wurzeln durchzogen, war es für ihn ein schlechtes Omen, das ihn je nach der Situation dazu veranlasste, eine Unterschrift hinauszuzögern, ein Geschäft aufzugeben oder einen Handlanger zu verleugnen. Fand er hingegen die Furche fett und gut formbar, fest in der Tiefe wie das Fleisch einer Frucht, dann glaubte der Färberwaidner an die Unterstützung der Vorsehung und ließ sich mit der Sicherheit eines Heerführers auf die kühnsten Unternehmungen ein.

Die Frage, die Fressard der Erde an diesem Tag zu unterbreiten gedachte, war nicht gerade einfach: Er musste entscheiden, ob er Simon Terrefort weiterhin sein Vertrauen schenken sollte oder nicht.

In seinem tiefsten Innern glaubte dieser Sohn der Märkte, erzogen im Geiste rascher Gewinne und prompter Gebote, dass ein Geschäft nichts wert war, wenn es nicht sofort etwas einbrachte. Ein misslungener Auftakt konnte ihn dazu bringen, aufzugeben und all sein Geld zurückzuziehen, um es woanders zu investieren. So war ein Jahr zuvor eine mit seinem Geld eingerichtete Senfmühle auf seine Anordnung geschlossen worden … nach nur einem Monat Betrieb. Den unzufriedenen Arbeitern hatte Fressard entgegengehalten, dass er über seine Geschäftspolitik ebenso wenig Rechenschaft ablege wie der Himmel über Hagel oder Sturm. Der Schultheiß hatte seltsamerweise zu seinen Gunsten entschieden, das verschaffte dem Färberwaidner den Ruf eines geschickten Intriganten mit mächtiger Unterstützung, was für die Entwicklung seiner Geschäfte gewiss sehr hilfreich war. Nebenbei wurde Joachim Fressard der Vertraute des Schultheiß', den er seitdem zweimal im Monat an seinem Tisch empfing.

An diesem Tag musste Fressard nur zehn Schritte laufen,

um Erde zu finden, die er für geeignet hielt. Der ansonsten von Maulbeerbäumen und Farnen gesäumte Weg führte hier an einer Brache entlang. Fressard sprang über den Zaun und erreichte die Mitte des Ackers, wo die Furchen ihm besonders breit und wohlgeformt erschienen. Dort streifte er den Mantel zurück und versenkte die Hand in den Boden.

In dieser Haltung traf Simon, den der Stalljunge über das Ziel seines Herrn informiert hatte, den Färberwaidner einen Augenblick später an.

»He!«, rief der Geselle atemlos vom Feldrand.

Fressard zog ohne Eile den Ärmel seines Wamses zurecht, dann kam er zu Simon auf den Weg. Sein Gesicht war ausdruckslos.

»Ich habe Euch etwas zu zeigen«, sagte der Färber und holte den blauen Stoff aus seiner Jacke.

Das Stück sprach für sich. Fressard nickte.

»Ich sehe, dass man uns täuscht«, gab er zu, während er das Leinen betastete. »Seid ohne Sorge, ich kehre sogleich in die Stadt zurück. Beim Namen Fressard, ich werde die Tuchhändler schon dazu bringen, ihr Knäuel zu entwirren!«

»Soll ich mit Euch kommen?«

»Das ist unnötig ... Bleibt bei den Küpen, dort seid Ihr von größerem Nutzen als auf dem Markt. Das ist eine andere Welt, unter einer anderen Sonne. Ich komme später, um Euch von meinem Abenteuer zu berichten.«

Die beiden Männer grüßten einander und trennten sich an der Weggabelung.

Die Sommerzeit verstrich, wie der Faden aus dem Spinnrad kommt, fließend und regelmäßig. Simon gewöhnte sich an die Färberei des Blau, seine Aufmerksamkeit verschob sich von den einzelnen Handreichungen zur Fertigkeit und von der Disziplin zur Anmut.

Eines Tages, Mitte September, stieß Fressard die Tür in Signac auf. Er brachte seine Seitentasche mit, die er auf dem Schneidetisch entleerte: Eine Flut von Münzen überschwemmte das dunkle Holz …

»Halleluja!«, rief der Färber und wühlte in dem Schatz.

Fressard teilte den Haufen in drei Teile, von denen einer dem Gesellen zugeschoben wurde, während die anderen beiden auf seiner Seite verblieben.

»Das ist Euer Anteil an den Einnahmen!«, erklärte der Färberwaidner fröhlich. »Der Stoff verkauft sich ballenweise, bald sind wir reich!«

Simons Miene hatte sich jedoch beim Anblick des kleinen Geldhaufens verfinstert.

»Joachim, die Rechnung stimmt nicht. Ich habe Anrecht auf den größeren Teil des Gewinns!«

Der Färber bezahlte seine Kühnheit mit einem verächtlichen Blick Fressards: »Junger Mann, zählen meine Mühe und meine Anstrengungen, aus einem unverkäuflichen Stoff diesen Goldstrom zu machen, für Euch gar nicht?«

»Doch, doch, aber …«

»Wollt Ihr mich mit einem Trinkgeld abspeisen, wo Ihr doch ohne meine Hilfe noch Unterhosen färben würdet?«

»Keineswegs! Dennoch …«

»Eure Verdächtigungen bestürzen mich, Geselle. Ihr müsst lernen, dass im Geschäft einzig das Vertrauen gilt. An dem Tag, da Ihr das Vertrauen verliert, leeren wir auf der Stelle die Bottiche von Signac und unser Vertrag wird einem Kaminfeuer als Futter dienen.«

Fassungslos gab Simon seinen Widerspruch auf. Fressard hatte ohnehin schon das Thema gewechselt.

»Apropos, ich muss Euch von diesem denkwürdigen Tag erzählen! Erinnert Euch, dass ich im Frühjahr nach meinem Besuch auf dem Markt arges Misstrauen gegen die Aufrichtigkeit der Tuchhändler hegte, die unser Blau so schäbig behandelten. Hundertmal bin ich inzwischen über den Markt gelaufen und habe den Verkauf der Stoffe beobachtet. Ich habe die Händler ausgehorcht, die sich gegen unsere Stoffe am wenigsten einladend verhielten. Ich habe ihnen mit Fragen zugesetzt, sie mit verdeckten Worten vor Schikanen und Unannehmlichkeiten gewarnt, wenn sie nicht schleunigst die Leine aus dem Wasser zögen. Heute hat sich endlich eine Zunge gelöst: ›Ehrlich gesagt‹, so hat mir Meulier gestanden, ›befiehlt uns Meister Boniface, den Verkauf der von Simon gefärbten Stoffe zu hintertreiben …‹«

Der Geselle schlug mit der Faust auf den Tisch, was einige Münzen dazu brachte, von Fressards Hügelchen auf seinen zu springen.

»Da liegt der Hase im Pfeffer!«

»Diesem Pfad muss man folgen«, versprach der Färberwaidner, während er mit eleganter Bewegung das Geld zurückholte, das zum Feind übergegangen war. »Stellt Euch vor, dieser Fuchs hetzt die Bürger auf, unsere Stoffe zu beschmutzen und mit dreckigen Fingern anzufassen; andere wiederum, schlecht darüber zu reden und gemeine Gerüchte zu verbreiten, um den Verkauf zu verhindern …«

»Schändlich!«, empörte sich Simon.

»Hört, was jetzt kommt … Die Färberzunft wird demnächst ihre Sitzung abhalten. Wie mir der Tuchhändler gestand, wird die Versammlung Euren Ausschluss beschließen, mit öffentlichem Tadel, Beschlagnahme der Werkzeuge und Färbeverbot!«

»Das reicht! Ich will nichts mehr hören!«, raste der Geselle und fegte die Geldstücke mit dem Ärmel zu Boden.

Es bedurfte der ganzen Geschicklichkeit des Färberwaidners und seiner großen Erfahrung mit jähzornigen Gehilfen, um den Gesellen von seinem Vorhaben abzubringen, Meister Boniface auf der Stelle zu entleiben. Fressard machte ihm klar, dass ein solches Handeln ihre letzte Chance untergraben würde, die darin bestand, die Färber zum Widerspruch gegen ihren Zunftmeister zu bewegen.

»Wie das? Indem man die Geschworenen dafür bezahlt? Ich glaube, die guten Karten sind aus unserem Spiel verschwunden.«

Der Färberwaidner suchte ihm zu beweisen, dass er Unrecht habe. Zunächst sei der Feind nicht so unangreifbar, wie es scheine. Habe Fressard nicht schon einen seiner bösen Pläne durchkreuzt? Zeige nicht dieser an einem einzigen Tag eingenommene Gewinn, dass man mit den geeigneten Worten und entsprechenden Bemühungen die Fallen von Meister Boniface unschädlich machen könne?

Es gebe noch etwas anderes und viel Gewichtigeres: Das sei die Freundschaft, die Fressard mit mehreren Ratsherren und Schöffen von Albi verbinde, ganz zu schweigen vom Schultheiß selbst, der sozusagen sein bester Freund sei. Mit solcher Unterstützung werde es ein Kinderspiel sein, den Zunftmeister zu besiegen. Vor dem Winter sei es erledigt, wenn Fressard der Sinn danach stehe.

»Also, was meint Ihr dazu?«, endete Joachim und klopfte dem Gesellen auf die Schulter. »Meister Boniface schadet uns. Sagt nur ein Wort, und ich will mich anheischig machen, diesen Kläffer zum Schweigen zu bringen!«

Simon sammelte mit zitternder Hand sein Geld zusammen. Fressard hatte ihn als durchtriebener Händler so gut mit Gesten und Worten umgarnt, dass er jetzt bereit war, allem zuzustimmen und jegliches zu unterzeichnen. Fast machte er es dem Färberwaidner zum Vorwurf, seine Meinung zu erfragen, wo er ihm doch blind auf jedem Weg folgen würde, wie ein Lamm dem Hirten.

»Tut, was Ihr wollt!«, sagte Simon und schluckte.

Das Gesicht des Färberwaidners erstrahlte in grausamer Freude.

»Das sind weise Worte … Ich beglückwünsche Euch zu Eurer Weitsicht, Geselle! Die Geschäfte rufen mich zurück in die Stadt, ich verabschiede mich. Ihr dürft Euch um nichts sorgen. In wenigen Tagen, das schwöre ich, liegt uns Meister Boniface zu Füßen und das Marienblau wird auf allen Auslagen der Stadt erblühen!«

Eine Vorahnung ergriff den Färber. Als Fressard seinen Mantel zuschnürte, zog Simon ihn ängstlich am Ärmel. »Was habt Ihr im Kopf, Joachim?«

Aber der Färberwaidner hatte keine Lust mehr zu antworten. Er löste die Hand, die sich an ihn klammerte, trat durch die Tür und verschwand.

7

Fressard zögerte nicht, seine Idee umzusetzen.

Als Meister Boniface am folgenden Abend unterwegs nach Canavières war, brachte eine lästige Hand sein Pferd zum Stehen. Der Ort war einsam, die Felder taub für seine Schreie, und so machte der Zunftmeister den beiden Männern in Mantel und Stiefeln, die ihn hinter sich her zogen, nur wenig Ungelegenheiten.

Sie verließen den Weg. Das am Gebiss geführte Pferd verschwand unter dem Dach der Bäume, zunächst in vollkommener Dunkelheit, dann einem Feuer entgegen, das auf einer nahen Lichtung brannte. Trotz der Tiefe der Nacht und der Angst, die in seinen Adern pochte, suchte sich der Färber die eingeschlagene Richtung zu merken. Als sie sich den Flammen näherten, tauchten die Gesichtszüge seiner Entführer aus dem Schatten auf. Boniface diktierte auch diese seinem Gedächtnis, wobei er sich besorgt fragte, weshalb diese Nichtsnutze ihre Gesichter so sorglos zeigten. Welches Schicksal war ihm zugedacht, dass sie die elementarste Vorsicht missachteten?

Schließlich befahl einer der beiden dem Zunftmeister, vom Pferd zu steigen.

»Mein Geld gehört Euch!«, erklärte der Meister, sobald er die Füße auf dem Boden hatte.

Er ließ den Worten sogleich die Tat folgen, indem er den

Straßenräubern seine Geldkatze reichte. Diese wurde tatsächlich freundlich angenommen und brachte etwas Leben in die Galgengesichter.

»Bedient Euch! Möge es Euch gefallen!«, lamentierte der Zunftmeister und forderte sie mit einer Handbewegung auf, hineinzugreifen. »Erfreut Euch an den Münzen, meine Guten, und denkt an mich, wenn Ihr auf die Gesundheit Eures Wohltäters trinkt!«

»Wir werden an dich denken«, versicherte der, welcher der Anführer zu sein schien.

Diese Zukunftsform dröhnte unheilvoll in Bonifaces Ohren, und er beschloss, sein Opfer zu vergrößern. Sein kostbarster Ring und eine zweite Börse, die aus seinem Ärmel glitt, ergänzten die Spende. Bald kam ein Seidengürtel hinzu, dessen unverschämten Glanz im Licht der Flammen Boniface fürchtete, und den er deshalb von seiner Taille löste, um ihn demütig den Räubern zu Füßen zu legen.

»Alles gehört Euch!«, rief der Zunftmeister etwas atemlos ob dieser freiwilligen Entblößung.

Es war offensichtlich, dass er mit diesen neuen Geschenken in der Achtung der Strolche stieg. Glücklich wie Süßwarenhändler zu Ostern spielten die beiden Männer unter Lachen und Flüchen mit der Beute, was den Färber sehr erleichterte. ›Jetzt sind wir gute Freunde‹, dachte er, ›sie werden mich bald gehen lassen.‹

So weit war Boniface mit seinen Gedanken gekommen, und er suchte nach einer günstigen Gelegenheit, um Gnade zu erbitten, als ein dritter Mann aus dem Dickicht trat. Er war größer von Gestalt als die anderen und besser gekleidet, mit einer Silberschnalle am Gürtel, die kalt im Mondlicht glänzte, und einem weichen Lederhut.

Diese kostbaren Accessoires überzeugten den Färber, dass es sich um einen Aristokraten handeln müsse, und, da die Sittlichkeit der Adligen für ihn außer Zweifel stand, auch davon, dass dieser ihn verschonen würde. Deshalb empfing er den Ankömmling voller Vertrauen: »Edler Herr! Oh, Edler Herr! Welch eine Freude, Euch zu sehen! All meine Habe liegt in den Händen Eurer Freunde, es fehlt kein Heller! Ich wollte sie gerade bitten, mir die Freiheit zu schenken, da sie von mir keinen Gewinn mehr zu erwarten haben.«

»Leider!«, sagte der Ankömmling nur und gab den Räubern ein Zeichen.

Sogleich zwang einer von ihnen Boniface auf die Knie. Sein Handschuh aus dickem Leder, wie man es in der Falknerei verwandte, packte das Kinn des Zunftmeisters und drückte seinen Kopf nach oben. Inzwischen war sein Gefährte an das Feuer herangetreten und hatte ein rotglühendes Schüreisen herausgeholt.

Diese verdächtigen Vorbereitungen trieben dem Zunftmeister Tränen in die Augen: »Was wollt Ihr von mir?«, fragte er mit einer Stimme, die durch die Angst und den Druck des Handschuhs auf seinem Kiefer völlig entstellt war. »Habe ich Euch nicht all mein Gold gegeben?«

Der Mann mit der Silberschnalle schwieg. Er hatte sich abgewandt und bot dem Zunftmeister nur noch den Anblick seines weiten Mantels und eines Stiefelabsatzes, den er geistesabwesend in das Laub bohrte. Hinter ihm probierte der Handlanger, der das Schüreisen aus dem Feuer geholt hatte, dessen Wirkung an einem jungen Baum aus: das derart seinem Todfeind ausgelieferte Holz spuckte grauen Rauch und verkohlte mit grausamem Zischen.

Dieser alarmierende Anblick führte bei Boniface zu einem Panikanfall. Er sammelte all seine Kräfte und warf sich nach hinten, in der Hoffnung, seinen Bewacher umzuwerfen. Das Vorhaben gelang: Von diesem Stoß aus dem Gleichgewicht gebracht, stürzte der Räuber so unglücklich zu Boden, dass er nicht sofort wieder auf die Beine kam. Es dauerte einen Augenblick, ehe der Zweite die Situation erfasste und Boniface, der keuchend zu seinem Pferd stolperte, am Kragen packte. »Hilfe! Hilfe!«, brüllte der Zunftmeister, als die Hand des Räubers ihn an den Haaren riss. Der arme Kerl wurde zu Boden geworfen und erhielt eine Tracht Prügel.

Natürlich hatte dieser Zwischenfall die beiden Schurken in Wut versetzt. Sie, die zuvor so ruhig gewesen waren, verwandelten sich nun in wilde Bestien. Boniface, ein zitterndes Paket aus Fleisch und Knochen, wurde bis ans Feuer geschleift und von einem schmerzhaften Zangengriff zur Reglosigkeit verdammt. Dann packte der Mann, den er umgestoßen hatte, das Schüreisen und schwenkte es unverfroren dicht vor seinem Opfer. Ein dümmliches Grinsen stand in seinem verzerrten Gesicht.

»Erbarmen! Erbarmen!«, brüllte der Zunftmeister, der schlotterte wie ein schlecht befestigtes Karrenrad.

Den Räubern war Schweigen befohlen, aber der Eisenträger konnte ein Lachen nicht zurückhalten, ein wahnsinniges Lachen, das sich mit seinen Arabesken in die Erinnerung des Meisters eingrub.

Das Schüreisen senkte sich auf die Augen von Boniface. Dann war alles schwarz.

Maguelonne saß am Fensterkreuz.

Der Spiegel, den sie mit ausgestrecktem Arm hielt, ließ einen rosafarbenen Schein über ihr Kleid spazieren, das aus fließendem Wasser zu bestehen schien. Die Färberwaidnerin untersuchte sich hier und da, je nach dem Bild, das ihr der kleine Handspiegel zeigte: erst die Ärmel, die mit ihren Spitzenbordüren aussahen wie kleine Festungen, aus denen ihre Finger wie die Geiseln eines seidenen Pecherkers ragten; dann die Rundung einer mit Puder gebleichten Wange; noch weiter oben den zarten Saum eines Auges; dann wieder ihr Haar in einem Netz, den Abdruck des Brusttuches, das ihren Busen hielt …

Wenngleich die Taille die Nähte spannte, hätte man dieses hübsche Geschöpf für eine junge Frau halten können, obwohl sie schon das Alter einer Mutter, ja sogar einer Großmutter hatte. Maguelonne war deswegen keineswegs eitel. Sie sorgte sich nicht mehr darum, schön zu sein, und wenn sie sich immer noch pflegte, so geschah es aus Gewohnheit oder aus Langeweile. Wozu war es gut, sich zu schminken, wenn man nicht verführen wollte?

Und dennoch, an bestimmten Tagen des Jahres erforschte die Färberwaidnerin lange ihr Spiegelbild. Ein Ritter vor der Schlacht hätte die Verschlüsse und Überlappungen seiner Rüstung, von denen sein Leben abhing, nicht genauer inspizieren können. Maguelonne kontrollierte jede Einzelheit: das Kreuz der Schnürbänder, den Sitz der Ärmel, den Platz der Knöpfe. Wenn es nötig war, zog sie ihr Kleid zehnmal aus und wieder an, um eine falsch gelegte Falte zu korrigieren. Das Zimmermädchen hatte zunächst an einen Anfall von Eitelkeit geglaubt. Es war Maguelonne jedoch einzig daran gelegen, getreu jenes Bild abzugeben, dem sie an einem bestimmten Tag im Herbst 1422 entsprochen hatte, bei einem Ritt durch den Wald von Marssac …

»Bin ich so, wie du mich damals gesehen hast?«, fragte Maguelonne das Zimmermädchen sehr ernst.

Marine antwortete im gleichen Ton: »Genau so.«

An diesem Tag legte Maguelonne den Spiegel mit der Oberseite auf den Tisch und benetzte sich zerstreut mit Veilchenwasser. Sie zwang sich, die Bewegungen zu wiederholen, die sie in Erinnerung behalten hatte, auch wenn es ihr nicht leicht fiel, heiter zu erscheinen und vor Freude zu hüpfen, nun, da ihr das Herz so schwer war. Wie vor zwanzig Jahren griff Maguelonnes Hand nach den Zügeln ihrer Stute, die sie selbst aus dem Stall führte. Als sie verkündete: »Ich reite aus«, spielte der Stallbursche die Rolle, die einst sein Vater eingenommen hatte, indem er entgegnete: »Gebt acht, das Pferd ist böse und könnte Euch aus dem Sattel werfen!« Sie ahmte das Lachen nach, mit dem sie damals reagiert hatte.

Am Hoftor scherte die geschickt geführte Stute aus, wofür Maguelonne sie mit gespielter Strenge zurechtwies. In diesem Augenblick kam Fressard auf seinem Pferd, das Schaum vor den Nüstern hatte, um die Ecke geritten.

Maguelonne hatte ihn nicht erwartet und schien verstimmt. »Ihr, so früh?«, fragte sie und lenkte ihre Stute zur Seite.

Der Färberwaidner musterte sein Weib ohne zu antworten von den Schuhen bis zum Federbusch. Seine Miene war finster.

»Wohin reitet Ihr in dieser Aufmachung?«

»Ihr wisst es doch. Zu der Alten in der Nähe von Marssac, die ein Heilmittel gegen Kindesnöte weiß.«

»Diese Kurpfuscherin! Was braucht Ihr sie noch? Ihr seid schwanger!«

»Nichts ist gewiss, Joachim ...«

Daraufhin trieb der Färberwaidner sein Pferd neben Maguelonnes Stute, die niedriger und zarter gebaut war. In Bedrängnis geraten, stampfte das Tier und lief seitwärts, um der Falle zu entgehen.

»Versteht Ihr nicht? Ihr seid schwanger! Also bringt Euer Pferd zurück, Ihr werdet nirgendwohin reiten ...«

Mit einem plötzlichen Manöver gelang es Maguelonne, ihre Stute an der Mauer entlangzudrängen. Sie gab dem Pferd kräftig die Sporen und gewann so ihre Freiheit zurück.

»Halt!«, brüllte der Färberwaidner und peitschte sein Pferd mit den Zügeln.

Doch die Reiterin hatte schon einen Steinwurf Vorsprung. Vergebens trieb Fressard sein Pferd an, um die Verfolgung aufzunehmen. Das erschöpfte Tier verweigerte jede Anstrengung. Fressard gab auf und feuerte seiner Gattin nur noch Worte hinterher: »Nun, so geht eben, da Ihr unbedingt wollt!

Ich weiß nicht, warum die Hexe Euch in diesem Kleid sehen will und in keinem anderen und warum sie meinen Anblick nicht erträgt. Aber gebt Acht, dass dem Kind in Eurem Bauch nichts geschieht! Ansonsten wird es Euch teuer zu stehen kommen.«

Maguelonne zog so heftig an den Zügeln, dass sich die Stute aufbäumte.

»Ihr seid verrückt, mein Gemahl! Der Arzt hat nicht gesagt, dass ich ein Kind im Bauch habe.«

»Er hat es gesagt!«, brüllte der Färberwaidner wütend über diesen Widerspruch. »Und wenn es nicht ganz eindeutig war, so werden wir ihn zum Reden bringen! Seit zwanzig Jahren warte ich auf einen Sohn, es ist höchste Zeit!«

Maguelonne wollte etwas entgegnen, als die Glocken der Église Saint-Loup zu läuten begannen. Sie warf ihren Umhang zurück und gab dem Pferd die Sporen.

Wenig später hörte Simon ein Wiehern vor der Tür seiner Werkstatt. Er kam heraus und fand sich Auge in Auge mit Maguelonne, die gerade ihr Pferd angebunden hatte. Der wilde Ritt hatte ihre Wangen entflammt. Atemlos, mit gerötetem Gesicht und zerzaustem Haar sah sie aus wie ein Naturkind. Der Geselle wunderte sich über das Herbstkleid, das sie bei dieser Hitze trug.

»Warum tragt Ihr immer diesen Mantelrock? Bei Fressard sehe ich Euch in weit anmutigeren Kleidern.«

Maguelonne gab keine Antwort – der Geselle konnte diese höchstens in der Übereinstimmung finden, die ihre Schuhe, ihre Frisur und ihre Schminke mit der Aufmachung vom letzten Mal zeigten. Bis ins kleinste Detail machte die Färberwaidnerin aus sich eine fehlerlose Nachahmung ihrer selbst.

»Wirklich, dieses Kleid …«, sagte der Färber und fuhr über den abgenutzten Stoff.

»Egal! Zieh es mir aus!«

»Was erzählt Ihr da?«

Ein herausforderndes Lächeln leuchtete in Maguelonnes Gesicht. Sie löste den Umhang, der über ihre Hüften hinabfiel. »Mein Kleid, Dummkopf! Hast du kein Verlangen nach mir?«

Simon witterte in dieser Stimme, ebenso wie in Maguelonnes Gebaren, sich ihm mit vorgestreckter Brust zu nähern und hastig ihre Korsage zu öffnen, eine Falle, die ihm Angst machte. Er streckte seine Hände aus, um die Begegnung dieses fiebernden Körpers mit dem seinen hinauszuzögern.

»Jetzt!«, rief Maguelonne ungeduldig. »Nimm mich! Fressard ist mir auf den Fersen!«

Der Färber wollte sagen, dass es unter diesen Umständen besser sei, das Ganze zu verschieben, doch schon stürzte sie sich auf ihn. Ein Wirbelsturm warf Simon zu Boden. Maguelonne fand sogleich die richtigen Bewegungen, die Lust ihres Liebhabers zu wecken.

»Teufelin!«, protestierte der Geselle, der unter ihren Küssen fast erstickte.

Dennoch fühlte er, wie seine Leidenschaft durch dieses Hin und Her an seinem Körper mit Macht wiederbelebt wurde. Die Unterröcke fielen in gleicher, bereits ritueller Reihenfolge. Schließlich kam es zur Umarmung, die Simon mit großer Glückseligkeit erfüllte. Er grunzte, krächzte, sang, verrenkte sich fast das Kreuz in seinem Eifer, und die Lust entlockte ihm gar ein paar Tränen.

»So tänzelt man geradewegs ins Paradies!«, stöhnte der Geselle, den die Engel kitzelten.

Die Geliebte stimmte geistesabwesend zu.

Und schon einen Augenblick später, atemlos noch und keuchend, warf sie das Kleid über ihre nackten Beine und zog sich, von Simon abgewandt, wieder an.

»Wahrhaftig, Ihr seid ein merkwürdiges Mädchen!«, erklärte der Geselle. »Wann gibt es das nächste Stelldichein?«

»Zu Sankt Franziskus!«, antwortete Maguelonne, nachdem sie es an ihren Fingern abgezählt hatte.

»Das ist einen Monat hin!«

»Aber gewiss, mein Herr … So wie der Waid besser wird, wenn man ihn lagern lässt, wird es auch unserer Liebe ergehen, wenn wir sie nur in großen Abständen genießen. Und außerdem ist Fressard doch nicht so dumm, den Schlüssel jeden Abend hängen zu lassen!«

»Aber er hat Euch doch schon zweimal die Tür geöffnet!«

Die Geliebte gluckste leise – stumme Erwiderung mancher Frauen auf einen gut gezielten Schlag. Als sie die Schuhe angezogen hatte, warf sie ihm einen Handkuss zu und lief hinaus.

Simon war nicht bereit, sie so einfach gehen zu lassen. Als Maguelonne die Zügel ihres Pferdes löste, hielt er sie am Handgelenk fest, um ihr einen letzten Kuss zu rauben. Der Kuss wurde gewährt, wenngleich mit harten Lippen. Verärgert ließ der Geselle die Färberwaidnerin in den Sattel steigen.

»Ja, macht Euch nur davon, edles Fräulein«, sagte Simon missgestimmt.

Die wilde Miene, die er aufsetzte, konnte seine Verbitterung kaum verbergen. Während er die Faust schwang und laut schimpfte, bettelten seine Augen demütig um ein Zeichen von Maguelonne – und wäre es eine bloße Wendung des Kopfes gewesen, die ihre Zuneigung bewiesen hätte. Wie schade! Schon hatte sie ihr Pferd angetrieben und tauchte in die Dunkelheit ein wie ein Stein ins Wasser.

»Geht zum Teufel!«, knirschte der Geselle.

Eine Sanduhr war noch nicht durchgelaufen, als der Türklopfer erneut bewegt wurde. Als Simon Fressards Gesicht durch den Spion erblickte, wurde ihm bewusst, vor welch gefährlicher Begegnung ihn das Schicksal bewahrt hatte. In seiner Erleichterung begrüßte der Geselle seinen Teilhaber mit großer

Herzlichkeit: »Ich bin sehr erfreut, Euch zu sehen, Joachim! Gerade habe ich eine Küpe angesetzt, in die ich die doppelte Menge Waid gerührt habe.«

Fressard billigte dies mit einer wohlwollenden Bewegung seiner stets behandschuhten Hand. Irgendetwas in seiner Haltung jedoch, die erbärmlicher und gebeugter wirkte als üblich, in seinen schnüffelnden Schritten von den Bottichen zum Trockenraum, vom Lager in den Laden, ließ erkennen, dass kein guter Wind ihn hergeführt hatte.

In der Tat unterbrach Joachim plötzlich den Fluss der Höflichkeiten, packte den Gesellen am Ärmel und zog ihn in den fensterlosen Lagerraum, dessen Tür er hinter sich zuzog.

»Könnt Ihr ein Geheimnis bewahren?«, fragte er zunächst.

Seine Stimme klang verschwörerisch. Eingeschüchtert nickte der Geselle.

»Ich muss Euch etwas mitteilen, etwas sehr Ernstes ... Meister Boniface ist ein Unglück geschehen!«

»Ein Unglück?«, wiederholte der Färber, dessen Hände zu zittern begannen.

»So ist es. Straßenräuber haben ihm auf dem Weg nach Canavières aufgelauert.«

Als Simon um Einzelheiten bat, legte Fressard den Zeigefinger auf seine Lippen. Gleichzeitig warf er, ohne den Kopf zu bewegen, misstrauische und prüfende Blicke um sich.

»Vorsicht!«, zischte er, ohne den Finger von Simons Mund zu nehmen. »So etwas wird nicht auf dem Markt diskutiert! Was sollte man denken, wenn man uns in diesem Keller ertappen würde, wo wir leise miteinander über den Zunftmeister reden? Man würde uns für seine Mörder halten!«

»Ist er denn tot?«, fragte Simon durch seinen Knebel hindurch.

Dreimal hob und senkte Fressard den Kopf.

»Er starb einen grausamen Tod, wenn ich dem Mann Glauben schenke, der mir davon berichtete ... Mit Feuer gefoltert, dann im Todeskampf auf einer Lichtung zurückgelassen … Ein Festschmaus für die Wölfe!«

Mit von Anteilnahme gezeichnetem Gesicht bekreuzigte er sich. Simon tat es ihm nach.

»Aber wir plaudern hier, während die Gendarmen patrouillieren! Ich gehe. Guten Abend, Geselle … Macht ordentliche Farbe!«

Simon stand der Sinn ebenso wenig nach dem Färben wie nach jedem anderen Vergnügen. Dennoch versprach er eine Lieferung Blau für den folgenden Tag, ehe er dem Färberwaidner die Gartenpforte öffnete, die dieser lieber nehmen wollte als das Tor zur Straße. Fressard schüttelte ihm kräftig die Hand, ehe er verschwand.

Fressard hatte seine eigene Rolle verschwiegen und Vermutungen wiedergegeben. Er selbst wusste nicht, wie Bonifaces Entführung wirklich ausgegangen war, wusste weder von dem Ziegenhirten, der seine Tiere zum Weiden getrieben und den bewusstlosen Zunftmeister auf der Lichtung gefunden hatte, noch von dem notdürftigen Verband – ein in den Fluss getauchtes Taschentuch –, der auf das blutende Gesicht gelegt wurde, noch davon, dass der Körper schließlich zum nahen Spital für Aussätzige nach Saint-Jean geschleppt worden war.

Als die Mönche die schreckliche Verbrennung im Gesicht des armen Boniface entdeckten, glaubten sie ihn in größter Gefahr, sein Leben auszuhauchen. Sie verzichteten darauf, ihre Salben anzuwenden, die der Erleichterung ihrer Leprapatienten dienten. Anstatt einer heilenden Medizin gab man dem Sterbenden die letzte Ölung. Durch diese Missachtung verschlimmerte sich die Wunde, die zunächst auf die Haut und die Lider begrenzt gewesen war, und griff auf die Augen über, wodurch Boniface für immer das Augenlicht verlor.

In diesem elenden Zustand, auf einem von Kerzen umgebenen Lager Blut und Eiter schwitzend, fand ein Färber, der einen Verwandten besuchte, den Zunftmeister einige Tage später.

»Meister Boniface!«, rief der Mann, der nicht den völlig verunstalteten Zunftmeister selbst, wohl aber das Silbersiegel an seinem Zeigefinger erkannt hatte.

Die Mönche, die hinter einer Doppelreihe von Kerzen ihre Psalme beteten, spitzten die Ohren. Ihr Superior zog den Färber zur Seite.

»Ihr kennt den Sterbenden, mein Sohn?«

»Ob ich ihn kenne?«, versetzte der Färber, dessen Stimme zitterte wie eine Lautensaite. »Er ist der Erste unserer Zunft. Meister Boniface!«

Der Mönch faltete die Hände in seinen Ärmeln. »Friede seiner Seele … Gott ruft ihn zu sich.«

Die Hand des Färbers verkrampfte sich über seinem Herzen.

»Wie? Boniface wird sterben? Das ist unmöglich! Bedenkt doch, heute ist der zwanzigste September!«

»Leider, mein Sohn. Der Tod lässt dem Menschen nicht die Wahl der letzten Stunde.«

»Kann man sie nicht hinausschieben? Nur um wenige Tage?«

»Nein«, entgegnete der Mönch trocken, etwas ungeduldig ob dieses Feilschens.

»Übermorgen ist doch der Tag des heiligen Mauritius!«

Bekanntlich feierten die Färber Sankt Mauritius als ihren Schutzheiligen, den auch die Ritter und Krieger für sich beanspruchten. Alle Färbereien blieben geschlossen, und eine Prozession zog hinter dem Abbild des Heiligen, eines Ägypters mit dunkler Haut, und einer weißen Fahne mit rotem Kreuz durch die Stadt. Der Brauch verlangte es, dass die Färberzunft an diesem Tag ihre ordnungsgemäße Versammlung durchführte.

Man stelle sich deshalb die Verzweiflung des Färbers vor, da er den Zunftmeister zwei Tage vor diesem Ereignis im Todeskampf fand!

Gott sei Dank besaß dieser Mann einen wachen Geist. Er überdachte die Situation und ergriff sogleich die notwendigsten Maßnahmen: Zunächst ließ er Boniface in dessen Haus bringen, wo ihm beste Pflege zuteil werden würde; dann setzte er die Geschworenen der Zunft von dem schrecklichen Unglück in Kenntnis, das ihren Zunftmeister getroffen hatte.

Schon am folgenden Morgen versammelten sich Meister Lucas, Meister Charles, Meister Guillaume und der Geselle François, mithin alle Geschworenen, am Bett von Meister Boniface.

Er bot wahrhaftig einen elenden Anblick, dieser Mann in der Blüte seiner Jahre, gestern noch für seine strahlende Gesundheit bekannt, nun reglos, wie gelähmt in seinem Bett vor dem Kamin. Besonders mitleiderregend waren seine Augen, die sich einst so nach den Farben verzehrten, jene Augen, denen man eine außerordentliche Feinheit bei der Betrachtung des Rot nachsagte und die nun nutzlos geworden waren und blicklos unter dem mit Schöllkraut gefetteten Verband ruhten.

»Blind! Gibt es ein weniger wünschenswertes Schicksal für einen Färber?«, fragte Meister Lucas. »Ehrenwort, ich gäbe lieber meine Ohren her, auch meine Zunge und selbst meine Füße, deren Hühneraugen ein Nest von Schmerzen sind, als dass ich auch nur für eine Stunde meine Augen verborgte, meine unendlich wertvollen Augen!«

»Ebenso geht es mir ...«, fügte Meister Charles brüderlich hinzu. »Wenn ich am Jahresende meinen Gewinn berechne, lege ich stets ein paar Livres für die Franziskaner und ihr Blindenasyl beiseite. Die Blinden sind nach meinem Urteil die Elendsten unter den Menschen!«

Die Geschworenen beklagten ausführlich ihren Kollegen und hielten abwechselnd seine Hand wie eine angehende Reliquie.

Dann kam der Moment, da sie sich, der Anteilnahme überdrüssig, von diesem allzu weibischen Gefühl verabschiedeten und dem männlichen Sinn für Gerechtigkeit zuwandten – der Gerechtigkeit, die man walten lassen, durchsetzen und erlangen musste.

Vor allem erklärten die Geschworenen voller Inbrunst ihre Entschlossenheit, den Schuldigen zu finden und zu bestrafen. Dieser Punkt würde auf die Tagesordnung der Versammlung gesetzt werden, mit dem Ziel, eine Untersuchung zu eröffnen und beim Kanzlisten Anzeige zu erstatten. Dann würden sie aus den Reihen der Geschworenen einen neuen Zunftmeister wählen, und einen neuen Geschworenen, um den aufgestiegenen zu ersetzen. In Erwägung schließlich, dass das Gebrechen von Meister Boniface diesen künftig daran hindern werde, den Beruf des Färbers auszuüben, würde man die Zuweisung einer Pension auf Lebenszeit für ihn vorschlagen.

»Man muss diese Versammlung zu einem unvergesslichen Ereignis werden lassen«, betonte Meister Guillaume, der eine offene Sitzung vorschlug, die ausnahmsweise nicht im Vorstandssaal, sondern in einem Wirtshaus des Ortes stattfinden sollte.

»Bravo!«, riefen die Geschworenen einhellig und segneten diesen originellen Vorschlag sogleich ab.

Dann verteilten sie die Aufgaben: Meister Guillaume und Meister Lucas erklärten sich bereit, die Färberhäuser aufzusuchen; Meister Charles würde sich um das Wirtshaus kümmern; dem Gesellen François fiel die undankbare Aufgabe zu, überall die Stunde und den Ort der Versammlung zu verbreiten.

»In welchem Wirtshaus soll es eigentlich sein?«, erkundigte sich François.

»In der *Mère Dieu Grosse* …«, schlug Meister Charles vor. »Unsere Lehrjungen sind gern dort.«

Alle bestätigten die Entscheidungen des Komitees und umarmten einander, ehe sie zur Treppe gingen.

»Welchen Tag haben wir heute, Brüder?«

Die Stimme von Meister Boniface ließ die Geschworenen zusammenfahren. Alle Blicke richteten sich auf das blasse Gesicht des Zunftmeisters, dessen Wangen straffer gespannt waren als eine Trommelhaut und vor Anstrengung bebten. Es waren die ersten Worte, die der Färber sprach, und gleichzeitig das einzige Anzeichen für seinen Sieg über den Tod.

»Den einundzwanzigsten September«, antwortete Meister Charles.

»Also ist morgen Sankt Mauritius?«, erkundigte sich die atemlose Stimme des Zunftmeisters.

»So ist es«, bestätigte der Geschworene.

»Und an einem solchen Tag wolltet ihr mich im Stich lassen, eingelegt in diesem Bett wie eine Niere im Speck, hilfloser als ein neugeborenes Kind? Wohin hat man mich gebracht? Was ist das für ein Band über meinen Augen? Los doch, kommt her, helft mir auf! Man soll mich baden, mich anziehen!«

Diese unerwartete Auferstehung raubte den Geschworenen die Sprache. Die Mütze an die Brust gedrückt, trat François sehr ehrerbietig vor, denn er meinte, einem Mann, der durch ein Wunder auferstanden war, müsse man vor allen anderen zu Diensten sein.

»Ich werde Euch helfen, Meister. Habt Nachsicht mit Euren Färberbrüdern. Wir glaubten Euch tot!«

»Albernes Zeug!«, schimpfte Meister Boniface. »Ganz im Gegenteil, ich war sehr lebendig, ich war es schon, als jemand mich auf diesen teuflisch holpernden Karren legte. Ich habe eure Beratung vom ersten bis zum letzten Wort verfolgt …«

Die Geschworenen erstarrten in Erwartung des Urteils.

»… und billige sie im Übrigen! Ich will nichts davon streichen oder diskutieren.«

»Das freut uns sehr!«, erklärte François, der die Erleichterung der anderen teilte.

»Nur, dass man mich bereits für einen armen Krüppel hält!«, erklärte Boniface und seine Hände verkrampften sich auf der Bettdecke. »Ihr wollt mir eine Rente aussetzen? Ihr wählt meinen Nachfolger? Habe ich schon Erde im Mund und Würmer im Fleisch, dass man mich so aus der Welt der Lebenden ausradiert?«

Dieser mit flehender Stimme vorgetragene Protest berührte die Geschworenen. Sie umringten Meister Boniface und streichelten wie zuvor seine Hände, die nun kraftvoll nach den ihren griffen. Ein Blutfleck breitete sich auf dem schweißgetränkten Verband aus.

»Ah, meine Freunde! Ihr wisst nicht, wie es schmerzt, blind zu erwachen, wenn man wie ich die Farben im hellen Sonnenlicht liebt. Ich wohne in meinem Körper wie in einem Gefängnis ... einem Gefängnis, dessen Steine so eng beieinander liegen, das von so dicken Mauern umgeben ist, dass kein Licht von draußen hereindringt!«

Tränen standen in den Augen der Geschworenen. François bat den Meister, sein Abenteuer zu berichten und ihnen, wenn möglich, Gesichter und Stimmen zu beschreiben, um die Schuldigen zu finden.

»Mein Gedächtnis hat alles bewahrt«, erklärte der Färber, »aber ich will heute noch nichts sagen. Fischt man mit einem Netz aus vier Stricken? Es braucht viele Maschen, und alle Färber auf der Spur meiner Entführer ... Los jetzt, verteilt euch und wiederholt überall, dass ich morgen in der *Mère Dieu Grosse* berichten werde, was mir widerfahren ist. Und sagt: ›Vor Einbruch der Nacht‹, denn ich verlasse mich darauf, dass die Albigenser, die so gierig nach Geschichten sind, in großer Zahl vor dem Wirtshaus erscheinen werden.«

Die Geschworenen versicherten dem alten Meister ihre Ergebenheit. Dann verabschiedeten sie sich und gingen ihrer Wege.

8

Selbst der Zunftmeister hatte die Menge unterschätzt, die am Tag des heiligen Mauritius durch die von ihm angekündigten Offenbarungen angelockt wurde.

Für die blasse Sprache Nordfrankreichs wäre es eine echte Herausforderung, den Strom zu beschreiben, der sich durch die Türen des Wirtshauses wälzte. Nur der sonnige Dialekt von Ariège und Albi besitzt die klingenden Worte, die eine dicht gedrängte, grollende und stampfende Masse sichtbar werden lassen, wenn sie von einem Ehrenstreit oder einem gepfefferten Ragout erhitzt ist.

Gerade so war all das Volk, das zum großen Entsetzen der einfachen Seelen unter dem Schild der *Mère Dieu Grosse* wogte. Diese fragten sich nämlich, ob die Stadt nicht umkippen würde wie ein Karren, wenn sie auf der Herzseite so belastet wurde. »Wir Armen!«, seufzten manche, die im Gedränge gefangen waren wie Heringe im Fass. »Niemand in Castelviel und alle in Vigan. Ganz bestimmt werden sich die Stadtmauern auf jener Seite vom Boden lösen, und auf dieser bis zum Rundweg versinken!«

Die Straßen waren voll, ebenso die Dächer. Bald stürmten junge Prahlhänse auch die Fenster der Bürgerhäuser, schubsten ihre Bewohner mit Stiefeltritten beiseite und missbrauchten ihre kostbaren Truhen als gewöhnliche Fußbänke.

»Raus hier, rosa Federbusch! Oder ich lasse die Wache alarmieren!«

»Ruft Euch nur die Seele aus dem Leib, Monsieur Benoît … Ehe sich die Schergen ihren Weg bis zu mir gebahnt haben, habe ich aus Eurem weißen Bart einen Pullover gestrickt!«

Im Innern des Gasthauses war das Gedränge nicht geringer. Tische und Bänke hatte man hinausgetragen, weil sie den Männern den Platz raubten. Immer wieder ergoss sich eine Wasserfontäne über die Köpfe: Sie kam aus einem vollen Eimer, den der Koch aus Erbarmen über den Gästen leerte, weil er meinte, es sei heißer im Saal als am Boden seiner Töpfe. Manche behaupteten gar, der Tarn mit seinem kräftig fließenden Wasser habe an diesem Tag seinen Meister gefunden: Niemals würde zwischen den rosigen Ufern ein solcher Strom fließen, wie er sich in die Bierkrüge ergoss.

»Was kostet eine Pinte?«, fragten die Trinker.

»Es ist umsonst«, entgegnete der Wirt. »Wir werden sehen: wer am Morgen den schlimmsten Rausch hat, bezahlt die Zeche.«

In diesem Gedränge hatten die am meisten Benachteiligten den besten Ausblick. Es waren die Kinder, die sich an die Kaminränder hängten wie an den Hals eines Schaukelpferdes. Zwar würden sie nichts von Meister Bonifaces Bericht verstehen, wohl aber würden sie ihn mit seinen Begleitern herankommen sehen. Oft fragte das Volk diese Zufallswächter: »Und, sieht man ihn schon kommen?«

»Ich sehe nur einen Karren und zwei Pferde im Schritt. Dann folgt ein Mann, aber er hat einen flachen Bauch …«

»Das ist nicht Boniface!«

Das Versprechen des Meisters war in aller Erinnerung: zu reden, ehe die Nacht hereinbrach. Deshalb machten die Wartenden mehr Aufheben um die Bahn der Sonne als die Mohammedaner im Fastenmonat. Die Kinder, die die Straße überwachen sollten, wurden immer wieder gefragt, ob der

Himmelskörper bereits am Untergehen sei, ob er die Türme der Cäcilien-Kathedrale berührte oder noch einen Schattenkranz um die Mauern des Berbie-Palastes legte. Der Himmel begann sich kaum zu röten, als bereits Stimmen laut wurden, die Meister Boniface des Betruges bezichtigten und nach Rache schrien.

Es gab soviel Aufruhr und Tumult, dass die Geschworenen der Zunft unter dem bloßen Schutz weiter Mäntel ungestört durch die Menge gelangten. Man bemerkte sie erst, als der Wirt den einzigen Tisch im Saal für sie räumen ließ. Die in ihrem Gefolge hereingekommenen Meister, Gesellen und Lehrjungen der Färberzunft formierten sich schweigend. Das Volk machte Platz für die Burschen, deren vierschrötige Gestalt ihnen den Ruf der Streitsüchtigkeit eintrug.

In der Gruppe der Blaufärber, die sich den Rotfärbern gegenüber aufgestellt hatte, stand Simon dicht bei Fressard. Der Färberwaidner spähte nach der Tür, durch die bald Meister Boniface treten würde. Der Geselle sah seinen Vater am Tisch der Geschworenen sitzen.

»Wo ist der Zunftmeister?«, schrie eine anonyme Stimme.

»Ja, wo ist er, damit wir seine Geschichte hören und seinen Entführern die Behandlung zukommen lassen können, die sie verdienen!«

Simon blickte mit großem Entsetzen auf den Mann, der diesen Aufruf von sich gegeben hatte, der nun in den Rufen des Volkes widerhallte. Dieser Mann war Fressard …

»Seid ihr des Wahnsinns, so auf Euch aufmerksam zu machen?«, fragte der Geselle entsetzt. »Wollt Ihr so Eure Gefühle für Meister Boniface kundtun?«

Überzeugt von seiner eigenen Durchtriebenheit antwortete der Färberwaidner mit einem kurzen Lächeln, munter und voller Zuversicht.

In diesem Augenblick erschien am Eingang des Saales, die Hand auf der Schulter eines vor ihm gehenden Gesellen, Meister Boniface im kostbaren Gewand des Zunftmeisters. Ohne das Band aus roter Seide, das über seinen Augen lag, hätte man an diesem Blinden nichts gefunden, was den von allen gekannten und geachteten Mann entstellt hätte. Glücklich über dieses Wiedererkennen begrüßte die Menge ihn mit Ovationen.

»Danke, danke!«, rief der Zunftmeister geschmeichelt. »Ich bin spät gekommen, und das tut mir Leid. Ihr sollt aber wissen, dass ich für Euer Wohlergehen eine äußerst schmackhafte Trüffel in ihrem Saft zurückgelassen habe, eine geradezu heilige Trüffel, fett und glänzend wie Kohle, die mir aus der Tiefe der Terrine schöne Augen machte.«

Diese freche Begrüßung gefiel allen. Hände streckten sich aus, um dem Meister zu helfen, der Mühe hatte, seinen Sessel am Tisch der Geschworenen zu finden.

»So, Ihr begehrt also meine Geschichte zu hören?«, begann der Meister und wedelte mit seinen weiten Ärmeln. »Das freut mich sehr. Stellt bitte ein paar Kerzen auf und bildet einen Kreis um mich. Die vorn stehen, mögen es den anderen erzählen, die es ihren Frauen wiederholen sollen, welche am Herd zurückgeblieben sind.«

»Zum Kern, Meister Boniface, kommt zum Kern!«, protestierte Fressard.

Auf diesen Ruf hin drehten einige die Köpfe, vor allem die Geschworenen, um zu erfahren, wer so respektlos mit dem Zunftmeister sprach. Als Meister Lucas Fressard dicht neben seinem Sohn stehen sah, wandte er erhaben die Augen ab.

»Ich komme gleich dazu«, sagte Boniface bereitwillig. »Nun, meine Brüder in der Färberei und ihr alle, die ihr auf den Straßen steht, um mich zu hören, ich muss euch von dem schrecklichen Hinterhalt erzählen, dessen Opfer ich auf der Straße nach Canavières wurde. Ihr werdet erfahren, wie mich die Räuber auf eine Lichtung abseits des Weges schleiften; wie ich ihrem Anführer begegnete, einem missratenen Edelmann;

wie ich, die Aufmerksamkeit meiner Bewacher täuschend, beinahe hätte entfliehen können … und schließlich, welche Qualen sie mir bereiteten, wie sie meine Augen verbrannten, die nichts mehr zu sehen vermögen.«

Dann begann der Zunftmeister mit gewandter Zunge seinen Bericht.

Stunden später, nachdem Meister Boniface die Ereignisse bis ins Kleinste geschildert hatte, richtete er zum Abschluss ein Gebet an den heiligen Mauritius. Der Schutzpatron der Färber wurde angerufen, bei der Suche nach den Schuldigen Beistand zu leisten.

»Amen!«, sprachen Meister, Gesellen und Lehrjungen mit allen Anwesenden im Chor.

Eine gewisse Nervosität hatte die Menge in jenem entscheidenden Augenblick erfasst, als die Versammlung der Färber eröffnet wurde. Der Bericht von Meister Boniface brachte tatsächlich ernsthafte Hinweise auf die Entführer: Da waren die Gesichtszüge der Handlanger, die der Zunftmeister getreulich beschrieb, und das Hinken des Einen, der darüber hinaus ein Pferd mit außergewöhnlichem Fell geritten hatte, gefleckt wie die Livree des Teufels … mit gutem Grund jedoch interessierte man sich vor allem für den Anführer.

»Habt Ihr sein Gesicht gesehen?«, erkundigte sich Meister Guillaume.

»Nein, es lag im Schatten seines Hutes. Aber an den Umrissen konnte ich erkennen, dass der Mann einen Bart trug, sogar einen langen Bart. Ich glaube auch, dass er kahl war oder nur noch wenig Haar hatte.«

Gierig nach Verdächtigen, ließen die Anwesenden prüfend ihre Blicke schweifen, spähten nach dem großen, mit einem Bart und einer hohen Stirn gestraften Mann, wie ihn der Zunftmeister beschrieben hatte. Eine Hand voll Unschuldiger wurde so vor die Geschworenen geschleift, die Menge bedrängte sie drohend, als sei es bereits ein Verbrechen, dem Anführer der Übeltäter zu ähneln. Meister Boniface wandte sein Gesicht in Richtung der Beschuldigten.

»Vor meiner Folter wandte sich der Anführer der Verbrecher mir zu. Er sprach nur ein einziges Wort – ›Leider!‹ – aber mit einer so seltsamen Betonung, dass ich seine Stimme mit keiner anderen verwechseln würde. Hören wir also diese Herren …«

Simon fühlte einen Schauer seinen Rücken hinunterlaufen. Diese Farce von Rechtsprechung, dieses ohne jede Vollmacht vor dem Volk versammelte Gericht verhieß nichts Gutes. Was würde geschehen, wenn der Zunftmeister unter den Männern, die man ihm vorführte, einen Schuldigen bezeichnete?

Zur großen Erleichterung des Gesellen fand kein »Leider«, das von den Verdächtigen hervorgebracht wurde, die Billigung von Meister Boniface. Die Unschuldigen, mit Bedauern von ihren selbst ernannten Untersuchungsbeamten entlassen, kehrten in die Menge zurück.

In diesem Augenblick sprang Joachim Fressard zum allgemeinen Erstaunen auf eine Tonne in einer Ecke des Gastraums. Simon warf seinem Teilhaber einen ungläubigen Blick zu.

»Hört mir zu! Hört mir alle zu!«, begann der Färberwaidner und zog mit einer ausholenden Handbewegung die Aufmerksamkeit der Menge auf sich. »Das ist alles falsch! Die Gerechtigkeit, die man euch zeigt, ist eine Karikatur, und die Verdächtigen, die man vor euch zerrt, sind nur Gaukler, die dafür bezahlt werden, diese Rolle zu spielen!«

Die mit lauter Stimme vorgetragenen Anschuldigungen sorgten für großen Aufruhr in der Zuhörerschaft. Einige wollten das Fass stürmen, um Fressard zu lynchen. Andere, nicht weniger zahlreich, ergriffen ihrem Gefühl folgend für ihn Partei und warteten auf die Fortsetzung. Allein Simon schloss sich weder dem einen noch dem anderen Lager an, da seine Fassungslosigkeit jede andere Regung verdrängte.

Meister Boniface stellte schließlich die Ruhe wieder her, indem er den Färberwaidner ansprach: »Herr, wer Ihr auch sein mögt, ich verlange, dass Ihr Euch erklärt. Seht zu, dass Euch dies gelingt, ansonsten werdet Ihr als Verleumder dafür geradestehen und neben meinen Entführern vor Gericht erscheinen!«

»Habt keine Sorge, edler Zunftmeister der Färber«, verkündete Fressard mit einer Verneigung, »Eure Neugier wird befriedigt werden, und auch der Gerechtigkeit werde ich dienen. Tatsächlich sind die Räuber, die Ihr sucht, oder vielmehr ihr Anführer ganz in der Nähe. Ich sage sogar: Er sitzt unter Euch!«

Diese neue Würze, schärfer noch als die erste, brachte die Menge zur Weißglut. Die ersten Bierkrüge flogen durch die Luft, allein um des Vergnügens willen, Blut über ein fremdes Gesicht strömen zu sehen. Streitsüchtige Nachbarn fanden in der kämpferischen Umgebung einen Vorwand, um sich ein paar Hiebe zu versetzen oder »Hier ist der Anführer!« zu rufen, wobei sie mit dem Finger aufeinander wiesen.

Wenngleich Simon von Entsetzen erfüllt war, konnte er doch nicht umhin, die Kühnheit des Färberwaidners zu bewundern, die Dreistigkeit seiner Lügen, aus der sein mächtiger Einfluss auf das Volk erwuchs. Welch eine Sicherheit dieser Mann ausstrahlte! Wenn sich sein Blick auf jemanden richtete, sein lodernder Blick, neben dem der hypnotische Ohrhänger wie ein drittes Auge funkelte, war es, als bohre sich die glühende Spitze eines Schwertes unter der dritten Rippe, in Höhe des Herzens, tief ins Fleisch.

Inzwischen hatte Fressard seine Rede fortgesetzt, wobei er den eindringlichen Predigerton durch die sachliche Sprache des Gerichtsschreibers ersetzte: »Wir alle wissen, dass der ehrwürdige Boniface von Lucas Terrefort darum ersucht wurde, dessen Sohn Simon mit einer Färberwerkstatt auszustatten. Wir wissen, welche Arbeiten er dort ausführen ließ, welche

Beträge er investierte, um die Färberküpen aufzustellen, und schließlich, wie sich der Geselle im letzten Moment für das Blau entschied und das Geschäft platzen ließ.«

»Nach Eurem Willen!«, empörte sich Simon – jedoch ließ er seine Gefühle nur durch ein Kopfschütteln erkennen. Fressard fuhr fort: »Was hätte jeder vernünftige Mann bei einem solchen Wortbruch getan? Genau das, was auch Boniface unternahm: Vom Sohn verraten, legte er dem Vater die Rechnung vor, und da der Vater darüber nur lachte, warnte er ihn.«

Meister Lucas wandte gemessen ein: »Gewarnt, das Wort ist sehr sanft. Boniface hat mir gedroht!«

»Nichts dergleichen, Färber!«, entgegnete Fressard in beißendem Ton, »Als Freund hat der Zunftmeister zu Euch gesprochen. Bedauerlicherweise sind seine Ratschläge verklungen, wie das schlechte Blau im fließenden Wasser davonschwimmt. Die Furcht davor, verurteilt, ja womöglich bestraft zu werden, hat Eure Vernunft benebelt. Ihr habt die Komplizen bezahlt und diesen Hinterhalt gelegt!«

»Verleumdung!«, protestierte Lucas mit solcher Heftigkeit, dass seine Mütze zu Boden fiel. »Färberbrüder, glaubt Ihr diesen Lügen?«

»Es ist richtig, alle Möglichkeiten zu überprüfen«, empfahl Meister Guillaume. »Im Übrigen bedeutet anklagen nicht gleich entlarven. Joachim Fressard hat keine Beweise geliefert.«

»Hier sind sie!«

In diesem Augenblick, ein einziger Herzschlag in all den dicht gedrängten Körpern, tauchte eine Eisenstange in der Faust des Färberwaidners auf.

»Damit hat man ihn verbrannt!«, bemerkte eine Stimme in der Menge.

»Darf man erfahren, aus welchem Grund Ihr diesen Gegenstand habt, Färberwaidner?«

Meister Guillaume ließ die Stange zu sich kommen, sie ging

von Hand zu Hand, ein jeder berührte sie wie eine heilige Reliquie.

»Daran ist nichts Geheimnisvolles«, versicherte Fressard. »In diesen Wochen sammeln meine Leute den Waid von den Bauern ein. Nahe dem Ort, an dem der Hinterhalt gelegt war, gibt es eine Mühle. Einer meiner Gehilfen war gerade dorthin unterwegs, als er den Scheiterhaufen sah, das Gras ringsum, das voller Blut war … und das Schüreisen, das auf dem Boden lag. Da sich das Gerücht eines bösen Überfalls bereits in der Gegend verbreitete, nahm er den Gegenstand auf, um ihn zu den Gendarmen zu bringen.«

Meister Charles setzte seine Augengläser auf.

»Aber welche Entschuldigung gäbe es für den Leichtsinn des Übeltäters? Niemand ist doch so dumm, den Beweis für seine Untat zurückzulassen!«

»Panik, edle Färbersleute! Lucas hat die Flucht ergriffen ohne zu bemerken, was er vergaß.«

»Ah! Mir klingen die Ohren!«, lachte der Färber böse auf.

Dennoch ließ seine unsichere Stimme einen Verdacht unter der Zuhörerschaft aufkeimen. Die Geschworenen empfingen die Stange, die bis zu ihrem Tisch gelangt war, mit großem Interesse.

»Färberwaidner«, setzte Guillaume erneut an, »diese Stange ist tatsächlich ein Beweisstück … Aber wie sollen wir uns versichern, dass sie Meister Lucas gehört? Ebenso könntet Ihr der Schuldige sein!«

»Wahrhaftig!«, platzte der des Verbrechens Bezichtigte heraus. »Diese Stange gehört ihm!«

Ohne Lucas etwas zu entgegnen, wies Fressard auf das Eisen.

»Ehrwürdige Färber, schaut genau hin!«

Abermals beugten sich die Geschworenen über die Stange. Sie untersuchten sie, betasteten sie; einer der Färber spuckte sogar darauf, um sich zu vergewissern, dass es sich bei dem Fleck am Ende tatsächlich um getrocknetes Blut handelte.

Plötzlich rief Guillaume, der bessere Augen hatte, als die alten Meister: »Bei allen Heiligen! Das ist ein *Pistolet*, ein Wärmemesser, wie wir es verwenden, um die Temperatur unserer Bäder zu prüfen!«

»Ein *Pistolet*, ganz richtig!«, bestätigte der Färberwaidner von seiner Tonne herab. »Und seht Ihr auch das Zeichen auf halber Länge, ganz geschwärzt von der Kohle? Das Chamäleon des Hauses Terrefort!«

Nachdem sich die Gesellen dessen vergewissert hatten, blickten sie Lucas bestürzt an.

»Er … er hat es mir gestohlen!«, stammelte der Färber. »Meine Gehilfen werden es Euch bestätigen: Gestern fehlte ein *Pistolet* im Inventar.«

Das Alibi wirkte jedoch so armselig, und der Angeklagte zitterte so sehr, dass niemand mehr auf ihn hörte.

»Leugnet Ihr immer noch?«, donnerte Fressard und streckte den Finger gegen den Meister aus. »Leugnet Ihr, der Anführer der Verbrecher gewesen zu sein?«

Diese Hypothese wurde für alle zur Gewissheit. Sie verziehen Fressard die Abschweifungen, die Zeilensprünge und auch die Fehler im Zusammenfügen der Elemente, die einige besonders Scharfsinnige in seiner Rede entdeckt hatten, um sich anschließend gemeinsam an der Sonne der Offensichtlichkeit zu erwärmen. Es gab kein Gebrüll und keine Dispute, die Menge marschierte vereint auf den armen Lucas zu, der demütig seine Unschuld verteidigte.

Einen Moment lang fühlte Simon, dass auch er den Worten des Färberwaidners Glauben schenkte. Wie verzaubert ließ er zu, dass der Wirbel des Hasses Meister Lucas aus seinem Sessel hob, ihn wie eine Marionette über den Köpfen tanzen und unter vorsorglichen Schlägen wanken ließ, für den Fall, dass die Justiz des Königs das Urteil des Volkes missachten würde.

Erst als sich sein Vater auf dem Boden des Gastraumes wand, die Schulter herabhängend und der Bart mit Blut befleckt, erkannte Simon den Wahnsinn, in den Fressard sie alle trieb. Der Geselle eilte dem Meister zu Hilfe, geschützt von kräftigen Färberburschen, die ihn mit ihren Körpern deckten. Leider empfing man ihn sehr schlecht: »Hinfort, Elender!«, versetzte Lucas und wich zurück. »Ich will weder deine Hilfe noch deine Achtung! Du hast deinen Namen an der Seite des Ruchlosen beschmutzt, der mich in den Ruin stürzte und heute in Schande! Verflucht seiest du, und verflucht auch das Blau deiner faulenden Bäder!«

Der Stoß eines Gesellen warf Simon zu Boden. Hastig sprang er auf und streckte die Fäuste nach vorn, um dem Burschen zu begegnen, der ihn zu Fall gebracht hatte – es war ein Rotfärber.

In diesem Augenblick stürmten die Gendarmen mit zwanzig Männern unter großem Tumult in das Gasthaus.

Im Handumdrehen war die *Mère Dieu Grosse* ihrer Kundschaft beraubt, unter die sich nicht wenige Teilnehmer der Färberversammlung mischten. Im Zentrum des Saales blieben nur die allzu langsamen Färber zurück oder jene, die zu stolz waren, ihr Heil in der Flucht zu suchen: Simon gehörte zu ihnen. Fressard hingegen hatte sich gleich beim Eindringen der Gendarmen davongemacht.

Der Anführer der Kompanie, ein rothaariger Teufel, dessen Gesicht von Narben zerfurcht war wie das geflickte Gewand eines Hampelmanns, stellte sich vor den Handwerkern auf.

»Immer die Färber!«, brüllte der Offizier und rammte seine Klinge in den Boden. »Immer am Trinken und Prügeln! Nichtsnutze, Ruchlose! Zu Sankt Mauritius wären die Wirte gut beraten, ihre Fensterläden zu schließen! Übles Gesindel, ihr Männer der Farbe!«

Der Gendarm, dessen Sehvermögen unter einer Kriegsverletzung gelitten hatte, lief an der Gruppe entlang, um die Wirkung seiner Worte zu ermessen. Er genoss es, auf den Gesichtern die spitze Maske des Hasses zu finden.

»Ich habe genug von euch Färbern«, fuhr der Hauptmann fort und blies die Wangen auf. »Um ein Exempel zu statuieren, werden fünf von euch heute Nacht die Gastfreundschaft des Schultheiß' genießen. Du, der eben noch die Fäuste oben hatte!«

Die Gendarmen griffen Simon und führten ihn nach draußen.

»Du auch, Alter!«, sagte der Hauptmann und wies auf Meister Lucas. »Man hat nicht so ein Gesicht wie deins, mit Beulen und Blutgerinnseln, wenn man ohne Schuld ist.«

Drei weitere Färber wurden auf Befehl des Gendarmen willkürlich aus der Gruppe herausgegriffen. Der Rest durfte unter der Auflage gehen, auf der Stelle heimzukehren. Die Zunft wurde mit einer hohen Strafe belegt.

9

Als Gefangener des Schultheiß' ging Simon ehrlich in sich.

Je länger er über den Vorfall im Gasthaus nachdachte, desto schuldiger fühlte er sich, dass er sich so vom Färberwaidner hatte täuschen lassen, desto drängender erschien ihm die Notwendigkeit, sich von dieser verderblichen Person abzuwenden. Zehnmal fand er in den Ereignissen einen Grund, den Vertrag zu brechen, der ihn mit Joachim Fressard verband. Zehnmal zweifelte er daran: Was wusste er schon davon, wie die Geschäfte liefen? Von den Gesetzen, die sie regelten, von den Spielräumen, die dem Händler dabei blieben? Vielleicht gehörten diese Verwerflichkeiten zum normalen Leben einer Färberwerkstatt? Vielleicht wog sein Geschäftspartner den verderbten Charakter, das heimtückische, intrigante und geizige Naturell mit kostbaren Tugenden auf, die ihrem Handel dienten?

Zwischen diesen beiden Seiten, auf die ihn abwechselnd sein Misstrauen und sein Ehrgeiz stießen, gab sich Simon der Versuchung hin, aufzugeben und in die Vergangenheit der Feigenmühle zurückzukehren. Leider hatte sich diese letzte Tür für immer geschlossen! Mit welchem Gesicht sollte er seinem Vater entgegentreten, nun, da solche Worte gefallen waren? Nie wieder würde er der Geselle von einst sein, zufriedener Gast in der Werkstatt des Chamäleons!

»Ich Unglücklicher!«, klagte der Färber.

Bei Tagesanbruch, als Simon sein Gesicht mit dem Wasser aus einem irdenen Krug erfrischte, trat der Gefängniswärter ein und kündigte einen Besucher an.

»Wer ist es?«, fragte der Geselle und wendete sein Hemd, um die saubere Innenseite zu zeigen.

Der Wärter führte einen groß gewachsenen Mann herein, dessen Nase sich rümpfte, als er die Zelle ohne Abort betrat. Fressard ging mit ausgestreckter Hand auf Simon zu. Wie magnetisch angezogen von seinem Ohrgehänge empfing der Geselle den Gruß und seinen Henker vom Vorabend in herzlicher Freundschaft.

Versöhnliche Worte eröffneten das Gespräch: »Ich sehe, dass man Euch die entsetzliche Würgebirne erspart hat, die Eure Zellennachbarn erleiden müssen. Gepriesen sei der heilige Mauritius! Und gepriesen sei auch der Schultheiß, was das Irdische angeht … Es ist Euch doch recht, dass ich Euren Fall vor diesen Freund gebracht habe? Dank meiner Fürsprache und der Zahlung einer angemessenen Kaution seid Ihr ein freier Mann, mein lieber Simon.«

Der Geselle fand Worte der Dankbarkeit, in denen jedoch auch sein Unbehagen spürbar wurde. Welchen Verbrechens beschuldigte man ihn, dass ein Lösegeld für seine Befreiung gezahlt werden musste?

»Nun ja!«, seufzte der Färberwaidner. »Ihr kennt doch die Vertreter der Justiz! Haben sie einen Mann erst einmal in ihren Fängen, tut es ihnen schrecklich weh, ihm die Eisen zu öffnen. Deshalb durchwühlen sie seine gesamte Vergangenheit, sie hungern nach Straftaten wie ihre Gefangenen nach den Krumen, die zwischen die Steine gefallen sind, suchen dürstend in ihren Archiven nach einem Tropfen Missetat, nach einer Träne des Gesetzesbruchs – und wenn sie etwas finden, dann gnade ihm Gott! Dann hat ihr Gefangener keine Hoffnung, je wieder das Tageslicht zu erblicken. Man weiß von Fällen, wo junge Burschen ins Gefängnis kamen, weil sie einen Kuchen gestohlen hatten oder weniger noch, und es erst als Greise wieder verließen, um aufs Schafott zu steigen!«

Simon kratzte nervös an seinen salpetergrauen Fingernägeln. »Was hat man gegen mich gefunden?«

»Oh! Nichtigkeiten! Nichts, was brave Bürger nicht getan hätten, ohne die geringste Strafe zu riskieren ... Es geht um Euren Platz bei Meister Lucas, die Ausbildung, die Ihr erhalten habt, ohne jemals in einem Register eingetragen oder irgendwo als Lehrling oder Geselle vermerkt zu sein.«

»Das wusste ich nicht!«, rief der Geselle in einem Reflex von Angst. »Der Fehler liegt bei meinem Vater!«

Der Färberwaidner freute sich, wie seine Marionette auf den leisesten Fadenzug reagierte, und er schlug Simon freundschaftlich auf die Schulter.

»Nichts anderes habe ich dem Schultheiß gesagt ... Es war gar nicht einfach, ihm zu beweisen, dass Ihr unschuldig seid. Schließlich jedoch, nach langem Reden, hat er mir Recht gegeben. Ihr seid rein gewaschen von jedem Verdacht und habt keine weiteren Untersuchungen zu fürchten.«

»Und mein Vater?«, fragte der Geselle.

Die höchst wandelbaren Züge Joachim Fressards sammelten sich in einer ernsten, gemessenen Miene. »Sein Alter hat ihn gerettet. Aber das Auge der Justiz bleibt weiterhin auf ihn gerichtet. Wenn von Meister Boniface Klage erhoben wird, bekommt er seinen Prozess. Der Ausgang ist leider unschwer vorherzusagen.«

Das Lächeln des Färberwaidners verbreitete einen triumphierenden Glanz.

»Unhold!«, wagte der Geselle mit einem Schluchzen in der Stimme auszustoßen.

Als vollendeter Schauspieler wich Fressard einen Schritt zurück und blähte in der tragischen Haltung des Empörten seine Schultern. »Seht Euch vor, junger Mann! Ihr vergesst Eure Schuld! Wer hat Euch in das Blau eingeführt? Wer hat Euch den Waid, die Bottiche und alles Übrige für eine lächerliche Miete überlassen? Wer hat Euch heute aus dem Gefängnis geholt und Euer Lösegeld bezahlt?«

Aber er sprach ja die Wahrheit! Auf welche Seite sich stellen? Auf Joachims, im Namen der Dankbarkeit? Gegen ihn, im Namen der Ehre?

Diese widerstreitenden Gedanken fochten in Simons Geist einen erbitterten Kampf aus. Verzweifelt und elend vergrub er das Gesicht in den Händen und weinte.

»Na, na …«, brummte der Färberwaidner. »Da seht Ihr, wie Euch die Nerven durchgehen! Wollen wir Zwietracht zwischen uns aufkeimen lassen? Sind wir nicht Geschäftspartner, besser noch: Kameraden? Die Wahrheit ist doch, dass ein geheimer Pakt uns aneinander bindet.«

»Ein Pakt?«, fragte Simon schniefend.

»Ja, Simon … Das Blau! Das Blau wird uns auf immer vereinen. Ihr, der Ihr es erschafft, ich, der ich es verkaufe, wir sind einander vonnöten! Als wir den Vertrag abschlossen, meinte ich, Ihr kämet auf der Suche nach einem Vermögen zum Blau … Ein Dummkopf war ich! Ebenso wie Euer Vater verachtet Ihr das Geld: Die Schönheit allein treibt Euch voran. Also, trotzen wir den Hindernissen, den Eifersüchtigen und Verhinderern, widmen wir all unsere Kräfte der Verfolgung des höchsten Ziels, der einzigartigen Bestimmung: dem Blau!«

»Dem Blau …«, wiederholte Simon und trocknete seine Tränen.

Durch dieses einfache Wort, dieses Wort, das hingeworfen war wie der Samen einer strahlenden Zukunft, fühlte der Geselle die Hoffnung neu in sich erwachen.

Fressard hatte Recht. Er musste ein unübertreffliches Blau erschaffen, würdig jener Madonna, die er einst in einer Frühlingsnacht bewundert hatte. Vor einer solchen Farbe würden die Meister hier und anderswo das Knie beugen wie die Gläubigen, wenn ein Wunder geschieht. Man würde auf den Märkten nicht mehr um den Preis streiten, wie für Linsen oder Kohle, weil ein vom Hofrat des Königs beschlossenes Gesetz es den Schwankungen des Marktes entzogen hätte, auf dass es allein der Nutzung durch die Fürsten vorbehalten sei. Wer weiß, vielleicht würde das Marienblau ausgewählt werden, um den Hintergrund für das Wappen Frankreichs abzugeben?

Diese überwältigende Vision ergoss sich wie Balsam in die Adern des Gesellen. Er fühlte sich in Siegerlaune, zertrat jedes Hindernis unter seinen Stiefeln und spielte mit der Welt wie mit einem Ball.

»Wir werden ein Blau erschaffen, das jedes andere übertrifft!«, rief der Färber. »Meereswasser, Lapistinte! Ein Blau aus Eis und freiem Himmel, den Glanz der Pfauenfeder und die schillernde Forellenschuppe; dunkel, hell, tief und strahlend zugleich!«

Seines Vorteils gewiss, gewährte ihm der Färberwaidner das Almosen eines aufrichtigen Gedankens: »Es wird Euch gelingen, Geselle … Ich glaube an Euch! Auf jeden Sou, den ich investiere, setze ich ein wenig Hoffnung. Und Eure Schulden sind so hoch, wie meine Hoffnung groß ist.«

Dann hieß Fressard den Wächter, Simons Eisen öffnen.

Während Fressard und sein Schützling im Gefängnis des Schultheiß miteinander sprachen, empfing Maguelonne, die allein in Castelviel zurückgeblieben war, einen Gast.

Die nicht sehr redegewandte und unaufmerksame Dienerin, die den Mann ankündigte, gab eine recht verschwommene Beschreibung. Aus den ungeordneten Worten ergab sich, dass er bärtig sei, breit in den Schultern und vermutlich Färber oder Gerber, denn an seinen Fingerspitzen hafte unauslöschbare Farbe.

»Sicher ein Mühlenarbeiter, der wegen meines Gatten gekommen ist«, dachte Maguelonne. »Wie anstrengend, diese Leute zu empfangen.«

Die Dienerin führte den Besucher hinauf. Von ihrem Sessel aus, hinter dem sie hastig ihren Stickrahmen verstaute, hörte Maguelonne auf der Treppe den schweren, keuchenden Schritt eines Arbeitspferdes.

»Er ist alt, was für eine Freude! Ein weißhaariger Bauer, der mir von seinem Elend erzählen wird, von seinen drei Groschen, *weil der Waid teuer zu ernten ist, Madame, und Monsieur Fressard ihn sehr schlecht bezahlt*. Kein Zweifel, mein Gemahl ist ein Pfennigfuchser«, dachte Maguelonne bei sich.

Ihre Zunge schob sich schelmisch zwischen die Lippen, als ihr dieser unmöglich auszusprechende Gedanke durch den Kopf schoss. Einen Augenblick später hatte sie mit flachen Wangen und hochgezogenen Brauen die angemessene Miene für ermüdende Besuche aufgelegt. Die Tür öffnete sich.

Maguelonne stieß einen Schrei des Entsetzens aus, als sie Lucas auf der Schwelle ihres Zimmers stehen sah. Den Färber schmerzte dieser Ausruf – wie man ihn hören lässt, wenn eine Spinne aus dem Handschuh krabbelt – mehr, als ein Hinauswurf es vermocht hätte.

»Bist du verrückt, hier aufzutauchen?«, rief Maguelonne mit verstörtem Blick. »Unter dem Dach meines Gatten!«

»Die Angelegenheit ist ernst«, verkündete Lucas geheimnisvoll.

»Fressard ist womöglich im Haus!«

»Er ist nicht hier. Ich habe auf sein Fortgehen gelauert.«

Die Färberwaidnerin wies dem Meister einen Stuhl, sie selbst ließ sich wieder in ihren Sessel fallen. Lucas jedoch blieb weiterhin neben der Tür stehen, als denke er schon wieder ans Gehen.

»Nun gut, welche Laune führt dich her?«, fragte Maguelonne scharf.

Die Stimme, die ihr antwortete, klang sanft und liebevoll: »Lass mich dich anschauen … Es ist lange her, dass ich dich mit eigenen Augen vor mir gesehen habe.«

Unwillig duldete die Färberwaidnerin dieses Begehren. Es fehlte in diesem Moment nur wenig, und sie hätte der Begegnung sogleich ein Ende gesetzt, denn es ärgerte sie, einen Skandal zu riskieren, nur um ihren Besucher zu erfreuen.

Die Neugier trieb sie jedoch, ihrerseits die Züge des Färbers zu studieren, was sie mit einem verstohlenen Seitenblick tat. Gott, wie sich die Zeit an seiner Jugend gerächt hatte! Welch grausame Verwüstung: Falten, Flecken, Asche auf dem Haar! Darüber hinaus trug das einst so vertraute Gesicht an jenem Tag höchst seltsame Trophäen: eine hängende Lippe, ein geschwollenes Auge, eine rotgeäderte Schläfe …

»Gut siehst du aus mit diesem blauen Auge und dem Mund einer gekochten Schnecke! Hat ein Gehilfe dir diese Behandlung verpasst?«

»Alle Heiligen! Das gäbe ein schönes Bild, wenn die Färbergehilfen ihre Meister verprügeln würden! Nein, meine Peiniger waren einfache Leute … Aber die Geschichte ist langweilig … ich erspare sie dir.«

Lucas, der trotz seines verletzten Beins noch immer stand, verzog das Gesicht.

»Genug der Kindereien, nimm dir einen Stuhl«, bat ihn Maguelonne etwas sanfter.

Erleichtert setzte er sich.

»Nach so vielen Jahren …«, seufzte die Färberwaidnerin.

»Mindestens fünf!«, bestätigte der Färber und fuhr sich über den Bart.

»Und nun bist du ein Meister des Rot, und obendrein der am höchsten geachtete.«

»Ein Färber kennt keinen Ruhm … Aber du, eine Edelfrau in ihrem Palast! Mit Zimmermädchen, Stallburschen und Steintreppe!«

Maguelonne nahm dieses naive Kompliment mit einem Lächeln entgegen.

Es gab eine lange Pause. Blicke gingen hin und her, wurden

abgewandt, sobald sie sich begegneten. Maguelonnes Schuhe und die Schnürstiefel des Meisters hoben sich im Rhythmus der übereinander geschlagenen und wieder nebeneinander gestellten Beine abwechselnd in die Luft und kehrten auf den Boden zurück. Dazu wurden unaufhörlich Bänder zusammengedreht, Haare gezwirbelt, die Mütze von rastlosen Händen zerknautscht. Es war anrührend, die beiden zu sehen, die sich in einem Alter, da man die Spiegel meidet, wie ein Jüngling und eine Jungfrau im Frühling ihrer Liebe benahmen.

»Du bist hübsch wie eine Mohnblüte«, sagte Lucas kühn, der nichts Schönes kannte, das nicht rot war.

»Du redest dummes Zeug!«

»Jeden Tag, den der Herr anbrechen lässt, bitte ich die Jungfrau Maria, dich vor dem Alter zu bewahren. Die eigenen Falten erträgt man leichter als die einer geliebten Frau.«

»Liebst du mich noch?«, trällerte Maguelonne.

Der scherzhafte, fast amüsierte Ton – wie von alt gewordenen Liebenden, die in ihren zärtlichen Erinnerungen blättern – entschärfte die Frage. Sie berührte den Färber deshalb nicht weniger, er erbleichte, sein Herz schlug doppelt so schnell wie zuvor, er verfing sich in den Worten wie ein junger Vogel beim ersten Flugversuch: »Nun ja, das heißt ... Ich bin jetzt verheiratet, ich habe einen Sohn – aber in Wirklichkeit ...«

Mit einem Mal erregte ihn das unhörbare Echo eines kokettten Blicks, den sie ihm zugeworfen hatte, während sie mit dem Finger über ihre Pfirsichwange strich. Lucas verlor den Kopf, sprang auf, stammelte eine Entschuldigung, näherte sich ihr wankend und zog ihre Hände aus den Falten ihres Kleides.

»Lucas!«, girrte Maguelonne zappelnd und entzückt. »Was tust du?«

Er umarmte sie. Oh! Ihre Hände ohne Balsam und ohne Schmuck, parfümiert mit dem unschuldigen Duft der Wiesen! Ihre Hände mit Fingern gleich zarten Wacholderzweigen, die er besinnungslos küsste, drückte und presste.

»Meine Angebetete! Meine Angebetete!«, säuselte der Färber zwischen den Liebkosungen.

Und während oben der Meister ihr zärtliche Worte sagte, machte sich Lucas unten zur Liebe bereit: die Stiefel fielen, die Nadeln wurden gelöst …

Maguelonne, in fürstlichem Stolz, errötete ob der Ehrerweisung des Färbers und kämpfte schwach, um ihre Handgelenke der stürmischen Anbetung zu entziehen.

»Lucas, Lucas! Du vergisst dich! Wenn jemand käme …«

Im Gegensatz zum jungen Lucas, der über diesen allein der Koketterie geschuldeten Einwand nur gelacht hätte und sich keineswegs hätte bremsen lassen, hörte Lucas der Alte ihn wohl und fand darin vernünftige Vorsicht.

»Glaubst du, jemand könnte hereinkommen?«

»Natürlich!«, bestätigte Maguelonne heftig, da sie Liebeskomödien mochte.

Der Färber war nicht mehr im rechten Alter, sich durch Gefahren zusätzlich zu erhitzen. Wahrhaftig, wenn jemand käme? Wenn die Dienerin die Tür aufstieße oder gar Fressard von seinem Ausritt zurückkehrte.

Seine Leidenschaft war mit einem Schlag verflogen, und er schob sie hastig von sich fort.

»Du hast Recht, Maguelonne, wir bringen uns in allzu große Gefahr.«

Von Furcht gepackt wie eben noch von Begehren, schob der Färber schnell das Hemd in die Hose und die Strümpfe in die Schuhe, drehte zehnmal den Kopf, um sich zu vergewissern, dass niemand eintrat.

Voller Wut beobachtete die Färberwaidnerin das Bemühen ihres Galans, einen widerspenstigen Knopf zu schließen. Nachdem er seine Kleidung geordnet und seinen Stuhl wieder eingenommen hatte, mühte sich der Meister, das Gespräch fortzusetzen: »Die Angelegenheit, die mich hergeführt hat, drängt sehr, Maguelonne. Mir bleibt nur wenig Zeit.«

Alle Inbrunst war vergessen, als die Färberwaidnerin mit trockener Hand den Rock zurückschlug, der ihre Beine hinaufgeklettert war. »Nun, wenn Eure Zeit begrenzt ist, Färber, sagt, was Ihr wünscht …«

Lucas begann sein Unglück darzulegen. Es ging um Fressard, der ihn bedrängte, Fressard, der die Zunft der Färber gegen ihn aufhetzte und der intrigierte, um ihn an den Galgen zu bringen. Ohne rasche Hilfe würde es bald vorbei sein mit den Chamäleonstoffen und der Feigenmühle. Lucas würde im Gefängnis landen, womöglich gefoltert werden … Was seine Gattin Éléonore anging, so wusste Gott allein, welches Schicksal ihr der schändliche Färberwaidner bestimmt hatte.

Ein mörderischer Blick brachte Lucas davon ab, auf dieser Saite zu spielen.

»Wen interessiert Éléonore«, korrigierte der Meister feige, »aber ich, kannst du nicht etwas für mich unternehmen? Oh, ich flehe dich an, Maguelonne, sprich mit ihm! Damit er auf seine Nachstellungen verzichtet!«

Das mit demütiger und fast weinerlicher Stimme vorgetragene Flehen erreichte das Gegenteil der gewünschten Wirkung. Maguelonne empfand kein Mitleid, sondern starke Übelkeit angesichts von Lucas' Feigheit. Dies also war die wahre Triebkraft seines Besuches: das Heil seiner erbärmlichen Mühle! Die Küsse, die Umarmungen – Manöver, um ihre Gunst zu erlangen? Oh, erbärmliches Geschöpf!

Die Färberwaidnerin musterte den alten Mann mit verächtlicher Miene.

»Du musst mir glauben, dass ich nicht zu dir gekommen wäre, wenn ich noch einen anderen Ausweg wüsste«, erklärte Lucas in einer Aufwallung von Stolz. »Nun aber ist alle Hoffnung verloren. Die letzte Nacht habe ich im Gefängnis verbracht. Wegen meines weißen Bartes hat man mich gehen lassen. Aber das ist nur ein Aufschub. Die Gendarmen stehen vor meiner Tür, der Henker richtet seinen Galgen auf … Sie warten nur auf ein Wort von Fressard, um mich zu ergreifen! Ich bitte dich, Maguelonne, auf Knien flehe ich dich an!«

Bei diesen Worten sank der Färber in einer grotesken Verrenkung zu Boden und näherte sich ihr kriechend, die Arme wie ein Märtyrer ausgebreitet, das Gesicht in Ekstase.

»Ich beschwöre dich im Namen der Farbe!«, erklärte Lucas feierlich. »Des Rot, Maguelonne, des Chamäleonrot. Es ist mein ganzes Leben!«

»Ja, die Farbe ist dir teuer! Ihr Färber seid verliebt in die Farbe. Gewiss liegt es daran, dass die Weiber euch fliehen. Oh, wie dankbar bin ich meinem Vater, dass er Joachim Fressard vorgezogen hat! Was für ein Leben hättest du mir geboten, Lucas, hättest du mich deine stinkenden Bäder kochen und deinen Schlamm rühren lassen?«

So verärgert Meister Lucas auch war, sie die Farbe beschimpfen zu hören, hielt er es doch für schlau, sich nichts davon anmerken zu lassen. Im Gegenteil, er lächelte und wand sich, um besser zu gefallen.

»Du hast Recht, Maguelonne! Aber kommen wir zur Sache, dein Mann könnte heimkehren.«

»Was kümmert mich, ob er geht oder kommt!«, explodierte Maguelonne. »Ich empfinde nichts für Joachim Fressard. Der, den ich liebte, ist gegangen, er hat mir ein Kind im Bauch und dessen Tod als ewige Last zurückgelassen.«

Der Bußgang zu den Erinnerungen war unausweichlich. Meister Lucas kehrte mit schuldbewusster Miene auf seinen Stuhl zurück. In diese Bewegung mischte sich jedoch eine Spur von Ungeduld, die die Färberwaidnerin aufspringen ließ.

»Ja, du seufzt! Es fällt dir schwer, mir zuzuhören! Wie schwer ist es mir gefallen, meinen Bauch mit einem Leinengürtel zu schnüren, um dir die Schande zu ersparen? Wie schwer ist es mir gefallen, beim Sturz vom Pferd einen Sohn zu verlieren?«

»Ich wollte dieses Kind nicht«, erinnerte der Färber jämmerlich.

Maguelonnes Kehle entrang sich ein wildes Röcheln, ein hasserfülltes Lachen: »Hinaus! Hinaus, du Ungeheuer!«

Ihre Fäuste stürzten wie wütende Vögel auf Meister Lucas nieder, der seine breiten Hände zur Verteidigung erhob. Dennoch fielen die Schläge so hart, dass er schließlich wieder seinen Stuhl verließ, der bei dieser Bewegung umstürzte, und bis zur Tür rollte.

Die Schläge hörten auf, als Lucas über die Schwelle trat. Leider geriet er dabei vom Regen in die Traufe, denn schon kamen der Stallbursche und andere Diener, vom Lärm alarmiert, vier Stufen auf einmal nehmend heraufgerannt.

»Hat dieser Graukopf Euch etwas angetan?«, fragte der Stallbursche und wies mit dem Finger auf Lucas.

Maguelonne fehlte der Atem, um zu antworten. Ein verdächtiger Riss an ihrem Ärmel, ein gelöstes Band und ein abgerissener Knopf machten allerdings jegliche Zeugenaussage überflüssig. Die Diener packten den alten Mann ohne jede Rücksicht.

»Du wirst dich wundern, Fettsack!«

Die Färberwaidnerin unternahm nichts gegen das Missverständnis, das dem Meister zum Verhängnis wurde. Er mochte sich noch so heftig wehren, seine Version der Vorgänge laut herausschreien, niemand hörte ihm zu.

Den Gendarmen übergeben, kehrte Lucas in den Kerker zurück, den er am Morgen verlassen hatte, und verbrachte dort eine weitere Nacht.

Meister Lucas' Besuch in Castelviel war für seine Angelegenheiten keineswegs von Vorteil. Nicht nur, dass Maguelonne ihm den Dienst schuldig blieb, um den er sie gebeten hatte, und vor ihrem Gatten schwieg, sie widersprach auch mit keinem Wort dem Bericht einer Magd, die von Fressard befragt wurde und die verdächtige Erregung schilderte, die während der Begegnung geherrscht hatte.

»Ich weiß nicht, was Euer Anteil an dieser Geschichte ist«, erklärte der Färberwaidner seiner Gattin frei heraus, »und ob Meister Lucas bei seinem Besuch die Tugend fand, die ihn zurückwies, oder die Sünde, die ihm die Beine öffnete … Aber ich weiß, dass der Alte es bereuen wird, jemals die Schwelle meines Hauses überschritten zu haben!«

Wahrhaftig wurde die Feindseligkeit des Färberwaidners gegen Lucas durch diesen Zwischenfall noch heftiger geschürt: Nun, da ein solcher Verdacht auf dem Meister ruhte, würde Joachim erst recht keine Skrupel mehr haben, gegen ihn vorzugehen. Man hätte dem Färberwaidner vorwerfen können, seinen Geschäftsrivalen in den Kerker zu werfen; welche Gnade aber sollte man für den Liebhaber seiner Frau erwarten oder gar für den Mann, der ihr Gewalt angetan hatte?

In der Folgezeit spielten diese Vorteile zugunsten des Färberwaidners.

Noch kein Monat war vergangen, da versammelte sich bereits auf Antrag von Meister Boniface ein Komitee von Färbern, das damit beauftragt war, Nachforschungen über den Hinterhalt anzustellen. Lucas' Hochmut bei den Verhören und seine Ungeschicklichkeit bei der eigenen Verteidigung beschleunigten nur dessen Schlussfolgerungen: Es wurde im Komitee beschlossen und in der Vollversammlung abgestimmt, dass die Zunft Meister Lucas der Entführung und der dem Zunftmeister angetanen Qualen für »überaus verdächtig« halte. In Erwägung dessen ging der Angeklagte seines Rangs als Meister verlustig, ihm wurde das Färberecht entzogen und eine schwere Geldstrafe auferlegt.

Die Summe war beträchtlich genug, um die Liquidierung der Feigenmühle und des Färbegeräts zu rechtfertigen, für welche sich Joachim Fressard sogleich als Käufer anbot.

»Meine Pflicht als Vertreter des Blau ist es, einen Kollegen des Rot zu unterstützen«, erklärte der Färberwaidner bei der Versteigerung. »Man soll dereinst nicht sagen, die Feigenmühle sei zu einem Stall oder zu einer Scheune für Kuhmist verkommen!«

Bald folgte das Urteil der königlichen Justiz auf das der Zunft.

Während die Albigenser Fressard zunächst in enger Kameradschaft mit seinem einstigen Gegner Boniface durch die Straßen gehen sahen, wobei er den Blinden führte und freundschaftlich am Arm hielt, traf man ihn nun in Gesellschaft des Schultheiß', dessen Pferd er vertraulich am Zügel führte. Im Verlauf ihrer Gespräche brachte er dringliche Gründe vor, Meister Lucas anzuklagen – ein »Übeltäter«, wie der Färberwaidner erklärte, dem im Übrigen bereits »von der Vollversammlung der Zunft der Prozess gemacht worden ist«.

Der Schultheiß misstraute niemandem, fürchtete jedoch wie die Pest, jemand könnte ihn für liebenswürdig halten. Deshalb lieh er den Reden Fressards ein aufmerksames Ohr und ließ die Angelegenheit gleich nach seiner Rückkehr in den Palast auf die Tagesordnung seines Schwurgerichtes setzen.

Das königliche Gericht tagte wenige Tage später im Kloster Saint-Salvi. Da der Angeklagte bereits von der Zunft bestraft worden war und da vor allem der Schultheiß an seiner Verurteilung besonderes Interesse zu haben schien, begnügte man sich damit, die Schuld von Meister Lucas offiziell zu bestätigen und die Strafe, die seine Habe betroffen hatte, auf ihn auszudehnen. Zweifel gab es nur noch bezüglich des Strafmaßes. Das Gericht verzichtete auf Scheiterhaufen, Vierteilen, Wippgalgen oder andere Foltern, schickte den Färber jedoch auf Lebzeiten ins Gefängnis.

Überzeugt davon, dass sein Peiniger nunmehr in Ketten liege, beugte sich Meister Boniface der Ansicht des Färberwaidners, der ihm riet, das Amt des Zunftmeisters aufzugeben und seinen Ruhestand zu genießen. Ein neuer Anführer der Zunft wurde aus den Reihen der Geschworenen gewählt. Es war Meister Guillaume, ein Blaufärber mit überaus sanftem und formbarem Charakter, dessen Wahl von Joachim Fressard mit großem Wohlwollen aufgenommen wurde.

Nun waren alle Hindernisse für den Aufstieg der Marienstoffe beseitigt …

10

Für die Feigenmühle und die Chamäleonstoffe wurde es ein Jahr der Trauer.

Wer den Ort in seiner Blüte erlebt hatte, zu den Zeiten, da sich die Krapphaufen mannshoch vor den dampfenden Bottichen auftürmten und die Karren gleich einer Prozession ebenso zahlreich über den Hof zogen wie die Kunden durch den Verkaufsraum, der mochte seinen Augen nicht trauen bei dem, was er nun sah.

Anstelle der stolzen Mühle von einst ein verlassenes Gebäude; die Wiese im Hof bedeckt mit Laub, das niemand mehr wegharkte; Mauern, die vorzeitig Risse zeigten und bald schon ein Opfer der Efeuranken sein würden; düstere Fenster, vor denen die Taubenbrut nistete; ein den Fröschen überlassener Brunnen …

In der stillen Werkstatt unter den ständig von Regenwasser triefenden Balken mischte sich der Rattenmist mit den Abfällen der Färberei. Da der Meister seit den Vorkommnissen im Wirtshaus *Mère Dieu Grosse* nicht mehr arbeitete, hatte sich die Fäulnis der Stoffe bemächtigt, die in den Bädern liegengeblieben waren, und eroberte in leisen, widerwärtigen Wellen auch die Körbe mit frischen Pflanzen. Ein Leichentuch lag über dem Trockenraum, es war weniger der Atem des Flusses als vielmehr Überreste von Asche – von jener schweren Asche, wie sie in der Dämmerung von den Scheiterhaufen aufsteigt.

So viel Elend gab der tiefen Verzweiflung des Färbers und seiner Gattin zusätzliche Nahrung.

Meister Lucas vermied jeden Weg in die Stadt, seit er aufgehört hatte zu färben. Da er stets in seinem Zimmer blieb, bildete Éléonore seine einzige Verbindung zur Welt. Sie brachte ihm das Essen, wechselte seine Wäsche, schnitt seinen Bart. Leider brachte sie auch die Neuigkeiten von draußen mit – traurige Neuigkeiten, die immer finsterer wurden: Die Zunft ermittelte gegen ihn, der Schultheiß eröffnete seinen Prozess, ihm wurde eine Geldstrafe auferlegt …

Bald erlosch die Hoffnung, die wie eine winzige, aber hartnäckige Flamme in Lucas gebrannt hatte, ganz und gar. Er erfuhr, dass er ins Gefängnis gehen würde, und begann die Gendarmen zu erwarten, wie man unter einem nassen Baum den Blitz erwartet. So verzichtete er auch darauf, den Verkauf seiner Habe zu kontrollieren, den er von den Bevollmächtigten des Königs und der Zunft vornehmen ließ. Bei der Versteigerung wurde die Mühle mit ihrem Mobiliar zu einem Viertel ihres Wertes an den Mann gebracht, die Vorräte an Pflanzen und Farbe wurden verramscht.

Das Mädchen mit den Regenbogenfingern war verbittert, dem Raub all ihres Besitzes beizuwohnen, die Vertreter des Gesetzes eindringen zu sehen, die die Mühle wie erobertes Land betraten. Sie bot dem Meister ihre Hilfe an: »Überlass mir die Sorge um diese Dinge! Ich habe kein großes Talent, Farben zu erschaffen, und gewiss war es gut, mich von den Bottichen fernzuhalten, wo ich meine Zeit nur damit verbrachte, Schöpfkellen zu zerbrechen und das Holz zu verderben. Aber vertraue deiner Éléonore, wenn es ums Kaufen und Verkaufen geht! Ich habe lange genug einen Haushalt geführt und zwanzig Jahre diese furchtbare Sippschaft von Hausdienern gelenkt, um die Welt halbwegs zu kennen … Eigentlich ist es kein weiter Weg von der Verwaltung der Wachslichter zu der eines Gutes, und für den, der jede Woche auf dem Markt der *Plassa* seine Erfahrungen macht, ist der Handel um eine Mühle auch nichts Besonderes!«

Doch der Meister, dieser armselige Verwalter seiner Habe, zeigte sich merkwürdig entschlossen, wenn es darum ging, sie zu verlieren.

»Das kommt nicht in Frage, Éléonore. Es würde gut aussehen, wenn ein Weib die Geschäfte ihres Gatten führte. Willst du meinen Färberbrüdern Gelegenheit geben, auch noch über mich zu spotten, wo sie sich doch schon an meinem Unglück weiden? Nein, wir lassen diese Wucherer die Feigenmühle verschlingen … Ich werde erhobenen Hauptes in den Kerker gehen.«

»Wenn du in den Kerker gehst, bringe ich dir Brot und Pastete«, versprach das Mädchen mit den Regenbogenfingern.

In den Tagen vor Lucas' Verhaftung fiel die Feigenmühle in völlige Agonie.

Kaum war der Verkauf vonstatten gegangen, verschwanden Gerichtsvollzieher, Bevollmächtigte und andere Geschäftsleute wie der Morgentau. Sie hinterließen Planen über den Bottichen, Siegel an den Türen und bis in die Mitte des Hofes hinein Möbel, die später abgeholt werden sollten. Der Anblick der Mühle war so trostlos, dass Éléonore dem Ärger vergangener Tage nachtrauerte. Es war zum Verzweifeln, die hohe, einst durch den Pflanzenstaub rot geschminkte Fassade erbleichen zu sehen wie Häuser, die leiden, weil man sie verlässt. Es war zum Verzweifeln, bei den Bottichen nicht mehr den gesunden Geruch des Schweißes zu riechen, sondern die giftigen Ausdünstungen der sich zersetzenden Stoffe.

Die Verzweiflung der einen ist das Glück der Spitzbuben, ebenso wie der Tod den Würmern ein Festmahl bereitet. Als sich das Ende der Mühle ankündigte, stürzte sich die verbliebene Dienerschaft auf die Beute. Lucas' naive Verstecke – Fußwärmer oder Salzfass, Brotkasten oder Topf – wurden geplündert; die verschlossenen Truhen, die sich nicht sogleich öffnen ließen, ohne Scham aus den Fenstern geworfen. Éléonore konnte noch so sehr aufpassen, sie vermochte die Lehrjungen nicht daran zu hindern, sich die Taschen oder Pluderärmel vollzustopfen. Wer am Morgen entlassen wurde, schlich sich nachts ins Haus, kletterte über die Mauern des Hofes und richtete dank seiner Vertrautheit mit den Örtlichkeiten mehr Schaden an als am helllichten Tag.

So verschwanden nacheinander das Zinngeschirr, die bestickte Wäsche, Éléonores Schmuck und die Pelzmäntel des Meisters, und damit, Sou um Sou, die Einnahmen aus vielen Jahren Färberei … Schließlich gab es keinen Schlüssel mehr, den man noch einschmelzen konnte, kein Korn Salz, kein kostbares Lebensmittel, das nicht in die Hände der Diebe gelangt war. Ihr Verschwinden versperrte Türen, die man nicht mehr öffnen konnte, und ließ das ungepökelte Fleisch in den Töpfen schimmeln.

Die Mühle war leer. Es fehlte eine Bank, um sich zu setzen, ein Bett, um zu schlafen. Im Kamin, der zu Beginn des ersten Winterregens wieder angezündet wurde, brannten die Kloben im starken Wind, ohne Feuerbock oder Schirm, um die Flamme zu schützen – das eine wie das andere war entweder gestohlen oder verkauft.

»Sollen wir vor Kälte sterben?«, klagte das Mädchen mit den Regenbogenfingern und schlotterte in ihrem letzten Kleid.

»Sorge dich nicht. Die Gendarmen werden mich lange vor Advent holen kommen … Wenn ich weg bin, wirst du bei deiner Schwester Zuflucht finden, wo Tag und Nacht ein großes Feuer brennt.«

Wie Lucas vorhergesagt hatte, traten die Schergen des Schultheiß' schon bald die Tür der Feigenmühle ein. Der Färber ließ sich ohne Widerstand abführen. Éléonore blieb ein paar Tage allein, dann machte sie sich zu Fuß auf den Weg zu ihrer Schwester.

Während die Feigenmühle erlosch, erwachte die Werkstatt von Signac in strahlender Morgensonne.

Wenige Monate hatten ausgereicht, um die Stoffe in den Stapeln von ganz unten nach ganz oben und von der letzten in die erste Reihe der Auslagen zu bringen. Die mit Simons Siegel versehenen Stoffe verbreiteten sich wie ein Feuer im trockenen Unterholz, eroberten dem Blau neue Territorien, drangen in die Front des Rot ein, das im Geschmack der Käufer sichtbar an Boden verlor.

Es war ein Wunder zu erleben, wie die Geschäfte so rasch von einer Farbe zu deren Rivalin wechselten, gleich den Blättern des Olivenbaums, wenn eine Brise sie von Grau zu Silber dreht. Diese Bewegung zog die langsamere im Wechsel von Mänteln und Kleidern nach sich, dessen Verlauf in den verschiedenen Schichten der Bevölkerung ablesbar war. Die ersten, die Simons Blau übernahmen, waren die Edelleute. Dann folgte die Händlerelite, jene beleibten Bürger, deren Schritt sich stets nach dem der Wohlgeborenen richtete. Schließlich trug auch das mittlere Bürgertum diese Farbe, eifersüchtig darauf bedacht, es jenen gleichzutun, und zeigte so dem Volk den Geschmack der Zeit.

Die Tuchhändler waren unverzüglich den Wünschen ihrer Kundschaft gefolgt: Die Bürger verlangten das Marienblau, also legten sie große Vorräte dieser Farbe an, um sie zu befriedigen. Manch ein Tuchhändler, der einst die Lieferungen von Joachim Fressard abgelehnt hatte, bettelte jetzt darum und zahlte sogar den doppelten Preis, um ein Alleinverkaufsrecht zu erhalten. Sein Nachbar, gestern noch Meister Lucas ergeben, erklärte, der Vater habe seine Zeit gehabt, der Wert sei auf den Sohn übergegangen – und kaufte dessen Ware.

Jeder andere als Fressard hätte die Wankelmütigkeit der Tuchhändler angeprangert. Bei ihm jedoch schlug das Herz zu dicht neben der Geldbörse. Aus Prinzip verurteilte der Färberwaidner nichts, was seinen Geschäften diente. Was kümmerten ihn das aufgesetzte Lächeln und die falschen Schmeicheleien, wenn sie nur Gewinn verhießen?

»Wir haben keine Feinde mehr, unsere Konkurrenz kann nicht mehr mithalten«, jubelte Joachim. »Jetzt ist die Zeit der Ernte gekommen.«

Der Aufstieg der Marienstoffe glich dem der Chamäleonstoffe: Er begann durch die Begeisterung der wohlhabenden Kundschaft und setzte sich im Interesse des Handels fort, zunächst an den Marktständen, dann bei den Großhändlern, um schließlich in der Anhänglichkeit des einfachen Volkes zu gipfeln.

Ebenso wie man das Chamäleonrot von Meister Lucas gepriesen hatte, sang man nun Loblieder auf das Marienblau. Auf Bierseideln oder Tabakdosen tauchte das Abbild von Simons kriegerischem Kinn auf. Diese Familientradition gefiel den Künstlern, sie stellten die Auseinandersetzung zwischen Meister und Gesellen, zwischen Chamäleon und Maria dar, aus der die Jungfrau siegreich hervorging, indem sie ihren blauen Mantel über den roten Panzer des Reptils warf.

Allerdings war Joachim Fressard nicht Lucas Terrefort, und die Absichten des Färberwaidners glichen keineswegs den Idealen des Meisters.

Anstelle der Beständigkeit und Nüchternheit des einen tobten beim anderen Launen und Geiz. Alles fügte sich diesem Unterschied: An der Stelle von Lucas, der sich stets von den Händlern abgewandt hatte, stand nun Fressard, der sich mit deren mächtigsten V ertretern verbrüderte; während der Meister die Bestellungen rationierte, suchte Joachim sie noch zu erweitern und war sogar bereit, mittelmäßig zu färben, wenn es schneller gehen sollte.

Der Gewinn, den Fressard aus allem ziehen und von jedem nehmen wollte, wurde ihm zur Besessenheit. Vom Morgengrauen bis spät in die Nacht bedrängte der Herr von Castelviel die Tuchhändler des Blau, schrieb ihnen immer mehr Stoffbahnen vor, deren Preis er nach seiner Laune festlegte. Jemand verlangte, am selben Tag beliefert zu werden? Das war möglich, unter der Bedingung, dass er für die nächste Saison die doppelte Menge bestellte. Ein Kredit sollte gewährt werden? Der Färberwaidner gab ihn, allerdings mit Zinsen, die die Rechnung wie Blei beschwerten.

Aus gutem Grund also verabscheuten die Tuchhändler Joachim Fressard. Ein jeder aber wollte mit ihm auf vertrautem Fuße stehen und träumte davon, diese glatte Seele zu greifen. Außerdem setzte der Färberwaidner noch ein weiteres Instrument zur Eroberung seiner Kundschaft ein: Indem er den einen zum Trinken ins Gasthaus und den anderen zum Abendessen in sein Haus einlud, erzeugte Fressard überall die Illusion von Kameraderie. Es war eine Freundschaftsschuld, die von den Händlern sogleich beglichen wurde, indem sie noch mehr und noch häufiger kauften.

Unbesiegbar, trotz allgemeiner Missbilligung, wuchs das Vermögen des Färberwaidners, und die Herrschaft des Blau legte sich über die Stadt.

All dieser Wirbel und diese Pläne ließen Simon so kalt wie Stein. Nicht, dass ihm das Schicksal des Blau gleichgültig gewesen wäre, etwas anderes aber beschäftigte in diesem Moment seinen Geist: In jedem Leben gibt es ein aktives Alter, da man in der Welt und mit anderen etwas unternimmt, und ein verborgenes Alter, da man einsam darum bemüht ist, sich selbst auszudrücken. Der Geselle erreichte das zweite.

Die Triebkräfte seiner Jugend hatten nachgelassen: Jetzt strebte er weniger nach Ruhm als nach der Vollendung seines Meisterwerkes, jenes meisterhaften Blau, dessen Ideal ihm Fressard so geschickt vor Augen geführt hatte. Diese Schöpfung allein, so glaubte Simon, würde die Reife seiner Kunst beweisen, mehr noch, sie würde seiner Hoffnung dienen, zum Meister ernannt zu werden.

Da Simon diesem Stern folgte, hatte er keine Aufmerksamkeit für den Umschwung im Schicksal des Blau. Es kam ohnehin kaum einmal vor, dass Fressard seine Erfolge mit ihm teilte: »Die Geschäfte laufen so gut es geht«, erklärte der Färberwaidner, um ihn auf dem Laufenden zu halten. Zur Ergänzung dieser vagen Worte gab es keine Zahl, keine Einzelheit. So stark auch die Einnahmen strömten, die Entlohnung des Gesellen blieb dieselbe: fünf Tourser Livres und zehn Sous, kein Heller mehr. Die Kommission des Gesellen wurde zum Lohn – zu einem sehr mäßigen Lohn, bedachte man die gewaltigen Summen, die der Färberwaidner kassierte.

In Momenten der Klarsicht empörte sich Simon darüber.

»Joachim, mein Blau ist überall auf dem Markt der *Plassa*! Ist es möglich, dass eine so berühmte Farbe so wenig einbringt?«

»Es kostet eben ein Vermögen, sie bekannt zu machen«, protestierte Joachim. »Glaubt Ihr, dass sich das Marienblau durch göttlichen Zuspruch so verbreitet hat, dass die Flussschiffer des Tarn und die Kutscher von Montauban den Transport für nichts übernehmen? Im Gegenteil, ihre Dienste kosten uns viel Geld, und von jedem verdienten Livre muss man fünfzehn Tourser Sous für diese Profiteure abziehen.«

»Fünf bleiben für uns«, beharrte Simon, »also immerhin ein paar Hand voll Taler, für die zwanzig Stücke, die meine Bäder täglich hergeben! In meiner Börse ist aber nie ein solches Vermögen gelandet!«

Geduldig zog Fressard ein Rechenheft aus der Tasche, in das er hier und da unlesbare Zahlen kritzelte.

»Ihr vergesst den Anteil der Händler, Geselle, die Kosten des weißen Leinens und des Waids. Ihr überseht die Miete für das Haus, die Bottiche und die Steuern; die Ausfuhrkosten, die zu bezahlen sind, wenn die Ware über eine Grenze geht, die Standgelder für den Markt … Was macht Ihr mit dem Brückengeld? Die Leinenbahnen, die über die Brücke von Albi kommen, kosten drei Taler, noch mehr ist es in Toulouse, das

Doppelte in Bordeaux. Um unsere Stoffe zu bewachen, bezahle ich Begleitleute und für den Verkauf Makler. Man muss mit Schiffbrüchen rechnen, die auf dem Weg nach England oft geschehen: Im Namen des Strandrechts bemächtigen sich die Dörfler der angeschwemmten Ware …«

»Gnade!«, unterbrach ihn der Geselle, den der Schwindel gepackt hatte.

Aber Fressard wollte seinen Vorteil ausbauen.

»Im Übrigen, solltet Ihr unzufrieden mit mir sein und unseren Vertrag lösen wollen, würde ich mich darin fügen, wenngleich es mich sehr schmerzen würde. Es liegt nicht in meiner Natur, jemanden zu zwingen. Ich möchte Männer zu Geschäftspartnern haben, die voller Hoffnung kommen und voller Vertrauen bleiben.«

Simon stimmte zerstreut zu. Er hatte schon aufgegeben, mit dem Färberwaidner über die Rechnungen zu diskutieren, und dachte auch nicht mehr daran zu erwähnen, welch prächtigen Luxus sein Geschäftspartner seit dem Siegeszug des Blau zur Schau stellte: mit schwarzem Lammfell gefütterte Wämser nach Burgunder Mode, so viele und dicke Ringe, dass er seine Finger nicht mehr schließen konnte; oder den Turm, den er an einer Seite seines Hauses gebaut hatte, mit einem Zimmer ganz oben, wo man zwischen Pfauen und Ziervögeln speiste – es gab Gerüchte, die Speisen würden mit Hilfe eines Flaschenzuges aus reinem Silber hinaufbefördert …

Eigentlich war es ihm egal. Fressard verkaufte, Simon färbte; der eine wie der andere voller Leidenschaft, ja Fieber, davon überzeugt, dass alles um ihn herum absurd sei, was nicht Geld war, was nicht Farbe … Besser als ein Vertrag begründete diese gemeinsame Inbrunst die enge Beziehung zwischen den beiden Männern und erklärte die Verbundenheit ihrer so unterschiedlichen Naturen.

»Unser höchstes Ziel, unsere einzigartige Bestimmung: das Blau!«, hatte Fressard gesagt. Und Simon stimmte ihm zu.

Es war eine ganz neue Gangart, die dem Gesellen seit seinem Aufenthalt im Kerker eigen war.

Er, der einst gern die Zeit vertrödelt, weder einen Mittagsschlaf noch die faule Entspannung im Feigengarten verachtet hatte, ergab sich nun der Religion der Arbeit, der er ergeben und mit ganzer Seele diente.

Er stand zu Laudes auf, viel früher als seinesgleichen sonst, und begann den Tag mit Gebeten. Eine Lobpreisung galt dem Herrn, dem er dankte, ihn bis zu dieser Stunde am Leben erhalten zu haben – *Gracias ago tibi, qui me de transacto noctis spacio ad matutinales horas …* –, dann der verehrten und geliebten Heiligen Jungfrau, die er in persönlicherem Stil und in seiner eigenen Sprache anredete: »Oh, feste Hoffnung, ruhmreiche Jungfrau Maria! Ich bitte dich jetzt wie im Moment, da meine Augen von der Dunkelheit des Todes geschlagen sein werden …«

Hatte er diese Pflicht erfüllt, streifte der Geselle das Hemd über, zog die Hose an, den Barchent, Strümpfe und Schuhe, setzte die Kappe auf und benetzte zum Abschluss das Gesicht mit kaltem Wasser, das er am Vortag geschöpft hatte. Talgspäne, die er diesen Waschungen beigab, dienten seinen Fingernägeln, früher rot, jetzt blau, derer er sich noch immer schämte.

Nach dem Frühstück begann das Färben. Die Stunden vor Tagesanbruch, da noch das Licht fehlte, um die Farben richtig zu beurteilen, waren für kleinere Arbeiten geeignet, das Leeren der Bottiche oder das Ausfegen des Saales. Simon verrichtete sie im Verborgenen, im Licht einer auf den Boden gestellten Kerze oder des Mondscheins: die Vorschriften verboten den Färbern, vor Tagesanbruch zu arbeiten, und man riskierte nicht wenig, wenn man diese Verordnung übertrat.

Bald zog ihn die über dem Bout-du-Pont aufgehende Sonne zur richtigen Arbeit. Der Geselle schob die Ärmel zurück, feuchtete die Lider an, um besser zu sehen, und stellte sich an seine Küpen: Die großen, wie Kriegsschiffe prustenden und dampfenden Kessel begannen im Feuerbrand des Morgenrots zu arbeiten. Schaufeln voll Farbpulver, Asche oder Kleie regneten über den Bädern nieder. An anderer Stelle, im Schutz der gewendeten *Champagne*, schlief das zu färbende Leinen. Es war weiß und jungfräulich wie ein junges Mädchen unter seinem Glockenrock. Schon aber kündete das männliche Eintauchen des Schüreisens in die Tiefe des Wassers von der bevorstehenden Entjungferung: Nur noch ein kurzer Augenblick und der Waid würde das Leinen bedecken, es bis in seine intimsten Falten durchdringen, die Jungfrau ein wenig sterben lassen und sie schließlich mit azurblauem Samen befruchten …

Aus diesem vertrauten, gleichsam religiösen Ablauf, der sich Tag für Tag wiederholte, wurden Rituale geboren. Bis in die Nacht würde der Geselle nun den Ablauf der Ereignisse verfolgen, an deren Ursprung das Eintauchen des Schürhakens in das Bad gestanden hatte: Der Geselle würde rühren, die Farbe verfeinern, schöpfen und tausend andere Arbeiten wie im Taumel verrichten, sein Körper und sein Geist einzig dem Blau zugewandt, seine Lippen zusammengepresst, um nur für ein kurzes Gebet an Maria zu neuem Leben zu erwachen.

Die Arbeit wurde sein Tyrann. Seit er sich das ideale Blau zum Ziel gesetzt hatte, zog sich Simon immer mehr von der Welt zurück. Wenn er tagsüber beschäftigt war, empfand er für seine Angehörigen nur noch schwaches Interesse, duldete sie nur am Rande seiner Gedanken. Sein Vater kam in den Kerker, seine Mutter lebte in Armut? Er hatte es ohne Gefühlsregung aufgenommen. Die Feigenmühle wurde Eigentum Joachim Fressards? Er empfand darüber keinerlei Bitterkeit.

Auch Maguelonne blieb nicht von dieser seltsamen Gleichgültigkeit verschont.

Gewiss, Simon empfing sie noch immer einmal im Monat, an dem Tag, den sie bestimmte. Ihre Umarmungen befriedigten ihn, um so mehr, da die Zeit Vertrautheit in das Begehren mischte. Während ihn jedoch Maguelonnes Abwesenheit einst geschmerzt hatte, fügte sich Simon jetzt darein und fand neues Gefallen an der Einsamkeit.

Wenn seine Geliebte nicht mehr bei ihm war, schien er sie beinahe zu vergessen. Eine Erinnerung blieb, etwa so, wie von längst vergangenen Eruptionen die Lava bleibt, die tief in der Erde fließt. Simon empfand weder Qual noch Kummer – lediglich ein leises Ziehen, ein Jucken der Seele, wenn seine Einsamkeit besonders stark war.

Das geschah zumeist in der Dämmerung, wenn das vorbereitete und mit dem zu färbenden Stoff gefüllte Bad keine Fürsorge mehr verlangte. Es geschah auch während der langen Unterbrechungen, die von den komplizierten Rezepturen vorgeschrieben wurden, oder zur Zeit des Abendessens, das aus einer halben Zwiebel auf einem Kanten Brot bestand.

Eben hatte er noch mit jeder Sekunde gegeizt, nun bot sich die Zeit plötzlich allzu verschwenderisch dar. Dieser Wechsel versetzte den Gesellen gleichsam in einen Rausch. Orte und Gesichter kreisten wie ein summender Bienenschwarm in seinem Schädel. Der Geselle dachte an Lucas und an Éléonore, besuchte in Gedanken die Feigenmühle. Die Waldkapelle, die während der dicht gefüllten Tage fast körperlos geworden war, schwebte wie ein Hochzeitsschleier um die Madonna aus reinem Blau. Schließlich erschien Maguelonne, lieh ihre Züge für einen kurzen Moment der Jungfrau Maria, während der luftige Nimbus seine Körperlichkeit zurückerlangte. Die Färberwaidnerin erwachte hinter Simons Lidern: ihr Bauch lebte, ihre Brüste von der Form reifer Feigen, ihre Schenkel, die wie eine glänzende Klinge aus der wogenden Hülle des Kleides gezogen wurden. Rotes, feuriges Blut strömte durch Simons Adern.

»Maguelonne …«, seufzte er dann wohl und presste die Hände gegen die heiße Wand des Bottichs.

Bald aber sank das Fieber, erlosch und trug Gestalten und Gesichter mit sich fort.

Verstört nahm Simon die Schaufel und die Färbearbeit wieder auf.

11

Die Marienstoffe erlebten einen so glänzenden Triumph und verbreiteten sich mit so überwältigender Geschwindigkeit, dass Joachim Fressard beschloss, ein Bankett zu Ehren des Blau zu geben.

Sogleich wurde das Datum festgesetzt: der Vorabend von Sankt Blasius, das Lichtmessfest des Jahres der Gnade 1443, an dem man Mariä Reinigung feierte. Wohlan, dachte der Färberwaidner, das gibt eine schöne Verbindung zur Jungfrau, der Simon seine Stoffe geweiht hat. Gleichzeitig werde ich in den Augen der Kundschaft als guter Christ erscheinen.

Die Auswahl der Tischgäste war von ungleich größerer Delikatesse: Fressard wollte in seiner pragmatischen Art an seinem Tisch nur bewirten, wer ihm dienen konnte, nicht aber all jene, die ihm bereits ergeben waren. So strich er von vornherein Tuchmacher, Händler und Bankiers von seiner Gästeliste, die bereits alle Sklaven seines Vermögens waren. Warum sollte man sich für jene in Ausgaben stürzen, die, ob bewirtet oder nicht, ohnehin seinem Willen folgen würden?

Seine Neigung galt den politischen Größen: Die Freundschaft mit edlen Roben und teuren Hermelinmänteln würde verheißungsvolle Vergünstigungen für die Geschäfte einbringen. Die Ratsherren und Schöffen von Albi, der Gouverneur des Königs und der Schultheiß mit seinen Beamten waren also ihr Gedeck wert.

Nun musste jedoch ein Weg gefunden werden, all diese bedeutenden Persönlichkeiten zum Fest eines Händlers zu locken. Die sicherste Taktik bestand darin, Luxus und Freigiebigkeit hervorzukehren. Fressard beschloss, Erkundigungen über die Festgelage einzuziehen, die in Toulouse gegeben wurden: Er würde sich allein die prächtigsten zum Vorbild nehmen, was die Speisen anging. Bei der Anzahl der Platten und Gänge hingegen würde der Herr von Castelviel jeden anderen überbieten. Das Wichtigste war, in allem überlegen, in allem einzigartig zu sein, auch wenn diese verrückte Geldausgabe dem Gesellen ein paar Jahre Fronarbeit auferlegen sollte…

»Simon!«, fiel es dem Färberwaidner im letzten Moment ein, als er die Gästeliste vervollständigte. Dieser Name brachte ihm auch die Färberzunft in Erinnerung, und so wurde die Liste um die »Blaufinger« oder »Rotfinger« erweitert, die man wohl oder übel empfangen musste, allerdings nur unter der Bedingung, sie an dem ihnen angemessenen Orte im Bankettsaal zu platzieren. Wie unangebracht wäre es, wenn ein Beamter des Königs seine Schale mit Meister Boniface teilen müsste! Ein hinter der letzten Reihe der Diener versteckter Extratisch würde die Gefahr falscher Nachbarschaft bannen.

Nachdem diese Einzelheiten festgelegt waren, beschäftigte sich Fressard damit, das Bankett bekannt zu geben und jene einzuladen, die er als Gäste haben wollte.

Bald kam das Lichtmessfest heran.

Für den Empfang war ein Anbau errichtet worden, der das Haus um die Hälfte vergrößerte. Nie zuvor hatte Albi solch einen Prunk erlebt. Gobelins mit biblischen Motiven und Teppiche aus Arras bedeckten das noch feuchte Mauerwerk. Die gewölbten Fenster schwangen sich zum Gebälk aus edelstem Eichenholz empor, das mit Zweigen und reichen Blumengebinden geschmückt war. Der Boden war mit Winterrosen und Lilien übersät, in die Fressard einen Hauch von Waid gemischt hatte, feine, nach Honig duftende Samen.

Derartiger Überfluss ließ beinahe das nicht weniger erlesene Geschirr vergessen: Wasserkannen und Humpen mit fein gearbeitetem Fuß, ziselierte Konfektschalen, silberne Salzstreuer, Hackbretter, deren Griffe mit Juwelen besetzt waren … All das war in den himmlischen Nimbus unzähliger Kerzen getaucht, die auf vielarmigen, mit Blüten besetzten Leuchtern steckten, um die Jungfrau zu ehren, die an diesem Tag »Maria der Kerzen« hieß.

Diese außerordentliche, für das gemeine Volk unvorstellbare Pracht wurde von den Edelleuten mit Kennerblick gewürdigt.

»Monsieur …«, lobte der Gouverneur nüchtern.

Im Munde einer so bedeutenden Persönlichkeit wog dieses Wort eine Leibrente auf. Der Färberwaidner fühlte sich wie von Engeln gekrönt.

»Dieses Tischtuch ist mit meinem Waid gefärbt«, brüstete er sich.

Dann hob er eine Ecke hoch, um den Stempel des Gesellen zu zeigen – die von Sternen umkränzte Jungfrau: »Das ist das Marienblau.«

Der Gouverneur wiederholte sein »Monsieur!«, worüber Joachim vor Freude schier explodierte.

Dieser Dialog hatte die allgemeine Aufmerksamkeit auf das Tischtuch gelenkt, das die Gäste nun von nahem betrachteten und mit Entzücken betasteten. Jetzt stellten sie auch fest, dass um sie herum fast alles blau war: blau die Livreen der Diener, blau die Pfauen, die vor dem Kamin herumstolzierten, blau die mit Veilchen gefüllten Körbe auf den Tischen, blau die Saphire an Maguelonnes Diadem … Blau auch das Trinkwasser, in das neben Honig und Süßholz auch Maulbeerblüten getränkt waren.

Als der Haushofmeister den richtigen Moment für gekommen hielt, gab er von seinem Platz hinter der Estrade der Ehrengäste den an der Saalwand aufgereihten Musikern ein Zeichen. Die Trompeten mit langem Rohr bäumten sich auf und bliesen das Signal zur Eröffnung des Festmahls. Dieses Zeichen setzte die gesamte Dienerschaft in Bewegung. Mit Krügen, Schüsseln oder Wasserschalen für die Reinigung der Hände traten junge Pagen mit Federkappen auf die Tische zu, an denen die Gäste Platz genommen hatten.

Von seinem Sessel aus, der zwischen dem des Schultheiß' und dem des Gouverneurs stand, verfolgte Fressard mit Adlerblick das anmutige und disziplinierte Geschehen.

»Sind sie nicht schön?«, fragte er den Schultheiß, dessen Zurückhaltung ihn verärgerte.

»Wunderbar, wahrhaftig!«, antwortete der Beamte des Königs. »Ich kenne viele Fürsten, die nicht über solches Personal verfügen.«

»Also muss ich Fürst werden!«, entgegnete der Färberwaidner unbefangen. »Baron de Fressard, Vicomte de Fressard, das klingt wahrlich gut! Sagt man in Kastilien nicht auch von einem Edelmann, er habe *la sangre azul*? Blaues Blut! Wessen Adern wären dessen würdiger als die meinen? Was meint Ihr dazu, Gouverneur?«

Der Gouverneur presste die mit schweren Ringen bedeckte Hand gegen den Bauch. Er hatte in der Tat einen launischen Magen, der häufig Krämpfen unterworfen war, vor allem, wenn ihm Fragen gestellt wurden, die ihn in Verlegenheit brachten.

»Ich habe großen Hunger«, kam ihm der Schultheiß brüderlich zu Hilfe.

Eilig gab der Färberwaidner seinem Haushofmeister ein Zeichen. Die Trompeten ertönten erneut. »Erster Gang!«, verkündete der Ausrufer unter einem Dach von Standarten.

Nun bildeten sich an den vier Türen des Saales lange Reihen von Dienern, die mit den Platten des ersten Gangs beladen waren. Mit den Augen folgten die Gäste den Trägern, deren Livreen seltsam anmuteten: ein Wams, dessen Knöpfe aus Waidschoten bestanden; eine Mütze mit einer Türkisbrosche an der Spitze, die dem Büschel blühenden Flachses auf der Schulter eine elegante Note verlieh. Die Art, wie sie sich zwischen den Tischen verteilten, glich dem majestätischen Rad eines Pfaus.

Simon, der erst spät gekommen war, wagte nicht, die Prozession der Diener zu unterbrechen. Deshalb wartete er, bis die Platten abgestellt waren und die Edelknaben die Träger ablösten, ehe er seinen Platz suchte. Dieser war nicht bei Fressard: dort waren alle Stühle besetzt. Die benachbarten Tische hatten ebenso wenig Platz für ihn. Nachdem er lange gesucht und schüchtern gefragt hatte, entdeckte der Geselle, wo man ihn untergebracht hatte: auf der Bank der Färber, so deutlich abseits vom Rest des Banketts, dass sie wie die Tafel der Bettler wirkte. Dort saßen Meister Boniface, Meister Charles, Meister Guillaume und andere Meister, die keine Geschworenen waren.

Der Empfang war keineswegs freundschaftlich. Die Färber schämten sich ihres Exils und wollten offenbar den Neuankömmling dafür bezahlen lassen. War er nicht Fressards Geschäftspartner?

»Seid gegrüßt, Geselle!«, rief Meister Guillaume. »Man setzt Euch zu den Räudigen! Fressard erweist Eurer Färberei wahrlich die Ehre! Man möchte glauben, er achte Euch nur gering, zumindest sorgt er sich mehr um seinen Ruhm als um Eure Verdienste!«

Simon schmerzte diese Begrüßung. Dennoch siegte schließlich der Zunftgeist, und Guillaume ließ es dabei bewenden.

Andere, freundlichere Worte folgten. Sie betrafen das blaue Tischtuch, das die Meister auf ihren Schößen betasteten und fachmännisch begutachteten.

»Das ist gut gefärbt, Simon«, gab Meister Albert zu. »Ich

weiß nicht, wie man ein so klares Blau erzeugt, das nicht erblasst, wenn man den Stoff auseinanderzieht. Welche Beize verwendest du?«

Der Geselle witterte die Falle. Er entzog sich mit den poetischen Worten, es sei ein so zartes Geheimnis, dass es sich verflüchtigen würde wie ein Parfum, sobald man den Korken entfernte.

Boniface aber packte ihn am Revers: »Der Stoff unter meinen Fingern ist so glatt wie eine Mandel. Das kommt nicht vom Stoff sondern von der Farbe. Gib zu, Simon, dass du Öl in dein Färbebad gibst.«

»Oder Indigo!«, rief ein anderer Meister. »Man bekommt kein solches Blau, ohne den Stein aus dem Orient dazuzugeben.«

Die schlauen Fragen der Meister, die von der nicht geringeren Findigkeit des Gesellen aufgewogen wurden, der antwortete ohne wirklich zu antworten, weckten bald herzliches Lachen am Tisch der Färber. Es war eine Freude, sich einander zugehörig zu fühlen, im Abseits vielleicht, aber vereint und vertraut die verführerische Kraft der Farbe genießend.

Meister Boniface nutzte den günstigen Wind, um die gute Nachricht auszusäen: »Du hast es geschafft, Geselle. Der Marienstoff ist berühmt, deine Werkstatt blüht. Hast du schon daran gedacht, die Meisterprüfung abzulegen?«

Bei diesem Wort, das seine geheimsten Hoffnungen offenbarte, fühlte Simon, wie sein roter Fleck in Brand geriet.

»Ja«, fuhr der einstige Zunftmeister fort, »schließlich hat die Ungnade, in die Lucas vor Gott und den Menschen gefallen ist, den Namen Terrefort ehrlos hinterlassen. Jemand muss die Nachfolge antreten.«

»Ich träume davon!«, gestand Simon.

»Ist es schon an der Zeit, die Versammlung der Geschworenen zu planen?«

»Es wäre dumm zu warten.«

»Wann also? Gewiss hast du viel zu tun?«

»Mitte September«, schlug der Geselle vor, beglückt über soviel Aufmerksamkeit.

»Mitte September, so sei es … Einigen wir uns auf den Tag der heiligen Regula, denn danach kommen die Vigilien des heiligen Kreuzes, und es schickt sich nicht, an einem Fastentag zu feiern.«

Bei der Anspielung auf das Festgelage, das der neu gekürte Meister geben würde, ging dem Gesellen vor Wohlbehagen das Herz auf. Da Boniface es so einfach ins Auge fasste, hatte er fast das Gefühl, die Prüfung sei bereits bestanden. Begeistert blickte er auf den Pokal, den Meister Guillaume erhoben hatte, um einen Trinkspruch auszubringen.

»Auf Meister Simon!«, rief der neue Zunftmeister.

»Auf Meister Simon!«, wiederholten die Färber.

Zehn Kelche klangen aneinander.

Der Malvasierwein weckte den Appetit. Meister Boniface sprach es aus: »Nun aber wollen wir uns über unsere Schüsseln beugen. Bekanntlich hat ja der Blinde eine besonders gute Nase, und was ich hier rieche, ist keine Schweinebrühe.«

Es war wahrlich ein fürstliches Mahl. Bis zur Frühmette wurden die Speisenden mit leckerem Fleisch, mit Torten und Bergpasteten überhäuft. Nichts regte sich mehr im Saal, die Gäste gingen an der Folter des überfüllten Magens fast zugrunde. Der Hosenlatz klaffte, der Kragen war geöffnet, der Atem rasselte wie ein Blasebalg. Manche schlummerten ausgestreckt auf den Bänken oder auf dem Fußboden.

Nur am Tisch der Färber, der weniger gut versorgt wurde, und an der Tafel Fressards, dessen Tischgenossen bei Festgelagen größere Ausdauer zeigten, freute man sich über den Abschiedstrunk, einen gezuckerten Wein, den die Pagen unbedingt an den Mann bringen wollten. Hier wie dort war lange genug debattiert und fruchtbar diskutiert worden, um diese letzte Leckerei genießen zu können.

Der Triumph des Färberwaidners war unvergleichlich. Da sich der Schultheiß und der Gouverneur seinen Fragen nicht entziehen konnten, hatte Fressard sie nach Belieben quälen und Schritt für Schritt zu jenen Zusagen treiben können, die er begehrte. Ehe die Kerzen zu Stummeln schmolzen, war das Geschäft besiegelt: Der Schultheiß verpflichtete sich, den Handel mit dem Marienstoff zu schützen und von zahlreichen Abgaben freizustellen, der Gouverneur versprach, sich beim König für Fressards Erhebung in den Adelsstand einzusetzen.

Simon hatte nichts derart Glorreiches erlangt. Der Rang des Meisters, der ihm in Aussicht gestellt wurde, wog jedoch in seinen Augen alle Güter der Welt auf. Er genoss es, davon zu träumen, war vor allem glücklich, sich dessen würdig zu fühlen und bei den Meistern zu sitzen, die ihn als ihresgleichen behandelten, ihn duzten und auf seine Gesundheit tranken, bei diesen Meistern, von denen einige am Tag der Prüfung über sein Schicksal entscheiden würden!

Der gute Ausgang des Banketts zauberte ein Lächeln auf die Gesichter. Alle meinten, es sei an der Zeit, in dieser schönen Stimmung auseinander zu gehen, als Joachim Fressard seinen Pokal erhob und ein neuer Trompetenstoß erschallte. Die Gäste stöhnten.

»Meine Herren, ehrenwerte Bürger!«, begann der Färberwaidner. »Dieses Bankett wurde Euch zu Ehren und anläßlich eines großen Erfolgs gegeben, dem Erfolg des Blau, das ich verkaufe.«

Simon, der aufgesprungen war, ließ sich wieder auf die Bank fallen. Sein Name wurde nicht erwähnt.

»Dennoch möchte ich nun auf die Gesundheit meines Weibes Maguelonne trinken.«

Bei diesen Worten richtete der Färberwaidner seinen Kelch auf einen entfernten Tisch, an dem Maguelonne in Gesellschaft der Damen saß. Verwirrt verfolgte der Geselle das Geschehen.

»Es ist bekannt, dass ein Zweig ohne Früchte nur für den Kamin gut ist: So ist es auch mit einem Mann ohne Nachkommen … Seit vielen Jahren schon warte ich auf einen Sohn. Lange Zeit blieb Maguelonnes Bauch unfruchtbar. Aber ein Mittel hat ihn geheilt!«

Ohne sich um die Verlegenheit seiner Gattin zu kümmern, deren Gesicht unter der weißen Schminke brannte, prostete Fressard dem Schultheiß zu. Bei dieser Bewegung hatte er eine imposante Haltung angenommen – die Brust gewölbt, die Faust in der Taille –, an der auch die Schwellung des Tuches zwischen seinen Beinen teilzuhaben schien. Keine der anwesenden Damen zweifelte daran, dass dieser Mann ein guter Erzeuger war.

»Ich habe die Ehre«, verkündete der Färberwaidner mit sich überschlagender Stimme, »ich habe die große Ehre, Euch die Geburt meines Sohnes, Clément Auguste Philippe de Fressard für September dieses Jahres anzukündigen. Wenn Gott uns wohl gesonnen ist, wird das Kind am achten des Monats das Licht der Welt erblicken, an dem wir, wie jeder weiß, die Geburt der Jungfrau feiern.«

Mächtiger Applaus folgte auf diese gute Nachricht. Nur Maguelonne, erschlagen von der Frechheit ihres Gatten, Simon, der so von der Schwangerschaft erfuhr, und der Gouverneur, schockiert von dem Adelstitel, um den Fressard seinen Namen so unverschämt ergänzt hatte, verschanzten sich hinter Schweigen.

Niemand jedoch schöpfte Argwohn, so einhellig schien an diesem Tag die Zustimmung der Welt zum Triumph des Färberwaidners zu sein.

12

In der Tiefe seines Kerkers erlebte der Mann, der einst den Titel eines Meisters getragen hatte und für die Wärter nun einfach Lucas hieß, bittere Stunden.

Die Zelle, die man ihm zugewiesen hatte, lag im Keller eines Wehrturms. Sie erhielt ihr Licht durch ein mit Eisenstangen abgesichertes Luftloch, das sich so weit oben befand, dass der Gefangene es nur erreichen konnte, wenn er an vorstehenden Mauersteinen hinaufkletterte. Und selbst dann bekam er nicht mehr als Tauben und Wagenräder, Stiefel und gepanzerte Schuhe in einem schlammigen Hof zu sehen. Der Himmel des Färbers war den anderen der Boden: am obersten Rand seines Gefängnisses erreichte Lucas nur den Staub …

Monatelang bestand seine einzige Ablenkung darin, den Kopf an das Luftloch zu halten. Tag für Tag unternahm er die mühsame Klettertour, um dann, mühsamer noch, einen sehr unsicheren Platz an der Mauer einzunehmen – mit gerecktem Hals, die Finger um die Gitterstäbe geklammert. Oh, wie qualvoll war es dem Körper, sich so dem Licht entgegenzustrecken! Doch der Schmerz beruhigte sich rasch, während ihn der Hunger nach Farbe unaufhörlich plagte.

Als freier Mann, der sich durch die lichterfüllte Welt bewegte, hatte er nicht gewusst, welch körperliches Bedürfnis, welch zwingende Notwendigkeit in dem Verlangen nach Farbe lag, derer er ebenso sehr bedurfte, wie der Mensch ein

Sklave des Brotes ist, das ernährt, und des Wassers, das den Durst stillt.

Als Lucas in den Kerker geworfen wurde, hatten ihm die Wärter das rote Gewand abgenommen und durch ein Gefängnishemd ersetzt, das rau und unsauber war, vor allem aber von entsetzlichem Schwarz – gewiss gerade so wie das Fell eines Tieres.

»Ich trage es nicht!«, rief der Färber. »Wie denn, sollte ich Seide und Brokat gefärbt haben, um nun einen solchen Lumpen anzuziehen! Lieber die Hölle!«

Lucas hatte den Wärter angefleht, ihm seinen Umhang zu lassen oder ihm wenigstens ein anderes Hemd zu besorgen, und wäre es auch mit dem Blau der Brombeere, dem schlechtesten Grün der Brennnessel oder des Farns gefärbt. Jener hatte nichts davon hören wollen.

Da man Lucas des Nachts eingeliefert hatte, bemerkte er erst am nächsten Tag, wie wenig Licht sein Kerker empfing. Die Helligkeit drang kaum ein und welkte sogleich dahin. In fruchtbare Dunkelheit getaucht, wucherten Moose und wilde Zichorie an den Wänden. Diese Entdeckung entsetzte ihn. Sogleich bat er seinen Wärter: »Gebt mir einen helleren Kerker! Sonst komme ich hier um!«

Diese Wünsche, die Lucas für angemessen hielt, verärgerten den Kerkermeister. Er mahnte den Färber, sich ruhig zu verhalten, ansonsten werde er ihn in das finsterste Verlies werfen, wo es weder Licht noch Ausgang gebe, sondern nur einen wimmelnden Teppich von Ratten, die rasch seine Knochen bloßlegen würden. Der Gefangene zügelte seine Zunge.

Der Entzug der Farben quälte ihn mehr als das Leben bei Wasser und Brot. Er befahl Éléonore, die ihn oft besuchen kam und an seinem Luftloch stand, wenn sie nicht eingelassen wurde, Kleider in bunten Farben zu tragen. Er beschwerte sich bei ihr über den grauen Regen, der einen bedeckten Himmel ahnen ließ, und über den Nebel, der die Landschaft verfinsterte.

»Der Frühling lässt auf sich warten, Éléonore. Jetzt steht schon Mariä Verkündigung vor der Tür, und noch immer sind keine Knospen an den Zweigen des Nussstrauches. Wie sehr würde ich mich freuen, ihre grünen Köpfe hervorkommen zu sehen – ein so frisches, so zartes Grün!«

»Willst du, dass ich dir Zwieback bringe?«

»Ich bete auch, das Rotkehlchen wiederzusehen, das gestern hier an meinem Brotkanten geknabbert hat. Ein Wunder, weißt du? Sein Federkropf glänzte wie von Kristallen übersät, vielleicht hatte es im Brunnen gebadet?«

»Lucas, du hörst mir nicht zu … Ein Rotkehlchen und die Knospen des Nussstrauches, das ist ja alles schön und gut, doch dein Gesicht ist vor Hunger ganz eingefallen! Komm schon, sag mir, was du brauchst?«

»Ich will Farben, Éléonore. Kratz ein wenig Karmin oder Krapp auf einem Blech zusammen und bring es mir. Ich werde dieses abscheuliche Hemd mit Wasser aus meinem Krug färben, oder mit meiner Pisse, wenn es sein muss.«

»Der Wärter wird es sehen!«

»Nein, es ist zu dunkel hier, um ein graues Hemd von einem roten zu unterscheiden. Oder ich sage, es sei mein Blut, eine Ratte habe mich gebissen … Ja, mein Blut! Das ist Farbe! Dass ich nicht früher daran gedacht habe, es fließen zu lassen!«

»Lucas, dein Verstand verhaspelt sich!«

Die Gespräche zwischen Éléonore und Lucas kamen unweigerlich auf die Farben zurück, um die er trauerte, und auf jene, die er genoss, Korn um Korn, Tropfen um Tropfen, da sie ihm wahren Trost und neuen Seelenfrieden schenkten.

Die Welt war für ihn auf ein einziges Bild zusammengeschrumpft, um das er jeden Tag an seinem Luftloch bettelte. Oh, wie liebte er die Prozessionen, die Züge der Geistlichen in ihren violetten Roben, die Kreuze und Reliquien in vergoldeten Kästchen oder auf scharlachroten Kissen vor sich her trugen! Wie sehr genoss er den Einzug der Gesandten, die

Schildträger in Paradeuniform, die vielfarbigen Kirchenfahnen!

Tiefen Groll hegte er jedoch gegen alle, die sich, ihrer Lehre folgend, in Schwarz oder Weiß kleideten. Er zürnte den schwammigen Benediktinermönchen ob ihrer dunklen Kutten ebenso wie den Zisterziensern, deren Gewand weiß war. Dass die Bauern nicht imstande waren, etwas anderes zu tragen als das Schwarz der Erde, erschien ihm ein schwerwiegendes Übel: Er bedauerte, dass er diesen Elenden keine roten Stoffe geschenkt hatte, als er noch Färber gewesen war.

Mehr noch als an den wenigen Farben, die Lucas durch das Luftloch erspähte, ergötzte er sich an den Nuancen, die in seiner Vorstellung auftauchten.

Seine Träume waren einfach, Einsiedlerträume. Kostbar und außerordentlich begehrenswert waren ihm Kirschen, Johannisbeeren und Heidelbeeren, die roten Banner der Natur. Ebenso die jungen Birnen, deren Häubchen sich grün färbten und deren Stiele gebogen waren wie Krummschwerter. »Die dort oben wissen nichts von ihrem Glück«, grübelte der Färber, während er sich reich gefüllte Körbe vorstellte, hundert verschiedene Früchte, vereint, um das Auge zu erfreuen: Maulbeeren, Nüsse, Quitten, Pfirsiche, Mispeln und Pflaumen, neben Gemüse und Kräutern mit auffälligem Putz – gelbe Safranblüten, Spargel mit grünen Spitzen, Karotten in der Farbe des Sonnenuntergangs, Kardendisteln, Zichorie und Petersilie! Lucas genoss all diese Farben und auch die Erkenntnis, dass kein Blau darunter war: »Ist das nicht der Kardinalsbeweis für die Gotteslästerung des Blau? Man isst es in keiner Form!«

In seinem Appetit auf Farben schenkte Lucas der irdischen Komödie keinerlei Aufmerksamkeit. Ohne die geringste Regung hörte er zu, wenn ihm seine Frau davon berichtete: von der Umgestaltung der Feigenmühle zu einer Waidmühle, dem prächtigen Bankett, das Fressard gegeben, dem Schloss von

Rayssac, das dieser soeben gekauft, dem Titel des Barons, den er durch die Fürsprache des Gouverneurs erhalten hatte …

Die Nachrichten über Simon berührten ihn ebenso wenig. Ohnehin blieben die Berichte über ihn mager, so gänzlich schien sich der Geselle von der Welt abgewandt zu haben und abgeschieden in der Werkstatt von Signac zu leben, wo er färbte, aß und schlief, ohne je die Tür zur Außenwelt zu öffnen. Die Anwohner erzählten sich, das Blau sei zu seiner Obsession, seiner ausschließlichen Leidenschaft geworden – das Blau, das er wie einen Menschen behandelte, den er auf einen Fleck oder einen Spritzer aufmerksam machte… Dieses Verhalten eines Wahnsinnigen, gepaart mit den Gebeten an die Jungfrau, die der Bursche ohne Unterlass vor sich hin sprach, weckten Zweifel am Gleichgewicht seines Geistes. Aber wer kümmerte sich noch um den Gesellen? So lange er nur färbte, war es Fressard ebenso egal wie jedem anderen, ob ihm ein Unglück zustieß.

»Mir ebenso«, murmelte Lucas, der den Vortrag über seinen Sohn viel zu ermüdend fand.

Von all den Neuigkeiten beeindruckte den Färber allein Maguelonnes Schwangerschaft.

»Was? Was sagst du? Maguelonne erwartet ein Kind? Aber von wem denn, um Gottes willen? Der Färberwaidner hatte doch nie etwas anderes als Asche in den Hoden.«

»Die Schuld lag bei Maguelonne, erzählt man sich …«

»Das Gerücht lügt«, schimpfte Lucas. »Glaub mir. Fressard selbst hat das Gerede verbreitet, Maguelonne könne keine Kinder haben, um sich selbst zu schützen. Er schleppte sie nach Notre-Dame de la Drêche, zur Pilgerfahrt unter den hundertjährigen Baum! Und auch noch nach Notre-Dame de Sanguinou – die Ärmste musste an einer Schnur in der Kapelle ziehen und sagen: ›Sanguinou, Sanguinou, lass meine Brüste schwellen!‹ Oh, was hat sie nicht erlitten für diesen Grobian! Es war erbärmlich, wenn man sie zuweilen sah, die

Lider gesenkt, das Gesicht in Tränen aufgelöst, und die armen Hände, die sie in den Ärmeln ihres Mantels vergrub … Denn er war brutal, da gibt es keinen Zweifel. Oh! Der Niederträchtige! Oh, der gemeine Fressard!«

Der Färber unternahm nichts, um seine Gefühle zu verbergen. Er rüttelte in einem Ausbruch von Zorn an den Gittern, hing sich daran, warf sich auf den Boden, um mit neuem Anlauf zur Öffnung zurückzukehren.

In diesem Augenblick stürzte der Wärter in die Zelle. Der Lärm störte ihn bei einer Partie Tricktrack, und er wollte dem Gefangenen eine Lektion in guten Manieren erteilen. Als er jedoch Lucas am Loch entdeckte und draußen dessen Frau, die gewiss gekommen war, um ihm eine Feile zu bringen, explodierte er: »Ach! Du dachtest wohl, du könntest mich hintergehen!«

Seine Hand packte den Färber am Hosenbein und warf ihn zu Boden. Schon erschienen Gendarmen auf dem Hof, die sich Éléonores bemächtigten.

Die Bestrafung war grausam: Lucas stieg von seiner vergleichsweise luftigen Zelle hinab in ein schwarzes Verlies aus vier Mauern, das mit der Außenwelt allein durch eine verriegelte Luke verbunden war. Das Mädchen mit den Regenbogenfingern, auf frischer Tat ertappt, landete in der Zelle, die ihr Gemahl verlassen hatte. Später würde man über sie richten.

»Wir Elenden!«, klagte der Färber. »Die Welt ist ohne Gerechtigkeit.«

Während Lucas und nun auch Éléonore im Kerker schmachteten, erwachte Maguelonnes Kind in einer nicht weniger engen, wohl aber hellen und glücklichen Umgebung: dem Bauch der Mutter.

Dieser Bauch war lange Zeit flach geblieben, er hatte nur sehr zögerlich an Umfang zugelegt und die Form der Schwangerschaft angenommen. Drei Monate lang hatte die Färberwaidnerin mühelos ihre taillierten Kleider angezogen und den Gürtel aus Goldplättchen in gewohnter Länge geknotet – ein Aufschub, für den die werdende Mutter der Natur dankbar war, der Fressard jedoch ärgerte, da er ungeduldig darauf wartete, dass sich sein Werk der Öffentlichkeit zeigte.

»Bei allen Heiligen, wird er sich vielleicht bald runden? Die Leute werden am Ende noch erzählen, ich hätte Euch mit Luft geschwängert.«

So war der Herr von Castelviel, der Maguelonnes Bauch jeden Morgen mit dem Arm umfing, eines Tages sehr befriedigt, als er feststellte, dass er den Kreis nicht mehr schließen konnte. Es fehlte ein Fingerbreit. Einige Wochen später betrug der Zwischenraum bereits eine Faust, im fünften Monat eine offene Hand. Gleichzeitig erlitt Maguelonne nun auch die Unannehmlichkeiten der Schwangerschaft: Ihr fehlte der Atem, um weit zu laufen, sie hatte Mühe, eine Treppe oder einen steilen Weg hinaufzusteigen.

»Das wird alles Geschwätz zum Schweigen bringen!«, frohlockte der Färberwaidner. »Kommt, gebt mir den Arm, damit wir mit diesem schönen Bauch vor dem Haus der Rotfärber paradieren!«

Die künftige Mutter wollte jedoch nichts davon wissen. Ebenso lehnte sie am folgenden Tag eine Aufforderung zum Spaziergang ab, und am dritten weigerte sie sich gar, ihr Zimmer zu verlassen.

»Was ist das für ein Theater?«, erregte sich Fressard.

Maguelonne gab nicht nach. Seit sie das Leben in sich erwachen spürte, empfand sie das gesamte Universum als Bedrohung, übersät mit Fallen und Fußangeln, die ihr Kind töten konnten. Die vielen Karren auf der schlecht gepflasterten Straße bildeten ein unüberwindliches Hindernis. Die Ufer des Tarn waren glatt und gefährlich. Auch der Markt ließ sie vor Angst erstarren: Wie sollte sie sich dorthin wagen, wenn sie bei jedem Schritt einen Tritt oder Ellbogenstoß befürchten musste?

Angesichts so vieler Gefahren im Freien zog sie es vor, drinnen zu bleiben: erst im Haus, das sie nicht mehr verließ, dann in ihrem Zimmer, wo sie zurückgezogen lebte. Dort empfing die Färberwaidnerin ihre Besucher, dort nahm sie auch ihre Mahlzeiten ein und verbrachte die Zeit mit Stickerei und religiöser Lektüre.

Allerdings reichte es nicht aus, sich gegen die Unfälle der Natur zu wappnen. Sie musste sich auch gegen übernatürliche Angriffe schützen. Maguelonne sprach unzählige Gebete und ebenso viele Rosenkränze gegen die Tücken des Schicksals: Es gab Gebete, um das Kind vor Behinderungen zu bewahren, eine glückliche Entbindung zu sichern, einen Jungen zu bekommen und kein Mädchen … die längsten und glühendsten jedoch richtete die Schwangere an die Jungfrau, die sie bat, ihr Kind am Leben zu erhalten.

Eben dies war ihre größte Sorge: Das zweite Kind könnte das gleiche Schicksal erleiden wie das erste, das in ihrem Bauch gestorben war. Von dieser Erinnerung war sie wie besessen: »Der Sensenmann hat mir meine Frucht geraubt, er könnte es noch einmal tun«, sagte sich Maguelonne immer wieder. Im Gegensatz zu den meisten Müttern, die ungeduldig auf die Entbindung warten, sah die Färberwaidnerin ihre Schwangerschaft voller Entsetzen voranschreiten. Jeder Tag, der verging, gab ihr das Gefühl, sich dem tödlichen Ausgang zu nähern – jenem Ende des sechsten Monats, da ihr erstes Kind zu leben aufgehört hatte; da vielleicht auch das zweite sterben würde …

Fressard war nicht der Mann für große Anteilnahme. Er gehörte stets zu denen, die sich über die Empfindsamkeit des schönen Geschlechts ärgerten. All dies Zittern und Schniefen ging ihm auf die Nerven: Wie wäre es auch zu entschuldigen gewesen? Lebte seine Frau nicht in einem herrlichen Palast, genoss sie nicht die Früchte eines unerschöpflichen Vermögens, besaß sie nicht die schönsten Kleider und Juwelen?

Er konnte jedoch nicht umhin, sich mit Maguelonnes Launen abzufinden. Da sie sich weigerte, das Zimmer zu verlassen, verzichtete er darauf, seine hübsche Gattin, die mit seinem Erben schwanger ging, vor den Aristokraten zur Schau zu stellen, deren Achtung ihm der kürzlich erlangte Titel verhieß. Der Färberwaidner sagte »nein« zu den Herren, denen er die Freundschaft antrug, und »später«, wenngleich er darauf brannte, sie kennenzulernen. Seine Ohnmacht kaschierte er mit den gröbsten Lügen: »Meine Gattin ist krank ... sie hütet das Bett«, fügte der Baron seinen Entschuldigungsbriefen an.

Jeden Tag wurde es schwieriger, immer lastender der Zwang zu lächeln, trotz Maguelonnes Schluchzen und der Halbtrauer, die sie ihrer Umgebung, ja dem ganzen Haus auferlegte.

Die Schwangerschaft verlief ganz normal. Der sechste, dann der siebte Monat verstrichen ohne Zwischenfälle. Es hätte wenig gefehlt, und das Kind wäre in der letzten Sommerglut vorzeitig zur Welt gekommen, doch Fressard sorgte für Ordnung, indem er Maguelonne aus dem erstickend heißen Zimmer jagte, in das sie sich eingeschlossen hatte.

»Schnappt etwas Luft! Sonst könnte mein Sohn die Frische außerhalb Eures Bauches suchen.«

Die ersten Wehen begannen am dritten September – zu früh nach dem Geschmack des Färberwaidners.

»Habt Geduld, meine Freundin! Es ist nur eine Frage der Disziplin. Wenn Clément vor dem achten geboren wird, habe ich das Wort gebrochen, das ich dem Schultheiß persönlich gab.«

Die Natur beugte sich dem Willen des Barons. Die Wehen hörten auf und setzten im passenden Augenblick wieder ein, die letzten kamen an Mariä Geburt, dem achten September

1443. Als sich die Entbindung ankündigte, trug man Maguelonnes Bett in den Prachtsaal des Hauses, wo etwa dreißig Familien versammelt waren. An diesem lauten Ort, umgeben von Lachen und Plauderei, kam das Kind zur Welt.

Erbe des Namen »Fressard«, erhoben durch das noch ganz frische Adelsprädikat, wurde an diesem Tag ein Kind mit runden Wangen geboren, das nach dem Wunsch des Herrn von Castelviel ein Junge war.

»Willkommen, Clément Auguste Philippe de Fressard!«, verkündete der Färberwaidner, als er das Kind aus den Händen der Hebammen in Empfang nahm. »Mögest du glänzen in dieser Welt, wie ich selbst glänze, und den Namen, den ich bereits berühmt gemacht habe, zu noch höherem Ansehen führen.«

Beifall brauste auf. Joachim schwenkte das Neugeborene wie eine Trophäe und trug es mit ausgestreckten Armen einer Gruppe von Besuchern entgegen.

Als er jedoch an einem Fenster vorbeikam, wurde sein Blick von einem roten Fleck angezogen, der Nase und Wange des Kleinen bedeckte. Es war kaum mehr als eine kleine Unsauberkeit, ganz unauffällig in dem mit Blut verschmierten Gesicht, aber dem Färberwaidner versetzte sie einen unangenehmen Stich. Er reichte Clément den Hebammen.

»Wascht ihn! Auf der Stelle!«

Kaum war das Kind gebadet, trat das Mal nur noch auffälliger hervor... Man mochte noch so viel Seifenwasser verwenden, die Haut des Neugeborenen vorsichtig reiben, nichts half. Clément de Fressard war mit einem Feuermal zur Welt gekommen.

Der Baron lief mit hastigem Schritt zurück an Maguelonnes Bett.

»Dieser Fleck!«, brüllte der Herr von Castelviel, »er ist nicht von einem Fressard, dieser Fleck! Alle Heiligen! Man möchte meinen, er sei die Unterschrift des Blaufärbers!«

Kaum hatte er diesen Satz vollendet, wandelte sich der Ausdruck in seinem Gesicht, als werde ihm der Sinn der Worte, die er aussprach, erst jetzt bewusst. Ein furchtbarer Blick traf die Wöchnerin. Wären die Augen des Färberwaidners Dolche gewesen, hätten sie Maguelonne ohne jeden Zweifel durchbohrt.

»Er?«, fragte der Baron leiser.

Leicht strich ein Daumennagel über Maguelonnes Hals. Das war die einzige Berührung.

Fressard wandte sich von seiner Frau ab und verließ den Saal mit großen Schritten. Einen Moment später überraschten Diener ihn im Obstgarten seines Gutes, wo er brüllte wie ein Geisteskranker und auf die ernteschweren Äste einpeitschte, deren Früchte auf ihn herabregneten. Nach den Worten des Gärtners gab es nichts Schrecklicheres als die Physiognomie des Barons in diesem Augenblick – blau und voller Zuckungen. Der Speichel rann ihm aus dem Mund wie aus dem Maul eines tollwütigen Tieres.

Als aber der Baron auf diese Weise die Hälfte der Apfelbäume verwüstet hatte, schienen mit einem Schlag seine Sinne wiederzukehren. Er entfernte die Schalenreste, die an seinem von Obstsaft triefenden Schwert klebten, und steckte es zurück in die Scheide. Dann fuhr er sich mit der Hand durch das Haar, zog das Wams glatt – und so unterschied sich der Mann, der kurz darauf im Saal erschien, kaum von dem, der ihn verlassen hatte. Gleich darauf stürzte er sich wieder in das Fest und trank mit dem Schultheiß und anderen Gästen auf das Neugeborene.

Diese Episode war das einzige Zeugnis für Fressards Empfindungen gegenüber Clément. Es gab kein weiteres Beispiel, keine Tat, kein Wort, um bei den Bürgern von Albi eine Ahnung der Wahrheit zu erwecken. Allerdings schien sich die Lebensauffassung Fressards, die nie sehr menschenfreundlich gewesen war, zu wahrer Misanthropie auszuwachsen: »Es ist zu nichts gut, sich an Menschen zu binden, denn sie enttäuschen einen immer«, erklärte der Baron seinen Vertrauten wieder und wieder. »Das Geld dagegen beglückt seine Diener. Deshalb habe ich dieses zu meinem höchsten Ziel erklärt, während mir jene nur Mittel zum Zweck sind!«

Seit Meister Boniface sich aus der Färberzunft verabschiedet hatte, wo seine Anwesenheit nur noch als Ehrengast oder Ratgeber gefragt war, lebte er in friedlichem Ruhestand in seinem schönen Haus im Viertel Verdusse. Die von der Zunft ausgesetzte Pension reichte für seinen Unterhalt und sogar zur Bezahlung der Pflege, die ihm die Franziskaner im unweit gelegenen Blindenasyl angedeihen ließen.

Und so sah der neue Tagesablauf des Meisters aus: Er stand zur Prime mit der Sonne auf, besuchte die Messe, machte einen Spaziergang am Arm seiner Gattin. Dann kümmerte er sich um die Instandhaltung des Zaunes, der ihr Grundstück umschloss. Sein ganzer Stolz lag darin, die verschiedenen Gartenarbeiten ohne Hilfe zu verrichten, so tief und solide waren seine Kenntnisse über die dort versammelten Pflanzen – meist solche, aus denen man Farben erzeugte.

Seine Nachmittage verbrachte der Blinde mit Besuchen, die er den Älteren in der Nachbarschaft abstattete oder die er selbst sehr zahlreich von Jüngeren erhielt, die ihn um Rat fragten.

Der häufigste Gast war unbestreitbar Meister Guillaume, der junge Zunftmeister, den sein Amt überforderte und der ohne die Zustimmung seines Vorgängers nichts zu unternehmen wagte. Jeden Tag oder fast jeden stieß der junge Mann das Gartentor von Boniface auf und kündete mit einem lauten und freundschaftlichen »Seid gegrüßt, Färber!« von seiner Ankunft. Stets lag ein Paket auf seiner Schulter: Mal gluckste darin eine Flasche Birnenschnaps, mal verwirrten zwei Tauben mit zusammengebundenen Flügeln die Bewohner des benachbarten Taubenschlages mit ihrem Gurren. Der Besucher setzte sich dicht neben den Gastgeber in den Schatten einer Weinlaube.

Dann begann die tägliche Plauderei, deren Sinn für Meister Boniface darin lag, sich nach Neuigkeiten von der Zunft zu erkundigen, und für Meister Guillaume, seine Zweifel über verschiedene Angelegenheiten darzulegen.

Seit kurzer Zeit besprachen sie die bevorstehende Meisterprüfung von Simon, die durch den Ruhm des Namen Terrefort und die Verbreitung der Marienstoffe doppelt an Bedeutung gewann.

Zunächst hatten sich die Meister geeinigt, dass ein Gasthaus nicht der geeignete Platz für die Prüfung sei. Wo sollte man die Bottiche aufstellen und all das Färberzubehör? Vor allem musste man eine Wiederholung der Ereignisse in der *Mère Dieu Grosse* und eine erneute Auseinandersetzung mit den Gendarmen vermeiden.

Dennoch wurde das Prinzip einer öffentlichen Sitzung beibehalten. Boniface regte die Nutzung einer großen Färberwerkstatt an, der größten, die sich finden ließe. Das Bankett und die Meisterzeremonie würden im Bottichsaal stattfinden, die Jury würde sich im Lagerraum beraten.

»Warum nicht bei Joachim de Fressard?«, schlug Meister Guillaume vor, der sich des Prachtsaals in Castelviel erinnerte.

»Leider zweifle ich daran, dass Simon sich so gut mit dem Baron steht, dessen Haus zu nutzen. Der Verdacht eines Streits zwischen ihnen kam mir am Tag des Banketts: Simon Terrefort saß bei den Färbern, anstatt an der Ehrentafel seinen Platz einzunehmen. Ich habe seitdem manche Geschichte gehört, die Beweis ist für die Verachtung, die Fressard seinem Blaufärber bezeigt.«

Meister Guillaume füllte den Kelch des Blinden nach, um ihm weitere Vertraulichkeiten zu entlocken.

»Ein Fuhrmann hat es mir erzählt«, fuhr Boniface fort. »Als

er eines Tages Waid nach Signac brachte, fand er den Färber nicht im Haus, die Läden waren geschlossen wie am Markttag. Kein Geräusch drinnen, niemand in der Nähe außer einem Bettler, der an der Hauswand in der Sonne saß. Was meint Ihr, dass der Fuhrmann tat?«

Der Zunftmeister gönnte sich eine kleine Pause und einen ebensolchen Schluck aus seinem Kelch.

»War der Waid bezahlt?«

»Ja, ja … Fressard hatte die gesamte Ernte der Saison gekauft.«

»Dann hat er seine Ladung ohne Zweifel vor die Tür gekippt.«

Der Blinde stieß seinen Kelch gegen den des Zunftmeisters.

»Gut überlegt, Guillaume. Weil er aber dennoch Skrupel hatte, wollte der Fuhrmann dem Bettler die Aufsicht über den Waid übertragen. Der Kerl sah recht erbärmlich aus, gebeugt, schmutzig, ohne Schuhe und ohne Hut. Da sein Gesicht blau gefleckt war, vermutete der Fuhrmann, Simon setze den Mann für mühevolle Hilfsarbeiten ein.«

»Was tat der Bettler?«

»Nichts. Er ließ die drei Münzen zwischen seine Beine fallen, ohne zu erklären, ob er den Haufen Farbe bewachen würde oder nicht. Als der Fuhrmann näher kam, hörte er ihn einen Lobgesang auf die Jungfrau murmeln. Er verstand, dass der Arme schwachsinnig war. Wenn ich diesem Freund glaube, der immer ehrlich spricht, so war er noch nicht wieder auf seinen Kutschbock gestiegen, als sich der Bettler auf die Säcke mit dem Blau stürzte und sie mit Zähnen und Fingernägeln öffnete, um dann … an den Körnern zu schnüffeln wie ein Tier.«

Der Zunftmeister verzog das Gesicht.

»Teufel noch mal! Und der Kern der Geschichte?«

»Dieser erbärmliche Kerl, dieser dreckige Rüpel, der vor dem Haus in Signac saß, trägt einen Namen, der bei den Färbern wohl bekannt ist. Er heißt … Simon Terrefort!«

Meister Guillaume ließ seinen Kelch auf den Tisch krachen.

»Oh je! So also sorgt sich Baron de Fressard um seinen Färber! Simon in so bejammernswertem Zustand, während sein Blau alle Auslagen krönt. Ich weiß nicht, wer mehr zu beklagen ist, Vater Terrefort, der im Kerker schmachtet, oder der schwachsinnige Sohn!«

Da Meister Guillaume bewusst wurde, dass er das vermeintliche Opfer von Lucas vor sich hatte, stammelte er eine Entschuldigung. Der Blinde schien es ihm nicht übel zu nehmen, sondern fuhr voller Weisheit fort: »Apropos, ich halte es für gut, zum Trost dieser so schwer geprüften Familie auch Lucas zu Simons Prüfung einzuladen.«

»Dieser Gedanke ehrt Euch«, entgegnete der Zunftmeister. »Dennoch zweifle ich daran, dass der Schultheiß die Ketten seines Gefangenen löst, und sei es auch nur für eine Stunde oder einen Tag.«

»Darum werde ich mich kümmern.«

»Dann ist also nur noch ein Haus zu mieten, das eine solche Gesellschaft aufnehmen kann, was keine Kleinigkeit ist. Lebt wohl, Boniface. Uns bleibt wenig Zeit.«

Die Männer schüttelten einander die Hand.

13

Von Simons Prüfung sprachen sie im Verlauf des Sommers noch häufiger. Guillaume hatte das Tor von Meister Boniface so oft aufgestoßen, dass der Keller des Blinden von Flaschen ebenso überquoll wie sein Taubenschlag von Vögeln mit samtweichem Blick.

Am Tag der heiligen Regula war alles bereit. Der Schultheiß hatte den Wunsch des Zunftmeisters erfüllt und den Gefangenen Lucas mit Eisen an den Füßen und einer starken Eskorte aus seinem Kerker gelassen. Die Zunft mietete das Haus, das man *Brassières* nannte. Dort wurde das Färbergerät aufgestellt: ganz neue Bottiche, da mit Blau oder einer anderen Farbe befleckte Gefäße das Werk des Gesellen beeinflusst hätten; ein kupfern schimmernder Kessel, eine Trockenmaschine ... Simon würde seine eigenen Werkzeuge mitbringen, die vor der Prüfung kontrolliert werden mussten, und selbst den Waid auswählen. Die zu färbenden Stücke, ganz unterschiedliche Stoffe, warteten am Boden einer *Champagne*.

Meister Boniface hatte beschlossen, für jenen feierlichen Tag sein rotes Gewand anzulegen, das normalerweise von einer Musselinhülle geschützt, in einer Truhe verschlossen lag. Wenngleich seine Augen nichts mehr davon wahrnahmen, so bewahrte doch zumindest seine Erinnerung die tausend Nuancen des Lichterspiels auf der Seide. Meister Boniface ließ die unbeständigen, immer wieder neuen Schattierungen auferstehen und versank in langen Träumereien.

»Hast du das Gewand endlich zugeknöpft? Wir kommen zu spät.«

Gehorsam nahm der Meister den Arm seiner Gattin. An ihrer Seite trat er vom dunklen Schatten des Hauses in den helleren der Außenwelt. Verwirrt prüfte der Blinde die blasse Nacht und schob in illusorischer Bewegung hin zum Licht das Kinn nach vorn. Er fühlte, wie sich die Seide auf seinen Schultern in der Sonne erwärmte.

Auf diese Weise legte das Paar den Weg bis zu dem Ort zurück, an dem die Jury sich versammelt hatte. Rings um die *Brassières* drängte sich eine Menge, die sich nur unwillig für den Blinden öffnete, der seinen Stock vor sich herschob. Schließlich bahnten ihm die Gesellen einen Weg. Meister Boniface nahm am Tisch der Geschworenen Platz.

»Was für ein Andrang!«, sagte er zu seinem Nachbarn, Meister Guillaume. »Ist Simon bei uns?«

»Ja, es ist der Waid, der fehlt.«

»Was? Fressard hat nicht geliefert?«

»Noch nicht. Simon wurde Blau von einem benachbarten Müller angeboten, aber er hat abgelehnt. Dieser Maultierschädel verlangt den Waid von Fressard und keinen anderen!«

Meister Boniface lächelte über Simons Dickköpfigkeit. Bei den Färbern galt Sturheit als eine Tugend.

»Und unser Geselle, sieht er so wild aus, wie man sich erzählt?«

»Wahrhaftig! Die ganze Zeit hat er seine Bank nicht verlassen. Da sitzt er inmitten seiner Schaufeln wie ein Märtyrer zwischen den Folterinstrumenten. Eben ging ein Geschworener, der ihn die Lippen bewegen sah, zu ihm, weil er dachte, Simon würde etwas zu ihm sagen: Aber es waren wieder nur Gebete.«

»Dass er nur nicht heilig wird bei all den Lobpreisungen der Jungfrau. Und wie kommt Euch sein Gesicht vor?«

»Wild jedenfalls. Offenbar hat er sich neue Hosen geleistet und frisches Stroh für seine Holzpantinen, weil das alte schon ganz verfault war. Doch das täuscht weder über seine Eremitenmagerkeit hinweg, ob derer sich seine Rippen zählen lassen, noch über das Gestrüpp seines Bartes, eines Bartes, an dem selbst das schärfste Messer scheitern müsste! Ah! Da ist der Waid!«

Meister Boniface hörte das Quietschen eines Karrens, dann das dumpfe Geräusch der Säcke, die man von der Ladefläche auf den Boden warf. Das Geräusch eines Eimers, der in den Farbkörnern rührte, sagte ihm, dass sich der Geselle bei der Lieferung zu schaffen machte. Gleich darauf strömte das Wasser in die Bottiche, prasselte das Feuer in einem Nest trockener Gräser … Man hätte meinen können, nicht ein Mann sondern mehrere seien gemeinsam am Werk. Meister Boniface offenbarte seine Zweifel Meister Guillaume: »Hat Simon Gehilfen bei sich? Die Vorschrift verbietet es!«

»Nein, Simon ist allein. Aber er macht so viel, dass man meint, er habe Unterstützung. Glaubt mir: Es ist ein Wunder, ihn bei der Arbeit zu sehen. Der Bursche versteht seinen Beruf.«

Meister Boniface nickte bedeutungsvoll.

»Ist Fressard gekommen?«

»Ja, er hat in einem Sessel am Ende unseres Tisches Platz genommen, als gehöre er zu den Geschworenen.«

Die Stimme des Zunftmeisters wurde vom Plätschern beim Eintauchen einer großen Schaufel übertönt, und Meister Boniface bekam ein paar feine Spritzer ab. Das schwere Gerät wurde mit großer Mühe bewegt und prallte dumpf gegen die Bottichwand. Das klang wie eine versunkene Glocke.

Zu diesen vertrauten Melodien gesellten sich unerwartete Motive, besonders ein Klirren von Ketten, das ab und zu in das Konzert der Vorbereitung einstimmte.

»Ist es Lucas, dessen Eisen ich da klirren höre?«

»Ja«, bestätigte Meister Guillaume. »Lucas mit zwei Wachleuten, von denen einer die Kette hält, die um seinen Hals liegt, und der andere eine Hellebarde mit bösen Zacken. Sein Gesicht gleicht ganz und gar der Wachsmaske, die Künstler zu Zeiten des Chamäleons von ihm anfertigten. Er hat kaum den Kopf gedreht, als sein Sohn hereinkam.«

»Bei Gott! Unser Mann ist gar zu sehr der Religion des Rot ergeben, um dieses Ritual des Blau zu würdigen. Und wer will ihm einen Vorwurf machen, wenn er Simon grollt, dem Geschäftspartner seines Feindes?«

Während der drei Tage, die Simons Prüfung dauerte, ging das Gespräch der Meister hin und her. Lange Pausen, geeignet für die Plauderei, wechselten mit Phasen großer Aktivität, da die Aufmerksamkeit der Geschworenen von den Bemühungen des Gesellen beansprucht wurde.

Schließlich, gegen Mittag des letzten Tages, kündigte Simon an, dass er das Netz mit den Stoffen herausholen werde. Die Geschworenen richteten sich in ihren Sesseln auf.

»Meine Herren, das Waidblau, gefärbt von Simon Terrefort!«

Meister Boniface, Meister Guillaume, Meister Charles und Meister Albert waren dabei, als der Weidenkorb herausgezogen wurde. Die Färbeflüssigkeit strömte vom Stoff herab. Gesellen halfen Simon mit starker Hand, die triefende Last bis zum Tisch zu tragen und das Netz zu leeren: Der Stoff breitete sich inmitten einer grünlichen Pfütze aus. Die Gesellen entfalteten ihn mit Hilfe einer Schaufel. Schließlich wurde er von Fackeln umstellt.

Die aufgeregten Zuschauer schlossen den Kreis enger und zogen die Kette der Färber, die den Bottich umstanden, etwas auseinander. Sogar Lucas reckte den Hals.

»Und?«, fragte Boniface, der als einziger nichts sehen konnte.

»Es ist grün«, antwortete ein Geselle, der eine Fackel trug, »ein herrliches Smaragdgrün.«

Beifall brandete auf.

»Nicht so früh!«, griff Simon energisch ein. »Vom Grün zum Blau ist es weiter als von Soissons nach Rom!«

Die Geschworenen nickten beifällig zu diesem weisen Spruch. Man gebot der ungeduldigen Menge zu schweigen.

Das Warten erschien endlos. Umkränzt von Flammen, die den Stoff bis in jede Falte sichtbar machten, wechselte er langsam vom ursprünglichen Grün zum Blau der Reife. In dieser Entwicklung entdeckten die erfahrenen Augen der Färber tausend Nuancen und jede verlieh dem entstehenden Ton eine neue Facette.

»Ist es endlich Blau?«, erkundigte sich Meister Boniface, verwirrt von der Stille, die rings um die Bottiche herrschte.

In diesem Augenblick sah Simon als erster, noch vor den Geschworenen, den Meistern und all den Färbern, den Fleck auftauchen – den winzigen, blassen Fleck, der das entstehende Blau beschmutzte. »Maria …«, sagte der Geselle lautlos und presste die Hand auf das Herz. Er rieb sich die Augen und beugte sich vor, um besser zu sehen. Die Fackeln begleiteten ihn.

Der Fleck blieb, ein hartnäckiger, dreister, widerlicher Parasit, der im Fleisch des Stoffes gedieh wie eine höhnische Warze mitten im Gesicht … Im Blau war er deutlicher zu sehen als im Grün, weshalb einer der Fackelträger ihn bald nach Simon ausmachte. Auch die anderen sahen schließlich, was man ihnen wies. Inzwischen schwärmte der Fleck aus, entfaltete sich hier, leuchtete da in feinem Korn, so dass bald allen die tragische Offenbarung ins Auge sprang: Die Färbung war fehlgeschlagen.

Simon stieß einen Fluch aus, der vom empörten Murmeln der Menge weitergetragen wurde. Es brauchte zwei Gesellen, um ihn daran zu hindern, den Stoff zu zerreißen, den er voller Zorn gepackt hatte.

»Lasst mich los!«, brüllte der Tobende. »Ich werde ihn in Stücke reißen!«

Simon, an Armen und Beinen festgehalten, kämpfte wie ein Raubtier unter dem Fangnetz. Seine Tritte hatten die ersten Burschen zu Boden geworfen, aber andere eilten herbei, immer mehr, die den Gesellen gegen den Bottich pressten.

Die Geschworenen hatten ihre Sessel verlassen und sich um den Stoff versammelt, um zu beraten. Der Fall war wahrlich verzwickt. Die Annalen der Zunft verzeichneten zwar Gesellen ohne Talent, deren Prüfung ihre Unfähigkeit erwiesen hatte, wie auch besonders Begabte, die ein Meisterwerk zustande gebracht hatten. Aber an Färber, deren Können allgemein anerkannt war und die vom Urteil des Leinens verraten wurden, konnte sich Meister Boniface nicht erinnern. Wie war es möglich, dass eine so schöne Färbung, die allen Vorschriften dieses Handwerks entsprach, ein so abstoßendes Blau ergab?

Wie ein Widerschein ihrer Gedanken trafen sich die Blicke der Geschworenen auf dem Stoff, wo sich die merkwürdige Mauser fortsetzte. Je länger die Farbe arbeitete, desto hässlicher wurde der Stoff. Zunächst fleckig wie ein Leinentuch, das man mit Asche bestreut, schien es sich bald mit Fäulnis, mit Flechten zu bedecken, um schließlich das Aussehen eines Leopardenfells anzunehmen.

»Man möchte seinen Augen nicht glauben!«, rief Meister Guillaume.

»Der Teufel soll mich holen!«, versetzte Meister Charles.

»Hat man dergleichen schon gesehen? Das ist Hexerei!«, schlussfolgerte Meister Albert.

Bei dem Wort »Hexerei«, das lauter als die anderen ausgesprochen worden war, spitzte die Menge die Ohren. Traditionell wurden die Färber verdächtigt, Verbindungen zu finsteren Kräften zu unterhalten. Vier von ihnen in geheimnisvoller Beratung zu sehen, während ein Fünfter alle Anzeichen des Veitstanzes zeigte, mit brennenden Augen und Schaum vor dem Mund, war Anlass genug, den Puls anständiger Leute schneller schlagen zu lassen.

»He, Kameraden!«, rief ein Fuhrmann, der seine Stute am Zügel hielt. »Der Henker soll sich Windeln aus der Haut meines Bauches schneiden, wenn das da nicht eine Kirmes von Waldensern ist, wenn diese Verschwörer nicht mit dem bösen Blick behaftet sind!«

»Und mir soll Petersilie anstelle meines Schnurrbarts wachsen, wenn dieser Bursche, der ein Forellenschuppenblau zustande gebracht hat, nicht der Nachkomme von Asmodi und Beelzebub ist!«

»*Vade retro! Vade retro!*«, fügte ein Schüler hinzu, stolz auf sein frisch erlerntes Latein.

Nach diesen mit lauter Stimme vorgebrachten Bemerkungen, wandelte sich die Stimmung des Volkes. Man hatte Sympathie für den armen Gesellen empfunden, dessen Färberei gescheitert war; jetzt misstraute man ihm. Böse Blicke trafen den Rasenden in den Händen seiner Wächter.

»Ein Hexer!«, schrie eine Stimme in der letzten Reihe wild.

Binnen kurzem war die ganze Menge davon überzeugt, dass Simon die schwarze Magie praktizierte. War nicht bekannt, dass er abgeschieden von der Welt lebte, um sich in der Einsamkeit seltsamen Arbeiten hinzugeben? Hatte man nicht gesehen, wie sich ein hübsches Fräulein in seinen Garten schlich, das nach alter Mode gekleidet war und ohne Begleitung durch die Nacht ritt?

Alles schien sich auf einmal durch diese nahe liegende Vermutung zu klären: Zauberei auch der Triumph der Marienstoffe, die magische Anziehungskraft, die das Blau von Signac auf einen jeden ausübte! Hexerei jenes geheimnisvolle Siegel – eine von Sternen umkränzte Jungfrau –, mit dem der Färber seine Stoffe zeichnete.

»Auf den Scheiterhaufen! Auf den Scheiterhaufen!«, verlangten vor Wut glühende Stimmen.

»Ja, liefert uns Simon mit seinem Vater aus! Ins Feuer die Terrefort!«, bekräftigte der Henker, der sich um Kundschaft sorgte.

Die wachsende Erregung beunruhigte Lucas' Wärter. Dem Heil ihres Gefangenen schien dieses Aug' in Aug' mit der Menge nicht dienlich. Die Hellebarden schwenkend, bahnten sie sich einen Weg nach draußen und verschwanden mit dem Färber.

»Lucas ist fort«, erklärte der Zunftmeister Meister Boniface.

»Ja, ich höre seine Ketten schleifen. Ich höre auch die Fässer, die man herbeirollt, die knallenden Peitschen in den Fäusten der Kutscher. Ein böser Sturm ist im Anzug, Guillaume ... Lasst die Banketttische aufheben, dann rette sich, wer kann! Vor allem muss der schnellste und gewandteste Lehrjunge auf dem kürzesten Weg zur Gendarmerie rennen.«

»Wieder die Gendarmen!«, jammerte Meister Guillaume. »Auf diese Weise werden bald alle Färber in Ketten liegen!«

»Lieber ein Eisen am Fuß als im Kopf.«

Während Meister Boniface diesen philosophischen Satz aussprach, sauste ein Wurfgeschoss an seinem Kopf vorbei, um wenig hinter ihm einen Regen von Glassplittern zu erzeugen. Die von einem grausamen Lachen gewürzte Provokation erschütterte alle Färber. Es war ihnen, als würde der Volkszorn, sobald er Simon als Vorspeise gelyncht hätte, den Streit mit ihnen als Hauptgericht suchen.

»Friede, Brüder, Friede!«, flehte Meister Guillaume, dessen Stimme von Schreihälsen auf beiden Seiten übertönt wurde.

»Du verschenkst deine Zeit!«, unterbrach ihn Boniface. »Ruf lieber unsere Burschen zusammen, ehe sie etwas abbekommen.«

Der Zunftmeister gab den verstreut in der Menge stehenden Färbern ein Zeichen. Unverzüglich drängten sie sich energisch zu den ihren. Bald waren die Handwerker um den Tisch herum versammelt und stellten sich im Viereck auf wie Infanteristen in einer verlorenen Schlacht. Sie bewaffneten sich hastig mit Stöcken oder Schaufeln; aus den quer gestellten Bänken errichteten sie Barrikaden. Die Reihen organisierten sich: an vorderster Front die kräftigen Gesellen, die imstande waren, den heftigsten Ansturm abzuwehren; weiter hinten die älteren Meister und die Lehrjungen, die wiederum einen Schutzring um die Geschworenen der Zunft bildeten.

Zunächst hatten Simons Wächter ihn mit sich hinter die Barrikaden gezogen. Bald aber erkannten die Geschworenen die Gefahr, in die sie dieser lästige Gefangene brachte. Es war offensichtlich, dass die Menge nach Simon mehr als nach allen anderen verlangte. Die fliegenden Steine bevorzugten ihn als Zielscheibe, ebenso die Beschimpfungen, die zwar die »Färberbrut« nicht verschonten, ihm aber so ehrenvolle Spitznamen wie »Satansauswurf«, »stinkender Hexenfurz«, oder »Teufelsbraten« vorbehielten.

»Dieser Junge ist unser Verderben!«, erklärte Meister Charles erschauernd. »Liefern wir ihn aus!«

Guillaume kreuzte fassungslos die Arme.

»Simon ausliefern, was soll das heißen?«

»Werfen wir ihn diesen Rasenden zum Fraße vor«, argumentierte Meister Charles. »Die Menge wird sich beruhigen, zu unserem Heil.«

Meister Guillaume blickte zu den Geschworenen, die bedächtig nickten.

»Das heißt, ihn in den sicheren Tod schicken!«

»Die Gendarmen werden das Volk schon zügeln.«

»Das können wir nicht tun«, widerstand der Zunftmeister tapfer. »Die Färber müssen einander helfen.«

Meister Charles widersprach ihm diplomatisch: »Dieses Gesetz verbietet nicht den gesunden Menschenverstand, Guillaume … Außerdem, wenn es weiter nichts ist, dann stoßen wir Simon wegen Unfähigkeit zum Beruf des Färbers aus der Zunft aus. Seine Farbe ist eines Gesellen nicht würdig, erst recht nicht eines Meisters!«

»Wollt Ihr ihn auch anklagen, ein Waldenser zu sein?«, explodierte der Zunftmeister. »Meister Boniface, ich appelliere an Eure Weisheit! Unterstützt Ihr diese Dummheiten?«

Der Blinde war um eine Antwort verlegen, die ihm erspart blieb, da in diesem Augenblick lautes Geschrei aus der Menge ertönte. Die beiden Lager waren direkt aneinander geraten. Gesellen und Bürger schlugen kräftig aufeinander ein und prügelten sich mit wachsender Inbrunst. Beide Seiten waren radikal und ohne jene Gutmütigkeit, die oft gewöhnlichen Wirtshausprügeleien eigen ist.

»Die Zeit drängt, Guillaume! Liefern wir Simon auf der Stelle aus! Sonst ist es vorbei mit der Färberei von Albi!«

»Ich widerspreche! Ich widerspreche in aller Form!«, brüllte der Zunftmeister und verließ den Kreis der Geschworenen.

»In diesem Fall«, erklärte Meister Charles ungerührt, »verlange ich eine Abstimmung, um Guillaume seines Amtes als Zunftmeister zu entheben. Wir wählen seinen Nachfolger.«

»Dazu habt Ihr kein Recht!«

»Die Maßnahme entspricht den Umständen«, versetzte der Geschworene prompt. »Ich, Meister Charles, bewerbe mich um das Amt des Zunftmeisters. Wer ist auf meiner Seite?«

Aufs höchste entsetzt sah Meister Guillaume, wie sich ein Wald von Händen erhob. Der Arm von Meister Boniface streckte sich mit den anderen nach oben. Die Mehrheit der Stimmen für Meister Charles war zu offensichtlich – und außerdem die Zeit zu knapp –, als dass man sich die Mühe gemacht hätte, sie zu zählen.

Mit diesem brillanten Ergebnis machte sich Meister Charles zum Zunftmeister. Eine brutale Maßnahme eröffnete seine Herrschaft: Er ließ Simon aus dem Verzeichnis der Färber löschen.

»Wenn er ausgeliefert wird, dann nur zusammen mit mir!«, rief Guillaume und trat an die Seite des Gesellen.

»Bitte!«, antwortete der neue Zunftmeister. »In diesem Fall bitten wir, diese beiden aus dem Kreis herauszulassen.«

Die Gesellen, die beauftragt wurden, das Urteil auszuführen, zögerten. Es war trotz allem keine leichte Sache, die Färberkollegen am Kragen zu packen und sie wie Verbrecher in die Arena zu werfen.

»Ausführung!«, brüllte Meister Charles.

Er verlor die Geduld, packte eigenhändig beide Männer und stieß sie mit mächtigem Schwung der Menge vor die Füße.

Diese Tat unterbrach sogleich die Prügeleien. Die zurückweichende Menge betrachtete den Köder mit einer Mischung aus Zustimmung und Erstaunen. So beschnuppert das Untier seine Beute am Opferstein …

Ein endloser Augenblick verstrich in gegenseitiger Beobachtung. Die Zunft schaute auf das Volk, das Volk starrte die beiden Färber an, die beiden Färber sahen von einer Seite zur anderen, ohne jede Möglichkeit, ihrem Schicksal zu entgehen.

Aus diesem Blickwechsel entstand ein neues Gleichgewicht zugunsten der Zunft: Wie Meister Charles vorhergesehen hatte, interessierte sich das Volk nicht mehr für sie, sondern konzentrierte seine Drohung auf die beiden am Boden liegenden Färber.

Manche sagten später, der erste, der den Sohn Terrefort schlug, und mit solcher Macht, dass man einen Knochen krachen hörte, war ein vornehm aussehender Mann, dessen Ohr ein Glasgehänge zierte. Sie wussten auch seinen Namen: Joachim de Fressard. »Das ist für mein Weib!«, soll der Baron voller Wut gebrüllt haben.

Dieser Schlag zog andere nach sich. Zwei Hexer zu bestrafen, war keine große Sache … Sogleich hagelten Fäuste, Stöcke und Steine in großer Zahl auf Simon und Guillaume herab, bis ihre Glieder reglos in einem See von Blut lagen.

Inzwischen verließen die Färber den Saal durch den Gang, den ihnen die Menge geöffnet hatte. Die Stimmung war gedrückt. Gesellen wie Meister mieden die hochmütigen Blicke der Bürger, die ihnen im Vorbeigehen Flüche und böse Worte zuriefen.

»Hinfort von diesem traurigen Anblick«, seufzte Meister Albert. »Löschen wir aus unserer Erinnerung den verfluchten Namen der Terrefort, die Wurzel unseres Unglücks waren.«

»Gut gesprochen«, lobte Meister Charles. »Wir müssen die *Mère Dieu Grosse* ebenso vergessen wie die *Brassières.* Bald wird eine neue Ära für die Zunft der Färber anbrechen. Die guten Tage werden wiederkehren.«

»Nicht wahr, teurer Boniface?«, fragte Meister Charles und suchte den Blinden neben sich.

»Boniface bleibt zurück … Schnell doch, ich höre die Gendarmen.«

Tatsächlich stand Boniface noch neben dem Tisch, auf dem Simons Stoff ausgebreitet war. Ehe er seinen Kameraden folgte, wollte der alte Färber aus unerfindlichen Gründen den Stoff berühren, den die anderen Geschworenen nur angesehen hatten. Er fuhr mit den Fingerspitzen darüber, rieb ihn, betastete ihn … und entdeckte auf diese Weise, was den Meistern entgangen war. Ein Pulver, das an der Farbe haftete, dessen verklebte Körner überall herumrollten, wo die Flecken aufgetaucht waren. Sein Gesicht wurde weiß wie Wachs.

»Was habt Ihr entdeckt, Boniface?«

Der Blinde fuhr zusammen bei dieser Stimme – dieser Stimme, deren Klang eine verborgene und bedrohliche Saite in der Tiefe seiner Erinnerung vibrieren ließ.

»Fressard!«

»Was habt Ihr entdeckt, Boniface?«, wiederholte der Färberwaidner mit einschüchternder Strenge.

»Nun ja«, stammelte der Blinde. »Der Waid ist verdorben. Es ist Sand darin oder etwas anderes. Aber ich habe mich gewiss geirrt.«

»Gewiss … Es sind Eure Finger, an denen noch Sand von einem Flussfisch klebt: Hattet Ihr nicht welchen zum Mittagessen? Oder der Tisch ist zerfressen und Ihr berührt Sägemehl. Zudem, wenn Sand sich in die Farbe gemischt hätte, wäre es Simons Schuld, nicht meine. Nicht wahr, Boniface? Ich kann doch nicht die Garantie für jeden Sack Farbpulver übernehmen, den meine zwanzig Waidmühlen liefern. Hingegen ist es doch das mindeste, dass der Färber die Farbe überprüft, die man ihm liefert! Versteht Ihr mich?«

Die Stimme des Färberwaidners klang plötzlich böse und bedrohlich wie ein Strick, dessen Schlinge sich zusammenzieht. Boniface hörte die eigene aus der zusammengepressten Kehle aufsteigen: »Ich verstehe Euch!«

Der Blinde wollte den anderen Färbern folgen, deren letzte Reihen eben durch die Tür gingen, aber Fressard stellte sich ihm in den Weg. Es schien Boniface, als richte sich vor ihm eine Mauer auf und erdrücke ihn mit ihrem Schatten.

»Lasst mich gehen, um der Gnade Gottes willen!«, flehte der Färber.

Fressard trat beiseite, nicht ohne seinen Vorteil mit einem leichten Stoß zu unterstreichen, der den Blinden schwanken ließ.

»Ich wünsche Euch einen guten Abend«, sagte der Färberwaidner herablassend.

»Guten Abend!«, stammelte Boniface.

14

Ehe Fressard zu den *Brassières* aufgebrochen war, hatte er Maguelonne in ihrem Zimmer unter Hausarrest gestellt. Ein Riegel blockierte die Tür, die das Zimmer mit dem Rest des Hauses verband und die außen vom Koch bewacht wurde. Vor dem Fenster, einem weiteren Fluchtweg, lief der Stallbursche auf und ab. Der Befehl für beide Männer war kurz und knapp: Maguelonne bis zur Rückkehr des Färberwaidners im Zimmer festzuhalten.

»Ihr öffnet unter keinem Vorwand!«, betonte Fressard. »Die Teufelin wird irgendein in der Weinlaube vergessenes Buch erfinden, um in den Garten zu kommen. Sie wird sich auf Bauchschmerzen berufen, auf einen Hausierer am Gartentor … Hört nicht darauf! Habt ihr mich verstanden?«

»Verstanden, Herr.«

»Und wenn jemand zu ihr kommen will, sagt ihr, sie sei krank, sie empfange nicht.«

»Wir gehorchen Euch.«

Nachdem er seine Anweisungen gegeben hatte, stieg der Färberwaidner auf sein Pferd. Im schmalen Spalt der Vorhänge sah Maguelonne den großen weißen Hengst losreiten, dahinter in gemächlichem Schritt einen Ochsen, der einen mit Waid beladenen, zum Schutz vor Fliegen blau angestrichenen Karren zog. Als Fressards scharfer Blick den ihren kreuzte, erwachte in ihr plötzliche Angst, die sie nur mit größter Mühe beherrschte. Dann war der Konvoi verschwunden. Er ließ den Weg unter einem Staubbaldachin zurück und Maguelonne in tiefer Erschütterung, als sei der Tod in großer Aufmachung an ihr vorbeigezogen.

Ihre unsicheren Schritte führten sie zum Sessel, in dem sie vor Schwäche zusammensank. Stundenbuch und Stickerei vermochten ihre Nerven nicht zu beruhigen. Sie las die Zeilen, ohne etwas zu verstehen, stach sich mit einer Nadel in den Finger, zerriss ungeschickt den Faden. Stundenlang kämpften Verdruss und Angst miteinander, belebt vom fernen Galopp eines Pferdes oder von Cléments Weinen, das durch die Dielen zu ihr heraufdrang.

Später nahm Maguelonne ihren Platz am Fenster wieder ein. Der Mann, der ihren Balkon bewachte, saß gemütlich im Schatten einer Platane und zerschnitt mit der Spitze seines Dolches eine Frucht. Das Galgengesicht wandte sich augenblicklich um, als Maguelonne die Vorhänge beiseite schob. »Ich bin eine Gefangene!«, dachte die Färberwaidnerin und wich in den Schatten des Zimmers zurück.

Die Neugier zog sie jedoch wieder ans Fenster zurück. Der Stallbursche hatte sich nicht vom Fleck gerührt. Sein Blick lag starr auf Maguelonne, er schien ihre Gestalt voller Interesse zu studieren. Sie setzte alles auf eine Karte, öffnete die Vorhänge und trat auf den Balkon. Bei ihrem Erscheinen erwies ihr der Mann mit zahllosen Kratzfüßen und geschwenktem Hut wie in ironischer Reverenz die Ehre.

»Es ist verboten, dort hinauszugehen!«, rief der Schelm und verneigte sich mit dem Dolch in der Faust bis auf den Boden.

»Und wenn ich trotzdem gehe?«, wagte Maguelonne zu fragen.

»Wenn Ihr von diesem Balkon herabsteigen wolltet – was in Anbetracht seiner Höhe äußerst gewagt wäre –, würde ich unten stehen, um Euch in meinen Armen zu empfangen, auf das Gras zu legen und die Hände zu fesseln, ganz zu schweigen von anderen Annehmlichkeiten, mit denen Ihr jedoch weniger zufrieden sein würdet.«

»Zweifellos«, bestätigte Maguelonne und beurteilte aus der Entfernung die beeindruckende Statur des Wärters.

Der Mann schien geschmeichelt von dieser Bemerkung. Mit dümmlicher Ungezwungenheit rollte er die Ärmel seines Paletot auf, um zwei Muskelpakete zu entblößen, die sich in mächtigem Wellengang bewegten. Dann schlugen seine Fäuste heftig gegen einen Baum, dessen Rinde davonflog. Das Werfen eines großen Steins beendete die Vorstellung eines Jahrmarktkämpfers. Maguelonne heuchelte Bewunderung: »Ihr seid ein Koloss!«

»Und Ihr eine sehr hübsche Frau!«, entgegnete der Wärter atemlos, wobei er einen Handkuss zum Fenster hinaufwarf.

Maguelonne empfing diese täppische Ehrung mit einem Lächeln. »Wie ist Euer Name?«

»Noël Guirado.«

»Noël, was für ein netter Name! Ist es möglich, dass ein so galanter Mann mit einem so garstigen Dienst beauftragt wird … der Bewachung einer Unschuldigen?«

Gekrönt von diesem neuen Kompliment, räusperte sich der Stallbursche: »Ehrlich gesagt hatte ich zunächst abgelehnt. Der Herr Baron hat mich lange gebeten, Eure Tür zu bewachen. Er hat mir zusätzlichen Lohn versprochen. Ich habe ihm geantwortet, dass Geld nicht alles ist, dass die Ehre noch höher steht!«

Zufrieden mit diesem Geistesblitz machte Noël eine kurze Pause, um den Honig fließen zu lassen … Eine Regung von Maguelonnes hübschem Kinn ließ ihn fortfahren.

»Es war mir zuwider, der Wärter einer Dame von Stand zu sein. Eigentlich habe ich andere Pflichten, wisst Ihr. Ich arbeite in den Ställen.«

»Eine ehrenwerte Aufgabe«, trällerte Maguelonne sehr verführerisch, spielte mit dem Band ihres Kleides und atmete den Duft der jungen Trauben am Weinspalier ein.

Der Stallbursche spürte, dass seine Knie weich wurden, und suchte an einem Baumstamm Halt. Dieses Gespräch verdrehte ihm den Kopf.

»Geht es Euch nicht gut?«, fragte Maguelonne mit singender Stimme.

»Das ist nur die Anstrengung von vorhin. Wisst Ihr, ich bin ein strammer Bursche, im Grunde aber sehr zart. Die Erfüllung meiner Pflichten ermüdet mich rasch.«

Maguelonne ließ ein kleines, kokettes Lachen hören, wie man es gewöhnlich hinter einem Fächer verbirgt. Sie fühlte, dass ihre Beute reif war und sie bald die Früchte ernten könnte, deshalb beschloss sie, dem Burschen den Gnadenstoß zu versetzen.

»Herr Wächter, würdet Ihr mir einen Dienst erweisen?«

Gehorsamer als ein Ritter vor seiner Dame fiel Noël vor dem Balkon auf die Knie.

»Sprecht! Ich werde Euch gehorchen ...«

»Ihr werdet es auch tun, wenn es den Herrn Baron ein wenig verärgern sollte?«

Der Wärter zögerte an der Schwelle zum Verrat. Doch Maguelonne wirkte so aufrichtig und ihre Stimme so unschuldig, dass er auch diese letzten Skrupel leicht beiseite schob.

»Der Herr Baron wird nichts davon erfahren.«

»Das gebe Gott ... Wenn Ihr mir also helfen wollt, so sollt Ihr zunächst wissen, wie verzweifelt ich bin. Ich sticke sehr gern, wisst Ihr. Heute morgen habe ich eine neue Arbeit begonnen, einen Rosenkorb, und jetzt fehlt es mir an rotem Faden ... Man benötigt sehr viel Rot für die Rosen! Ihr wäret der beste aller Menschen, wenn Ihr einen Burschen aussenden würdet, beim Hausierer eine Spule Faden zu kaufen.«

»Wenn es weiter nichts ist«, rief Noël, »ich laufe selbst.«

Die Gewissheit, der Baronin zu dienen, ohne dem Baron zu schaden, verlieh dem braven Knappen Flügel. Einen Augenblick später war die Spule da, er brachte sie Maguelonne persönlich, indem er an den Weinranken hinaufkletterte. Sie dankte es ihm mit einem Kuss auf die Wange.

»Madame«, jubelte der Stallbursche wie im siebten Himmel, »wenn Ihr mir andere Aufgaben übertragen wollt, werde ich Euch mit Vergnügen Folge leisten.«

»Ich werde es nicht vergessen«, sagte Maguelonne lächelnd.

Dann gingen beide wieder ihrer Beschäftigung nach und waren sehr zufrieden mit sich.

Bei Sonnenuntergang des übernächsten Tages herrschte auf dem Weg unter dem Fenster ungewohnt reges Treiben.

Zunächst kam ein Trupp Reiter, alle mit gezogenen Schwertern, in der Uniform der Gendarmerie von Albi. In ihrem Gefolge zogen sie einen Strom von Neugierigen mit sich, die auf Maultieren oder Karren saßen und zu einem außergewöhnlichen Ereignis zu eilen schienen. Eine Minute war noch nicht verstrichen, da erschien in entgegengesetzter Richtung eine Korporalschaft des Schultheiß' mit scharfen Hellebarden, offenbar die Eskorte eines Gefangenen, der in ihrer Mitte unter seinen Ketten schwankte. Diese lief im Schritt, aber gleich darauf kam eine Gruppe in raschem Lauf, bestehend aus Gendarmen und Färbern, mit zwei Tragen in den Händen der Kräftigsten. Auf diesen Tragen lagen blutüberströmte Körper …

»Mein Gott, was ist geschehen?«, fragte sich Maguelonne voller Schrecken.

Kurz darauf meldete sich Fressard an. In seinem Gesicht leuchtete der Triumph. Der Färberwaidner war ungewohnt verschwenderisch mit seinen Gedanken und vertraute Maguelonne deren hinterhältigsten an: »Euer Liebhaber ist bei der Meisterprüfung gescheitert. Seine Färberei hat nicht gefallen. Geselle war er, Geselle bleibt er!«

»Ich vertraue auf Simon«, entgegnete Maguelonne mutig. »Er wird erneut antreten und siegen.«

»Daran zweifle ich sehr, meine Freundin. Tatsächlich könnte allein ein Wunder ihn an die Küpen zurückbringen.«

Fressard genoss die Bestürzung seiner Frau, verließ das Zimmer und verriegelte die Tür hinter sich. Er hatte sich kaum abgewandt, da stürzte Maguelonne bereits ans Fenster, was ihren Wächter aufs höchste erregte.

»Noël, wollt Ihr mir dienen?«

»Noch vor Gott!«, schwor der Stallbursche ketzerisch.

»Dann flehe ich Euch an, auf der Stelle zu den *Brassières* zu gehen, wo ein Färbergeselle heute seine Meisterprüfung abgelegt hat! Dort ist ein Unglück geschehen, von dem der Baron mir nichts sagen will.«

»Ich bin schneller dort als ein Hase«, versprach Noël und warf seine Mütze in einem Freudenrausch hoch in die Luft.

Sein Ausflug war kurz und außerordentlich ergiebig. Das Gerücht hatte sich so schnell verbreitet, dass Noël schon am nächsten Feldrand einen Berichterstatter fand. So erfuhr er von den Ereignissen des Tages und gab sie an Maguelonne weiter.

»Simon ist tot?«, rief die Färberwaidnerin entsetzt.

»Das weiß niemand zu sagen … Eine Gruppe von Färbern hat ihn sogleich zum Wundarzt ins Siechenhaus Saint-Jacques gebracht. Aber nach dem Bericht der Träger hat er so viel Blut verloren, dass er vor Einbruch der Nacht sein Leben aushauchen wird. Seine Knochen, so wird erzählt, sind so zerschlagen, dass man sie unter der Haut rasseln hört!«

Maguelonnes Nägel kratzten über das Balkongitter.

»Er darf nicht sterben, hörst du? Clément wird seinen Vater kennenlernen! Nimm dieses Geld für deine Dienste.«

Die Färberwaidnerin kehrte in ihr Zimmer zurück und zog unter ihrer Matratze eine Almosentasche hervor, deren Manna sie über Noël regnen ließ. Der Stallbursche sammelte es unter dem Balkon ein.

»Bist du mir ergeben?«, fragte die Gefangene.

»Bis zum Tod!«, rief der Wächter, dessen ritterliche Phantasien durch das Gold noch angestachelt wurden.

»Dann komm näher und hör mir zu … Ich habe dir ein Angebot zu machen.«

In den Gesichtern von Simon und Guillaume waren so viele Wunden und Schwellungen, das Blut floss so reichlich, dass zunächst keiner der anwesenden Färber den Gesellen vom Meister zu unterscheiden wusste. Man musste erst das Blut abtupfen und die Gesichter mit viel Wasser abspülen, um endlich Simons Feuermal zu entdecken und festzustellen, dass er im Sterben lag, während der andere sein Leben schon ausgehaucht hatte. Die Färber nahmen die Mützen ab und knieten vor Guillaumes Trage nieder.

»Er war ein guter Zunftmeister. Möge Gott ihn in Gnade aufnehmen.«

»Seine Dienstzeit war kurz. Möge er die Ewigkeit an der Seite des Herrn genießen!«

Die Färber packten die Griffe der Trage und brachten die Leiche des Zunftmeisters weg. Simon wurde auf den Chirurgentisch zwischen die Instrumente gelegt. Der Barbier des Spital Saint-Jacques untersuchte den elenden Haufen Fleisch und Knochen, der einst der Geselle gewesen war.

»Aufhängen soll man mich, wenn ich je einen Mann gesehen habe, der so zugerichtet war! Da haben sie sich aber ordentlich ins Zeug gelegt, um ihn so zu zerfleischen! Selbst der Chevalier de Romont, dem ich einmal einen Pfeil von einer Elle aus dem Auge zog, erschien neben diesem Elenden völlig gesund! Ich frage mich, ob es sich lohnt, für einen Mann Faden und kostbare Arzneien zu verschwenden, der so nah an der Pforte steht!«

»Es lohnt sich!«, versicherte einer der Träger. »Simon ist anständig … Die Schuld für die Schläge, die er erhalten hat, liegt in der Schlechtigkeit der Menschen!«

Der Barbier verzog zweifelnd das Gesicht.

»Hat er wenigstens etwas, um zu bezahlen? Ich kenne die Mönche: für sie wiegen zwei gerettete Seelen schwerer als eine, und drei schwerer als zwei.«

Der Träger wollte schon erklären, dass die Zunft die Kosten übernehmen würde, da dies jedoch höchst ungewiss war, hielt er sich zurück.

»Ich verstehe«, fuhr der Barbier fort, während er mit der Spitze seiner Lanzette die Wunden untersuchte. »Ein Habenichts … Nun, so sehr es mein christliches Herz auch schmerzen mag, dann kann ich nicht umhin, diesen Mann dem Tod zu überlassen. Die Mönche würden mir den Prozess machen, wenn ich ihre Krüge für einen Sterbenden leerte.«

»Halt ein! Ich bezahle!«, rief eine keuchende Stimme.

Die Köpfe aller Anwesenden fuhren herum. Man wäre nicht erstaunter gewesen, hätte man einen Engel vom Himmel herabschweben sehen, aber es war nur ein Mann, der von seinem gelben Maultier sprang.

»Wer seid Ihr?«, erkundigte sich der Barbier und schätzte mit einem Blick die Börse in der Hand des Burschen ab.

»Noël«, antwortete der Mann atemlos.

»Noël ist allzeit willkommen! Legt Euer Gold dorthin, ich muss mich mit dem Herrn hier beschäftigten.«

Die Vorsehung, die Noël gerade rechtzeitig ans Krankenbett des Gesellen entsandt hatte, wollte auch, dass der Barbier des Spitals Saint-Jacques seine Erfahrungen auf den Schlachtfeldern gemacht hatte. Er verstand sich so gut auf Kampfwunden, dass Simons Operation für ihn wie ein Kinderspiel war. Er schnitt hier, drainierte und nähte dort, und es gelang ihm in wenigen Stunden, dem Färber eine menschliche Gestalt zurückzugeben.

»Nun habe ich mein Bestes getan. Jetzt liegt es in der Hand Gottes, ihn leben oder sterben zu lassen …«

»Tausend Dank!«, riefen die Träger. »Die Zunft schuldet

Euch ewige Dankbarkeit. Ohne Euch hätte Simon den Geist ausgehaucht.«

»Preist vielmehr den Engel, der über ihn wacht. Apropos … wo ist Noël?«

Der Pförtner trat vor: »Er ist davongeritten, wollte nicht einmal einen Napf Suppe! Aber er hat seine Börse hier gelassen und versprochen, so lange zu zahlen, wie wir uns um den Kranken kümmern.«

»Er mag ganz ruhig sein, wir werden ihn anständig pflegen. Ah! Wenn nur alle Kranken dergestalt verhätschelt würden, äßen sie weiße Brötchen anstatt Graubrot!«

So begann Simons Genesung im Spital Saint-Jacques.

Das Siechenhaus lag Rücken an Rücken mit der Kirche, war ebenso lang wie diese und beherbergte die Kranken in drei Sälen. Im ersten, von bescheidenen Maßen, standen breite Betten mit Vorhängen und Spucknäpfen, in denen jeweils nur ein Kranker lag. Hierher brachten die Mönche die Sterbenden und die ansteckenden Fälle. Der Raum war durch eine Tür – die finstere »Aschenpforte« – mit der Kapelle verbunden, wo die Totenmessen gelesen wurden.

Der nächste Saal, für gutartige Krankheiten bestimmt, hatte nur Gemeinschaftsbetten für zwei oder drei Kranke.

Im letzten Saal schließlich lagen die Genesenden zusammen mit den Armen, den Pilgern und den Reisenden ohne Geld. Zu essen gab es dasselbe wie in der Abtei: dreimal in der Woche Fleisch und einen Krug Wein pro Tag und Person.

Angesichts seines überaus ernsten Zustands und der Protektion, die er genoss, wurde Simon in keinem dieser Säle untergebracht, sondern im Privatzimmer des Spitalpförtners. Das war ein angenehmer Raum mit hohen Fenstern an der Südseite. Zwei Kamine verbreiteten gleichmäßige Wärme und oft auch den heilsamen Duft von Pflanzen, die man in das Feuer gab. Das Zimmer war groß genug, um die Möbel des

Gesellen aufzunehmen: vor allem ein sehr breites Bett, das auch dem Haus eines Fürsten keine Schande bereitet hätte, außerdem eine Truhe und einen Waschzuber, die für seinen persönlichen Gebrauch bestimmt waren.

Diese Einrichtung war vor allem der Vermittlung des Barbiers zu danken, der noch immer gerührt der Börse gedachte, die Noël in seine Hände gelegt hatte, und entschlossen war, das Huhn noch viele goldene Eier legen zu lassen.

»Er soll in seinen Salben köcheln«, empfahl er den Krankenpflegern. »Heilt ihn, aber langsam, Löffel für Löffel. Dieser Mann ist für das Hospiz gleichsam eine Lebensrente. Wir wären dumm, ihn allzu schnell loswerden zu wollen.«

Die Natur erhörte den Barbier genauer, als er es sich in seinen kühnsten Träumen erhofft hatte.

Es brauchte nicht weniger als neun Tage, vom Fest des Heiligen Kreuzes bis zu Sankt Mauritius, um den Blutfluss zu dämmen, der die Binden durchtränkte. Zwei Monate dauerte es, bis die Wunden heilten, vier, bis die von blauen Flecken übersäte Haut wieder ein normales Aussehen annahm. Die sorgfältig behandelten Brüche, die durch Schienen an Armen und Beinen gehalten wurden, brauchten noch länger. Niemals, so weit sich der Pfleger entsinnen konnte, hatte es eine so träge Heilung gegeben.

»So was auch! Bei diesem Schneckentempo packt mich die Lust, ihm ein paar Tritte zu verpassen, damit er vorankommt!«

»Nur die Ruhe! Er zahlt seinen Preis!«

Was für die Glieder zutraf, galt auch für das Gehirn. Bis zur Adventszeit verharrte Simon in Bewusstlosigkeit. Reglos auf seinem Bett, das Gesicht eingefallen, die Hände über der Brust gefaltet, glich der Geselle wahrhaft einem Toten. Schlecht informierte Besucher glaubten, man würde eine Leiche herrichten und versammelten sich in der benachbarten Kapelle, um Gott die befreite Seele anzuempfehlen.

Dann, eines Tages, sah ein Pfleger, der den Färber wusch, seine Finger auf der Decke erbeben. Er war so fassungslos, dass er eine Schale mit Seifenwasser fallen ließ.

»Simon erwacht! Simon erwacht!«, rief er den Barbier herbei.

Als dieser das Zimmer betrat, sah er Simon mit offenen Augen, seine Lippen schnappten wie das Maul eines Fisches im Trocknen.

»Welch eine Freude!«, log der Heilkundige, dem dieser Gast schlafend viel besser gefiel als wach.

Aber auch weiterhin war die Wiedererlangung aller Kräfte für den Gesellen lang und anstrengend. Jede Woche kam der Barbier, um die winzigen Fortschritte zu verfolgen, die sein Schützling machte: Einmal öffnete er die Lippen, um einen Löffel Suppe anzunehmen; dann dankte er dem Krankenpfleger, der seine Wunden versorgte, mit einem vielsagenden Gesichtsausdruck ... Aber weder diese Regungen noch die wenigen Worte, an denen sich der Geselle versuchte, kündeten bisher von irgend einem persönlichen Gedanken. Simon blieb eine Art Gespenst, ein Wesen ohne Gegenwart und ohne Erinnerung, das einen leeren Blick auf die Umgebung richtete.

»Hat er von den *Brassières* gesprochen?«, erkundigte sich Noël immer wieder, dessen Geldgeber ungeduldig zu werden schien.

»Noch nicht«, versicherte der Barbier. »Aber seine Fortschritte sind eindeutig. Als er mittags Brot zu seiner Suppe wollte, hat er ›Brot‹ gesagt. Ist das nicht vielversprechend? Wir zweifeln nicht daran, dass er in ein paar Monaten ein Gespräch führen wird ... natürlich nur, wenn wir ihn bis dahin besonders gut pflegen.«

Bei diesen Worten streckte der Barbier die Hand aus, um das übliche Manna zu empfangen, das anfänglich monatlich, nun aber wöchentlich eintraf. Noël überließ ihm die kleine gelbe Börse.

»Möge Gott Euch dafür entlohnen!«, sagte der Barbier sich verneigend.

»Dass Simon seine Gesundheit zurückgewinnt, wird uns Lohn genug sein«, versicherte Noël, ehe er verschwand.

Dieser Goldregen inspirierte den Barbier ebenso wie das gesamte Personal des Spitals zu märchenhaften Träumen.

Niemand hatte der Wahrheit geglaubt, die in Teilen von den Trägern enthüllt worden war, als sie den Gesellen brachten. Dem banalen Bericht von einer Schlägerei unter Färbern fehlte es an Würze. Wie denn, dieser Goldjunge ein gewöhnlicher Handwerker? Dieser mit Wunden übersäte Ritter das Opfer einer Abrechnung? Das wollte niemand wahrhaben.

Viel lieber stellten sie sich einen großen Fürsten vor, der in einen Hinterhalt geraten war: Feinde zwangen ihn zu einer Genesung im Geheimen, eines Tages jedoch, wieder geheilt, würde er an der Spitze einer rächenden Armee die Macht zurückerobern.

Andere stellten sich einen Räuber auf der Flucht vor. Seine Komplizen schickten ihm dieses anonyme Gold. Wenn Simon das Krankenhaus verließe, würden ihn zehn maskierte Männer auf schwarzen Pferden zu ihrem Versteck in der Tiefe der Wälder begleiten.

Noch wunderbarer malten sie sich Noëls Auftraggeber aus, jene freigiebige Persönlichkeit, die Woche für Woche mit vollen Händen Gold zum Wohle eines Sterbenden verteilen konnte. Zweifellos ein Herzog, vielleicht ein Kardinal, sie vermuteten dieses Fabelwesen in erlauchtesten Kreisen. Viele hätten gern zweimal die Wunden des Gesellen erlitten, um eine solche Patenschaft zu genießen.

Gewiss wären die Pfleger des Spitals Saint-Jacques höchst bestürzt gewesen, wenn sie erfahren hätten, welch unglückliches Geschöpf sich hinter Simons Wohltäter verbarg.

In ihrem Haus in Castelviel erlitt Maguelonne ein Leben voller Drohungen, und war ganz und gar der Autorität eines bösartigen Mannes unterworfen.

Ein neues Dasein hatte seit Cléments Geburt und der tragischen Enthüllung seiner Vaterschaft im Hause Fressard Einzug gehalten. Von einem Tag zum anderen war das Dach über Maguelonnes Haupt zu ihrem Kerker geworden: Fressard verbot ihr auszugehen, Besuche zu machen oder zu empfangen; er hinderte sie, ihr Kind zu sehen, das man weit von ihr weggebracht hatte, und allein sein Geschrei – dessen Echo im Kaminschacht hallte wie entsetzliche Fledermausschreie – zeigte ihr, dass es noch am Leben war.

»Könnte ich ihn doch in den Armen halten!«, flehte die Färberwaidnerin.

Aber die Amme, die sich um das Neugeborene sorgte, war niemals die Treppe hinaufgekommen: den Anweisungen des Herrn folgend, blieb sie im Erdgeschoss, auf dem engen Terrain von Küche, Garten und dem kleinen, fensterlosen Zimmer neben der Speisekammer, in das man die Wiege gestellt hatte. Ein anderes Kindermädchen war entlassen worden, weil es unter Maguelonnes Fenster entlanggegangen war.

»Wird er wenigstens genährt?«, fragte die Mutter. »Pflegt man ihn? Mir ist, als hörte ich ihn vor Hunger schreien!«

Das Zimmermädchen suchte nach Worten des Trostes.

»Herrin, seid unbesorgt, ihr müsst nicht um Cléments Leben fürchten! Zunächst dachte ich, der Baron würde ihm etwas antun. Zuweilen sahen wir ihn um die Wiege herumstreichen, das Schwert gezückt und Wahnsinn in den Augen.«

»Was sagst du da?«, rief die Färberwaidnerin entsetzt.

»Aber das ist längst vergessen«, fuhr Marine sogleich fort. »Vornehme Herren besuchen Castelviel: Alle fragen nach Clément, dem Erben der Fressard. Würde der Baron wohl auf eine solche Attraktion verzichten, ob derer man bis nach Toulouse von ihm spricht? So dumm ist Euer Gemahl nicht!«

Diese Darlegungen vermochten Maguelonne keineswegs zu beruhigen.

»Aber was wird aus Clément, wenn die Herren ihre Neugier befriedigt haben und mein Gemahl genug davon bekommt, ihn zur Schau zu stellen? Ich glaube, dann wird er ihm das Schwert durch die Brust jagen!«

Bei diesem grausamen Gedanken wurde Maguelonne von Übelkeit ergriffen.

»Man sieht so viele Kinder sterben!«, fuhr die Mutter fort und ihre Augen standen voller Tränen. »Mein Gemahl wird keine Mühe haben, es mit Fieber oder Ersticken zu erklären! Oh, Marine! Ich kann nicht mehr! Ich muss Clément sehen!«

»Das ist leider ganz unmöglich!«, seufzte das Zimmermädchen. »Der Baron lässt Euren Sohn strenger bewachen als das Tor einer Festung ...«

»Ich werde nachts vom Balkon herabsteigen. Noël ist mir ergeben.«

»Aber die Amme bekommt ihr Geld von Monsieur de Fressard! Sie würde Euch von der Wiege vertreiben. Es würde Aufsehen geben, Tumult ...«

Wilde Entschlossenheit zerriss Maguelonnes Stimme: »Was soll's, wenigstens sehe ich Clément! Ich werde meinen Sohn diesem unseligen Hause entreißen!«

»Madame, bleibt vernünftig! Ihr wäret noch keine Meile entfernt, da hätten Euch Fressards Männer schon gefunden. Dann träfe Euch beide größtes Unglück!«

Das Gesicht der Mutter, einen Moment vom Feuer des Willens erleuchtet, schien mit einem Mal in den Schatten zurückzukehren.

»Wie schade! Du sprichst die Wahrheit. Clément und ich sind dem Baron ausgeliefert.«

Diese grausame Wahrheit, die unmöglich abzuwenden oder zu mildern war, erfüllte die Mutter mit großem Kummer.

Ihre Schultern beugten sich, ihr ganzer Körper schien in sich zusammenzufallen, wie von innen ausgehöhlt.

Da Marine nichts zu sagen wusste, nahm sie ihre Hand und teilte ihre Tränen.

Unter einer solchen Herrschaft musste Maguelonne ihre List vervielfältigen, um sich jede Woche das Gold zu besorgen, das für das Wohl des Gesellen unerlässlich war.

Ihr persönlicher Notgroschen war schnell aufgebraucht. Danach musste sie Freunde und Bekannte anbetteln und tausend kleine Schuldner unter Druck setzen, die ihr von den Einkäufen in sorglosen Zeiten geblieben waren. Der Hausierer schuldete ihr zehn Sous Wechselgeld; der Schneider hundert Taler ... Noël gab sich gern für diesen Dienst des Gerichtsvollziehers her. Er rannte nach Osten, rannte nach Westen und vermochte eine Zeitlang die nötigen Summen aufzutreiben.

Dann begannen jedoch die wahren Schwierigkeiten. In der Gewissheit, dass jeder Wucherer sie abweisen würde, sah Maguelonne keine andere Lösung, als den Reichtum ihres Gatten anzuzapfen.

Theoretisch war nichts einfacher als das: Sie wusste, wo sich die Truhen befanden, wie sie die Schlüssel besorgen und den Verdacht des Färberwaidners zerstreuen könnte.

Die Schwierigkeit ergab sich allein aus ihrer Gefangenschaft, die sie daran hinderte, selbst zu handeln. Tatsächlich zeigte sich Noël höchst widerspenstig bei der Vorstellung, seinen Herrn auszurauben.

»Niemals!«, protestierte der Stallbursche entschlossen. »Eine Geldtruhe zu leeren ist etwas anderes, als Würstchen aus der Fleischkammer zu stehlen!«

»Du hast nichts zu fürchten. Fressard überlässt es einem Verwalter, sich um seine Kasse zu kümmern, dieser kommt einmal in der Woche, um den Inhalt zur Bank zu bringen. Ansonsten wird das Geld nicht bewacht.«

»Niemals!«, wiederholte Noël unbeugsam.

Betroffen von der Einsicht, wohin ihn seine Gutmütigkeit bereits geführt hatte, drohte Noël Maguelonne damit, ihre ungehörigen Pläne zu denunzieren. Ein Gedanke, den er rasch aufgab, denn die Gefangene führte ihm vor Augen, dass die Bestrafung auch ihn selbst treffen würde, wenn die Wahrheit ans Tageslicht käme …

»Das ist wahr!«, erkannte der Wärter schwerfällig. »Aber dennoch kann ich mich nicht zu dem entschließen, was Ihr von mir verlangt.«

»Niemand wird etwas davon erfahren. Und solltest du etwa auf den Gedanken kommen, ein oder zwei Hand voll Geldstücke in deine Tasche zu stecken, hätte ich nichts dagegen einzuwenden.«

Während Maguelonnes Bitten nur dumpf an Noëls Ohr gedrungen waren, klingelte dieses Gold sehr verlockend in seiner Fantasie. Er ließ sich den Satz wiederholen, um sich vor einem Missverständnis zu bewahren, wie es bei geschäftlichen Angelegenheiten öfter vorkam: »Ich könnte mir selbst etwas nehmen?«

»Ja, wenn du willst«, bestätigte die Färberwaidnerin.

Noël schob wie ein echter Bürger die Daumen in die Ärmelschlitze seines Hemdes. Von einem Augenblick zum nächsten erstrahlte sein Blick, als spiegele sich darin bereits der Widerschein des Goldes.

»In diesem Fall …«, verkündete der Stallbursche mit vorgeblicher Schamhaftigkeit.

Maguelonne drückte einen Kuss auf die kahle Stirn.

»Danke, Noël, von einem Freund hatte ich nichts anderes erwartet. Jetzt hör mir gut zu … Dein Leben hängt davon ab, dass du meine Worte behältst!«

Von jenem Tag an wurde Fressard, ohne es zu wissen, Simons Unterstützer und Maguelonnes Bankier. Die überquellenden

Truhen des Färberwaidners wurden einmal in der Woche durch den kühnen Noël erleichtert, und er entschädigte sich fürstlich für seine abenteuerlichen Gänge: Die Hälfte der Beute landete in seiner Tasche …

»Was hast du für dich genommen?«, fragte Maguelonne, besorgt ob all der Münzen, die Noël hinter sich fallen ließ wie der Däumling die Kieselsteine.

»Nur mein Trinkgeld!«, log der Stallbursche und polierte dabei einen neuen Dolch.

»Aber dieser Seidengürtel um deine Taille und diese glänzende Weste, dieses Pferd?«

»Na und? Muss man erröten, weil man sparsam ist?«

Die häufigen Aderlässe schlugen sich unweigerlich auf die Konten der Marienstoffe nieder. Jeden Monat wiesen sie ein unerklärliches Defizit auf, das im Jahresbericht eine beachtliche Summe ergab, wenngleich diese sich gemessen an den Einnahmen in Grenzen hielt.

Schon bald witterte Fressards Schatzmeister Betrug. Er wollte sogleich alle in Ketten legen, die auch nur im Entferntesten Zugriff zum Schatz haben konnten.

»Der Fuhrknecht ist ein Spitzbube. Möge Gott mich mit Fieber schlagen, wenn ich ihn nicht dabei erwischt habe, wie er sein Messer in das Schloss der Truhe bohrte! Läge es bei mir, würde ich ihn sogleich auf die Galeere schicken, wo er über seine Sünden nachdenken könnte. Der Buchhalter taugt auch nicht mehr als er. Bei meiner Seele, dieser Mann hat rote Rattenaugen hinter seinen Gläsern. Und die Hellebardiere? Puh! Flegel, die nichts als einen Krug Kräuterbier im Kopf haben, der mit Eurem Geld bezahlt ist! Ins Loch mit ihnen!«

»Sollte man nicht auch einen Galgen aufstellen, um Euch zu hängen?«, spottete der Färberwaidner. »Von all diesen Schwindlern seid Ihr meinem Geld doch am nächsten.«

Der Verwalter wusste nichts zu antworten und äußerte sich nicht weiter zu dieser Angelegenheit.

Das Erstaunlichste war eigentlich, dass Fressard das Verschwinden seines Goldes so wenig berührte. War es die Geringfügigkeit des Schadens gemessen an einem beachtlichen Guthaben, die es in seinen Augen so unerheblich erscheinen ließ? Hatte er, nunmehr zum Baron erhoben, womöglich ehrgeizigere Ziele, als sich einfach nur zu bereichern?

Was auch die Erklärung sein mochte, jedenfalls zeigte sich Joachim de Fressard mit jedem Tag gleichgültiger gegen seine Habe und verächtlicher, wenn es darum ging, sie zu bewahren. Ebenso, wie er seinen Verwalter abgefertigt hatte, blieb er auch taub für die Meinung eines Vertreters des Schultheiß', der ihm empfahl, die Truhen in einen sichereren Raum zu bringen.

»Um nichts in der Welt!«, widersetzte sich der Färberwaidner empört. »Trennt man ein Kind von seinem Vater? Außerdem gefällt es mir, mit meinem Gold zu spielen, und ich will es jederzeit in Reichweite meines Handschuhs haben.«

Fressards Gleichgültigkeit war das sicherste Pfand für Noëls Beutezüge. Den ganzen Winter hindurch setzte Maguelonnes Handlanger sein Plünderungswerk fort, ohne jemals Unannehmlichkeiten zu bekommen. Das Zimmermädchen und einige andere Angestellte des Hauses wussten Bescheid, hatten Noël gar mit den Händen in einer Truhe erwischt, dennoch gingen die Diebstähle weiter. Warum sollte man sich enthalten, wenn der Herr selbst die Augen verschloss?

In den ersten Frühlingstagen ließ der Barbier des Spital Saint-Jacques Noël wissen, dass Simon die Fähigkeit zu lesen wiedererlangt hatte. Diese Nachricht wurde von Maguelonne mit größter Freude aufgenommen, hoffte sie doch darauf, mit dem Gesellen korrespondieren zu können.

Von diesem Tag an begannen Botschaften das Lager des Genesenden zu überschwemmen. Sie nahmen den Weg der Goldbörsen, jedoch in so reichem Fluss, dass der brave Noël statt einmal jetzt viermal in der Woche zum Spital laufen musste. Maguelonne schrieb ohne Atempause, in einem Fieber, das gleichzeitig durch ihr Interesse für Simon und die Langeweile ihres Eingeschlossenseins genährt wurde. Jeden Tag waren es zwei, drei Brieflein, von rascher, zuweilen etwas weitschweifiger Feder geschrieben, als sei, mehr als die Botschaften selbst, das Zeichen von Bedeutung, die Zusicherung, dass dem Gesellen aufmerksam gedacht wurde.

Ohne liebevoll oder gar zärtlich zu sein, kündete der Stil doch von Wertschätzung und von jener Brüderlichkeit, wie sie zwischen den Opfern desselben Unglücks entsteht. Der Inhalt war stets der gleiche: die schlechte Behandlung durch den Färberwaidner und die Schrecken des Eingeschlossenseins; wenn es neue Gerüchte gab, mischten sich auch Nachrichten von Lucas und Éléonore darunter.

Erst nach mehreren Wochen ließ sich Maguelonne schließlich notgedrungen auf ein ernsteres Thema ein: Simons Vaterschaft.

Der Geselle wusste immer noch nicht, dass er Cléments Vater war. Fressard hatte sich wohl gehütet, ihm die erniedrigende Wahrheit zu enthüllen. Maguelonne hatte sich eine Begegnung gewünscht, aber diese Hoffnung war durch das Misstrauen des Färberwaidners bald zunichte gemacht. Es blieben die Briefe, die ins Spital Saint-Jacques gingen, und ihre Diskretion machte sie zum idealen Medium für Geständnisse.

So erfuhr also Simon aus dem Brief, den die Färberwaidnerin am zwanzigsten Mai 1444 schrieb, dass er Vater war. In einem klaren Text ohne alle Umschweife enthüllte sie ihm zugleich Fressards Verbot, ihr Kind zu sehen, und die Unruhe, die sie ob der Absichten des Färberwaidners hegte: Wenn er Clément nicht auf die eine oder andere Weise sterben lasse – dieses Ungeheuer sei wohl dazu imstande! –, sei es dem armen Geschöpf bestenfalls bestimmt, ausgesetzt oder feige vor dem

Portal der Kirche abgelegt zu werden. Fressard war nicht der Mann, der den lebenden Beweis, dass man ihn betrogen hatte, in seinem Haus beherbergen würde.

Dieser Brief war der erste, den Simon beantwortete. Die Ankündigung seiner Vaterschaft berührte ihn tief. Cléments Geburt, so schrieb er, reiße ihn aus der Benommenheit, in die ihn die Boshaftigkeit des Färberwaidners und seine maßlose Leidenschaft für das Blau gestürzt hätten. Neue Energie erwache in ihm, erfülle ihn mit Mut, um den bevorstehenden Prüfungen entgegenzutreten. Auch habe er ein Mittel erdacht, dem Baron die Stirn zu bieten. Der Brief endete mit einer rätselhaften Aufforderung, wenigen Worten, die mit sicherer Hand niedergeschrieben waren: »Wir werden Clément Fressards Krallen entreißen! Sei morgen auf deinem Balkon, wenn es zur Komplet geläutet hat. Ich werde kommen.«

Diese geheimnisvolle Verabredung versetzte Maguelonne in tiefe Bestürzung. Sie wollte Noël losschicken, um sich genau über die Absichten des Gesellen zu informieren und ihn davon abzubringen, eine gefährliche Aktion zu unternehmen.

»Beeil dich!«, seufzte die Gefangene, »ich fürchte, Simon ist schon unterwegs!«

Kaum hatte Maguelonne diese Worte ausgesprochen, erschien Fressard vor ihrem Balkon. Wie von einer Eingebung geführt, ging er geradewegs auf den Stallburschen zu.

»Ich mache morgen einen Besuch im Gefängnis des Schultheiß'. Du wirst Maguelonne in meiner Abwesenheit bewachen.«

Dann folgten Anweisungen von besonderer Ausführlichkeit.

Als der Baron geendet hatte, war die Nacht hereingebrochen, und Noël, der wie ein Verrückter rannte, fand im Spital nur noch ein leeres Bett: Simon war im Schutz der Dämmerung geflohen …

15

Der Karren zog im Bauerntrott über einen Landweg. Die Unebenheiten der Straße und der ungleichmäßige Schritt der Ochsen, die einmal mit plötzlichen Sätzen auf die Stockschläge reagierten und dann wieder lange am Rand einer Wiese weideten, machten die Reise zu einer Schüttelpartie und nicht eben angenehm. Den Kutscher, einen kräftigen Kerl, störte es kaum, ganz anders Simon, der unter den großen Säcken mit Waidkörnern vergraben war und wehmütig an das weiche Bett im Spital zurückdachte.

»Meine armen Knochen!«, jammerte der Geselle. »Kaum seid ihr wieder zusammengewachsen, mutet man euch diese Folter zu! Wahrhaftig, unter diesen Ballen würden auch die härtesten Nüsse ihren Saft hergeben!«

Der Karren, der Simon beförderte, gehörte dem Waidmüller, dessen Mühle er vor langer Zeit in Gesellschaft von Fressard und Maguelonne besichtigt hatte.

Bei Einbruch der Nacht hatte sich der Geselle aus dem Spital geschlichen und war allein, nur mit seinem Krankenhemd bekleidet, bis zum Stall des Dominikanerklosters gelangt, wo, wie er wusste, schöne, kaum bewachte Pferde standen. Eine Stute, deren Fell ebenso schwarz war wie sein Hemd weiß, trug ihn in kaum einer Stunde zur Mühle des Waidmüllers. Dort verbarg ihn ein Holzstapel bis zum Morgengrauen.

Der Färber hatte sich darauf verlassen, dass man an diesem

Frühlingstag Waid in den Palast von Castelviel liefern würde, und das Schicksal hatte ihm brav gedient: Am Morgen machte sich ein Karren mit der ersten Ladung des Jahres auf den Weg zu Fressards Lager. Die Ballen waren aufgeladen, die Ochsen angeschirrt. Simon musste nur noch auf die Ladefläche springen und zwischen zwei Ballen kriechen. Wenig später fuhr der Wagen an.

Die Fahrt war schier endlos und eine harte Prüfung für den kaum Genesenen. Zwischendurch wollte der Fuhrmann die Stricke überprüfen, mit denen die Ballen befestigt waren: Er sprang auf den Stapel, dann, vielleicht weil die Landschaft ihn erfreute, setzte er sich oben hin, um sie in Ruhe zu betrachten, und der Geselle wäre beinahe erstickt. Anschließend wurde er wieder so durchgeschüttelt, dass seine Knochen zu brechen drohten, und musste endlose Halts in der brennenden Sonne ertragen.

Endlich wurde der steinige Pfad von einer festgestampften Straße abgelöst, die den Einzug in die Ortschaft ankündigte. Als er sich dem Haus des Barons näherte, peitschte der Kutscher auf seine Ochsen ein, ihr Schritt wurde lebhafter. In raschem Trott passierte das Fuhrwerk die Tore des Anwesens von Castelviel, die hinter ihm sogleich wieder verschlossen wurden.

»Sei gegrüßt, Kutscher!«, hörte Simon. »Gute Reise gehabt?«

Das war wohl die Stimme des Stallburschen.

»Teufel auch, die Wege sind schlecht!«, antwortete der Fuhrmann. »Fett und schlammig wie Anfang April. Trotzdem haben meine Ochsen die ganze Strecke in einem Zug zurückgelegt, weil ich sie ordentlich angetrieben habe!«

»Lügner!«, dachte der Geselle bei sich. Er schob einen Ballen beiseite, um eine Öffnung an der Seite des Karren freizulegen. Der Spalt zwischen den Brettern ließ ein Paar schlammbedeckter Stiefel erkennen, die Simon dem Stallburschen zuordnete, daneben ein Paar Riemenschuhe, die wohl dem Fuhrmann gehörten. Beide Männer erörterten Regen, Ernte und Gedeihen des Waids. Respektvolles Schweigen kündigte Fressards Ankunft an.

»Das ist also das Blau des Jahres!«, sagte der Färberwaidner, dessen Schuhe mit goldenen Schnallen nun ebenfalls sichtbar wurden.

Der Karren quietschte unter der Last des Barons, der sich auf die Ladefläche zog. Entsetzt suchte Simon sich mit der Ecke einer Plane zu bedecken. Er fand einen Stein, um den er die Faust ballte. Fressard betastete einen Ballen ganz dicht neben Simons Gesicht. »Gott schütze mich!«, betete der Geselle und biss sich auf die Lippen. Aber der Färberwaidner begnügte sich damit, in den Waidkörnern zu wühlen, die obenauf lagen.

»Der Waid ist schön!«

»Weil es warm war und geregnet hat, gerade so, wie es sein muss«, kommentierte der Fuhrmann.

»Bei dieser Qualität reicht ein Bad aus, um die Livreen all meiner Angestellten zu färben. Ich habe nämlich ein Baronswappen entworfen, wisst ihr? Es ist blau, mit einem gekrönten Löwen. An der Spitze Waidkörner.«

»Welch noble Erfindung, Herr!«, schmeichelte der Fuhrmann.

»Alle Männer meines Hauses werden mein Wappen tragen, sogar die Färber ... Schluss mit den rotzigen Schürzen! Ich werde sie in eine schöne azurblaue Uniform kleiden, und wenn man sie sieht, wird man sagen: ›Das sind die Färber des Herrn Baron de Fressard!‹«

»Wunderbar!«, kommentierte der Fuhrmann. »Ihr wollt also neue Färber einstellen, Herr?«

Fressard ließ sich Zeit mit der Antwort. Simon ahnte, dass er an seinem Ohrgehänge spielte.

»Allerdings ... Ich muss endlich Simon Terrefort ersetzen,

der zu nichts mehr zu gebrauchen ist und außerdem nur Unglück und Schande über dieses Haus gebracht hat. Erinnert euch nur, wie er bei seiner Meisterprüfung verspottet wurde! An diesem Tag dachte ich, das Ende des Marienblau sei gekommen. Aber der Verkauf hat wieder zugenommen, die Vorräte sind erschöpft, und es ist Zeit, die Geschäfte wieder in Gang zu bringen. Unsere Stoffe verdienen einen erfahrenen Mann, einen echten Meister …«

Bei diesen Worten sprang der Färberwaidner vom Karren. Zu Simons großer Erleichterung, der allerdings nichts weiter über dieses Thema erfuhr.

»Ich habe in der Stadt zu tun«, verkündete der Baron. »Bringt den Waid in das Lager nach Signac und bereitet die Bottiche zum Färben vor. Wenn mir das Schicksal günstig gesonnen ist, haben wir heute Abend einen neuen Färber.«

Nachdem der Herr gegangen war, beeilten sich die beiden Männer nicht, seine Anweisungen auszuführen. Sie schlugen den Spund aus einem Fässchen Kräuterbier, und Simon nutzte die Gelegenheit, um unter den Ballen hervorzukommen und sich in eine Hütte am Eingang des Gartens zu flüchten.

Seit Lucas von einem dunklen Gefängnis in ein noch schwärzeres Loch hinabgestiegen war, schien er sich vom Menschen zum Tier zurückentwickelt zu haben.

Für einen Menschen, dem die Farben einst vornehmster Lebensinhalt gewesen waren, war diese Zelle grausamer, als man sich nur ausmalen konnte. Ein niedriges Kellerloch, gleich dem Grund eines Brunnens, dessen Öffnung zugemauert war, eine Kloake, in der ständig ein tödlicher Gestank herrschte – das war der Ort, an den man den Färber geworfen hatte.

Diese Hölle bot weder die Bequemlichkeit, sich aufrecht hinzustellen noch, sich an die schmierige Wand zu lehnen, ja nicht einmal sich auf den Boden zu legen, wo es von Ungeziefer nur so wimmelte. Lucas verbrachte seine Tage auf einer Bank kauernd, einer Bank, die er in heftigem Kampf einem Heer von Ratten entrissen hatte und die er noch immer gegen ihre Bisse verteidigte.

Hier herein drangen weder Luft noch Licht: Sechs Ellen Mauerstein trennten den Kerker vom Rest der Welt, genug, um auch den kühnsten Sonnenstrahl eines Sommertages zu entmutigen. Zwei Schritte von der Tür entfernt erstickte jede Fackel wie in feuchte Tücher gehüllt. Um Wasser oder Schwarzbrot zu bringen, benutzte der Wärter die Klappe, die er mit einer kurzen Bewegung zurückschob und sogleich wieder schloss. Es war wie ein Blitz, das Fenster öffnete sich vor einem blendenden Flammenschweif, dessen Erscheinung Lucas erwartete wie das Auftauchen eines Engels.

Die Besuche des Wärters heiterten seine Tage auf. Der Färber sehnte sie fiebernd herbei, presste das Ohr gegen die Steine, um dem rhythmischen Klicken – *diling, dili diling* – zu folgen, das ihn den Aufenthalt seines Wärters im Gewirr der Kellergänge erkennen ließ. Näherte er sich? Entfernte er sich? Das Echo war voller trügerischer Hoffnungen.

In dem Moment, da sich das Türchen bewegte, presste sich Lucas bereits dagegen. Das Licht strömte herein, stechend, schmerzhaft. Dabei war es nur ein Halbdunkel, das schwache Glühen einer Kohlenfackel; in den Augen des Färbers jedoch eine Sonne, eine prächtige Morgenröte. Seine Finger zerrten die Augenlider auseinander, um sie offen zu halten. Das Bild prägte sich tief in sein Gedächtnis ein, jeder Zug und jede Farbe wurde dort abgelegt wie eine wunderbare Reliquie: Die Flamme, die am niedrigen Gewölbe leckte, der Schmutz unter den Nägeln des Wärters, eine Schabe, die an der Wand patrouillierte … Von diesen einfachen Dingen zehrte Lucas stundenlang.

Eines Tages jedoch bewegte sich das Türchen zu einer Zeit, die weder für das Essen noch für die Toilette üblich war. Verärgert, dass man seine Wachsamkeit überlistet hatte, eilte der Gefangene fluchend herbei.

»Ruhe!«, brüllte der Wärter. »Du hast Besuch. Benimm dich anständig, sonst werde ich deine Kniekehlen Disziplin lehren, so wahr ich Malevard heiße!«

Eine Schlüsseldrehung folgte auf diese strengen Worte. Da er das Eintreten des Henkers fürchtete, dessen Peitsche den Stiefeln allzeit zuvorkam, presste sich Lucas ängstlich in eine Ecke der Zelle. Es war jedoch eine schmale, von einem Federhut verlängerte Gestalt, die sich im Halbdunkel des Eingangs abzeichnete.

»Heiliges Fieber! Was für ein Gestank!«

Der Akzent war der eines Edelmanns. Vielleicht war ein Vertreter des Königs gekommen, um ihn zu begnadigen? In der erbärmlichen Absicht, sich ansehnlicher zu machen, fuhr der Färber rasch mit der Hand durch das Gestrüpp seiner Haare.

»Nimmst du es mir übel, wenn ich auf der Schwelle bleibe?«, fuhr der Unbekannte fort, während er die Luft des Kerkers einatmete. »Dieser Gestank … Außerdem habe ich nur wenig Zeit.«

Lucas hatte das Profil seines Besuchers aufmerksam studiert. Diese Stimme war ihm nicht unbekannt, wenngleich das Echo und ein gewisser Akzent, den sie angenommen hatte, sie fast unkenntlich machten.

»Fressard!«, kreischte Lucas.

»Baron de Fressard, bitte! Ich habe nicht so heftig um diesen Titel gestritten, damit man ihn heute verschweigt. Baron de Fressard und nichts anderes!«

Das Blut kochte in den Adern des Färbers.

»Fressard bist du und Fressard bleibst du!«, wütete Lucas. »Mein eingeschworener Feind, die Pest meiner Rasse!«

»Die Freiheit ist es, die ich dir bringe!«, erklärte der Färberwaidner und streckte eine Hand nach der Decke des Kerkers aus.

Die Ketten zwischen den Beinen des Gefangenen schepperten in einer Aufwallung von Hass.

»Die Freiheit?«

»Voll und ganz … Ich will dich aus dem Kerker holen, wie ich deinen Sohn herausgeholt habe. Sag nur ein einziges Wort, und die Gnade des Schultheiß' wird dir zuteil!«

Lucas durchbohrte das Dunkel mit Blicken, um die Miene seines Besuchers zu entschlüsseln. Leider drehte sich der Färberwaidner stets so, dass er niemals das Gesicht ins Licht hielt.

»Der Schultheiß kann mit so einem Eingemauerten nichts anfangen, nur ein Mund mehr zu stopfen«, fuhr Fressard fort.

»Ja, und womit erst zu stopfen!«, höhnte der Gefangene und streichelte sich den Bauch. »Wassersuppe zu jeder Mahlzeit.«

»Freu dich trotzdem, noch am Leben zu sein! Nur die Güte von Meister Boniface hat dich vor dem Galgen gerettet, weißt du das? Er hätte auch die Todesstrafe für dich verlangen können.«

»Andere warten noch darauf, an die Reihe zu kommen, Fressard … Wann wird deinen Gemeinheiten der Prozess gemacht?«

Von der Bank, auf der er saß, sah Lucas, wie sich die Gestalt des Färberwaidners bewegte, sich aus dem Licht der Tür löste, um mit der Dunkelheit zu verschmelzen. Diese Bewegung war kein menschlicher Schritt sondern das fließende, lautlose Gleiten eines Reptils, langsam wie Gift, das sich in klares Wasser ergießt…

Unerklärliche Angst ergriff den Gefangenen, der sich an die Wand presste und seine Ketten an sich heranzog.

»Scharfe Zunge!«, zischte der Baron, der ganz dicht herangekommen war. »Bitte Gott, dass diese bösen Worte mein Herz nicht erreichen!«

»Wir müssen miteinander reden!«, brachte Lucas mit erstickter Stimme hervor.

»Ich bin bereit, dich anzuhören. Aber warum in diesem Keller, wo so ein Aasgestank herrscht? Ich biete dir einen Sessel unter der Weinlaube in meinem Garten in Castelviel an. Mit dem Frühling sind wunderbare Rosen erblüht. Die Hyazinthen duften, zartes Rot färbt die Kirschen. Sag nur ein Wort, Lucas, nur ein Wort!«

»Welches Wort?«, fragte der Gefangene, der seinen Widerstand schwinden spürte.

»Das Wort, mit dem du einwilligst, mein Blaufärber zu werden und die Nachfolge bei den Marienstoffen anzutreten.«

Ein mächtiger Schwung riss den Färber von seiner Bank. Wie Morgensterne flogen die Ketten auf Fressards Gesicht zu, der mit einer raschen Bewegung auswich. Dennoch schlangen sich ein paar Kettenglieder um den Arm des Färberwaidners und pressten ihn wie eine Schlinge zusammen.

»Zu Hilfe! Wache!«, schrie der Baron.

Dieser Schrei alarmierte den Wärter, der dem Besucher brüllend zu Hilfe eilte. Nach den ersten Fausthieben brach Lucas besinnungslos zusammen. Das befriedigte den Wärter jedoch keineswegs, und er prügelte weiter auf den am Boden Liegenden ein.

»Verschont ihn!«, stöhnte Fressard, der sich von der Kette befreit hatte. »Sonst ist er zu gar nichts mehr zu gebrauchen …«

Überrascht trat der Wärter zurück.

»Herr, ich zweifle daran, dass dieser Schurke zu etwas anderem gut wäre, als die Ratten zu füttern!«

»Ihr habt Unrecht! Lucas Terrefort ist ein bedeutender Meister, dessen Wissen auf dem Gebiet der Färberei im ganzen Königreich nicht seinesgleichen kennt. Also lasst uns allein, ich werde diesen Dickkopf schon weich kriegen!«

Fassungslos ob der Behandlung, die ihm der Edelmann angedeihen ließ, versetzte der Wärter Lucas noch einen harten Tritt in die Seite, ehe er gehorchte. Auf der Schwelle des Kerkers drehte er seinen schweren Kopf und erblickte eine seltsame Szene: Joachim de Fressard tätschelte freundlich die Hand des Färbers, der immer noch ausgestreckt auf dem Boden lag … Brummend zog sich der Kerkermeister in den Gang zurück.

Die Stunden bis zur Nacht waren für Simon keine verlorene Zeit.

Zunächst versuchte er den Rhythmus des Hauses auszumachen, indem er das Kommen und Gehen beobachtete und in seiner Hand mit kleinen Kieseln das Gesinde zählte. Sein Plan bestand darin, sich im Schutze der Nacht Maguelonnes Balkon zu nähern: Dafür musste er den sichersten Weg finden, der nicht der direkteste war. Wie viele Sprünge trennten diesen Baum von jenem Pfahl? Was würde er am Ende der Mauer finden, deren Verlauf er nicht folgen konnte?

Während sich Simon mit diesen schwierigen Fragen beschäftigte, erreichte ihn aus einem Fenster das Schreien eines Babys. Sein Herz setzte aus.

»Clément!«, rief der Geselle, der zum ersten Mal die Stimme seines Sohnes hörte.

Der Drang, ihr zu antworten und der Zorn, das Kind in fremden Händen zu wissen, hätten ihn beinahe zum Handeln verleitet. Mit größter Mühe unterdrückte er sein Verlangen, einen Knüppel zu packen und ins Haus zu rennen. Wenigstens war nun sein Entschluss gefasst: Um jeden Preis würde er das Kind mit sich nehmen.

Bei Einbruch der Nacht verließ Simon die Hütte und schlich an der Nordwand des Hauses entlang. Als er die Ecke erreichte, die diese Mauer mit dem Teil des Hauses bildete, in dem auch Maguelonnes Zimmer lag, hielt er an, um zu beobachten.

Was sich seinen Augen bot, war eine alptraumartige Szenerie: nicht wie in den gewalttätigen, quälenden Alpträumen, in denen man auf Hexenbesen reitet oder in das Maul eines Ungeheuers rollt, sondern wie in jenen, wo man immer weiter einen Weg ohne Ende und ohne Begrenzung entlanggeht, zwischen Steinen, unter denen Schlangen zu lauern scheinen, inmitten von Bäumen mit schuppigen Bäuchen.

Unter dem kalten Licht des Mondes schien widernatürliches Leben zu erwachen: Das Auge eines Pfuhls blinkerte vor Entsetzen, ein Schaudern ging durch die Büsche, steif aufragende Stämme und Galgenstangen regten ihre makaberen Glieder.

»Brrr! Lieber den Teufel frisieren, als länger hier bleiben«, dachte der Geselle.

Er hatte diesen Gedanken noch nicht vollendet, da hörte er wenige Schritte entfernt eine kräftige Stimme: »Wer ist dort?«

Simons Blut erstarrte zu Eis. Er schaute mit wildem Blick um sich.

»Simon?«

Wer kannte seinen Namen? Aha! Es war also eine Falle! Man spähte ihn aus, vielleicht zielte man schon auf ihn! Und er hatte als Rüstung nichts als ein Krankenhemd!

»Hu, hu!«, entgegnete Simon, dessen Beine weich wie Pudding waren.

»Simon?«, wiederholte lauter und näher ein Mann.

Sollte er schweigen? Jetzt erkannte der Geselle die massige Gestalt mit einem dicken Stock, die direkt auf ihn zukam. Er hob einen Stein vom Boden auf.

Ohne einen erneuten Ruf abzuwarten, schleuderte Simon den Stein mit aller Kraft. Ein dumpfer Knall belehrte ihn über das Ziel, das er getroffen hatte. Der Mann führte die Hand an seine kahle Stirn und brach zusammen.

Diese Begegnung brachte Simons Blut zu sehr in Wallung, als dass er Erleichterung über den Erfolg empfunden hätte. Im Gegenteil, als er sich der Bedrohung bewusst wurde, die ihn umgab, erfüllte ihn die Angst mit unglaublicher Energie. Mit einem Satz war er vor Maguelonnes Balkon. Eine gewaltige

Anstrengung trug ihn nach oben, wo ihm die Färberwaidnerin die Hand reichte und über das Geländer zog. Sie wunderte sich über die Leichtigkeit dieses Gespenstes, dessen Hemd im Wind flatterte.

»Wie mager du geworden bist!«

»Was interessiert Euch mein Speck, wenn es die Schurken auf mein Leben abgesehen haben! Einen habe ich gerade unschädlich gemacht. Einen Kahlkopf!«

»Ihn? Er ist mir ergeben. Du hast nichts von ihm zu befürchten.«

»Zu spät!«, versetzte der Geselle mit selbstgefälliger Miene.

Simon wollte endlich handeln und griff nach Maguelonnes Arm.

»Jetzt folgt mir!«

»Nein, geh allein.«

»Es gibt keinen anderen Weg. Los doch, nur Mut! Es ist nicht so schlimm, wie es aussieht. Der Wein ist fest angewachsen.«

»Mit mir hättest du keine Chance. Nimm Clément und eile wie auf Flügeln davon!«

Simon schniefte ungeduldig. »Hat Euch der heilige Mathurin mit Wahnsinn geschlagen, dass Ihr in einem solchen Moment die Starrköpfige spielen wollt? Ihr könnt doch schnell rennen! Erinnert Euch an eine Märznacht, bei einer Marienkapelle.«

»Die Kapelle, ja … Wenn Gott will, treffe ich dich dort am ersten September wieder. Am ersten September, zur Frühmette, hörst du?«

»Gaukelei! Diese Kapelle ist verschwunden.«

»Sie ist nahe Marssac, auf dem Weg nach Toulouse. Frag nach der ›blauen Madonna‹. Man wird dich hinführen …«

»Ein letztes Mal, verlassen wir diesen Ort!«

In diesem Augenblick öffnete sich ein Loch in den Wolken. Die Mondsichel tauchte auf, gleich einem Ohrgehänge, das in eisigem Feuer funkelte. Ein geheimnisvolles Licht legte sich über die Landschaft, ließ jedes Blatt erkennen, teilte die Beeren des Johannisbeerstrauchs in schwarze Perlen. Der Balkon war zu sehen wie am helllichten Tag.

»Zu Hilfe!«

»Verflucht! Wir sind verloren!«, rief Simon, als er sah, wie der Wächter schwankend unter dem Balkon stand und eine Hand an die Stirn gepresst hielt.

»Noël!«, rief Maguelonne.

»Offenbar hat ihm der Stein, den ich ihm gerade mitten ins Gesicht gesetzt habe, nicht richtig geschmeckt. Gleich werden die anderen da sein. Schnell, steigt über die Brüstung!«

Maguelonne befreite sich heftig aus der Umarmung des Färbers.

»Gut, geh voran!«

Kaum hing Simon an der Weinranke, gab sie ihm einen kräftigen Stoß vor die Brust. Der Geselle ließ los und fiel aus großer Höhe – glücklicherweise landete er auf weicher Erde.

»Die Pest soll …«, jammerte der Färber und betastete seine brennenden Rippen.

Ihm fehlte die Zeit weiterzujammern, denn schon war Noël über ihm, bewaffnet mit einem Stock, den er ihm über die Beine zog. Diese Behandlung weckte bei Simon so quälende Erinnerungen, dass er sogleich wieder auf den Füßen war.

»Schluss damit!«, protestierte er. »Bin ich vielleicht eine Trommel, um so geschlagen zu werden?«

Beweglicher als sein Gegner packte Simon dessen Handgelenk, das er mit einem prächtigen Armhebel unschädlich machte. Die Schulter krachte wie eine zerbrochene Nuss – das Unterpfand, dass er von diesem Burschen so bald nichts mehr zu fürchten haben würde.

»Entschuldigt vielmals, Noël … Wir werden uns bei anderer Gelegenheit bekannt machen!«

Inzwischen hatte der Ruf des Stallburschen die Leute aus dem Haus herbeigerufen.

Knechte und Mägde kamen in ihren Nachtgewändern angerannt und bildeten einen bleichen Kreis, dessen Anblick im Mondlicht wahrlich furchterregend war. Simon steckte zunächst ein paar Treffer ihrer Waffen ein – Pfannen und Schürhaken, nach denen die Leute gegriffen hatten, als sie aus dem Bett gestürzt waren –, ehe er zum Gegenangriff ausholte.

Nun tanzte der Knüppel, den er Noël abgenommen hatte – ein Wunder von Knüppel mit Knoten, die härter waren als Steine –, meisterhaft über das Gesinde hinweg. Simon peitschte, trat, schleuderte – mit solcher Inbrunst, dass bald niemand mehr wagte, ihn aufzuhalten. Der Geselle nutzte die Verwirrung der Angreifer, um sich durch ihre Reihen zu schlagen und zum Haus zu rennen.

»Er will zu Clément! Packt den Schurken!«, brüllte Noël.

In wenigen Sekunden war Simon im Haus, riss das schlafende Kind aus seiner Wiege und entkam durch ein Fenster ins Freie. Seine Verfolger rannten ihm hinterher, gehemmt jedoch von ihren schweren Holzpantinen gaben sie an der Straßenecke auf.

»Ha! Ha!«, prahlte der Geselle, als er sich seines Vorsprungs sicher war. »Sechs auf einen, und keiner hat's geschafft! Gibt es eine größere Heldentat? Clément darf sich freuen über einen solchen Vater!«

So sprach er, ließ seinen Knüppel kreisen wie ein Paradeschwert und presste seinen Sohn an sich, dessen lebendige Wärme ihn berauschte. Strahlendes Glück breitete sich in seinem Innern aus, ungeachtet der Nacht, der Schläge und all der Fallen.

Lange rannte Simon durch die leeren Straßen von Castelviel, getrieben von der Energie, die ihm zunächst die Angst eingegeben hatte und die nun durch die Freude über die Befreiung genährt wurde. Sein Knüppel schlug heftig gegen

Werkstattschilder und Dachtraufen, überall dahin, wo es einen hellen Klang gab. Wäre in diesem Moment ein Wachsoldat in seiner klirrenden Rüstung vorbeigekommen, so hätte Simon nicht gezögert, auch ihn für sein Glockenspiel zu verwenden.

Plötzlich bog eine Kutsche in die Straße, durch die er lief. Diese Begegnung brachte ihn sogleich wieder zur Besinnung. Der Färber verließ die Gosse und tauchte in den Schatten eines Mauervorsprungs ein.

»Verdammt, wer mag zu dieser Stunde durch Castelviel fahren!«

Während Simon dort lauerte, achtete er nicht auf das Wappen, das an die Wagentür gemalt war. Ein gekrönter Löwe kündete von Fressards frisch erworbenem Baronenstand. Das Wappen sagte Simon nichts, wohl aber der Strahl, den das Juwel des Färberwaidners, der sich kurz aus der Kutsche gelehnt hatte, vom Mondlicht einfing.

»Fressard!«, rief der Geselle und presste Clément an sich.

»Simon!«, antwortete Fressard ebenso erstaunt.

Doch die Gedanken des Barons folgten anderen Pfaden. Der Färber kam mit diesem erstaunten Ausruf davon, der allein dem Zufall der Begegnung galt, einen Moment später jedoch größtes Unheil bedeutet hätte. Simon hatte keine Zeit, den anderen Insassen der Kutsche zu erkennen, und war gleich darauf in Castelviel untergetaucht.

»Ich wähnte deinen Sohn im Siechenhaus«, kommentierte der Färberwaidner zerstreut. »Die Terrefort sind niemals dort, wo man sie vermutet.«

Lucas enthielt sich einer Antwort.

16

Nachdem Simon eine schlechte Nacht in Gesellschaft der Bettler unter dem Portal der Église Saint-Loup verbracht hatte, erwachte er als das elendste Geschöpf der Welt.

Die Situation war so, dass jeder vernünftige Mensch unverzüglich den Weg zu einem Hospiz eingeschlagen hätte, vielleicht gar jenem, dem Simon gerade entkommen war, um das hungrige Kind und sich selbst einem barmherzigen Gott anzuvertrauen. Simon hatte nicht genug Finger, um aufzuzählen, woran es ihm fehlte: ohne Feuer und Dach über dem Kopf, zerschlagen vor Müdigkeit, ein Knüppel und ein schmutziges Hemd als einzige Habe; außerdem gejagt von Fressard, verstoßen von seinem Vater, verlassen von seinen Färberkollegen, verraten von seiner Liebsten, die ihn in größter Gefahr ins Leere gestoßen hatte … Wer hätte da nicht die Waffen gestreckt?

Er aber war aus ganz anderem Holz geschnitzt. Als ihm an diesem Morgen die Grimasse der Welt erschien, als er das zarte, von Hunger gequälte Geschöpf an seine Brust gepresst entdeckte, sprang der Geselle auf, und diese erste Bewegung gab ihm die Kraft für alles, was folgte.

Simon lief mit großen Schritten vor der Église Saint-Loup auf und ab. Er wusste keinen Ort, an den er gehen konnte, keinen Menschen, der ihn erwartete. Sein weißes Nachthemd machte ihn zur Zielscheibe der Blicke und gewiss zu einem hervorragenden Köder für die Gendarmen. Ohnehin war Castelviel nicht sicher. Zweifellos hatte Fressard schon die ganze Nacht hindurch nach ihm suchen lassen.

»Verschwinden wir von hier!«

Aber Clément schrie vor Hunger. Das war das Wichtigste. Zunächst musste man etwas zu essen finden.

»Weine nicht mehr, kleiner Clément … Wir werden etwas Feines für dich bekommen.«

Als habe er noch Geld in der Tasche, wandte sich der Geselle sogleich zum nächsten Gasthaus. Das Glück wollte es, dass im gleichen Augenblick eine Gruppe Dominikanermönche von ärmlichem Aussehen dort eintraf, die in weiße Kutten gekleidet waren, so dass sich Simon mühelos unter sie mischen konnte. Er teilte mit gutem Gewissen das Brot und die Suppe, die der Wirt ihnen aus Barmherzigkeit servierte, dann setzte er sich an einen anderen Tisch, denn der nur wenig besänftigte Hunger zeigte noch immer seine Zähne.

»Wohlan, Wirt, bring das Beste aus deiner Speisekammer, das Edelste aus deinem Keller! Ich habe mehr Appetit als ein Walfisch!«

Der Wirt machte große Augen, als er Clément erblickte, der in den Armen seines Vaters brabbelte, aber da er meinte, es handele sich wohl um ein Findelkind, bediente er sie ohne Widerspruch. Simon sättigte sich mit Pasteten und Speck, und schob, nicht ohne Mühe, ein Löffelchen Bohnenpüree und einen Fingerhut warmes Kräuterbier in Cléments winzigen Mund. Niemand sagte ihm, ob dies nach dem Geschmack des Kleinen sei, aber wenigstens füllte es seinen Bauch.

Danach wurde es schwierig. Als Simon die Hand in die Tasche stecken wollte, bemerkte er, dass diese leer war, einfach deshalb, weil es im Nachthemd keine Tasche gab … Er hatte keinen Heller, um ihr Mahl zu bezahlen. Ein Blick zum Wirt belehrte ihn, dass dieser sein Problem erkannt und sogleich die Hochstapelei durchschaut hatte. Seine Hand schob sich bereits unter die Theke, vielleicht zu einem Knüppel. Erschauernd ob der erneut sich ankündigenden Hiebe schwenkte Simon seinen eigenen Stock mit verächtlicher Geste.

»Es reicht!«, schimpfte er. »Genug der Wunden und Beulen! Wollt Ihr einen braven Mönch verprügeln, dem dieses arme Kind von seiner sterbenden Mutter anvertraut wurde?«

Dabei schwenkte er Clément, und als erkenne das Kind die Notsituation, spielte es seine Rolle wunderbar und brüllte herzzerreißend.

»Ihr seid ein gefühlloser Mensch«, klagte der Geselle. »Bei unserer Jungfrau Maria, ich gehe, ohne zu zahlen!«

Damit erhob er sich von seiner Bank und ging vor der Nase des Wirtes zur Tür. Als die kleine Familie draußen war, drückte der Vater einen Kuss auf die Stirn seines Sohnes.

»Ich beglückwünsche Euch zu Eurer List, Meister Clément! Gott weiß, welche Buße mir diese Jammergestalt ohne Euch auferlegt hätte!«

Das Kind gurrte zustimmend.

Dieses Abenteuer überzeugte Simon endgültig davon, Castelviel, den Hort seiner Feinde, so schnell wie möglich zu verlassen. Ausgestattet mit einer Schnur, die seinem Mönchsgewand das Aussehen einer Franziskanerkutte gab, verließ er die Stadtmauern und mischte sich unter die Reisenden, die kamen und gingen. Alle Straßen standen ihm offen, jede verhieß das gleiche Maß an Erfolg und Prüfungen, an Freude und Qualen. Der Wind spielte in seinem weißen Hemd, zog hier, schob da, rastlos wechselnden Horizonten entgegen.

Direkt vor ihnen lag Albi, die Festungsstadt mit ihren sieben Türmen. »Nein, dort gibt es zu viele Galgen!«, überlegte der Geselle und wandte sich von der mächtigen Kathedrale ab. Also der Mauer nach Süden folgen, nach Bondidou und in die Schlucht von Verdusse? »Die Färberschlucht! Lieber der Strick!«, protestierte Simon. Oder am Tarn entlang, über den Pont-Vieux aus Stein und Ziegeln? »Pah! Das andere Ufer ist nicht besser als dieses. Und wie soll ich den Brückenzoll bezahlen?«

So diskutierte der Geselle mit sich selbst über den Weg, den er einschlagen sollte, als ihm Maguelonnes Anweisungen einfielen und die Verabredung in der Marienkapelle.

»Alle Wetter! Bei Marssac! Zu Fuß ist es weiß Gott etwas anderes als auf dem Pferd! Das sind drei Meilen von hier!«

Die Wanderung lockte ihn keineswegs, aber nach einigem Überlegen denn doch noch mehr, als die Aussicht, einen Tag vor den Toren von Castelviel zu betteln. Er machte sich auf den Weg.

Die Straße war lang und gewunden. Immer wieder vertrieben ihn mit Holz beladene Karren von der engen Spur oder begruben ihn unter riesigen Staubwolken, aus denen Simon weiß wie ein Gespenst und das Kind heftig niesend auftauchten. Als Krönung des Ungemachs machte sich die Sonne, die am Vortag ihre Pflicht wahrlich nicht versäumt hatte, nun außerordentlich rar. Sie suchte sich große Wolken als Ruhekissen, welche die Landschaft und vor allem Simon einer kostbaren Wonne beraubten. Wenn er Clément an sein dünnes Hemd presste, wusste er nicht mehr, ob es geschah, um das Kind zu wärmen oder um sein eigenes Blut zu erhitzen.

»Nur Mut, mein Sohn! Gott hat gewollt, dass wir allen Gefahren zum Trotz zueinander finden, er wird nicht erlauben, dass wir an einem Schnupfen sterben!«

Nach einiger Zeit brachte das unangenehme Wetter den Kleinen wieder zum Weinen. Simon tat es weh, wenn sich das Gesichtchen vor Kummer zusammenzog und zerfloss, ohne dass er den Grund dafür und ein Heilmittel dagegen fand. Himmelherrgott! Er war ein Bursche, und Männer wussten weniger von einem Kind als von der anderen Seite der Welt!

»Hast du vielleicht Hunger? Drei Stunden haben wir nichts mehr gegessen. Oder Durst? Soll ich für dich Wasser aus dem Brunnen dort schöpfen?«

Der Färber legte seinen Sohn unter eine Weide und suchte die Felder und Obstgärten der Umgebung ab. Von seinem Spaziergang brachte er Karotten, Artischocken, Lauch, Erdbeeren, Kohl und Zichorie mit, außerdem einen Vorrat an Kräutern und Wasser, das er in Ermangelung eines Gefäßes im Mund bewahrte. Clément wies die meisten Geschenke zurück, bis auf die Beeren, die durch seine enge Kehle passten und mit denen er sich vergnügt das Gesicht beschmierte.

»Du bist ein Schmutzfink!«, schimpfte Simon.

Als er Clément im Bach badete, entdeckte er die schon jetzt verheißungsvolle Kokarde, die beide Wangen des Kindes bedeckte.

»Ein Fleck! Rot, wie meiner! Unter dem Schmutz war er verschwunden! Du bist sehr wohl mein Sohn!«, rief der Geselle stolz.

Eine halbe Meile weiter erkundigte sich Simon ausführlich bei einer Amme, die auf der Türschwelle saß und ihrem Kind die Brust gab. Von ihr wollte er alles über Kinder erfahren: Toilette, Pflege, Mahlzeiten, ja sogar ein paar Liedchen zum Einschlafen. Gewiss, er konnte dem Kleinen nicht wie diese Frau seine Brust geben, aber wenigstens erfuhr er, dass Bier nicht zur üblichen Ernährung eines Säuglings gehörte, dass man mit acht Monaten noch nicht Dialekt sprechen konnte, dass man gut auf die kleinen geröteten Pobacken Acht geben musste und andere Muttergeheimnisse, auf die Simon äußerst neugierig lauschte. Schließlich wurde Clément gar zum Festmahl an die Ammenbrust geladen, was ihn begeisterte, jedoch den anderen Kleinen grausam kränkte, war er doch überzeugt, dass diese köstliche Quelle allein für ihn sprudelte.

»Jetzt hast du genug geschmaust. Genieße es, mein Sohn, denn so ein fürstliches Mahl wirst du nicht jeden Tag erhalten.«

Dann dankte der Geselle der Amme und setzte seinen Weg nach Marssac fort.

Die Marienkapelle erreichte er vor der Nacht.

Er war tief bewegt, als er das Kirchlein mit seinem krummen Kreuz und den mit Efeu bewachsenen Mauern wiederfand. In den zwei Jahren, seit er die Schwelle übertreten hatte, war das Heiligtum sichtbar gealtert: Putz fiel aus Rissen an den Wänden, und der Altar verschwand unter den Tropfen der Talglichter. Die Madonna auf ihrem armseligen Sockel aus Nägeln aber war wie am ersten Tag …

»Sieh nur«, sagte Simon, als er seinen Sohn ehrerbietig vor die Statue der Jungfrau trug. »Diese Dame ist sehr schön. Einen Mantel wie ihren findet man allein im Paradies. Bewundere ihn, Clément! Vielleicht wirst du eines Tages ein Färbermeister sein? Dann wirst du dich an diese Kapelle erinnern, an diese Madonna aus zerfressenem Holz mit ihrer Schleppe aus Sägemehl … Du wirst dich an dieses Blau erinnern. Nicht wahr, mein Sohn?«

Clément antwortete mit einem anmutigen Lächeln, das Simon als Zustimmung las.

Aber der Tag neigte sich, sie mussten sich dringend um ein Bett für die Nacht kümmern. Der Geselle schob zwei Bänke aneinander, um sich ein Lager zu bauen, das Weihwasserbecken legte er mit Moos, mit dem Stroh seiner Schuhe, mit Federn und trockenen Blumen aus. Darin würde sein Sohn schlafen. Die überall herumliegenden Kerzenstümpfe entzündete er in einem Kreis um die Wiege.

Unter dem blauen Blick der Madonna fielen Vater und Sohn in einen Schlaf voller Träume.

Natürlich staunten die Bewohner von Marssac nicht schlecht, als sie bei Tagesanbruch das Lager der Terrefort in der Waldkapelle entdeckten.

Sie amüsierten sich über den Vater, dessen nackte Füße eine gute Elle über die Kirchenbank hinausragten und der schnarchte wie das Gebläse einer Orgel. Vor allem aber der

Sohn weckte den gerührten Beifall der Besucher. Sie freuten sich über seine Behelfswiege und das improvisierte Bett aus Stroh, das wie ein Vogelnest gepolstert war; noch mehr gefiel allen das kleine, gefleckte Gesichtchen: Einige entdeckten darin Ähnlichkeit mit dem heiteren und pausbäckigen Jesuskind, dessen Statue in der Kirche von Marssac zu sehen war.

»Oh! Der kleine Engel!«, summten die Mütter und bedeckten die dicken Ärmchen mit einer feinen Moosschicht.

»Hat nicht die Madonna ihre Augen auf ihn gerichtet? Seht nur, ihr Kopf ist ihm zugewandt.«

Diesem Bild haftete etwas von einem Wunder an, es wurde jedoch von so vielen Stimmen und solcher Unruhe überlagert, dass der Geselle bald aus seinem Schlaf erwachte.

Als Simon, noch im Halbschlaf, den Auflauf in der Kapelle sah und die Menschen, die sich um das Weihwasserbecken drängten, glaubte er, sie wollten sich des Kindes bemächtigen. Dieser Eindruck erhitzte das Blut in seinen Adern. Energisch packte er seinen Stock, sprang auf den Altar und richtete den Finger anklagend auf eine Frau, die Clément in ihren Armen wiegte.

»Halt ein, Dämon! Ich zermalme dir das Gehirn auf meiner Färberschürze, wenn du meinen Sohn nicht freigibst!«

Ein Vikar, offenbar der Hirte der Prozession, trat vor und faltete die Hände.

»Frieden, guter Mann! Wir sind nur die Bewohner von Marssac, gekommen, um die Madonna für Mariä Heimsuchung mit Blumen zu schmücken.«

Simon beäugte die Ansammlung in der kleinen Kapelle. Er musste zugeben, dass keiner der Gläubigen das Aussehen oder die Statur eines Kinderräubers hatte. Sie trugen keine Waffen … Das große Silberkreuz, das die Prozession vor sich her getragen hatte, wäre vielleicht als passables Rapier zu benutzen gewesen. Im Notfall hätte das schwere Reliquiar als Keule dienen können und die Banner zum Ruhme Mariä als Lanzen.

Wie aber sollte man mit Blumenkränzen angreifen, mit Abendmahlskelch oder bestickter Stola? Der Färber sah seinen Irrtum ein.

»Verzeiht mir!«, bat er und wischte den Altar ab, auf dem er herumgetrampelt war. »Ich habe euch mit den Bösewichten verwechselt, die mich seit Castelviel gejagt haben. Ich bin in großer Furcht, dass sie meiner Spur bis hierher gefolgt sind.«

»Oh!«, riefen die Prozessionsteilnehmer im Chor.

»Warum verfolgen sie Euch?«, fragte eine Frau.

»Das ist eine unendliche Geschichte, sie wird euch gewiss langweilen.«

»Nein, nein!«, protestierte der Vikar.

Der Geselle setzte sich bequem hin, um seine Zuhörer abzuschätzen. In allen Augen sah er das gleiche neugierige Leuchten.

»Was soll's«, dachte Simon. »Ich habe nichts zu verlieren, wenn ich ihnen mein Leben erzähle, und vielleicht werde ich gar dafür entlohnt?«

Gestärkt von diesem Gedanken, begann der Geselle zunächst mit einer langen Ankündigung der Geschichte, die er zum Besten geben würde. Es war, wollte man ihm glauben, eine überaus spannende Geschichte, voller Abenteuer und Heldentaten, die schon manchem Troubadour zu Wohlstand verholfen hatte und kaum weniger Edelleute in ihren nebligen Lehensgütern beschäftigte. Gerade jetzt, während er darüber sprach, würden von den Mönchen in ihren Studiensälen Unmengen Tinte und Pergament verbraucht, um diese Erlebnisse festzuhalten. Männer, die so reich waren, dass sie sich die Nase in Hermelintüchern schnäuzten, bestellten prächtige Kopien mit Silberverschlüssen und Rubineinlagen, die Glanzstück und Zier ihrer Bibliotheken sein würden.

»Die Geschichte, Herr! Die Geschichte!«, lechzte der Vikar.

Simon verneigte sich höflich.

»Gleich, aber ich verlange einen Lohn für diesen Bericht:

Essen und Trinken, und auch ein Dach, um mich und meinen Sohn aufzunehmen …«

»Du wirst es bekommen«, versprach ein Bürger aus der Menge.

Beglückt von seinem Erfolg, ließ sich der Geselle nicht länger bitten. Mit einer Redegewandtheit, die man bei dem bescheidenen Färber nicht vermutet hätte, bot er den Zuhörern den genauen Ablauf seines Lebens dar. Nichts wurde umgangen oder ausgelassen: Von seiner Lehre bei Meister Lucas bis hin zum Drama in den *Brassières*, über das schwierige Noviziat des Blau und die Flucht aus dem Spital Saint-Jacques legte Simon eine vollständige Beichte ab. Selig wie bei der Messe genossen die Gläubigen den erbaulichen Bericht des Färbergesellen.

Am Ende war die Nacht hereingebrochen und Clément, dessen Schluchzen die Stunden genauer zählte als die Kirchenglocken, hatte sich wieder und wieder an die Brüste der Dorfbewohnerinnen gehängt. Ein jeder war gesättigt, mit Milch oder mit Worten.

Nur der Vikar, womöglich eifersüchtig ob des Erfolgs, den seine Predigten nicht hatten, nahm Simons Bericht mit Missfallen auf.

»Dummes Gerede! Gott erlaubt nicht, dass ein gläubiger Christ ein so elendes Leben führt. Glaubt Ihr vielleicht, Maria, die heilige Mutter Christi, würde den im Stich lassen, der so viele Gebete an sie richtet? Ihr erzählt Märchen, Geselle!«

Simon war tief getroffen.

»Wenn ich lüge, soll der Teufel sogleich meine Zunge spalten, wie er es bei der Schlange tat, die unter allen Tieren das arglistigste und widerwärtigste ist!«

Die Entgegnung des Vikars knallte wie ein Peitschenhieb: »Wohl wahr, aber eine gespaltene Zunge ist kein gar zu großes Übel. Ich kenne Menschen, da würde sich alle Welt wundern, wenn sie zeigten, welch ein rosiges Weichtier mit zwei oder gar drei Mäulern ihren Speichel absondert!«

»Dann soll mir am Kinn ein Ziegenbart wachsen und auf der Stirn so spitze Hörner, dass sie meine Kappe durchstoßen.«

»Hah! Es braucht schon mehr, um die Jungfrau erstarren zu lassen, und so mancher lebt nicht schlecht mit viel schlimmerem Gesicht, dem selbst der Spiegel die Gastfreundschaft verweigert!«

»Nun gut, dann mögen mir die Hexen das Fell eines schwarzen, stinkenden Bären wachsen lassen und aus meinen Zähnen hässliche Nelkenstümpfe machen, wenn ein einziges Wort gelogen war!«

»Das wäre lustig anzusehen, gewiss, aber der Mann, den Ihr da beschreibt, ist bereits erfunden: Er nennt sich Jehan und spaltet die Holzkloben für die Küche der Mönche!«

»Ich lüge nicht!«, brüllte Simon, der mit seinen Nerven wie auch mit den Argumenten am Ende war.

»Ihr lügt!«, entgegnete der Vikar. »Und wenn Ihr nicht lügt, so betet Ihr nicht ordentlich!«

Das Wortgefecht zwischen den beiden Männern hatte Verwirrung unter den Gläubigen gesät. Die braven Kirchgänger wagten nicht, gegen ihren Vikar Partei zu ergreifen, konnten sich aber ebenso wenig entschließen, den Gesellen anzugreifen, dessen Leben ohnehin schon so unglücklich war.

Am Ende zog ein Bürger alle aus der Verlegenheit, indem er auf das Einbrechen der Nacht verwies, auf die Grausamkeit der Wölfe in der Umgebung und auf das große Festmahl, das so viele rundliche, durch den Wald irrende Christen für jene darstellen würden. Seine Argumente überzeugten die Dorfbewohner. Harzfackeln wurden an den Leuchtern des Altars entzündet, und jede Familie folgte ihrem Lichtträger.

Simon wurde nicht vergessen. Sein Wohltäter bot ihm ein Bett in seinem Haus und eine Wiege für Clément an. Der Geselle willigte hastig ein.

»Ich schulde Euch ewige Dankbarkeit, Herr!«

»Mein Name ist Arnould.«

Gleich am nächsten Tag brachte Arnould Simon in einer Hütte am Rand des Waldes von Marssac unter, keinen Bogenschuss von der Marienkapelle entfernt.

Vier Steinmauern, drei Holzbalken und eine Ginsterhaube auf dem Steildach bildeten ein bescheidenes Gebäude, das einst als Unterkunft für die Erbauer der Kapelle gedient hatte, inzwischen aber nur noch als Zuflucht für Hirten oder Jäger genutzt wurde, die ein Unwetter überrascht hatte. Das Mobiliar war Stück für Stück in den Winterfeuern verschwunden. Nur ein Tisch und ein Strohsack standen noch auf dem Boden aus gestampfter Erde. Dennoch lebte man dort angenehm: Eine berühmte Quelle sprudelte am Rand des Feldes und im umliegenden Wald wimmelte es von Hasen.

»Das ist alles, was ich brauche!«, erklärte der Geselle.

»Um so besser!«, freute sich Arnould. »Hier ist eine Scheibe Brot mit Speck. Ich werde Euch später Pastete bringen lassen … und bald auch ein neues Gewand, wenn Ihr mir eine schöne Geschichte schenkt!«

Simon dankte seinem Gastgeber von ganzem Herzen, ehe dieser sich verabschiedete. »Was für freundliche Menschen«, dachte der Färber, während er an dem frischen Speck roch.

Die folgenden Wochen sollten ihn in dieser Meinung bestärken. Nirgends hatte der Geselle je zuvor so barmherzige Seelen getroffen, und Herzen, die so offen waren für die Verzweiflung der anderen. Es verging kein Tag, ohne dass ein Jäger einen Hasen brachte, den er in der Schlinge gefangen hatte, oder ein Gärtner ein Bündel Lauch, das noch nach frischer Erde roch. Der Bäcker schenkte ihm Brot, das mit einem Kreuz gezeichnet war, der Konditor leckere Ragouts in lackierten Töpfen. Am eifrigsten aber kamen die Ammen zu Besuch: Im Morgengrauen schon eilten jene, die nicht von Hausarbeiten aufgehalten wurden, zu Clément, voller Verlangen, den Säugling an ihre laue Brust zu nehmen …

»Oh, oh!«, dachte der Färber. »Hoffentlich verwirrt es meinen Sohn nicht gar zu sehr, so viele Brüste zu küssen!«

Die Popularität des Gesellen reichte nicht aus, um einen solchen Zustrom zu erklären. Ohne Zweifel hatten auch die Hütte am Waldrand, die einer Einsiedelei glich, und das Mönchsgewand, das Simon nicht abgelegt, sondern noch um eine Tonsur ergänzt hatte, ihren Anteil an dieser Begeisterung: Die Gläubigen sahen den Färber halb als Heiligengestalt, halb als Einsiedler. Dass er sich so lange an der irdischen Welt gerieben hatte, verstärkte nur die Menschlichkeit seiner Person. Man verehrte ihn, weil er gesündigt hatte und nun durch ein Leben in Einsamkeit büßte.

»Weiß Gott! Lieber hätte ich eine andere Gefährtin! Aber die Dame Einsamkeit hat mich ausgewählt.«

Wenigstens bescherte ihm diese Legende ein bequemes Leben. Simon hatte nie so gut gelebt wie unter den Bewohnern von Marssac. Wie andere Dörfer ihren Klausner, Wunderheiler oder Hexenmeister hatten, rühmte sich Marssac seines Eremiten. Er war ein Ehrengast, den sie verwöhnten, pflegten und fütterten, in der Hoffnung, eines Tages seine Knochen als Reliquien zu bewahren.

»Sie sehen mich bereits in einem Heiligenschrein eingelegt«, amüsierte sich Simon.

Unter die Wohltäter der ersten Tage mischten sich bald andere Besucher, deren Absichten weniger großzügig waren. Dem Gerücht, der Eremit vollbringe Wunder und gebe Ratschläge von überwältigender Weisheit, folgten viele Männer und Frauen, um ihre Klagen loszuwerden.

Mal war es ein fieberndes Kind, um dessen Genesung gebeten wurde, mal ein verlorenes Lamm, das nach der Herde rief, oft auch, da Simon den Ruf genoss, von der Jungfrau erhört zu werden, eine Frau ohne Kinder oder ohne Milch, die ihren Anteil an den Freuden der Mutterschaft erbat.

Der Geselle hörte ihnen allen ernsthaft zu, legte die Hände

auf, gab Küsse und Umarmungen, wie man es von ihm wünschte. Dass diese Behandlung keine Wirkung zeigte, hielt die Pilger keineswegs fern, stets waren sie bereit, von der großen Wohltat zu künden, die ihnen ihr Besuch gebracht hatte, und in ihrer Umgebung den Ruhm des Eremiten von Marssac zu fördern.

Man würde sich jedoch in Simon täuschen, wollte man annehmen, er empfing Unterkunft und Essen ohne jede Gegenleistung. Tatsächlich brannte der Geselle darauf, nützlich zu sein, und suchte sich Arbeit, sobald er Clément der Aufsicht einer Amme anvertrauen konnte. Nun zeigte sich sein Eifer zum größten Wohl der Dorfbewohner, die ihn in seinen schwierigen Tagen unterstützt hatten. Er spaltete beim einen das Holz, mähte beim nächsten das Gras oder hütete die Herde; bei anderen wieder scherte er die Schafe oder stampfte die Butter.

Zu diesen kleinen Hilfsleistungen kamen andere Arbeiten, die ihm bezahlt wurden. Zwei Monate nach der Flucht aus Castelviel fürchtete sich der Geselle nicht mehr, in Albi aufzutauchen, wo er jeden Dienstag als Handlanger etwas Geld verdiente.

So verdingte er sich unter angenommenem Namen und mit unkenntlichem Gesicht nacheinander als Kammmacher, Gerber, Steinträger und Briefträger, als Brunnenmeister für das Viertel Vigan, als Marktschreier, als professioneller Pilger, als falscher Entlastungszeuge – ein Beruf, von dem viele Studenten lebten – und sogar, Gipfel der Tollkühnheit, als Hilfsgärtner bei Joachim de Fressard …

Diese letzte Anstellung, die Simon einen einzigen Tag inne hatte, an dem er viele Rosen niedertrampelte, gab ihm Gelegenheit, Maguelonne wiederzusehen. Der Geselle verspürte große Erleichterung, als er die Färberwaidnerin auf ihrem Balkon erblickte – am Leben! Seine Ängste verflüchtigten sich. Vielleicht machte Fressard so wenig Aufhebens um Clément, weil er seine Entführung für einen seines Zornes unwürdigen, belanglosen Zwischenfall hielt? Die Pläne des Barons waren jedenfalls undurchschaubar.

Der Färber unternahm nichts, um seine Anwesenheit zu bekunden, warf jedoch einen Brief, den er um einen Stein gewickelt hatte und in dem er Nachricht von Clément und sich selbst gab, auf den Balkon. »Wir werden am dir bekannten Ort sein, am vereinbarten Tag«, stand in der Botschaft.

Dann legte Simon seine Gärtnerschürze ab und ging zurück nach Marssac.

17

Der Sommer in Marssac war brennend heiß.

Auf allen Bauernhöfen hatte man Tennen errichtet, um das Korn zu dreschen. Das Land lebte im Takt der Dreschflegel, die abwechselnd auf die goldenen Ährenhaufen niederfielen – ihr Pfeifen gesellte sich zum Quietschen des Mahlsteins, zum Knarren der Mühle, zum Zischen der Kornschwingen, die dem Tagesablauf der Bauern auch ohne Uhren ihren Rhythmus gaben.

Vor Sankt Bartholomäus beschleunigte reichlicher Regen das Reifen der Früchte: Simons Alltagsessen wurde nun von frischen Äpfeln ergänzt, die von den Baumwipfeln heruntergeschlagen wurden, und von jungen Trauben von besonders sonnigen Spalieren. Himbeeren, Johannisbeeren und Brombeeren gab es so reichlich, dass sich die Wege rot färbten.

Clément, nun bald ein Jahr alt, genoss diesen Reichtum der Natur. Die Ammen lobten seinen sicheren Gang, den wachen Blick und die zahlreichen Worte, die das Kind kannte.

»Maguelonne wird sich freuen, wenn sie sieht, wie du dich entwickelt hast«, sagte der Geselle.

Endlich kam der erste September heran.

Die Verabredung mit Maguelonne war für die Frühmette getroffen, dennoch machte sich Simon schon am Vorabend auf den Weg, als der Tag sich neigte.

Womöglich legte Fressard ihm einen Hinterhalt? Wenn sich nun im gefährlichsten Augenblick seine Handlanger auf ihn stürzten? Vielleicht hatte Joachim seinem Weib ein Geständnis entlockt! Falls diese Verabredung nicht überhaupt eine Falle war, die beide gemeinsam für ihn ersonnen hatten. Die Verräterin hatte ihn auf dem Balkon schön ins Leere gestoßen!

»Du verlierst den Verstand«, brummte Simon kopfschüttelnd.

Dennoch beschleunigte er den Schritt. Die wichtigste Vorsichtsmaßnahme bestand darin, als Erster vor Ort zu sein.

Die Lichtung tauchte in der Dämmerung auf. Weihevolle Stille umgab die Kapelle, die eine glänzende Aureole trug wie die Heiligen auf byzantinischen Fresken. Niemand zu sehen! Dennoch untersuchte der Geselle vorsichtig das Unterholz, ehe er zur Kapelle zurückkehrte.

»Gott im Himmel!«, rief Simon, als er eintrat.

Das Kirchenschiff war hell erleuchtet. Ein glühender Strom verbreitete sich durch das Rundfenster, eine goldene Brandung, die die erloschenen Kerzen neu zu entzünden schien, den rohen Gips mit Ruhm bedeckte, die auf den Bänken vergessenen Messbücher mit bunten Farben schmückte.

»Bei meiner Seele, Clément! Welch ein Glanz!«

Das Schönste war das Licht, in dem die Jungfrau erstrahlte. Mit ihrem von funkelnden Tränen überströmten Gesicht glich sie der Königin der Engel. Niemals war ihm das Blau der Statue so rein erschienen, wenngleich es jetzt vom Rot des Sonnenuntergangs gefärbt war.

Zutiefst bewegt faltete Simon die Hände.

»Oh! Heilige Jungfrau, wie schön und wunderbar du bist!«

Die Farbe hypnotisierte ihn. Er konnte dem Verlangen nicht widerstehen, den Mantel der Statue zu berühren, der unter seinen Fingern lebendige, fast menschliche Wärme ausstrahlte. Sein Puls schlug schneller. Abermals streckte er die Hand nach der Jungfrau aus, stieß diesmal jedoch allein auf eine Oberfläche von zerfressenem Holz. Wie konnte er das Blau berühren? Diese sanfte, satte und tiefe Farbe, in der sein Blick zu ertrinken schien? Zehnmal legte sich Simons Hand auf die Statue, zehnmal entfernte sie sich missmutig. Wie gern hätte er doch dieses körperlose Blau mit der Faust umschließen mögen, es in seiner Handfläche herumrollen, zwischen seinen Fingern fließen lassen! Mehr noch: es zerkauen und seinen Geschmack erfahren mögen!

Doch das Blau schwebte über seiner Haut, ohne die geringste Spur darauf zu hinterlassen. An der Zungenspitze war es wie Wasser, für seine Nase wie Wasserdampf.

Simon schloss die Augen. Als er sie nach einer Weile wieder öffnete, war das Blau im Gefolge der Sonne geflohen. Über der Madonna lag nur noch ein schiefergrauer Mantel.

Der Geselle hörte seinen Sohn, der vor Hunger schrie.

»Du willst essen! Und ich Dummkopf habe nichts mitgenommen! Oh Gott, wenn ich nur ein paar Brombeeren hätte!«

Simon wühlte in der Tasche, die er auf sein Hemd hatte nähen lassen, fand darin jedoch nichts außer einem Stück Brot. Er machte eine Kugel aus dem Innern, tränkte sie mit Speichel und gab sie Clément. Selbst begnügte er sich mit der Kruste, auf der er lange herumkaute, um dem Jungen ein Beispiel zu geben.

Die Dunkelheit war hereingebrochen. Aus Furcht, Wölfe oder Diebe anzulocken, zündete der Geselle nur ein Nachtlicht im Schutze des Altars an. Er überwachte den Eingang der Kapelle, hatte eine Hand an seinem Knüppel, die andere an der Lampe.

Dreimal hatte sich das Stundenglas gedreht. Des Spielens müde, schlief das Kind in den Armen seines Vaters ein.

Schließlich vernahm Simon zwischen den vielen Geräuschen, die der Wind mit sich trug, den Hufschlag eines Pferdes. Es kam in ihre Richtung. Simon blies das Licht aus, der Docht verströmte einen säuerlichen Geruch. Er hörte den näher kommenden Galopp, vernahm, wie der Reiter aus dem Sattel sprang, ehe er den Zügel um den Stamm eines Baumes schlang. »Eine Frau ...«, schlussfolgerte der Geselle aus einem leisen Rascheln von Stoff.

Gleich danach zeichnete sich Maguelonnes Gestalt in der Tür der Kapelle ab. Das taillierte Kleid war dasselbe, das sie bei ihren Besuchen in der Werkstatt von Signac getragen hatte: derselbe weite Kragen mit Pelzbesatz, dieselbe Schleppe, die drei Schritte hinter ihr über den Boden schleifte. In dieser Nacht jedoch verlieh der Mond dem samtenen Stoff das Aussehen eines Fells, und Simon fühlte in sich die Angst vor Gespenstern aufsteigen.

Die Färberwaidnerin kam auf den Altar zu, die langen Ärmel wogten an ihren Seiten wie zahme Schlangen. Ihr Gesicht wandte sich langsam zur einen Seite, dann zur anderen, es glich einer von Haar eingerahmten Wachsmaske. Der Geselle war gleichsam erstarrt, unfähig, sich bemerkbar zu machen. Im Gegenteil, er hüllte Clément in seinen Mantel und kauerte sich auf den Boden, um nicht gesehen zu werden. Seine Faust war um den Stock verkrampft.

»Simon?«, rief Maguelonne.

Die geliebte Stimme brach den Zauber. Simon schüttelte sich, als erwache er aus einem Alptraum, zündete an einem kleinen Glutstück eine Kerze an und ging mit diesem schwachen Licht in der Hand auf Maguelonne zu.

»Warum versteckst du dich?«, fragte die Färberwaidnerin.

»Dieses Kleid ... Es gefällt mir nicht.«

Maguelonne nickte mit einem traurigen Lächeln, das sich im schwachen Widerschein der Flamme nicht deuten ließ. Ihr Blick jedoch, der kurz zur Statue gegangen war, kehrte zu dem Gesellen zurück, dessen Priestergewand sie mit Ironie musterte.

»Bist du mit Clément gekommen?«, fragte Maguelonne nach kurzem Schweigen.

»Ja, er ist da.«

Simon führte sie hinter den Altar. Die Eltern neigten sich über das schlafende Kind.

»Wie schön er ist«, rief Maguelonne, »und wie sehr er gewachsen ist. Jungfrau Maria! Der Fleck auf seiner Wange … er ist nicht mehr da!«

»Das ist nur das Licht. Der Fleck ist da, schön rot: Mein Vater würde es ›krapprot‹ nennen.«

»Dein Vater färbt nicht mehr rot. Ich habe dir viel zu erzählen, Simon …«

Maguelonne hüllte das Kind in die weiten Falten ihres Kleides und hieß den Gesellen neben sich Platz nehmen, um ihn über Castelviel zu unterrichten. Es waren erstaunliche Nachrichten, bei denen der Geselle mehrmals verwundert aufschrie und oft ungläubig die Augen aufriss. Es war schon bewundernswert, dass Fressard in wenigen Monaten so viele Untaten verübt hatte, ohne einen Vorwurf zu hören, ohne dass ihm auch nur der geringste Widerstand entgegengesetzt wurde. Der Teufel persönlich hätte sein Werk nicht besser verrichten können.

Lucas war freigelassen worden, um der Färber des Barons zu werden? Éléonore hatte um den Preis ihrer Freiheit eine Stelle als Zimmermädchen im Haus von Castelviel angenommen, wo sie Schikanen und Fron erdulden musste? Das Maß war voll!

»Ich bin der elendste aller Menschen!«, klagte Simon und versteckte das Gesicht in den Händen. »Welche Hilfe kann ich heute noch erwarten? Die Zunft steht in Fressards Sold, die Justiz gehorcht ihm, mein Vater und meine Mutter arbeiten in seinem Haus!«

Maguelonne presste die Hände des Gesellen zwischen ihre. Die Erfahrung bitterer Prüfungen oder aber Clément, der sich im Schlaf an sie schmiegte, erfüllten sie mit neuer Kraft und der Bereitschaft, für andere da zu sein.

»Du musst fliehen«, erklärte die Färberwaidnerin. »Sie werfen dir vor, Joachims Sohn entführt zu haben. Das Gericht hat dich zum Galgen verurteilt. Ich habe Gold mitgebracht. Damit kannst du ein Pferd nach Toulouse bezahlen. Von dort gehst du nach Foix und weiter nach Spanien, wenn du willst. Jede Meile, die du zwischen dich und Fressard bringst, ist eine Stunde Leben.«

»Und Clément?«, fragte der Geselle.

Die Frau schaute unendlich zärtlich auf den Kopf ihres Sohnes; in diesen Blick, der bitteren Mandel im Innern der Frucht gleich, mischte sich unbeugsame Entschlossenheit.

»Clément geht mit dir!«

In diesem Augenblick hörten sie draußen ein Geräusch, das weder vom Wind noch von einem wilden Tier stammte. Der Geselle sprang gerade rechtzeitig auf, um hinter der Fensterscheibe im Mondlicht einen Männerhut zu erkennen. Das Gesicht tauchte sogleich wieder in die Dunkelheit ein.

»Wie denn? Ihr wurdet verfolgt?«

Ein misstrauischer Blick fiel auf Maguelonne, sprang zurück zum Knüppel. Simon stürzte hinaus, doch es war zu spät: Der Spion saß bereits auf seinem Pferd, das nur lose an einen Zweig gebunden war, und gab dem Tier die Sporen. In der Bewegung flog sein Hut davon und entblößte einen nackten Schädel.

»Kahl? Verflucht! Der Mann vom Balkon!«

Simon hob den Hut auf, dessen Futter von Schweiß durchtränkt war. Nachdenklich kehrte er mit seiner Trophäe in die Kapelle zurück.

»Jetzt kennt Fressard unsere Pläne!«, erklärte der Geselle mit furchterregender Miene. »Deshalb ließ er Euch gehen … Der Jäger lässt den Wolf laufen, um die Meute aufzustöbern!«

Ein Schluchzen zitterte in Maguelonnes Stimme: »Wer hat mich verfolgt?«

»Der Kahlkopf.«

»Noël? Unmöglich! Er hat mir große Dienste erwiesen.«

»Solche Typen sind allein dem Golde treu.«

»Das ist furchtbar«, schluchzte Maguelonne und drückte den schlafenden Clément an sich.

»Es kommt nicht in Frage, dass Ihr nach Castelviel zurückkehrt. Gleich morgen mieten wir einen Wagen, um diesem verfluchten Land zu entfliehen. Ich werde mich in Italien als Färber niederlassen, in Venedig. Dort weiß man die Meister der Färbekunst zu würdigen. Unser Beruf gilt dort als *arte maggiore*. Clément wird mein Lehrjunge und Ihr kümmert Euch um den Verkauf.«

»Clément geht mit dir. Ich bleibe hier.«

Durch die Tränen hindurch blitzte in Maguelonne erneut jener unanfechtbare Wille auf, die Entschlossenheit einer Mutter, wie ein Stein unter dem eisernen Rad des Schicksals. Simon schaute sie prüfend an und drängte diesmal nicht weiter. Die Färberwaidnerin unterdrückte ihr Schluchzen, um ihm plötzlich bittere Vorwürfe zu machen: »Ist es nicht genug für Clément, einen Vater auf der Flucht zu haben, dessen Schatten ein Galgen ist und dessen Name allein das Pulver entzündet? Braucht er auch noch eine verstoßene Mutter, Zielscheibe von Steinen und Verwünschungen? Ich bin vor Gott Joachims Gemahlin. Für ihn habe ich einen Mann gesucht, den Vater meines Kindes. Wäre die List nicht enthüllt worden, trüge Clément den Namen des Barons und würde in Castelviel bei uns leben.«

Maguelonnes Worte schnitten Simon tief ins Herz. Gewiss, sie sagte ihm nichts, was er nicht schon wusste; jedenfalls nichts, was er nicht aus Maguelonnes zweideutigem Verhalten – ihrem Zögern gestern, ihrer Weigerung, ihm zu folgen, heute – hätte ahnen können. Aber es ist eins, zu ahnen, und etwas anderes, zu hören … Angesichts der Wahrheit entdeckte Simon, dass er das verschleierte Tageslicht der prallen Sonne vorzog.

»Außerdem«, fuhr die Färberwaidnerin mit letztem Atem fort, »habe ich keine Liebe für dich.«

Das war der Gnadenstoß. Der Färber suchte mit aller Macht seinen Zorn zurückzuhalten und auch die Verwünschungen zu unterdrücken, die wie zornige Pfeile aus seinem Herzen schossen. Dennoch bahnten sich wütende Worte ihren Weg durch seine zusammengepressten Zähne: »Ihr habt fein mit mir gespielt, Madame de Fressard! Die Komödie Eurer Liebe war eine Meisterleistung, ich kenne keinen Gaukler, der es Euch gleichtun könnte. Wie dumm ich war, Eure Küsse zu genießen, auf Eure Besuche zu lauern. Nie habt Ihr meine Pforte mit anderem Ziel aufgestoßen, als meinen Samen zu erhalten, ebenso hättet Ihr auch einen Stall aufgesucht, hätte ein Stier das Nötige zu geben vermocht! Nun gut, da weder Clément noch ich die Gabe haben, Euch zu halten, da Ihr in allem Eurem Baron folgt, verabschiede ich mich. Seid gewiss, dass sich unsere Wege heute für immer trennen.«

Nie in ihrem ganzen Leben hatte Maguelonne ein so gequältes Antlitz gesehen und Fäuste, die so nahe daran waren, durch die Luft zu fliegen, und nur durch eine unendliche Anstrengung dicht am Körper gehalten wurden.

Sie legte Clément in Simons Arme, ohne auch nur zu wagen, die Stirn ihres Sohnes zu küssen. Einen Augenblick später rauschte ihr Kleid über den Boden des Heiligtums, flüchtig und schillernd wie ein Schwarm verschreckter Fische.

»Verschwindet!«, brüllte der Geselle. »Geht mir aus den Augen!«

Auf den Lärm dieses Schreis folgten gleich zarten kleinen Tropfen in den Maschen der Stille die Schluchzer des erwachten Kindes. Maguelonne erstarrte. Die Stimme ihres Sohnes rief nach ihr und zerriß ihr das Herz.

»Wohin wirst du gehen?«, fragte die Färberwaidnerin, ohne sich umzuwenden.

»Nirgendwohin!«, antwortete Simon. »Warum fliehen?«

»Fressard ist dir auf den Fersen!«

Ein verächtliches Pfeifen ging der Antwort voraus: »Soll er nur kommen, soll er sich nur heranwagen!«

Maguelonne raffte den Bausch ihres Kleides zusammen und ging wortlos hinaus. Den schwarzen Himmel durchdrang eine Speerspitze von Licht: Der Morgen nahte.

Noël galoppierte, so schnell ihn sein Pferd zu tragen vermochte. Er stand in den Steigbügeln, die sich wieder und wieder in die Flanken des nervösen Tieres bohrten. Der Zügel zischte in den Händen des Reiters wie eine im Flug aufgefangene Peitsche.

»Schneller!«, rief Noël in das aufgerichtete Ohr des Pferdes.

Wie ein Blitz durchquerten sie den Wald. Überall tauchten Zweige auf und schlugen wie die Peitschen von Stechpuppen gegen die Schultern des Reiters. Die Hufe schleuderten Steine gegen seine Beine, der Flügel eines Raubvogels streifte seine Wange. Noël achtete nicht darauf. Mit fiebernasser Stirn und geröteten Augen warf er sich in das Rennen wie ein Verzweifelter in die Tiefe des Abgrunds.

Endlich öffnete sich der Weg und Staub wirbelte auf. Noël trieb sein Pferd bis zu den Toren des Palastes von Castelviel.

»Herr Baron! Herr Baron!«

Fressard, der unter Maguelonnes Balkon gestanden hatte, stürzte ihm entgegen.

»Hast du ihn gesehen?«, fragte er nervös.

Noël wäre beinahe gestürzt, so hastig sprang er aus dem Sattel.

»Ich habe Simon gesehen, ja! Und auch das Kind, das mir ziemlich blass vorkam, ganz abgemagert … Dieser Unhold füttert es mit Wurzeln!«

Fressard zuckte die Schultern.

»Wo ist es?«

»Eine kleine Kapelle im Wald bei Marssac. Wenn Euer Hengst gesattelt ist, wechsele ich auf der Stelle mein Pferd gegen ein frisches.«

Der Färberwaidner schüttelte den Kopf. Unter dem spitzen Ohrläppchen kreiste seine Perle wie ein Schwert um die gegnerische Klinge.

»Marssac ... Dahin hat sich dieses verdammte Feuergesicht also zurückgezogen. Er hat kein bisschen Angst vor mir, wenn er kaum drei Meilen von Castelviel entfernt lebt!«

Grausamer Jubel war auf Noëls Gesicht zu lesen.

»Herr Baron, es wäre ein Kinderspiel, ihn in einen Hinterhalt zu locken! Seit Boniface ...«

Fressards behandschuhte Hand presste sich heftig auf den Mund des Stallburschen.

»Wage nicht noch einmal, diesen Namen auszusprechen«, fauchte der Färberwaidner. »Und wenn es in deinem Schädel ein Gehirn gäbe anstelle von Stroh, würdest du erkennen, wie gefährlich es ist, zweimal dasselbe Mittel einzusetzen. Simon Terrefort ist wachsam, er wird sich nicht erwischen lassen ... Vor allem aber dürfen wir nichts überstürzen, damit Gras über die andere Sache wachsen kann.«

»Dann ist alles verloren!«, verkündete Noël, der stets bereit war, von einem Extrem ins andere zu fallen.

Es folgte langes Schweigen. Joachim de Fressard stand reglos da und schien mögliche Lösungen zu erwägen. Schließlich öffneten sich die bis dahin fest gespannten schmalen Lippen zu einem Lächeln.

»Du hast mir doch erzählt, Maguelonne hätte ihm ins Siechenhaus Briefe geschrieben?«

»So ist es, Herr, lange Briefe, die Simon mit großer Ungeduld erwartete.«

Unverhofft machte Fressard auf dem Absatz kehrt und ließ Noël mitten im Hof stehen.

»Herr! Meine Belohnung!«, japste der Stallbursche.

Einen Fuß schon auf der Freitreppe, schenkte ihm der Baron einen letzten Blick.

»Du bist dreckig, Noël, deine Weste trieft vor Schweiß … Zieh eine neue Livree an, es gefällt mir nicht, das junge Wappen der Fressards so mit Schlamm beschmiert zu sehen! Wir werden später sehen, was mit deinem Lohn ist.«

Noël stammelte eine Entschuldigung, ehe er sein dampfendes Pferd in den Stall führte.

Maguelonnes Warnung war weit davon entfernt, Simon von der Gefährlichkeit seiner Situation zu überzeugen. Die Aussicht, als leichte Beute des Feindes auf dem Präsentierteller zu sitzen, beeinflusste höchstens seine Zukunftsträume. Die Liste der beteiligten Personen war stark geschrumpft: Maguelonne kam nicht mehr darin vor, die Färberzunft ebenso wenig wie Lucas und Éléonore, auf deren Vergebung der Geselle insgeheim gehofft hatte.

Allein Clément würde fortan sein Exil teilen. Damit vervielfachten sich Horizonte und Möglichkeiten, sie hatten nunmehr keine anderen Grenzen als seinen Willen, keine anderen Wegweiser als seine Laune. Würde er sich für das Mönchsleben entscheiden, ein Dasein in Beschaulichkeit? Niemand war in der Lage, ihn davon abzuhalten. Wollte er lieber herumvagabundieren, jeden Tag einen neuen Herrn wählen, jede Nacht in einem anderen Loch schlafen? Auch das konnte er in voller Freiheit entscheiden. Alle Wege der Welt boten sich ihm an, gleich einer Reihe miteinander rivalisierender Kurtisanen, die ihm zu gefallen suchten.

Es dauerte nicht lange, bis aus Simons neuem Geisteszustand Taten folgten.

Schon am folgenden Tag verließ er die Hütte am Waldesrand und zog in ein Haus mitten im Dorf, das ihm Arnould mühelos besorgte. Der Umzug weckte bei den Dorfbewohnern großes Erstaunen: Der Eremit verzichtete also auf die

Einsamkeit? Die Nachbarn waren ratlos und traurig, als sie sahen, wie der Mann seine Mönchskutte gegen einen Stadtanzug tauschte und sich eine Mütze auf die nachwachsende Tonsur stülpte.

Später, als der Geselle von den Wäscherinnen Zuber auslieh, um zu färben, erwachte eine neue Hoffung: »Gott gebietet ihm, sich in der Arbeit zu erniedrigen«, vermutete der Pfarrer. Diese Hypothese fand rasch die Zustimmung der Gemeindemitglieder und überzeugte sie auch, ihre Besuche wieder aufzunehmen. Bald erlebte das Haus im Dorf den gleichen Zulauf wie zuvor die Hütte am Waldesrand, nur das jetzt nicht mehr fiebernde Kinder und kranke Kälber mitgebracht wurden, sondern Leinenballen und Wolle. Alle brannten darauf, die Farben des heiligen Mannes zu tragen, deren außergewöhnliche Qualität bald überall gerühmt wurde.

So kehrte Simon, wie von der Vorsehung gelenkt, zu seinem früheren Beruf als Färber zurück. Zwar war die Werkstatt auf den Hügeln von Marssac nur ein blasser Abglanz des Hauses in Signac und das dort zusammengetragene Material reichte gerade für die Färbearbeiten: zwei Küchenkessel, ein paar löchrige Fässer und als *Champagne* ein Fischernetz ... Aber zumindest erlöste ihn dieses neue Dach von der abscheulichen Vormundschaft Fressards. Endlich musste Simon nicht mehr nach fremdem Willen färben, nicht mehr verkaufen, um seinen Lebensunterhalt zu bestreiten, was so viele Werke entstellt und so viele Genies in die Falle lockt.

Die ersten Stoffe, die seine Bottiche verließen, waren nach dem Urteil des Gesellen nur mittelmäßig, in den Augen der Dorfbewohner jedoch bewundernswert. Auf die Bauern, deren Kleidung normalerweise aus braunem Leinen oder grauem Wollstoff bestand, machten die kräftigen Töne des Färbers einen märchenhaften Eindruck. Sie meinten, den Regenbogen vor sich ausgebreitet zu sehen.

Allerdings schüchterte so viel Glanz auch ein: Die Dorfbewohner wussten nicht, welche Kleider sie aus dem neuen Stoff nähen sollten, fanden nichts, was hinreichend vornehm oder auch auffällig genug wäre – ein Handschuh lohnte nicht, der Gürtel war zu gewöhnlich; eine Mütze flog weg und der Mantel war schnell mit Dreck bespritzt.

Auch schien ihnen der Kalender keine Gelegenheit zu bieten, solche Feiertagsgewänder anzulegen. Könige konnten ihre schönen Kleider vielleicht bei Salbungs- oder Krönungsfeiern vorführen … was aber wäre lächerlicher als ein Bauer mit gelbem Mantel in einer Dorfprozession?

So erlitten Simons Produkte das Schicksal vieler wirklich schöner Schöpfungen, die man versteckt und einschließt: Truhen, Kästen und mit Wachs versiegelte Fässer raubten der Sonne herrliche Farben. Sie wurden zu einem neuen Element des Familienschatzes: neben den Leuchtern, den feinen Tellern und der bestickten Wäsche diente das bunte Leinen als Notgroschen für magere Zeiten.

Simon sorgte sich ohnehin kaum darum, was mit den gefärbten Stoffen geschah. Wie einst in der Werkstatt von Signac erfüllte allein das göttliche Blau seine Träume. Für ein gewöhnliches Blau hatte er nur Verachtung übrig.

Er setzte seine Suche fort, noch eifriger nun als je zuvor. Er kaufte allen Waid, den Arnould zu zahlen bereit war – beachtliche Vorräte –, und probierte an unterschiedlichen Materialien neue Rezepturen aus. Mal mischte er ein kaltes Bad, in dem sich die Farbe mühsamer aber einheitlicher entwickelte; mal eine heiße Brühe, die das Blau aushauchte wie ein Felsen den Meeresschaum. Er ließ die Färbung bis zu zwanzig Sanduhren ruhen oder nur sechs, um den Farbton in seiner schillernden Jugend zu bewahren. Alle Dosierungen wurden ausprobiert, alle Rührhaken und alle Gefäße getestet – schien es doch dem Gesellen, als nehme die Färbung gleich dem Wein, den Geschmack des Behältnisses an, in dem sie reifte.

Immer besser gelang es dem Gesellen, seine Bottiche mit

großer Disziplin zu lenken. Er stand an ihrer Spitze wie ein Pferdedresseur vor seinen Tieren in der Manege – schmeichelte hier, korrigierte dort, seinen Tieren mehr vertrauend als den eigenen Händen.

Dennoch entglitt ihm das göttliche Blau auch weiterhin. Jeden Tag eilte Simon mit einem Stückchen Stoff in die Kapelle; jeden Tag kehrte er enttäuscht zurück. Der Unterschied zwischen dem Blau seiner Bottiche und dem Marienblau war winzig, aber dennoch vorhanden: so klein wie die Nuance zwischen einem lebendigen und einem toten Auge, einem schlafenden Körper und einer Leiche – ein *Nichts*, und dennoch barg es den Zauber in sich.

Der Geselle rief die Jungfrau auf ihrem Podest aus Nägeln zur Zeugin seiner Zweifel und seiner Experimente an. Sie war ihm gleichzeitig Vorbild und Vertraute, gleich jenen Modellen, die die Maler zu ihren Musen machen.

So war seine Stimme, wenn er die Gebete sprach, von sanften, fast melodiösen Schwingungen erfüllt. Simon betete die kleine Statue aus tiefster Seele an, vielleicht ahnte er, dass das Werk, das er unter ihrer Schutzherrschaft begonnen hatte, nicht ohne ihre Eingebung gelingen konnte.

Nach monatelangem Bemühen gelangte Simon zu der Einsicht, dass der Waid allein sein ideales Blau nicht erschaffen konnte. Arnoulds Vertrauen gab ihm die Möglichkeit, andere, noch unerforschte Wege hin zur höchsten Farbe einzuschlagen.

Sein erster Schritt war naheliegend: Simon suchte den Künstler, der die Madonna erschaffen hatte. Wenige Fragen genügten, um ihn zu einem Schäfer aus der Umgebung zu führen, wahrlich der letzte, in dem man einen Holzschnitzer vermutet hätte. Dennoch bestand der Zeitvertreib dieses Mannes darin, außergewöhnlich geformte Holzstücke zu sammeln, aus denen er mit einem Messer kleine Gestalten schuf. Eines Tages hatte sich der Schäfer ein Mädchen seines

Hofes zum Vorbild genommen: Unter seinen Händen entstand eine Jungfrau mit langem Kleid, deren Mantel die bloßen Füße verbarg. Der Pfarrer von Marssac hatte sie gesehen und sie hatte ihm gefallen. Für eine ordentliche Mahlzeit hatte er sie erworben, um den leeren Altar der kleinen Kapelle zu schmücken.

»Aber die Farbe?«, unterbrach Simon den Bericht, der ihm nicht weiterhalf.

»Die Farbe? Es ist das Blau, das man auf die Hörner der Ochsen streicht, das Blau gegen die Fliegen …«

»Waidblau?«

»Ich glaube.«

Der Geselle verabschiedete sich von dem Schäfer, ohne diesen enttäuschenden Weg weiter zu verfolgen.

Mitte September schlug Simon in seinen Versuchen eine neue Richtung ein: Er gab die Rezepturen und komplizierten Verfahren auf, denen er vorwarf, etwas Künstliches in die Arbeit der Farben zu bringen, und widmete sich dem Blau der Natur, das auf den Federn und dem Fell lebendiger Geschöpfe erstrahlte.

Arnould war besessen von den Wissenschaften. Er unterstützte das Projekt voller Begeisterung und wollte gern zusätzliche Mittel investieren, ja bot sogar an, persönlich das Vorgehen des Gesellen zu begleiten. Er öffnete sein Haus für die Durchführung der Experimente, während Simon seine Werkstatt vorübergehend schloss.

Dieses neue Abenteuer begann mit dem Sammeln von Tieren, bei denen ein bestimmter Körperteil die gewünschte Farbe zeigte. So wurde ein tiefblauer Geflügelhof zusammengestellt, der aus zahlreichen Pfauen ebenso wie aus Fasanen und Enten mit schieferblauem Hals bestand. Getrennt von den Vögeln wurden Katzen mit bläulich schimmerndem Fell untergebracht. Auch der Blaufuchs hatte einen eigenen Käfig.

Auf die Landtiere folgten die Geschöpfe des Wassers. Man hob zwei Teiche aus und füllte den einen mit reinem, den anderen mit salzigem Wasser, um sie mit Fischen zu bevölkern, deren Schuppen die Himmelsfarbe trugen: Da gab es Regenbogenforellen aus dem benachbarten See, aber auch Aale und Hochseemakrelen, die sie für viel Geld aus Bordeaux kommen ließen und von denen einige während der Reise in den Fässern verendeten.

Im Haus standen außerdem eine große Voliere, die für Papageien bestimmt war, und eine sehr kleine, deren feines Netz Schmetterlinge und Libellen gefangen hielt.

Die Hoffnung des Gesellen bestand darin, mechanisch das Blau aus den Tierhäuten zu gewinnen. Er versuchte es, indem er Schuppen, Federn, Schalen und Panzer in einem Mörser zerrieb und das Pulver anschließend erhitzte. Die Mixtur wurde dann allen nur möglichen anderen Behandlungen wie der Kalzination, der Destillation und dem Sieben unterworfen, die zum Teil von der Alchimie inspiriert waren, zum Teil von den Verfahren des Färbens. Erst danach wurde ein Bad angerichtet, in das man den Stoff tauchte.

Das Ergebnis war allerdings katastrophal: Das Färbebad lernte nichts von dem ursprünglichen Blau. Der herausgefischte Stoff war eher verschmutzt als gefärbt. Dieses Scheitern versetzte der Moral der beiden Männer einen herben Schlag, ohne jedoch ihre Entschlossenheit ins Wanken zu bringen.

»Wir sind auf dem falschen Weg«, überlegte Simon. »Auf einem Geschöpf, das die Farbe seit seiner Geburt trägt, ist diese nicht frei. Man muss das Blau bei seinem Erscheinen erwischen, wenn es gerade in die Federn steigt oder sich auf dem Schnabel festsetzt …

»Ja, und die Wolken scheren! Wir erträumen das Unmögliche.«

In Simons Gesicht erschien ein erfinderisches Lächeln.

»Nein, Arnould. Ich kenne ein Tier, dessen Haut sich ändert wie der Märzhimmel, und das ein tiefes Blau hervorbringt, ebenso wie Gelb, Grün oder Silber.«

»Was ist das für ein Monster?«

»Mein Vater hatte es als Werkstattzeichen: Es ist das Chamäleon.«

Ein Chamäleon heranzuschaffen war natürlich etwas anderes, als eine Libelle im Netz zu fangen oder eine Forelle im Kescher.

Arnould stellte verschiedene Nachforschungen an und erfuhr immerhin, dass der Florentiner Edelmann Brunetto Latini einst ein Chamäleonpaar nach Frankreich eingeführt hatte. Dieser Naturforscher wollte sein Bestiarium mit Beobachtungen aus erster Hand füllen.

Entgegen jeder Erwartung hatten sich die Reptilien an das karge Klima von Arras gewöhnt: Junge waren geschlüpft, die ersten einer zahlreichen Nachkommenschaft. Zwei Jahrhunderte später wanderten Hunderte Chamäleons durch die Gärten oder nisteten hinter den Wandteppichen der berühmten Stadt. Die Bewohner hegten große Zuneigung für diese Tiere, weshalb sie sich zunächst weigerten, die von dem Färber verlangten Exemplare herauszugeben.

»Um nichts in der Welt!«, protestierten die Bürger.

Es bedurfte Arnoulds geduldiger Vermittlung und seiner schriftlichen Verpflichtung, dass die Ergebnisse zum Wohle des örtlichen Handwerks veröffentlicht würden, um diese Ablehnung zu überwinden.

Kaum war der Geselle Eigentümer von sechs Chamäleons, wollte er sogleich ihre legendäre Fähigkeit ausprobieren, Farben zu imitieren. Auf dem Schneidetisch wurden Tücher in verschiedenen Tönen entfaltet. Auf jedes setzte er ein Tier.

»Seid gute Schüler!«, ermunterte sie Simon.

Verstört von der neuen Umgebung zeigten die Tiere zunächst nur ein verwaschenes Grau, das sich langsam auf ihrem

Schuppenmantel ausbreitete. Sie nickten ängstlich mit den Köpfen, neigten sie in seltsamen Winkeln und ließen ihre faltigen Füße in der Luft schweben. Zweimal drehte Simon das Stundenglas, ohne dass sie etwas anderes boten als diese seltsamen Tänze, von denen der Geselle als erster genug bekam.

»Verdammt noch mal! Werden sie sich wohl endlich ankleiden? Oder haben wir für dieses Geisterballett bezahlt?«

Sein Groll trug nicht dazu bei, die Reptilien zur Eile zu treiben. Als Simon jedoch endgültig die Geduld verlor und das nächstsitzende Tier packte, um es in den Fluss zu werfen, strömte das Blut unter der Haut des Ungetüms schneller, und dessen Farbe wechselte rasch zu tiefem Blau. Einen Moment später veränderten, gleichsam angesteckt von der Angst, alle Chamäleons ihre Farbe. Man sah sie erröten, ergrünen, gelb oder schwarz werden, zur großen Erleichterung von Arnould, der begeistert jubelte: »Seht nur, Simon! Der Anblick dieses Wunders verdreht mir die Augen!«

Das Seltsame war, dass die Reptilien eine Vorliebe für bestimmte Farben zu bezeugen schienen. Das Chamäleon, das zunächst auf dem Rot saß, hatte dieses rasch zugunsten des Grün aufgegeben; ebenso war der Gast des Braun auf das gelbe Tuch geflüchtet. Nur das Blau schien all diesen Minisauriern gleich lieb zu sein: Nachdem sie lange von Tuch zu Tuch gewandert waren, wandten sich alle Schritte zum Blau.

Auf der dreieckigen Maske, die diese Geschöpfe an der Stelle eines Gesichtes trugen, konnte man den Jubel einer Eidechse lesen, die in der heißen Sonne liegt.

»Ihr habt sie gut ausgewählt!«, rief Arnould. »Diese Tiere schätzen das Blau.«

Simon war nicht weniger zufrieden als sein Wohltäter, den er in herzlicher Freundschaft umarmte.

Die zweite Prüfung absolvierten die Chamäleons nicht weniger brillant.

Die Aufgabe bestand darin, sie mit der Marienfigur zu konfrontieren, um zu sehen, wie ihre sensiblen Schuppen das Blau des Mantels interpretieren würden. Wenn die Farbe vom Holz auf die Haut überginge, würde man die Chamäleons in das Bad werfen: das Blau, so sagte der Geselle voraus, würde die Flüssigkeit durchtränken und dabei die seltenste aller Färbungen hervorbringen.

Sie bauten also einen großen Käfig, in dem die Reptilien bis in die Kapelle befördert wurden. In ihrem Konvoi führten sie außerdem einen großen Kupferkessel, Wasserfässer und mit Feuerholz beladene Maultiere mit sich.

»Lasst sie heraus!«, befahl Simon, als sie mit vielen Schaulustigen in der Kapelle versammelt waren.

Der Käfig war so gedreht worden, dass die Tiere nur einen Ausgang fanden: zum Kleid der Madonna. Nun musste man sie nur noch überzeugen, dass dieses enge Fenster, das sich auf eine unbekannte Welt voller Gefahren öffnete, verlockender war als das weiche Stroh ihres Gefängnisses ... Das gelang nur, indem man ihr Hinterteil mit brennenden Scheiten traktierte.

»Pest über diese Faulpelze!«, fluchte Simon.

Inzwischen hatten die Chamäleons begonnen, die Statue zu erklimmen. Der Anblick, der sich den Anwesenden bot, war geeignet, selbst die härtesten Seelen zu verwirren: Die Jungfrau verschwand unter einer Ansammlung von sechs Klettermonstern mit Hörnern und Kamm, deren Krallen sich erbarmungslos in ihre Seiten bohrten und deren Zungen ihr heiliges Gesicht mit feuchtem Schleim bestrichen.

»Macht Schluss damit, Erbarmen!«, jammerte der Priester.

Glücklicherweise breitete sich das wunderbare Blau sogleich auf den Schuppen der Chamäleons aus. Es war so schön, dass ein Murmeln der Begeisterung durch die Zuschauermenge ging.

Als das Blau auf den Rücken der Saurier kräftig genug zu sein schien, packte der Geselle jeden einzelnen mit einer raschen Bewegung und warf ihn in das heiße Wasser. Hexenbläschen stiegen aus dem Topf auf, der einen widerlichen Gestank verbreitete.

»Gleich erhalten wir den Lohn für unsere Mühe«, sagte Arnould über den Kessel gebeugt.

Leider erwiesen sich die Chamäleons als ebenso schlechte Färber, wie sie gute Koloristen gewesen waren. Sogleich verschwand das Blau von ihren sich schwarz färbenden Leibern und erlosch in dem Bad, ohne etwas davon zu übertragen.

Das einzige Ergebnis dieses Experiments war ein Chamäleonragout, auf das niemand Appetit hatte und Simon am wenigsten von allen.

18

Das Scheitern der Chamäleonfärbung versetzte dem Unternehmen von Arnould und Simon einen harten Schlag. Sie liefen noch anderen Trugbildern hinterher, wollten das Blau des Himmels einsaugen oder das Wasser des Meeres filtern – aber mit den Herzen waren sie nicht mehr dabei ... Resigniert kehrten der Geselle und der Bürger zu ihren alltäglichen Beschäftigungen zurück.

Voller Bitterkeit stellte sich Simon wieder an seine Färbekessel, um gewöhnliche Farben hervorzubringen. Der Verzicht auf das göttliche Blau war nicht nur eine öffentliche Erniedrigung, sondern stellte auch eine ganz persönliche Prüfung dar: Die Leute besuchten den Gesellen nicht mehr, um eine Gnade zu erbitten oder ihm ein Unglück anzuvertrauen, sondern um Bestellungen aufzugeben wie bei einem beliebigen Blaufärber. Die Pilger von einst wandelten sich zu gewöhnlichen Kunden, die von Simons Färberei keinerlei spirituelle Segnung erwarteten. Dieser Rückschlag wirkte sich auch auf die Geisteshaltung des Färbers aus. Wie eine Blüte sich am Tag entfaltet und des Nachts schließt, wirkte Simon, einst so strahlend, immer stärker nach innen gekehrt. Seine Ergebenheit für die Jungfrau schwand, wie seine Popularität unter den Dorfbewohnern geschwunden war. In seinen stark verkürzten Gebeten duzte er die Madonna nicht länger und war nur noch ein seltener Besucher in ihrer Kapelle.

»Unsere Jungfrau ist undankbar«, verkündete der Färber provozierend. »Hat sie mich vielleicht für meine Treue entlohnt? Es kommt mir vor, als hätten mir meine Gebete nichts als Unglück gebracht.«

Gleich darauf schämte er sich jedoch seiner eigenen Worte, biss sich auf die Zunge und verschloss sich in schuldbewusstem Schweigen.

An die Stelle des Traums vom göttlichen Blau traten die alltäglicheren Probleme der Vaterschaft. Simon bemerkte, dass er Clément während seiner Experimente vernachlässigt hatte. Deshalb wurde er jetzt wieder aufmerksamer und verbrachte viel Zeit mit seinem Sohn. Selbst wenn der Färber sich um seine Bottiche kümmerte, stand Clément neben ihm und beobachtete das Tun des Vaters voller Interesse.

Fünf Jahre waren seit der Begegnung mit Maguelonne vergangen, und aus Clément war ein ganz neues Wesen geworden. Er konnte jetzt all seine Gedanken ausdrücken und stand so fest auf seinen Beinen wie ein in die Erde gebohrter Pfahl. Alles an ihm atmete erwachendes Leben, ein Leben, wie es leuchtend rein aus dem Felsen quillt, noch ohne etwas von den Verunreinigungen der Welt erfahren zu haben.

Der Färber konnte sich an seinem Sohn nicht satt sehen: ein Wunder die Nägel, so frisch wie Mandeln, ein Wunder der Hals mit den kleinen Fältchen, dieser knospengleiche Mund, diese Hände! Selbst der auffällige rote Fleck in diesem Engelsgesicht strahlte so, dass man ihn einfach lieben musste. So werden auch manche Pergamente durch einen leuchtend roten Korrekturstrich verschönt oder das Himmelsblau durch eine einsame Wolke.

Im Grunde wäre Clément glücklich gewesen, hätte nicht ein Schatten über seinem Leben gelegen. Dieser Schatten hatte einen Namen: Maguelonne. Lange hatte das Kind nach einer Mutter verlangt, wie alle anderen Kinder sie hatten. Noch schlimmer war es, seit er es nicht mehr tat, seit er den Schmerz hinter seinen Lippen verschloss wie in einer versiegelten Truhe.

»Oh! Warum schreibt sie nicht!«, beklagte sich Simon zuweilen, voller Groll gegen Maguelonnes Schweigen.

Im Sommer 1449 fand Simon, als er die Kapelle besuchte, einen unter die Statue geschobenen Brief.

Als er ihn ansah, las er erstaunt seinen Namen. Noch mehr berührte ihn jedoch das Band, das um die Pergamentrolle gewunden war, ein Band, das er viele Male in Maguelonnes Haar gesehen hatte …

Simon entrollte das Pergament und las:

In Gottes Namen, in Castelviel
am 8. August 1449

Simon, teuer meinem Herzen,

Fressard reist in Geschäften umher. Er ist seit Juli im Land Italien, wo er bis September beschäftigt sein wird. Ich konnte Euch weder schreiben noch Euch besuchen, so lange er da war, denn meine Tür wird bewacht und ich kann nicht ohne Begleitung hinausgehen.

Dank Gottes Gnade hat das garstige Zimmermädchen seinen Abschied genommen. Ihre Nachfolgerin hat Mitgefühl für mein Schicksal, deshalb habe ich sie entsandt, diesen Brief zu überbringen.

Oh, wie sehr sehne ich mich nach Euch und nach Clément! Mein größter Wunsch ist es, diesem Gefängnis zu entfliehen, um Euch wiederzusehen. Ich werde es bald versuchen … Aber ich kann unmöglich die weite Strecke bis nach Marssac reiten. Wenn Ihr wollt, treffen wir uns in der Mühle, wo Fressard Euch einst die Herstellung des Waid erklärte. Ich werde am fünfzehnten August dort sein, zu Mariä Himmelfahrt. Ich bin guter Hoffnung, dass Fressards Handlanger an jenem Tag der Prozession der heiligen Cäcilie folgen werden.

Ihr müsst mir nicht antworten. Seid nur am fünfzehnten August zur Komplet beim Mahlstein der Mühle, die ich Euch genannt habe.

Ich bete für Clément und für Euch! *Maguelonne.*

Kaum hatte Simon das letzte Wort gelesen, rannte er wie ein Verrückter zurück ins Dorf. Wie ein Wirbelsturm sauste er in das Haus der Amme, um den schlafenden Clément zu entführen. Auf den Schultern seines Vaters erwachte der Junge gleich einem Reiter auf einem wilden Pferd.

»Du wirst deine Mutter sehen!«, rief der Geselle lachend.

Alles Weitere wurde in der Färberwerkstatt zwischen den zugedeckten Küpen besprochen. Die Begeisterung, die Simon erhofft hatte, ließ jedoch auf sich warten: Zu groß war Cléments Erregung, als dass er die erstaunliche Neuigkeit zu feiern vermocht hätte. Sein mühseliges Lächeln suchte den Sturm der Tränen einzudämmen. Der Färber verstand das Kind und nahm es zärtlich in die Arme.

»Weine nur, Clément, weine nur … Wie das Wasser für das Färbebad sind die Tränen für die Menschen nötig.«

Als sich das kleine Gesicht endlich ein wenig aufheiterte, hatte der Vater eine tröstende Eingebung.

»Wir lassen dir einen Anzug nähen, Clément, einen richtigen kleinen Anzug, wie ihn Edelleute tragen, mit seidengefütterten Ärmeln und Knöpfen mit Initialen. Du wirst ein Fohlen reiten, dessen Seidenzügel du allein halten darfst. Bist du einverstanden?«

Clément nickte nur.

»Du wirst auch einen Hut tragen, mit einer Straußenfeder, einen Hut, den du selbst färben wirst, in einem Zuber, mit ein bisschen Waid. Du hast mir lange genug zugesehen. Es wird Zeit, dass du die Farben selber mischst.«

Das Kind stimmte schniefend zu.

Lächelnd nahm der Geselle Clément bei der Hand und

führte ihn zu dem Verschlag hinter den Bottichen, wo die Waidsäcke gestapelt waren.

Als er einen öffnete, wurde wild und strahlend die Farbe sichtbar.

»Blau, die Welt am Anfang der Zeiten«, erklärte Simon und führte die Hand seines Sohnes zur Farbe.

Sechs Tage waren nicht allzu viel, um Simons Versprechen zu erfüllen, die das Kind bis ins kleinste Detail behalten hatte. Nackte Knöpfe anstelle der versprochenen mit Initialen – die ein Vermögen kosteten – kamen ebenso wenig in Frage wie eine Pfauenfeder anstelle der eines Straußes – obwohl sich mit einer solchen nur die Prinzen schmückten.

Clément war unnachgiebig, was die Einzelheiten des väterlichen Angebotes anging, und verzichtete auf die Seidenzügel, von denen kein Händler je gehört hatte, nur um den Preis einer Entschädigung: ein Paar Schuhe mit goldenen Schnallen, für die Simon den Händler als »Halsabschneider« beschimpfte.

Diese fürstliche Ausstattung erschöpfte die Ersparnisse des Färbers. Er selbst musste die alten Kleider anlegen, die er an den Bottichen trug, kaum durch einen ausgeblichenen Mantel aufgebessert, dessen Weite seine elende Tracht halbwegs verbarg.

»Gott sei Dank findet unser Treffen bei Nacht statt«, seufzte der Geselle.

So sahen also am Tag vor Mariä Himmelfahrt die Bewohner von Marssac ein seltsames Pärchen durch die Straßen des Dorfes kommen: einen in altes Zeug gekleideten Mann, der einem schillernden Engel voranritt. Wer sie nicht kannte, dachte an einen jungen Edelmann, der von einem Diener des Hauses ausgeführt wurde.

»Komm schon, halt den Zügel straff, dein Pferd kommt vom Weg ab!«, wiederholte Simon immer wieder, um selbst ein wenig Haltung zu wahren.

Der Weg bis zur Mühle betrug nur eine Meile, führte aber durch einen Wald mit Furcht erregenden Schatten. Sobald sie das Dorf verlassen hatten, nahm Simon seinem Sohn die Zügel aus der Hand.

Clément protestierte: »Papa, du hast versprochen, dass ich die Zügel halten darf!«

»Nur aus Vorsicht, mein Sohn! Man sieht ja kaum die eigene Nasenspitze!«

Die vertrauten Geräusche der Häuser verklangen hinter der ersten Biegung. Aus dem Dickicht ringsum erhoben sich tausend seltsame Töne, in denen sich Tiergeschrei, knarrende Baumstämme und raschelndes Laub vereinten. Irgendetwas schien zu nahen …

Clément erschauerte so stark, dass sein Vater es durch die Zügel hindurch spürte.

»Na los, gib deinem Pferd die Sporen, wir sind spät dran!«

Es war eine mondlose Nacht, und der Weg war immer schwerer zu erkennen, eine dunkle Spur, in der bald ein weißer Vogel, bald der schillernde Lauf eines Baches sichtbar wurde. Je tiefer sie in den Wald eindrangen, desto größer schienen die Bäume zu werden. Ein kalter Atem blies über den Weg, dessen seltsamer Singsang das flüsternde Laub mit sich trug.

Neben einer Kreuzwegstation entzündete Simon eine Fackel, die in der feuchten Luft Funken sprühte. Er sah stumme Tränen in den Augen seines Sohnes.

»Warum weinst du?«, fragte der Geselle in unbeschwertem Ton. »Du musst dich nicht fürchten, ich bin neben dir!«

Der Färber öffnete die Hand, die den Zügel des Fohlens hielt, wie um zu zeigen, dass er alles unter Kontrolle habe.

Dennoch bohrte auch in Simon ein Stachel der Furcht beim Gedanken an ihre Einsamkeit auf diesem verlassenen Weg, in dieser Dunkelheit, die von der rauchenden Fackel kaum durchdrungen wurde. Hatte nicht unter gleichen Umständen und vielleicht gar am selben Ort Boniface den Weg seiner Peiniger gekreuzt?

»Vorwärts!«, sagte er laut, da er spürte, dass die Zügel des Fohlens nach hinten zogen.

Ersticktes Schluchzen war die einzige Antwort. Diese Klage hatte in der dunklen Nacht eine seltsame Wirkung: So klingt in der Tiefe der Höhlen das Wasser, das von den Gesteinsformationen herabtropft. Der Geselle presste die Beine zusammen, um die beruhigende Gegenwart des Pferdes zu spüren.

Plötzlich tauchten weit vor ihnen auf dem Weg winzige Lichtpunkte auf, wie das Streumuster der Sonne auf dem Blattwerk.

Als sie näher kamen, hörten Vater und Sohn ein Geräusch, das sich als Gesang zu erkennen gab. Der verspielte Wind trieb es bald zu ihnen heran, bald trug er es weit nach oben zu den Baumwipfeln. Als sie nur noch einen Bogenschuss entfernt waren, wurden einzelne Worte verständlich: Es war ein Choral.

»Eine Prozession!«, rief der Färber. »Eine Prozession zu Ehren der Jungfrau. Heute ist Mariä Himmelfahrt!«

Ein strahlendes Lächeln entspannte sein Gesicht, als er sich seinem Sohn zuwandte. Clément saß sehr aufrecht auf seinem Pferd und verfolgte begeistert die näher kommenden Lämpchen.

»Wie das glänzt, Papa!«

»Ja, und siehst du das Silberkreuz, das der Pfarrer an der Spitze des Zuges schwenkt? Es ist aus der Kirche von Marssac! Du warst noch ein Baby, als ich es in der Marienkapelle zum ersten Mal in den Händen des Vikars erblickte. Ich freue mich sehr, es wiederzusehen. Gott möge mich mit Krankheit schlagen, wenn ich weiß, wohin diese Prozession zu dieser Stunde und an diesem Ort unterwegs ist!«

»Oh, Papa! Ich will es mir ansehen! Lass mich die Zügel halten!«

»Wie du willst«, antwortete Simon und überließ die Zügel seinem Sohn. »Aber sei vorsichtig, ja? Kleine Pferde sind oft launisch.«

Kaum hatte Simon diese Warnung ausgesprochen, als das Fohlen, überrascht von einem Sporenhieb, den ihm das Kind ohne nachzudenken versetzt hatte, einen Satz machte und in raschem Trab auf die Prozession zulief.

»Zieh die Zügel an, Clément!«, rief Simon.

Aber das Tier, glücklich, der festen Hand des Vaters entkommen zu sein, wollte offenbar nur dem eigenen Kopf folgen: Es stieg in den Graben hinab, um die Gräser zu kosten, tänzelte, kam wieder, zurück, schlug ein wenig aus, dann rannte es weiter, so schnell es konnte, der Prozession mit den tausend Lichtern entgegen.

Das Kind, das vor Angst erstarrt war und längst die Zügel verloren hatte, sprang im Sattel auf und ab wie ein Gemüsesack, klammerte sich daran fest und weinte alle Tränen, die es besaß.

»Clément! Die Zügel!«, brüllte Simon und hob die Fackel, um weiter nach vorn sehen zu können.

Schon war das Fohlen außer Sichtweite. Ein nervöses, unregelmäßiges Trappeln, wie das eines Wildpferdes, verschwand in der Nacht … Simon wurde von Angst ergriffen. Er warf seinen Körper nach vorn und trieb sein Pferd im Galopp den Weg entlang. Der Schwung war so heftig, dass er die Flamme in seiner Hand ausblies. Simon schleuderte die Fackel ins Gebüsch.

»Clément! Clément!«, rief er mit verzweifelter Stimme.

Das Pferd flog den Weg entlang. Simon stand in den Steigbügeln und spähte nach rechts und links auf der Suche nach einem Zeichen von seinem Sohn.

»Dieses verdammte Fohlen bekommt meine Peitsche zu spüren!«, fluchte er.

Die Prozession war jetzt nur noch einen Steinwurf entfernt

und weit und breit kein Fohlen zu sehen … War es unter den Bäumen verschwunden? War es über den Graben geklettert?

Während Simon diese Fragen noch in seinem Geist bewegte, ertönte ein schriller Schrei. Der Geselle riss den Kopf herum und erblickte das Fohlen, das vor der Prozession her galoppierte – sich aufbäumte, ausschlug, nach hier und nach da sprang, um den Dorfbewohnern zu entkommen, die es verfolgten. Die Steigbügel tanzten an seinen Flanken wie in der Luft zappelnde Fische. Der Sattel war leer.

Simon presste in einer Regung des Entsetzens die Hände vor den Mund. In Sekundenschnelle erreichte er den Ort.

Clément lag auf der Erde, umringt vom Priester und von mehreren Dorfbewohnern. Sein noch von Tränen nasses Gesicht war auf einer Seite von dem Schlamm beschmiert, in den er gerollt war. Blut sprudelte aus seiner Nase.

»Mein Gott!«, brüllte der Geselle und sprang vom Pferd.

Er stürzte sich auf den kleinen Körper, den er wie im Fieber an sich presste. Seine Bewegungen verrieten den verwirrten Geist: er drückte den zuckenden Kopf, rieb die kleinen Schultern, berührte das staubige Haar, küsste die weichen Lippen, aus denen ein Blutfaden rann.

Die Panik des Vaters war so groß und gleichzeitig so hilflos, dass gute Seelen ihn von dem Kind lösen wollten. Simon stieß sie wütend zurück: »Verschwindet! Wer mir zu nahe kommt, dem schneide ich die Kehle durch! Auch Euch, Pater!«

Der Geistliche ging mit gefalteten Händen auf ihn zu. Er trug das große Silberkreuz, dessen Schatten in diesem Augenblick über Cléments Gesicht glitt. Die Menge erschauerte. Simon sprang auf und zog einen Dolch hervor.

»Entfernt dieses Kreuz, oder ich stoße Euch mein Messer in die Brust, bei meiner Seele!«

»Entzieht diesem Kind nicht das letzte Sakrament der Kirche«, bat der Priester mit bebender Stimme. »Ihr spielt mit dem Heil seiner Seele!«

»Er ist mein Sohn!«, brüllte Simon.

»Er ist ein Geschöpf Gottes.«

Plötzlich trieb eine wilde Bewegung des Dolches den Kreis der Zuschauer auseinander. Mit verzerrtem Gesicht, die Augen funkelnd vor Hass, trat der Färber dem Priester entgegen und schwenkte seine spitze, wie eine Schlangenzunge gebogene Waffe.

»Zurück oder ich steche zu!«, zischte der Geselle.

Statt zu gehorchen machte der Priester einen weiteren Schritt, ohne die Klinge, die ihn bedrohte, aus den Augen zu lassen. Die Dorfbewohner bekreuzigten sich.

»Um der Liebe unserer Jungfrau willen!«, rief jemand in der Menge.

Ein wildes Röcheln drang aus Simons Kehle. Der Dolch richtete sich drohend auf die Prozessionsteilnehmer. Simons Daumen rieb nervös über den Horngriff.

»Unsere Jungfrau! Ich habe mit unserer Jungfrau nichts zu schaffen!«, kreischte der Geselle. »Hat sie sich um meine Gebete gekümmert? Um mein Werkstattzeichen, das ihr Bild trug?«

Eine schmerzvolle Falte hatte sich zwischen den Brauen des Priesters gebildet. Er suchte nach einer Antwort, aber der Geselle fiel ihm heftig ins Wort: »Maria hat mich verlassen!«, rief er mit von Schluchzen entstellter Stimme. »Wegen ihr wurde ich aus der Färberzunft verbannt, wo man meinen Namen ehrte! Wegen ihr kam ich ins Gefängnis und ins Spital und fristete ein Leben voller Schläge und Leid! Jetzt will sie mir meinen Sohn nehmen! Es reicht! Das Kind gehört mir!«

Herzzerreißende Zuckungen schüttelten den Körper des Färbers. Der schlecht geschlossene Mantel war von seinen Schultern geglitten und enthüllte das erbärmliche Hemd, das durch die dunklen Schweißflecken noch elender aussah.

Der Pfarrer kam noch näher, senkte das Kreuz und murmelte dem Gesellen ins Ohr: »Euer Sohn ist ein Kind des

Herrn, das geliebte Kind, das seine Mutter an ihre Brust ruft, um ihm Wärme und Trost zu geben. Haltet ihn nicht zurück! Sie wird Euch lieben, weil Ihr ihr den Sohn schenkt, wie sie Euch für Eure Gebete und Eure Anbetung geliebt hat, seid des gewiss!«

Vom Wahnsinn ergriffen, schwenkte Simon den Arm, um dem Priester gegen die Brust zu schlagen. In dieser Bewegung erblickte er plötzlich auf einem der über der Prozession flatternden Banner das Bild der Jungfrau. Ein goldener Nimbus hob ihr reines Gesicht auf dem Bett aus blauer Seide hervor, auf dem sich hell und wellig ihr mütterlicher Schleier bewegte ...

Von Angesicht zu Angesicht mit der Jungfrau erstarrte der Färber, als habe ihn ein Pfeil ins Herz getroffen. Er fühlte, wie eine heiße Flamme in seine Brust drang und die Luft verbrannte, die er atmete. Seine Gedanken flogen in glühenden Funken davon.

Der Dolch entglitt ihm und fiel ins Gras.

Das Ganze hatte nur eine Sekunde gedauert.

»Mein Sohn!«, rief der Priester und schloss Simon, der zu schluchzen begann, in die Arme.

Sogleich eilten die Dorfbewohner Clément zu Hilfe. Aus seinem Mund ergoss sich immer noch dickflüssiges Blut. Unter den Gläubigen befand sich ein Mann, der ein wenig von Medizin verstand. Als erstes umklammerte er das Handgelenk und tastete nach dem Puls.

»Sein Herz schlägt«, verkündete der Mann. »Er lebt.«

Kaum eine Meile entfernt, spähten in der Waidmühle sechs Männer, deren Körper von schwarzen Mänteln verborgen wurden, missmutig auf die Dorfstraße. Die Hände in schwarzen Handschuhen prüften die Schärfe eines Dolches oder versuchten aus Langeweile, den Gurt um den Mahlstein zu spannen.

»Er kommt nicht ...«, bemerkte einer der Männer mit finsterer Stimme, die die Turteltauben unter dem Dachstuhl aufschreckte.

Ein anderer, der einzige, der saß, schnalzte vorwurfsvoll ob dieser überflüssigen Worte.

Das Warten ging weiter, dauerte bis zum Morgengrauen. Alles, was sie erwischten, war eine Maus mit weißen Barthaaren, die sich schuldig gemacht hatte, zwischen die Beine des Anführers gehuscht zu sein, während er Ausschau hielt.

Als die Sonne aufging, holten die Männer ihre Pferde, die im Schutz der Bäume angebunden waren.

Ihre düstere Prozession zurück nach Castelviel glich einem Leichenzug.

Clément lag auf dem Rücken: die Arme gerade am Körper, die Handflächen nach oben, die Augen offen im eingefallenen Gesicht.

Das für einen erwachsenen Mann gebaute Bett machte ihn noch kleiner, so dass die Bettstelle auf den ersten Blick leer zu sein schien. Es zerriss einem das Herz, wenn man schließlich das winzige Kind unter der Decke erkannte, das nicht einmal mit ausgestreckten Armen beide Seitenränder berührt hätte und außer Reichweite der Pfleger war, wenn es in die Mitte rollte. Es erinnerte an eine Mücke, die in einen Napf mit Sahne gefallen war.

Der Vater schien kaum in besserer Verfassung zu sein als der Sohn. Die beiden hätten die Plätze tauschen können, so sehr spiegelte der Kummer des einen die Qualen des anderen wider, und des einen Angst nährte sich aus der Krankheit des anderen. Simon hatte seit Cléments Sturz nicht mehr geschlafen und aß nur, wenn er von der Schüssel des Kranken nahm, um mit gutem Beispiel voranzugehen.

Am ersten Tag folgte ein Pfleger auf den anderen, sie wuschen das Kind und versorgten die Wunde an seinem Kopf. Ein Barbier untersuchte den Schädel mit gelehrten Griffen und lateinischen Kommentaren, aus denen hervorging, dass man in einem solchen Fall nichts sagen könne … Die Verletzungen an der Stirn konnten das Schlimmste verheißen, aber auch harmlos sein, sie mussten in jedem Fall überwacht werden.

Diese unsichere Diagnose schürte die Sorge des Vaters um so mehr. Er stellte keine Frage, sondern beugte sich nur voller Zärtlichkeit zu dem Jungen hinab, der seine Medizin in kleinen Schlucken zu sich nahm.

»Du wirst gesund, Clément. Ich schwöre es!«

Dem Barbier war, als habe er nie zuvor etwas so Anrührendes gesehen wie diesen Vater am Krankenbett seines Sohnes. Simon hatte die Hand unter den zuckenden Kopf geschoben, drückte das Schweiß getränkte Kissen beiseite und wiederholte zärtliche Worte, dann liebkoste er das braune Haar.

»Wie ist das passiert?«, fragte der Heilkundige.

»Wir waren auf dem Weg nach Terssac«, begann Simon mit schwacher Stimme. »Clément ritt auf einem Fohlen, das …«

Er wurde unterbrochen, weil ein gedankenloser Pfleger die hölzernen Fensterläden aufstieß. Grelles Licht drang in den Raum, schmerzhaft nach dem Halbdunkel des Kerzenscheins. Die beiden Männer kniffen gleichzeitig die Augen zu und hoben die Hand schützend vors Gesicht.

Nur Clément hatte nicht gezuckt.

»Schließt die Läden wieder! Auf der Stelle!«, befahl der Barbier.

Er drehte sich zu Simon, um das Gespräch fortzusetzen. Dieser hatte jedoch die offenen Augen seines Sohnes in dem blendenden Licht bemerkt und fühlte eine neue Furcht in sich aufsteigen. Er kreuzte den Blick des Mannes mit den roten Handschuhen.

»Was ist?«, fragte der Barbier zögernd.

Von Schrecken ergriffen, sammelte Simon mit Mühe seine Gedanken. Er sah zu dem Arzt, sah auf Clément, dessen

Augen trotz des starken Lichtes weit aufgerissen waren und dessen Kopf – jetzt fiel es ihm auf – nicht direkt zu ihnen gewandt war, sondern zu einem Punkt weiter links im Raum – einer Ecke, in der sich niemand befand. Die Angst verzweigte sich bis in alle Adern.

»Seine Augen!«, stöhnte Simon und griff nach dem Ärmel des Arztes.

Das Gesicht des Vaters war so voller Qual und die Hand an seinem Arm so fieberheiß, dass der Arzt von Mitleid gepackt wurde. Da er erkannte, welche Hoffnung Simon in ihn setzte, nickte er ihm ernst und beschützend zu.

»Vielleicht hat das Blut auf seinen Lidern den Blick getrübt. Beim Turnier sieht man zuweilen Kämpfer, die von einer Staubwolke erblindet sind. Wir werden es morgen überprüfen.«

19

Während Simon voller Angst an Cléments Bett wachte, durchlebte Lucas vor den Bottichen in Signac andere Qualen.

Der einstige Rotfärber, mit Gewalt zum Dienste am Blau bekehrt, hatte seine neue Arbeit so energisch in Angriff genommen, wie es einem eben aus dem Gefängnis Entlassenen möglich war, der obendrein nichts von den Rezepturen des Blau verstand. Fressard legte besonderen Wert darauf, die Marienstoffe pünktlich zur Marktsaison wieder im Angebot zu haben. Deshalb verlangte er eine erste Lieferung des Blau innerhalb von drei Tagen und schon in der folgenden Woche die gleichen Mengen, wie sie der Geselle produziert hatte.

Die Bedingungen für den Sohn galten nun für den Vater: gleiches Logis, gleicher Lohn und gleicher Rhythmus beim Färben, der dem alten Mann alle Kräfte raubte, wenngleich er aus Stolz nichts davon erkennen ließ. Was er vom Leben im Hause de Fressard hielt und was andere durch ein verzogenes Gesicht oder offene Proteste kundgetan hätten, behielt Lucas ganz und gar für sich. Fressard stand ohnehin nicht der Sinn danach, seinen einstigen Nebenbuhler unnötig zu quälen, lieber investierte er seine Boshaftigkeit in die Geschäfte.

Eben diese Geschäfte nahmen jedoch seit Lucas' Eintreffen eine Wendung, die ganz und gar nicht dem Geschmack des Barons entsprach, dem das Glück bisher stets hold gewesen war. Noch verzeichnete er keine Verluste, aber schon hielten sich Einnahmen und Ausgaben die Waage – eine unzumutbare Situation für den Händler der Marienstoffe. Der Grund dafür war rasch gefunden: Lucas' Blau, von minderer Güte als das von Simon, verkaufte sich schlecht. Die Färbungen von Vater Terrefort glichen eher denen eines begabten Gesellen als denen eines Meisters.

»Sieh zu, dass dein Blau schöner wird«, riet ihm Fressard, während er die enttäuschenden Stoffe betastete. »Seit fünf Jahren färbst du für mich das Blau, und es ist schlechter als am ersten Tag!«

»Ich tue, was ich kann«, sagte der Färber.

»Was du kannst, reicht nicht aus. Willst du, dass man auf den Märkten in Frankreich und Spanien über uns lacht? Dass man unser Blau verspottet wie einst dein Rot? Also streng dich an!«

War die schlechte Qualität des Blau an sich schon beunruhigend, weil sie die Geschäftsbilanz trübte, so wurde sie wahrhaft alarmierend, als der Baron im August 1449 neue Erwartungen in die Farbe setzte.

Diese standen im Zusammenhang mit dem Kirchenjubiläum, das in Rom für das kommende Jahr vorbereitet wurde: ein großes Fest der gesamten Christenheit, zu dessen Anlass Händler mit Edelsteinen, feinen Stoffen, Kerzen und religiösen Figuren prächtige Geschäfte machen konnten.

Fressard gehörte zu ihnen und setzte mit seinem Blau auf Rekordprofite.

»Ich werde es ballenweise, zentnerweise verkaufen, ganze Karren, ja Schiffsladungen!«, frohlockte der Baron.

Zu der Aussicht auf gute Geschäfte gesellte sich die Hoffnung auf großen Ruhm. Die Färberzunft hatte einen Wettbewerb ausgeschrieben, den Mantel der Jungfrau zu färben. Alle Meister waren aufgerufen, einen Seidenstoff blau zu färben. Der schönste würde die Schultern einer Marienfigur bedecken, die man nach Rom schicken wollte.

Baron de Fressard war der erste, der von diesem Wettbewerb erfuhr; der zweite war sein Blaufärber.

»Lucas, ich habe dir eine große Neuigkeit mitzuteilen!«

Der Meister stützte die Ellbogen auf den Rand eines dampfenden Bottichs.

»Lass sofort alle Bestellungen liegen! Vergiss Beinkleid, Hosenlatz und Uniform! Einem größeren Werk sollst du dienen ... Dem Mantel der Jungfrau! Die Zunft fordert alle Färber auf, ihr bestes Blau zu färben. Was den Geschworenen gefällt, wird in Rom gezeigt werden!«

Fressard vergaß, wer ihm zuhörte, und erläuterte ausführlich sein Interesse an diesem Wettkampf: Dem Sieger würde sich die vornehme und verschwenderische Kundschaft südlich der Alpen öffnen, vor allem aber würde sich der Blick des Papstes auf ihn richten; schon eine einzige Bulle mit dem Privileg, für ihn zu färben, käme einer Goldader gleich. »Der Pontifex!«, rief der Färberwaidner begeistert. »Wer würde nicht davon träumen, den Wettbewerb zu gewinnen?«

Und Joachim webte weiter an seinem Traum: Die Kirche würde bei ihm bestellen, unzählige Mäntel für alle Jungfrauen des Abendlandes; man würde sein Blau zur Erkennungsfarbe der katholischen Prälaten erklären, deren Garderobe unverzüglich zu erneuern wäre.

Ein Seufzer von Lucas ließ die Seifenblase zerplatzen.

»Ja, du seufzt!«, explodierte Fressard und schlug mit der Faust gegen den Bottich. »Sicher langweile ich dich!«

Ganz kurz sah Lucas in den Augen des Färberwaidners einen mörderischen Glanz aufblitzen. Er wich zurück, erwartete, dass die große Schaufel, deren Griff Fressard umklammert hielt, gleich auf seinen Kopf niedersausen würde. Nichts dergleichen geschah: Gewiss hatte sich der Baron in Gedanken die Folgen eines Verbrechens ausgerechnet und war zu dem Ergebnis gelangt, dass es mehr zu verlieren als zu gewinnen gab.

»An die Arbeit!«, befahl Fressard mit eisiger Stimme. »Von dieser Stunde an wirst du weder Ruhe noch Essen oder Lohn bekommen, ehe du nicht den Mantel der Jungfrau gefärbt hast. Das Tuch erhältst du heute vor der Nacht. Mein Ehrenwort, ich lasse dich auspeitschen, wenn du auch nur eine Minute schläfst!«

Lucas hatte keine andere Wahl als zu gehorchen. Aber auch weiterhin beugte sich das Blau nicht seinem Willen: War der Meister nur mittelmäßig bei der Färbung kleiner Stücke, so erwies er sich erst recht als erbärmlich, sobald es um ein großes ging, das eine andere Behandlung und eine andere Methode verlangte.

Fressard erkannte es, noch ehe er den Stoff berührt hatte: der Anblick des Bades sprach für sich.

»Du verdrießt mich, alter Mann ... Der Teufel soll mich holen, wenn ich je im Leben eine solche Farbe im Wasser gesehen habe! Eine widerliche Brühe! Puh! Geh zurück zu deinem Kleinkram, ich finde einen besseren Färber als dich!«

Nichts war schwerer als das. Denn wie sollte er wenige Monate vor dem Wettbewerb Ersatz für Lucas finden? Unter den Albigensern ganz gewiss nicht: Alles, was die Stadt an Blaufärbern aufzuweisen hatte, stand bereits an den Bottichen und arbeitete auf eigene Rechnung. Sollte er jemanden aus Toulouse kommen lassen? Nein, es fehlte die Zeit, einen Mann zu suchen und herzuholen...

»Ah! Stünde doch der Sohn Terrefort noch in meinem Dienst!«

Dieser Gedanke, den er laut ausgesprochen hatte, ließ den Baron in der Mitte eines Korridors erstarren. Er rollte sein schönes Ohrgehänge zwischen zwei Fingern. Simon? Warum nicht? Der Bursche würde ihm wenigstens ein schönes Blau liefern!

Ein Lächeln trat in Fressards Natterngesicht, das sich jedoch gleich zu einer Grimasse verzerrte.

Simon auszuwählen lag nahe, doch gleichzeitig gab es so viele Widerstände, schien es ein Ding der Unmöglichkeit! Wie sollte er über einen Mann verfügen, den er von seiner Familie getrennt und jahrelang nahezu in Sklaverei gehalten hatte, um ihn als Dank einer blutrünstigen Menschenmenge auszuliefern? Wie einen Sohn einsetzen, dessen Vater er erniedrigte?

Einen Moment bedauerte der Färberwaidner die Anwandlung von Stolz, die ihn dazu gebracht hatte, auf primitive und lächerliche Weise Rache an dem Gesellen zu nehmen. Er hatte versucht, ihn in der Waidmühle ermorden zu lassen, wie ein gewöhnlicher Landser, der sich für eine Beleidigung rächt. Machte er sich jetzt Vorwürfe deswegen?

»Dennoch muss mir dieser Strolch zu Diensten sein, denn der Einsatz ist es wert!«

In jener Nacht wollte Joachim de Fressard nicht schlafen. Aufgeputscht vom gezuckerten Wein, der ihm die Wangen glühen ließ, erdachte der Baron die kühnsten Pläne, um sich der Unterstützung durch Simon Terrefort zu versichern.

Das Morgengrauen fand ihn, wie ihn die Abenddämmerung verlassen hatte: an seinem Arbeitstisch sitzend, die mageren Finger wie Spinnenbeine vor der bleichen Stirn gefaltet.

Mit den ersten Sonnenstrahlen schien diese Statue schließlich zu neuem Leben zu erwachen. Der Färberwaidner richtete sich auf, ließ seine Handgelenke knacken, gähnte ausführlich, schamlos, mit offenem Mund. Sein Gesicht strahlte.

»Was für ein Geniestreich!«, rief Fressard in einem Ausbruch von Eigenliebe.

Munter stupste er gegen sein Ohrgehänge, das fröhlich klimperte. Mit diesem seltsamen Pendel trat er wenig später vor Maguelonne, deren Tür er geöffnet hatte, ohne sich anzukündigen. »Madame, ich habe neue Schreibarbeit bei Euch zu bestellen. Seht zu, dass dieser Brief uns bessere Dienste leistet als der erste, sonst …«

»Sonst?«, wagte Maguelonne zu fragen.

»Pech für Euren Sohn!«

Mit feuchten Augen setzte sich Maguelonne an den Tisch, auf dem sie Papier, Federn und Tinte erwarteten.

Im Gemeinschaftssaal des Spital Saint-Jean drängten sich die meisten Pfleger und Besucher am Bett des kleinen Jungen, der vom Pferd gefallen war.

Die Untersuchung des Barbiers hatte ein stark eingeschränktes Sehvermögen enthüllt. Dies war offensichtlich auf die Schädelverletzung zurückzuführen. Clément war also fast blind. Für ihn schwamm die Welt in trübem Wasser, aus dem nur die Gegenstände auftauchten, die man ganz dicht vor sein linkes Auge hielt. Auch dann hatte er nur einen vagen Eindruck, sah er eine Form mit undeutlichen Umrissen, ein verschwommenes Etwas, dem der Kleine kaum einen Namen zu geben vermochte. Das rechte Auge erwachte nicht einmal vor einer Kerze, es war sozusagen tot …

Von den Farben bewahrte Clément nur eine grobe Vorstellung. Kaum konnte er die kräftigsten unterscheiden, je nachdem, wie stark sie ihm in sein krankes Auge stachen: Blau war angenehm, weil beruhigend und ohne Gewalt; Orange jedoch, Gelb und vor allem Rot fürchtete seine Pupille wie eine Flamme auf der Haut. Von nun an war für Clément Farbe gleichbedeutend mit Schmerz.

Aus gutem Grund vertiefte die Behinderung des Sohnes den Kummer des Vaters. Simon litt, Clément blind zu wissen, ebenso schmerzte es ihn einzusehen, dass sein Sohn niemals Färber sein würde. Diese doppelte Pein im Herzen wie auch in der Seele machten den Gesellen in jenen Tagen bitterer, als er je gewesen war. Man konnte beinahe zusehen, wie das Leben aus seinen Gliedern rann, so dass die Pfleger, auch wenn niemand es ihnen befohlen hatte, ihre Fürsorge zwischen Sohn und Vater zu teilen begannen. Sie wollten Simon zu dem Kind legen, in dasselbe Bett, wo Platz genug für mehrere Personen war. Doch der Geselle widersetzte sich den Männern, die ihn betten wollten, so heftig, dass sie darauf verzichteten.

Der Färber blieb also in seinem Sessel sitzen und wachte Tag und Nacht über den kleinen Blinden.

»Ihr müsst Euch ausruhen«, drängte der Barbier, als er zum Krankenbesuch kam. »Was hilft es, wenn Ihr Euch sorgt. Eurem Sohn wird es deshalb nicht besser gehen.«

»Ich allein bin schuld daran!«, sprach Simon wie im Traum. »Wenn ich nicht die Zügel losgelassen hätte, wäre nichts geschehen. Clément hätte sein Augenlicht behalten, das so wichtig ist für die Färberei!«

Die Hand des Barbiers legte sich väterlich auf die Schulter des Gesellen.

»Es gibt andere Berufe als den der Farbe. Clément kann die Medizin erlernen, ein Rechtsgelehrter werden … Dank Eures Vaters könnt Ihr schreiben, unterrichtet Euren Sohn in diesem Wissen. Ruhmreiche Wege stehen ihm offen.«

»Schreiben, wenn man blind ist!«, klagte Simon und wischte seine Tränen ab. »Außerdem kennt Ihr nicht die Liebe zur Färberei. Wir Terrefort haben sie im Blut. Die Farbe zu verlieren heißt, unsere Adern auszuleeren.«

Der Barbier gab nicht auf.

»Mag sein, aber man kann auch färben, ohne zu sehen! Wenn ich dem Gerede in Albi Glauben schenken darf, dampfen bei Meister Boniface noch immer die Bottiche. Er soll sogar, trotz seiner Blindheit, ein Rot zustandebringen, wie es Sehende nicht vermögen …«

»Ah! Boniface!«, rief Simon mit einem Schluchzen. »Andere Augen, die für immer erloschen sind! Welch ein Fluch trifft die Färberei? Wer wird jemals die Boshaftigkeit der Welt besiegen?«

Der Barbier erkannte, dass seine Reden auf taube Ohren stießen und verabschiedete sich mit tröstenden Worten.

August und September verstrichen, ohne dass sich Cléments Zustand verbesserte. Im Gegenteil, die Empfindlichkeit, die das linke Auge bewahrt hatte, schien ganz und gar zu erlöschen und ließ das arme Kind in undurchdringlicher Nacht zurück, die es mit Entsetzen erfüllte.

Simon war ebenso verzweifelt. Durch sein Unglück gereift, schien der Geselle mit jedem Tag mehr dieser Welt entrückt und immer ferner den Dorfbewohnern, die in großer Zahl kamen, um ihn ihrer Zuneigung zu versichern. Der Vorfall bei der Prozession hatte ihre Wertschätzung für den Färber nicht beeinträchtigt, sondern sie im Gegenteil an den einstigen Ruhm des Eremiten der Jungfrau Maria erinnert. Diese Wache eines Vaters am Bett seines Sohnes erinnerte viele an die heiligen Klagen.

Simon freute sich nicht über die Unruhe rings um ihn, die Clément störte. Bald erhielten die Pfleger Anweisung, jeden Besucher abzuweisen, der Monsieur Terrefort zu sehen begehrte: Dem Ansturm der Dorfbewohner zog der Färber die Einsamkeit und düstere Stille vor.

Eines Tages erschien jedoch ein Besucher, den Simon zu empfangen bereit war. Mehr als sein Name, an den er sich kaum erinnerte, mehr als sein noch immer feindseliges Gesicht war es eine Pergamentrolle, die ihm Zugang verschaffte. Dieser Sesam-öffne-dich trug Maguelonnes Siegel.

»Wie habt Ihr mich gefunden?«, fragte der Geselle.

Noël gab die Antwort, die man ihm eingeschärft hatte:

»Madame hat sich am fünfzehnten August sehr ob Eures Ausbleibens bei der Waidmühle gesorgt. Auf ihren Wunsch habe ich Nachforschungen angestellt.«

»Gebt her!«, verlangte Simon und streckte die Hand aus.

Noël übergab die mit Wachs verschlossene Rolle. Der Geselle las:

In Gottes Namen, in Castelviel
am 29. September 1449

Simon, teuer meinem Herzen,

in meinem letzten Brief bezeichnete ich Euch Ort und Zeit für ein Treffen, das Ihr versäumt habt.

So viele Jahre waren seit unserer Begegnung vergangen, dass hundert Gründe für Euer Ausbleiben möglich schienen: Ihr wäret aus dem Albigensischen entflohen; Ihr kämet nicht mehr in die Kapelle; Ihr miedet ein Wiedersehen …

Gott sei Dank hat mich Noël, den ich entsandt habe, sich zu erkundigen, wissen lassen, dass nichts davon wahr ist. Ich bin glücklich, Euch wiederzufinden, sei es selbst im Spital, am Krankenbett von Clément, dessen Unfall für mich eine grausame Prüfung ist. Bitte schreibt mir, ob es ihm gut geht, ob sich die Ärzte eifrig um ihn sorgen.

Bald werden wir Gelegenheit haben, uns wiederzusehen. Die Färberzunft hat einen Wettbewerb zum Kirchenjubiläum ausgeschrieben. Die Meister werden aufgefordert, ein großes Stück Stoff zu färben, das der Madonna als Mantel dienen soll. Eine Jury wird sich am sechsten Februar versammeln, um das schönste auszuwählen. So Gott will, wird die Statue dann nach Rom getragen und dem Papst verehrt werden.

Ich weiß um die Verachtung, die Ihr seit dem Zwischenfall in den Brassières für die Albigenser Färberzunft hegt. Wenn Ihr an dem Wettbewerb teilnehmt, so gewiss nicht, um das Wohlwollen der Meister zu gewinnen, noch um die Vergebung Eurer einstigen Feinde zu erbetteln.

Jedoch will es der Zufall, dass mir Joachim de Fressard, der mich so viele Jahre in meinem Zimmer eingeschlossen hat, an diesem Tag die Tür öffnen wird. Er verlangt, dass ich am Triumph seines Blau teilhabe. Er selbst und sein Gefolge werden im Zunfthaus sein, um das Stück zu begleiten, das er den Geschworenen vorlegen will.

Oh, Simon! Verschenken wir diese Möglichkeit nicht! Es wird gewiss die letzte sein, denn der Baron verlässt sein Haus kaum noch. Ich möchte fliehen, so lange es Zeit ist, mit Euch in das Land Italien gehen, wo, wie es heißt, eine Sonne scheint, die den Färbern gewogener ist!

Simon, tut es für mich, für uns: Gewinnt diesen Wettbewerb! Wir werden gemeinsam nach Rom gehen, hinter der Madonna, die in Euren Farben erstrahlt.

Ich erwarte Euch am sechsten Februar vor Einbruch der Nacht an der Straße von Marssac.

Ich bete für unser Glück. *Maguelonne.*

Wieder und wieder las Simon die einzelnen Sätze und Abschnitte, deren Frische längst vergessene Hoffnungen in ihm aufleben ließ.

»Gute Nachrichten, Herr?«

»Wunderbare, wahrhaftig«, antwortete der Geselle lächelnd.

»Meine Herrin gab mir noch dies für Euch.«

Der Bote reichte Simon eine Lederbörse.

»Ich nehme sie gern an und bitte dich, deiner Herrin dafür zu danken. Sie wird mir nützlich sein. Nimm dieses Geldstück für dich, du leistest uns gute Dienste.«

Noël empfing die Münze mit Freude und steckte sie zum geheimen Botenlohn des Färberwaidners in seine Manteltasche. Er grüßte Simon und verschwand.

Am selben Abend, als Noël nach dem Ritt sein Pferd abrieb, kam Joachim de Fressard durch die Stalltür.

»Was gibt es für Neuigkeiten?«, erkundigte sich der Baron.

»Die besten, Herr. Ich habe den Brief übergeben und Simon hat sich sehr gefreut. Es leuchtete sogar ein Lächeln in seinem Gesicht, das zuvor von Tränen verdüstert war. Der arme Mann ist sehr unglücklich mit seinem blinden Sohn!«

»Erst ist Boniface erblindet und nun Clément, das kommt

uns sehr gelegen! Gottes Urteil steht über dem aller irdischen Richter, wird das Volk sagen. Der Enkel zahlt für das Verbrechen des Großvaters!«

Noël stimmte mit einem bösen Lachen zu.

»Und was hat Simon zu dem Wettbewerb gesagt?«, fragte Fressard, während sein Blick über die blaue Livree des Stallburschen glitt.

»Dem Wettbewerb?«, stammelte Noël und rieb seinen staubigen Ärmel.

»Ja, die Prüfung für das Jubiläum! Der Mantel der Jungfrau!«

Schuldbewusstsein rötete die Wangen des Stallburschen. Der Baron ließ einen tiefen Seufzer hören, der für Noël wie eine Sense klang, die man wetzte.

»Egal, wir werden es bald erfahren. Außerdem zweifle ich nicht daran, dass Simon die Herausforderung annimmt! Ehe sechs Monate verstrichen sind, werden sich die Bottiche in Marssac mit tiefem Blau füllen. Wir haben dann nichts anderes zu tun, als die reife Frucht zu pflücken.«

Erleichtert, dass keine weiteren Vorwürfe folgten, beglückwünschte der Stallbursche seinen Herrn überschwänglich.

»Schluss mit Worten!«, unterbrach ihn Fressard. »Ich brauche keine Lobreden, um meinen Weg zu pflastern! Morgen nimmst du deinen Platz vor dem Haus des Feuergesichts ein. Berichte mir, was er macht, ob und was er färbt. Ich bin sicher, dass bald ein blaues Stück Seide seine Werkstatt verlassen wird. Ich will es sogleich erfahren. Hier werden Männer bereitstehen, um zu handeln. Verstanden?«

»Verstanden!«, versicherte Noël.

Gleich darauf war der Türrahmen leer.

Sobald Clément um Sankt Krispinus ein wenig seine Kräfte zurückgewonnen hatte, verließ Simon heimlich mit ihm das Spital und ging in seine Werkstatt zurück.

Es geschah bei Nacht und in aller Heimlichkeit: Die Pfleger

bemerkten ebenso wenig, dass der Geselle unter die Plane eines Karren kroch, der Vorräte holen sollte, wie es den Bewohnern von Marssac auffiel, dass er von der Flussseite her in seine Werkstatt schlich, nachdem er mit Clément auf seinen Schultern mühsam den Uferhang hinaufgestiegen war.

Dann, ohne sich irgendjemandem gezeigt zu haben, wählte der Färber aus seinen Vorräten ein paar Säcke Waid aus und rührte seine Bäder an.

Den ganzen Herbst hindurch bemerkte man von Simons Arbeit nichts als eine Rauchfahne, die ab und zu über dem Kamin des Hauses aufstieg, Farblachen im Abflussgraben und vor allem den Gestank der Bäder, jenen treuen Begleiter des Ostwinds, der durch die Strudel des Tarn mit seltsamen Beimischungen von Meeresverwesung gewürzt wurde.

Die Tür zur Straße blieb geschlossen. Nur die Böschung zum Fluss, wo Simon seine Mangeln aufgestellt hatte, um die Wolle zu trocknen, empfing zuweilen den Besuch des Färbers, der kam, um die Meinung der Sonne über die Beständigkeit seiner Farbe zu erfragen. Vom anderen Ufer sahen die Bauern bei der Weinlese überrascht eine blaue Flamme in den Händen des Gesellen: Es war das Blau, das aus seinen Küpen kam – das durch Simons Genie zur Vollendung geführte Blau.

»Gerechter Gott! Man könnte meinen, er presse den Himmel aus!«, riefen die Traubensammler auf ihrem Berg.

Die Hände stützten den schweren Tragekorb, um dieses Wunder bequemer betrachten zu können. Mancher Weinbauer, der die Entwicklung des Blau, seine Fortschritte von Stück zu Stück verfolgt hatte, glaubte die Vollendung der Farbe zu erleben. Gewiss würde nie etwas Besseres erschaffen werden als dieses intensive Blau, neben dem das Firmament und sein dunkler Widerschein im Fluss blass und ausgewaschen wirkten.

Simon jedoch schien nicht dieser Meinung zu sein: Oft entledigte er sich der Probe in einem Busch, oder ein Fischer, der seine Netze in der Umgebung auswarf, zog es aus dem Tarn.

Bald war die Weinlese beendet. Schiefergraue Wolken rollten über die Hügel und begossen sie mit dunklem Regen. Schon lange füllte der Wein die Fässer, deren Spunde seit geraumer Zeit eingeschlagen waren. Kein Bauer kam mehr auf sein Feld, kein Fischer an den langsamen Strom des Flusses, der für ein gekentertes Boot tödlich war.

Ohne Zeugen geschah es deshalb zu Epiphanias, am fünften Januar 1450, dass Simon, der herauskam, um sein Blau zu prüfen, kurz mit dem Kopf nickte.

Der Fluss war zu breit, als dass irgendwer am anderen Ufer die vor Kälte geschwollenen Hände hätte sehen können, die sich im Gebet falteten. Niemandem jedoch wäre entgangen, dass das neue Probestück verschont blieb: Anstatt sich seiner wie der vorangegangenen zu entledigen, faltete der Färber es zusammen und nahm es mit sich.

In den folgenden Tagen empfing die Werkstatt eine Stofflieferung von hohem Wert. Es war ein einziges Stück schimmernder Seide, groß genug, um ein Pferd von der Mähne bis zum Schweif zu bedecken, und so kostbar, dass man es während des Transportes in Felle gehüllt hatte. Der Urheber dieses Meisterwerkes, ein Weber aus Toulouse, wollte als Lohn nur den Preis des Fadens annehmen.

»Ich wäre ein schlechter Christ, würde ich mich bezahlen lassen, um die Madonna zu bekleiden«, erklärte er.

Arnould, den Simon herbeigerufen hatte, damit er die Kosten übernehme, wusste ihm Dank für diese Ersparnis.

»Das ist ein anständiger Mann! Ach würde doch seinesgleichen auch die Salzsteuer eintreiben!«

Die Färbung des Madonnenmantels dauerte sieben Tage und sechs Nächte. Seiner Farbe gewiss, hatte der Geselle ein Ersatzstück für unnötig gehalten, ebenso überflüssig fand er es, das Bad an den Seidenstreifen zu erproben, die der Weber mitgeliefert hatte. Ganz im Gegenteil: Zu Arnoulds großem Entsetzen, der zu sehen meinte, wie sich sein Geld im Beizbad auflöste, tauchte er das ganze Stück gleich nach seiner Anlieferung in den Bottich. Vom Alaun angegriffen, quoll ein gelber Schaum aus der Seide, der dem Bürger ein schlechtes Omen schien.

»Die Seide sabbert!«, schrie er entsetzt.

»Dadurch wird sie nur noch glatter und fließender sein«, entgegnete der Färber, ohne seine Sicherheit zu verlieren.

Am Abend des siebten Tages wurde der Stoff herausgefischt. Arnould, von Schlaflosigkeit geplagt, lauerte mit den Augen eines Gefolterten auf die Färbung zum Blau. Simon hingegen war ganz entspannt.

Ihm, dem Fachmann gab die Farbe Recht: drei Sanduhren lang gereift – während sich normale Farbe schon nach einer entfaltete –, zeigte sich das Blau des Gesellen von unendlicher Schönheit.

»Ihr vollbringt Wunder!«, rief Arnould atemlos vor Freude.

»Leider ist es nicht das göttliche Blau, das wir gesucht haben, aber es ist ausreichend für die Geschworenen der Zunft. Ihre Augen sind menschlich wie die unseren.«

»Ihr habt die eines Engels, teurer Simon.«

Das glänzende Stück wurde auf einem Feld unter Aufsicht der Weiber getrocknet: Dieses Blau von seltener Reinheit sollte weder durch den Schatten einer Wolke noch durch den Schritt eines Vogels oder auch nur durch ein Blatt getrübt werden, das herabfiele und seinen Abdruck auf dem feuchten Gewebe hinterließe.

»Gebt gut darauf Acht!«, bat sie Simon. »Nach meinem Sohn habe ich nichts Kostbareres auf der Welt.«

Dennoch war die erste Handlung des Färbers, als er zu seinen Bottichen zurückkehrte, deren Inhalt in den Fluss zu entleeren.

Am sechsten Februar 1450 trat die Zunft der Färber von Albi in außerordentlicher Versammlung zusammen, um sechs Stücke blauer Seide zu prüfen, die von den berühmtesten Meistern der Stadt gefärbt worden waren. Die Kandidaten hießen: Meister Albert, Meister Roland, Meister Agrippa, Meister Lucas, Meister Bernard ... und ein Färber von jenseits der Berge, dessen Färberwerkstatt erst kürzlich in Marssac eröffnet worden war und der auf den zierreichen Namen *Messer Simonaldi* hörte.

Die Geschworenen hatten keine große Begeisterung gezeigt, die Kandidatur dieses Unbekannten anzunehmen, eines Fremden überdies, dessen Unterschrift in keinem Register auftauchte, dessen Ruhm in keiner Erinnerung festgehalten wurde.

Dass er seinen Vertrauten – *Signore Arnould* – entsandte, anstatt sich selbst vorzustellen, galt als erschwerender Umstand: Der Zunftmeister und in seinem Gefolge mehrere Geschworene hatten die Bewerbung für unannehmbar erklärt. Was würden die Italiener von der Färberei der Albigenser denken, wenn diese einen ihrer Landsleute nach Rom entsandten, um sie zu verteidigen?

Die Diskussion war lebhaft, Für und Wider hielten sich die Waage. Lange schien es keine Lösung zu geben. Um seine Sache zu unterstützen, holte Signore Arnould schließlich ein paar Stoffstreifen aus seinem Beutel, die am selben Morgen von seinem Meister gefärbt worden waren. Die Proben umfassten das gesamte Spektrum des Blau, über fünf der schwierigsten Schattierungen, darunter das berühmte *Aldego* mit einer bis ins Kleinste festgelegten Dosierung.

Die Virtuosität dieser Färberei war unbestreitbar. Die Geschworenen erkannten an, dass sie im Namen der Kunst eine solche Fähigkeit nicht ignorieren konnten, und bestätigten die Kandidatur von Messer Simonaldi für die Färbung des Madonnenmantels.

An dem Tag, der für die Annahme der Stücke vorgesehen war, präsentierten vier der Meister ihr Werk gleich bei Eröffnung der Sitzung. Der fünfte, es war Meister Lucas, ließ mit seinem Stoff auf sich warten. Joachim de Fressard schickte einen Boten, der erklärte, der Stoff müsse noch trocknen und könne erst bei Sonnenuntergang geliefert werden. Von dem italienischen Färber gab es keine Nachricht …

Zur None zeigten die Geschworenen erste Anzeichen von Ungeduld. Sie hatten lange über die vorliegenden Stücke diskutiert und sich auf den Stoff von Meister Roland geeinigt, der nach allgemeiner Auffassung ein sehr ehrenhaftes Gewand für die Marienstatue abgeben würde. Warum sollte man also die übrigen Lieferungen abwarten?

»Dieser Italiener macht uns lächerlich!«, schimpfte Meister Charles. »Und Fressard ist nicht besser. Wenn ihr auf mich hört, beenden wir die Prüfung auf der Stelle.«

»Gut gesprochen!«, bestärkten ihn die Geschworenen im Chor.

Niemand wagte jedoch, seine Unterschrift zugunsten von Meister Roland abzugeben. Das Urteil ging von Hand zu Hand, ohne einen Pinselstrich zu empfangen. Sie beschlossen, die Verkündung »bis zur Vesper« aufzuschieben, um die letzten Sonnenstrahlen auszunutzen. Danach mochten die Kandidaten das schönste Stück präsentieren, das es auf der Welt gab, sie würden die Türen verschlossen finden. Wie sollte man im Lichte der Fackeln über ein Blau urteilen? Schon berührte die schwache Sonne die Hügel, bald würde im Saal das Halbdunkel eines Kirchenschiffs herrschen!

»Es reicht!«, verkündete plötzlich der Zunftmeister. »Gebt mir eine Feder.«

Er wirkte so entschlossen, dass die anderen Geschworenen, einige schon gähnend, ebenfalls ihre Federkiele in die Tintenfässer tauchten. Nun hatte sich jedoch eine Verdickung an der Spitze des Schreibgerätes von Meister Charles gebildet, was man nie zuvor erlebt hatte. Auf das Pergament fiel deshalb der ganze Tropfen, anstatt einer Unterschrift blieb nur ein farbiger Klecks.

Niemand war kühn genug, diesem Zug des Schicksals zu begegnen: Man trocknete die bereits in die Tinte getauchten Federn mit der schuldbewussten Miene von Schülern, die beim Abschreiben ertappt worden sind. Wieder wurde die Sanduhr umgedreht.

Die schweigende Tischgesellschaft starrte auf die halboffene Tür. Ein gewittriger Wind hatte sich erhoben und schleuderte seine feuchten Pfeile gegen die hohe Fassade des Zunftgebäudes.

Schließlich, gerade in dem Augenblick, da Meister Charles die Leuchter im Saal entzünden ließ, wuchs eine Staubwolke auf dem Weg empor. Es war nicht der kurze, leichte Wirbel einer Windböe, sondern schwere Erde, wie sie die Hufe von Pferden in die Luft schleudern.

Tatsächlich nahm der zitternde Punkt, der an der Spitze dieses riesigen Staubkörpers stand, bald schon die Umrisse mehrerer Gestalten an: es waren sechs Reiter und ein kleiner Karren, der in ihrer Mitte rollte.

Die auf der Schwelle versammelten Geschworenen beobachteten, wie der Tross näher kam. Der Staub verhüllte die Gesichter der sechs Reiter. Niemand erkannte sie, bis der Sekretär der Zunft, ein Geselle, dessen Augen sich noch nicht im Dampf der Bottiche verhärtet hatten, den Silberpfeil bemerkte, der am Ohr von einem der Männer tanzte.

»Fressard …«, erklärte der Zunftmeister mit einem langen Seufzer.

Da das Geheimnis gelüftet war, nahmen die Geschworenen wieder ihre Plätze rings um den Tisch ein. Nur der Sekretär hielt wie hypnotisiert die Augen weiter auf das seltsame Gehänge gerichtet, das sich unter dem Hut des Färberwaidners drehte. Er begrüßte Fressard am Eingang des Hauses.

Der Baron trat einen Schritt ins Innere und schüttelte seine Schultern, die von einem dicken, gefütterten Mantel bedeckt waren. Der Staub rann in kleinen Bächen vom Stoff herab.

»Meine Herren, Euer ergebenster Diener …«

Die an die Brust geführte Hand war die einzige Reverenz für die Geschworenen.

Dann verpassten seine Begleiter, die sich mit einem kurzen Blick abgestimmt hatten, dem Ballen, den sie in der Mitte des Saales abgelegt hatten, einen Fußtritt. Eine Zunge von lebhaftem Blau entrollte sich auf den Steinplatten.

»Heilige Jungfrau!«, rief der Zunftmeister der Färber.

»Meine Augen mögen erblinden!«, fiel ein zweiter ein.

Alle versammelten sich um das Stück, die Gesichter strahlend vor Bewunderung.

Fressards Blau wurde so einmütig begrüßt, das man es für überflüssig erachtete, die Lieferung von Messer Simonaldi abzuwarten. Ebenso wenig untersuchte man den Stoff genauer, auf dem in einer geheimen Falte noch ein Tropfen roten Blutes frisch und glänzend wie eine Träne lag …

Irgendwo auf dem Weg nach Marssac machte ein Schäfer namens Jean eine grausige Entdeckung.

Er war nicht allein, sondern lief hinter seinen Schafen her, deren Reihen sich vor einem Hindernis zusammenballten, so dass gleichsam ein Schaudern durch die Herde lief. Auch der Hund jaulte befremdlich, mit langen Tönen, die an einen Todesschrei gemahnten.

Was Jean zuerst bemerkte, war ein geplünderter Karren. Offenbar hatte man die Ladung zur Seite hinausgeworfen und dabei die dünne Rüstleiter aus weißem Holz zerbrochen. Die Deichsel war leer, das Zugtier entflohen. Nichts von der Ladung war übrig, bis auf einen Eimer, einen einfachen Holzeimer, der mit dem Griff an einem Haken an der Deichsel hing. Jean dachte zunächst, es handele sich um einen Hafervorrat für die Pausen des Zugtieres, doch der Inhalt des Behälters war ganz anderer Art: was da auf dem Grund des Eimers einen Halbmond bildete, war gefärbtes Wasser.

»Was für ein schönes Blau!«, freute sich der Schäfer und tauchte die Finger in das Nass.

Sie bewahrten die Spur der Farbe.

Jean schob seinen Hund zurück, der so aufgeregt war wie bei der Jagd, und stand vor einer Leiche. Hart und kalt wie ein Flusskiesel lag dort ein Mann von etwa vierzig Jahren, dem ein Schwert im Körper steckte, das ihn vom Hals bis zum Unterleib aufgeschlitzt hatte. Der Schäfer hatte schon andere Opfer von Straßenräubern gesehen, nie jedoch eines, bei dem die Waffe im Körper steckengeblieben war und das Zobelfellkäppchen noch auf dem Kopf saß …

Einige Schritte entfernt entdeckte der Schäfer den Körper eines anderen jungen Mannes. Von diesem hatten die Mörder offenbar nicht ablassen wollen, sie hatten in Hals und Brust, in jedes verwundbare Glied gestoßen, um sich zu vergewissern, dass keine Spur von Leben in ihm blieb. So viel Blut war geflossen, dass die Farbe des Hemdes nicht mehr zu erkennen war und man nicht mehr wusste, wo der Stoff endete und wo die Haut begann. Seltsamerweise war das Gesicht unverletzt … Jean wagte nicht zu überprüfen, ob der rote Fleck auf diesem Gesicht von einer Wunde oder von einer Laune der Natur stammte.

Nachdem der Schäfer den Karren und die beiden Körper an den Wegrand gezogen hatte, rief er seinen Hund und trieb die Herde zusammen, um ins Dorf zurückzukehren. Plötzlich drang ein Schluchzen an sein Ohr.

»Wer ist da?«, rief Jean nervös und ballte die Hand um seinen Stock.

Sein Blick bewegte sich zunächst in Mannshöhe und senkte sich dann auf die eines Kindes. Ein kleiner Junge kam aus einem Stamm geklettert, in dem er sich versteckt hatte. Der Schäfer streckte ihm die Arme entgegen.

»Armer Kleiner, gewiss ist es dein Vater, den ich gerade gefunden habe!«

Von der Stimme geleitet, machte das Kind ein paar schwankende Schritte auf Jean zu. Sein Gang war sehr ungeschickt, immer wieder von einem wegspringenden Stein, einem Wurzelstock unterbrochen. Es schien seinen Weg nicht zu finden.

Der Schäfer führte dies auf die Erregung des Kindes zurück und darauf, dass der Junge unaufhörlich seine tränennassen Augen rieb. Als das Kind dicht bei ihm war, zog der Schäfer ihm sanft die Hände vom Gesicht, um die Augen zu sehen.

Sogleich leuchtete Jean ein Blick von reinem Blau entgegen, das an die Farbe auf dem Grunde des Eimers erinnerte. Dieser Blick war jedoch ohne Tiefe, gleich einem Spiegel, dessen Oberfläche sich niemals bewegt. Jean erkannte, dass der Knabe blind war.

Da die Nacht hereinbrach, nahm der Schäfer das Kind auf die Schultern und kehrte zurück ins Dorf.

20

Die Prozession der »Färbermadonna«, wie man die Marienstatue mit dem blauen Mantel taufte, war die größte, die je in den Annalen der Stadt aufgeführt wurde.

Zu Tausenden hatten sich die Albigenser dem Zug angeschlossen, und innerhalb der Stadtmauern, die sogar von den Wachsoldaten verlassen wurden, blieb nur ein Häuflein von Greisen und Schwachen zurück. Die Schulen waren geschlossen, die Kirchen leer. Die meisten Geschäfte trugen die Aufschrift: »Keiner zu Hause«. Die Engländer hätten jetzt nur durch die Tore ziehen müssen, um Albi zu besetzen.

Da es an einem hinreichend breiten Wege fehlte, strömte die Menge hinter dem Tor frei über die Felder. Die Prozessionsteilnehmer fanden sich nach Familien zusammen und erschufen außerhalb der Stadtmauern gleichsam Haushalte und Stadtviertel neu. Einige waren in Stadtkleidern, sie würden nicht weiter als bis nach Canavières gehen; andere, die entschlossen waren, den Weg bis nach Rom zu machen, hatten Wandersandalen und einen Pilgerstock dabei. Alle sangen Loblieder auf die Jungfrau Maria.

An der Spitze des Zuges ritt Joachim de Fressard. Der Baron saß auf einem großen Pferd und überragte auf seinem Doppelsattel die gesamte Prozession. Da auch die Schabracke seines Pferdes in leuchtenden Farben verziert war, sahen viele in ihm einen Anführer: »Er wird uns nach Rom bringen!«, jubelten die Bürger. Demzufolge hielten sie Gouverneur, Schultheiß und Bischof, die dahinter kamen, für Gefolgsleute niederen Ranges.

Nichts war unterhaltsamer anzusehen als Fressard in dieser Führerrolle. Er stand in den Steigbügeln, richtete den Blick in die Ferne oder ließ ihn über die Menge schweifen und schien mit wilden Befehlen eine ihm unterstellte Armee zu lenken.

»Boniface, bleibt in der Reihe! Oder wollt Ihr im Zuckerrübenfeld landen? Noël, her zu mir! Du trägst meinen Hut! Los doch, ihr Färber! Richtet euch ordentlich aus! Was ist das für eine Herde?«

Zwar regneten diese Weisungen auf alle herab, die strengsten aber galten den Angehörigen seines Hauses. Das Gesinde des Barons war am Wappen zu erkennen – blau mit dem gekrönten Löwen –, das auf ihre Livreen ebenso gestickt war wie auf den wehenden Mantel des Färberwaidners. Diesem Zeichen konnten auch Marine, Lucas, Éléonore und selbst Maguelonne nicht entgehen: Der Rang einer Gattin gewährte keinen Dispens, wenigstens aber das Recht zu reiten, während alle anderen zu Fuß gingen.

Um die Stimmung zu erkennen, die im Hause herrschte, musste man nur in den Mienen der Wappenträger lesen. Die Gesichter waren mürrisch und von den bitteren Falten des Verzichts gezeichnet. Lucas hatte so viele Runzeln bekommen und so viel Haar verloren, dass man ihn kaum wiedererkannte. Der einstige Meister des Rot empfing die Komplimente all derer, die den Mantel aus blauer Seide für sein Werk hielten, verständnislos und mit verwirrtem Blick. Maguelonne war von gequälter Blässe, die durch den Tränenschleier in ihren Augen noch verstärkt wurde. Éléonore schließlich, die seit ihrem Einzug in Castelviel nicht mehr sprach, lief wie eine Schlafwandlerin hinter den anderen her.

Dieser Anblick weckte beim Färberwaidner nicht die geringste Anteilnahme. Er befehligte seine Leute mit Pfiffen wie

Hunde und rief sie abwechselnd zu sich, um verschiedene Dienste von ihnen zu verlangen. Mal schickte er Lucas zum Bischof, der die Geheimnisse des Blau kennenlernen wollte – und antwortete, da der Färber schwieg, an seiner Stelle; dann sollte Maguelonne den Gouverneur unterhalten; Éléonore beauftragte er mit der Verteilung von Kerzen, einer undankbaren Aufgabe, die Noël nicht übernehmen wollte. Sobald die Aufträge erledigt waren, kehrte jeder in seine Reihe zurück.

Einen Trost gab es allerdings für die Knechte und Mägde des Barons. Das war die Marienstatue, deren Bewachung ihnen Fressard anvertraut hatte, da er fürchtete, die Färber könnten dem Mantel aus blauer Seide zu nahe kommen. Deshalb hielten Lucas und andere Diener die Tragestangen des Jungfrauenthrons, während Éléonore zu Fuß und Maguelonne von ihrem Pferd herab Rosenblätter streuten. Alle dienten sie Maria mit großer Inbrunst und rühmten wieder und wieder die Mutter Gottes und ihre Statue.

Die Färbermadonna, ganz aus hellem Holz geschnitzt, stand ihrem Modell, einer Schäferin aus Mazicou, tatsächlich in nichts nach. Ihre Hände waren außerordentlich zart, das Gesicht ein sanftes Oval, das von der schön geformten Stirn und den Brauenbogen unterstrichen wurde. Auf ihrem Diadem funkelten Edelsteine: jeder Sonnenstrahl ließ die Jungfrau im Glanz von Granat, Lapislazuli und Turmalin erstrahlen.

Was jedoch die Blicke der Menge anzog, waren weder das hübsche Gesicht noch die mit tausend Feuern brennenden Juwelen, sondern der blaue Mantel auf den Schultern der Statue.

Welch eine Pracht, dieser Mantel! Was für ein Wunder, diese Farbe!

Allein die Seide war herrlich: fließend dort, wo sie Marias zarte Arme umhüllte, und gleichzeitig straff, um der sitzenden Jungfrau ein majestätisches Aussehen zu verleihen. Die gestärkten Falten erinnerten an die Form einer Wolke.

Mehr noch als den Stoff bewunderten alle dessen Farbe: ein lebendiges, lebhaftes, geradezu magnetisches Blau, reicher an Nuancen als ein geschliffener Diamant. Im Tageslicht färbte sich die Seide Vergissmeinnichtblau, in dem hellen, durchscheinenden Ton der Alpengletscher; war die Sonne verschleiert, wurde es Türkis und erinnerte an die Schuppen einer Flussforelle; im Schatten eines Baumes erstrahlte es Saphirblau wie intensiv gefärbte Tinte. Man ahnte, dass in der Tiefe der Wälder, dort, wo nur gebrochenes, vom Laub gedämpftes Licht einfiel, ein Meeresblau erblühen würde, ein tiefes Blau mit prächtigem Glanz …

»Es gibt kein Beispiel für ein solches Blau«, lobte Meister Charles, der sich mit Ellbogenstößen in die erste Reihe gedrängt hatte. »Gewiss wird der Papst die Albigenser Färberei loben.«

»Gewiss nicht!«, höhnte Meister Albert. »Ich glaube, Fressard wird sich alles Verdienst selbst zuschreiben! Siehst du nicht, wie er an der Spitze des Zuges paradiert, so stolz auf seinem weißen Pferd?«

»Dabei hat Lucas wahrlich Talent. Gab es je einen Meister des Rot, der sich so sehr in das Blau verliebte, dass er bei der neuen Farbe schließlich Besseres erreichte als bei der alten?«

Meister Albert schüttelte ungläubig den Kopf.

»Dieses Blau stammt wahrhaftig von Lucas?«

»Von wem sonst?«

»Donnerwetter! Die Küpen von Vater Terrefort haben nie etwas anderes als ein verwaschenes Blau hervorgebracht!«

Meister Boniface stieß am Arm eines Gesellen zu ihnen.

»Die Jungfrau wird ihn inspiriert haben!«

»… oder der Teufel«, sagte Meister Albert schaudernd. »Hört man nicht seltsame Neuigkeiten aus Castelviel? Der Sohn wird versteckt, die Gattin eingesperrt, der Geschäftspartner umgebracht!«

»Wie? Simon Terrefort?«, fragte der Blinde erstaunt.

»Ihr wisst es nicht? Ein Hinterhalt, vorgestern.«

Das Gespräch wurde vom Glanz eines blanken Schwertes unterbrochen, das Fressard über den Köpfen schwenkte. Damit befahl er allgemeines Schweigen.

»Prozession voran!«, rief der Färberwaidner von seinem Pferd herab.

»Vorwärts!«, wiederholte der Gouverneur, um nicht zurückzustehen.

Der Bischof stimmte mit einer segnenden Geste zu. Die Prozession setzte sich in einer Staubwolke in Marsch.

In der Kapelle herrschte sanfte Stille. Zuweilen tropfte zarter Vogelgesang von den Bäumen, der sogleich von den Farnen aufgesogen wurde. Das Abendlicht reichte nur bis zur Schwelle. Die Wände voller Blasen, die von Feuchtigkeit gequollenen Bänke, der Altar unter seiner Wachskruste schienen im Schatten zu versinken.

Auf dem aus Brettern gebauten Betpult kniete ein Mann. Ohne das Brevier, in dem er fromm murmelnd blätterte, hätte man ihn für einen Waldläufer gehalten, so schmutzig war sein Bart, so schief standen seine Zähne. In seinen Taschen lagen Wachsklumpen, Überreste von den Leuchtern, die er mit neuen weißen Kerzen versehen hatte. Der Fürsorge des Sakristans verdankte die Kapelle auch den Nelkenstrauß, die frisch geölte Tür und das Bleikreuz auf dem Dachfirst. Der Boden war gefegt, das Fenster mit Brotrinde geputzt. Nie zuvor war die Kapelle so sauber gewesen.

Nachdem der Sakristan seine Aufgabe erfüllt hatte, zählte er wieder und wieder die acht Sous, die er unter dem Hemd in einem Tuch verbarg. Acht Sous, das war das Doppelte seines üblichen Lohns. Die Bewohner von Marssac hatten sie gesammelt, um die kleine Kapelle zu verjüngen, deren bescheidene Pflege für gewöhnlich den Pilgern überlassen wurde. »Es ist für das Heil eines Färbers, der in der Nähe sein Leben lassen musste«, hatten die Bauern erklärt. »Diese Kapelle war ihm sehr teuer.«

Der Auftrag lautete auch, die Madonna zu verschönern und der Sakristan hatte sich sehr darum bemüht. Zwei neue Nägel stützten die Statue. Das mit Butter gesalbte, wurmstichige Holz glänzte wie Perlmutt. Vor allem aber war der Mantel neu gestrichen: strahlendes Weiß bedeckte das Blau, dessen winzige Schuppen auf dem Boden im Luftzug tanzten.

»Du siehst gut aus«, sagte der Sakristan, als er sein Werk betrachtete.

Er verzierte die Madonna mit einem Band, das er hinter der Statue gefunden hatte und locker um ihre Hüften wand.

»Mit dieser blauen Borte bist du die Königin des Himmels!«

Der Tag neigte sich, bald würde die Nacht hereinbrechen. Der Sakristan sprach noch ein Gebet, dann packte er seine Tasche, um zu gehen.

Als er durch die Tür trat, tauchte vor ihm ein Wolf aus dem Halbschatten des Unterholzes auf. Das Tier schien äußerst erregt – gesträubtes Fell, eingezogener Schwanz – und auch in großer Eile. Nachdem es einen Augenblick vor der Kapelle stehen geblieben war, fauchte es schwach und verschwand mit zwei eleganten Sprüngen. Andere Wölfe folgten ihrem Anführer.

»Heilige Jungfrau! Warum bin ich nicht vor der Nacht gegangen!«, jammerte der Sakristan, dessen Herz zum Zerspringen klopfte.

Dennoch beschritt er mutig den Weg, der zwischen den Bäumen verschwand.

Zehn Schritte weiter belebten knackende Äste seine Furcht aufs Neue. Auf dieses Geräusch folgten weitere, leisere – Vogelflattern, Laubrascheln –, die aus dem Dickicht drangen. Es war, als würde eine große Gruppe durch den Wald geistern.

»Die Engländer!«, dachte der Sakristan und umklammerte seinen Knüppel noch fester.

Kurz darauf überzeugten ihn ein Fluch im vertrauten Dialekt und der Schrei eines Esels von seinem Irrtum. Dann tauchten unter einer Kette von Laternen und Fackeln Pilger aus der Nacht auf. Der Sakristan sah Pferde, Maultiere, Karren und über dem Zug zahlreiche Kreuze, die wie Schiffsmaste schwankten. Schon waren die Ersten dicht vor ihm. Er packte einen Mann mit Tonsur am Ärmel: »Bruder, was ist das für eine Prozession?«

»Die Prozession der Färbermadonna«, antwortete der Mönch, ohne stehen zu bleiben. »Wir gehen nach Rom.«

Der Sakristan blieb ihm auf den Fersen.

»Rom in Italien? Aber das ist nicht der richtige Weg! Hier geht es nach Spanien!«

»Im Wald von Marssac gibt es eine Kapelle. Wir wollen dort für den Erfolg der Reise beten.«

»Die Marienkapelle?«

»Ja, mein Bruder. Da ist sie ja schon.«

Der Sakristan riss die Augen auf. Die kleine Kapelle, eben noch einsam und verlassen, empfing jetzt eine riesige Menschenmenge. Die Gläubigen drängten sich am Eingang des Heiligtums, während andere zu dem einzigen Glasfenster strebten. Sie alle interessierten sich sehr für die Bemühungen einiger Männer, eine Madonnenstatue durch die enge Tür zu bringen.

»Was für eine schöne Madonna!«, sagte der Sakristan bewundernd.

»Nicht wahr? Ihr blauer Mantel ist ein Meisterwerk.«

Mit Schieben und Drehen war der Thron in die Kapelle gelangt. Nun prügelte man sich darum, Maria in ihr Haus zu folgen. Flüche und das Quietschen der misshandelten Tür waren zu hören.

»He ihr! Vorsichtig!«, verlangte der Sakristan und drängte sich heran.

Aber die Menge war so dicht, dass er nicht über die

Schwelle gelangte und das Innere nur zwischen den Köpfen hindurch sehen konnte.

Der Kirchenraum war voll. Wider das Gesetz blieben die Köpfe der Besucher in der ersten Reihe bedeckt: ein Krummstab erhob sich neben der Mitra des Bischofs, daneben ragte eine Juwelen besetzte Aigrette an einer blauen Seidenkappe auf; der Mann ganz rechts schließlich trug unter dem Lederhut ein Ohrgehänge. Die mit ausgestreckten Armen getragene Madonna thronte inmitten der Gläubigen.

Der Mann mit dem Ohrgehänge kniete als erster nieder, die anderen taten es ihm nach. Der Sakristan stellte sich auf die Zehenspitzen, um besser zu sehen.

»Liebe Jungfrau«, begann Joachim de Fressard, »wir sind hier unter deinem Dach versammelt, um aus reinem Herzen deinen Segen zu empfangen. Deine Kinder gehen unter dem blauen Banner.«

Das Gebet dauerte so lange, wie zwei Sanduhren verrinnen. Der Mann mit dem Ohrschmuck hörte nicht auf zu reden, die Hände gefaltet, den Kopf auf die Brust geneigt. Als er fertig war, erhob er sich und bekam von seinen Gefolgsleuten eine große Kerze gereicht, mit der er auf den Altar zuschritt.

Da der heilige Tisch bereits mit Kerzen bedeckt war, fegte seine Hand diese beiseite, um Platz zu schaffen. Dieses Vorgehen empörte den Sakristan.

»Dämon! So den Tisch unserer Jungfrau zu verwüsten!«

Doch Fressard achtete ebenso wenig wie die anderen Prozessionsteilnehmer auf die Kerzen, die über den Boden rollten. Die Stiefel des Edelmannes stampften achtlos darauf herum und zertraten sie wie vom Baum gefallene Früchte. Die noch brennenden Lichter erloschen mit elendem Zischen.

»Schande! Schande über euch, ihr Färbersleute!«, protestierte der Sakristan, weniger über die Schändung empört als darüber, was sie dem Werk seiner Hände antaten.

»Feuer!«, befahl in diesem Moment der Baron, der die Kerze auf einen Silberleuchter gesteckt hatte.

»Du willst Feuer? Hier hast du es!«

Ohne nachzudenken riss der Sakristan eine Fackel aus den Händen seines Nachbarn, um sie wütend auf Fressard zu schleudern. Er war jedoch ungeschickt: Die Flamme erreichte nicht ihr Ziel, sondern streifte die Färbermadonna. Funken regneten auf den Mantel herab.

»Die Pest soll ...!«, brüllte Fressard. »Wasser! Wasser, um zu löschen!«

Ehe aber irgendjemand etwas unternehmen konnte, sprang bereits eine große Flamme auf den Mantel aus blauer Seide über. Inmitten von Geschrei und Tumult eilten Hände der Statue zu Hilfe, schlugen und drückten den Stoff da, wo er brannte. Von allen Seiten wurde gespuckt; man sah sogar einen Färber, der seinen Hosenlatz löste, um zu urinieren. Leider wirkten diese Verteidigungsmaßnahmen lächerlich im Vergleich zur Macht des Feuers, das von unbesiegbarem Atem genährt wurde.

»Wo ist der Verbrecher, der diese Fackel geworfen hat?«, donnerte Fressard. »Wo ist er, dass ich ihn aufspieße?«

Bei diesen Worten zog der Baron sein Schwert und verletzte damit die Schulter des vor ihm Stehenden.

»Habt Ihr den Verstand verloren?«, protestierte der Bischof, auf dessen Stola Blut spritzte.

»Im Gegenteil, ich habe all meine Sinne beieinander! Hinfort von diesem Ort, ehe wir bei lebendigem Leibe verbrennen!«

Tatsächlich fing auch ein Hut, den sein Träger benutzte, um auf die Madonna einzuschlagen, plötzlich Feuer. Der Mann warf die Kopfbedeckung von sich, sie berührte die Federn eines anderen Hutes, die sofort in Brand gerieten. Binnen kurzer Zeit vereinten sich Überwürfe, Mäntel, Haare und Bärte zu einem glühenden Gürtel.

»Raus! Auf der Stelle!«, brüllte der Baron.

Nach diesem Schrei schwangen Noël und die anderen Knechte ihre Knüppel, um ihm einen Weg zu bahnen. Sie waren so erfolgreich, dass Fressard hinter ihnen hinausgelangte und nur eine leichte Brandwunde an der Wange davontrug. Der Schultheiß, der Bischof und der Gouverneur folgten in der einmal geschlagenen Bresche.

Ganz anders erging es den übrigen Prozessionsteilnehmern, die zu zahlreich waren, um durch die Tür zu passen. Als sie die Gefahr erkannten, suchten die Schnellsten ihr Heil in der Flucht. Die Bewegung nach draußen war jedoch so mächtig, dass sie die ersten schon zu Boden warf und somit die anderen bremste, die versuchten, den Liegenden auszuweichen. Nachdem eben noch alle in die Kapelle gedrängt hatten, dachten sie jetzt nur noch daran, hinauszukommen.

»Wir werden hier sterben!«, rief Maguelonne.

»Das ist die Dankbarkeit von Baron de Fressard!«, entgegnete Éléonore und weinte bittere Tränen. »Er wirft uns auf den Scheiterhaufen!«

Lucas hatte jedoch eine Eingebung. Da sie sich dicht an dem einzigen Fenster befanden, zerschlug er es mit einem mächtigen Fausthieb. Diese neue Öffnung gab dem Brand mit einem heftigen Luftstrom neue Kraft, dennoch gelangten Maguelonne, Éléonore und er selbst lebendig ins Freie.

Der letzte Blick des Färbers galt der brennenden Jungfrau. Feuriges Rot wand sich um das Blau des Mantels und beide Farben waren in einer Apotheose vereint.

»Seid gesegnet, Heilige Jungfrau «, sagte Lucas bewegt, »die Terrefort sind gerächt!«

Während er diese Worte sprach, wurde Simons Blau zu einem schaurigen Grün und verlosch dann schwarz unter einem Schleier von Rauch. Gleich darauf zerfiel der Stoff zu Asche.

Epilog

Das Blindenasyl der Franziskaner am Rand der Verdusse-Schlucht empfing Boniface einmal in der Woche. Im Sommer kam er wegen der Hitze, die seine Augen quälte, gar bis zu dreimal. Der Blinde war so vertraut mit dem Weg zum Hospital, dass er verlangte, allein dorthin zu gehen. Jeden Donnerstag schob er sein Weib beiseite, das sich erbot, ihn zu führen.

»Meine Liebe, ich würde mich schämen, Euren Arm zu nehmen, der mir hier keineswegs dienlich ist. Ich bin den Weg schon so oft gegangen, dass ich jeden kleinen Stein kenne, jedes Grasbüschel …«

»Und dennoch, mein Gemahl, der Weg liegt an einem sehr gefährlichen Abgrund!«

»Der Mensch geht sein Leben lang einer schrecklichen Schlucht entgegen: dem Tod. Kann irgendetwas ihn daran hindern?«

»Wahrlich, ich wäre nur ruhig, wenn Ihr meinen Arm nehmen würdet!«, drängte die Gattin.

»Wenn Ihr nicht aufhört, nehme ich den Schlüssel mit. Ihr werdet eingesperrt!«

Boniface hielt Wort. Kaum hatte er jedoch den Schlüssel im Schloss umgedreht, da kletterte seine Frau durch das Fenster. Auf dem Weg, der den Felsen von Saint-Salvi hinaufführte, folgte sie dem Blinden im Abstand von einem Steinwurf.

Die Mönche hatten sich natürlich beim ersten Mal sehr gewundert, als sie die Frau sahen, die ihre Holzpantinen in der Hand trug und Boniface verfolgte. Es hätte nur wenig gefehlt, und sie hätten sie verraten. Als sie jedoch verstanden, welch zärtliche Sorge hinter dieser List stand, bewahrten sie das Geheimnis, mehr noch, sie machten sich zu Komplizen.

So ließ der Pförtner des Hospitals das Tor hinter dem Blinden offen, damit auch seine Frau hereinkommen konnte. Ebenso tat es der Arzt mit der Zimmertür, überdies stellte er vor der Visite immer zwei Stühle bereit. Die Frau setzte sich etwas abseits und hörte zu.

»Boniface, wie geht es Euren Augen?«, fragte der Arzt.

»Sehr schlecht. Schon die Hitze hat mich sehr gequält. Aber am Schlimmsten ist es jetzt, wo sich die Kälte über das Land gelegt hat: Es kommt mir vor, als schlage ein schweres Uhrpendel unter meinen Lidern!«

Diese Worte schmerzten auch sein Weib, das sich auf die Lippen beißen musste, um nicht zu seufzen.

»Dennoch hat man Euren Eifer beim Färben gerühmt!«, fuhr der Arzt fort.

Geschmeichelt blähte Boniface seine Wangen.

»Das hat man gesagt? Nun, gewiss ... Meine Bäder werden selten kalt. Seitdem der Baron nach Orthez zurückgekehrt ist und Meister Lucas sich wieder dem Rot zugewandt hat, wird kaum noch in einem Bottich blau gefärbt.«

»Ihr färbt blau?«, wunderte sich der Arzt, während er Pflanzen in einem Mörser zerrieb. »Seid Ihr nicht Rotfärber?«

»Bei Gott! Ich färbe das, was verlangt wird! Glaubt mir, die Streitigkeiten zwischen den Farben liegen lange zurück! Fressard hat uns eines gelehrt: Der Kunde ist König! Er meinte immer, das Auge des Käufers sei wichtiger als der Blick der Färber und Händler ...«

Der Mönch pries diese weisen Worte.

»Der Baron hat also sein Geschäft aufgegeben?«

»Mit großem Gewinn! Der Konvoi, der Castelviel verließ,

zählte mehr als zwanzig Karren. An der Spitze ritt Noël, der frühere Stallbursche, den der Baron zu seinem Vertrauten gemacht hat, dahinter Maguelonne … Ein hübsches Weib, wie es heißt.«

Ein Knacken war zu hören. Die Färbergattin scharrte auf ihrem Hocker mit den Füßen. Der Franziskaner lenkte ab: »Dennoch ist es wahrlich keine Kleinigkeit, was Fressard hier in der Gegend zurücklässt. Sein Haus in Castelviel, das Schloss in Rayssac, seine Färberwerkstätten … Hat er nichts davon behalten?«

»Nein, er hat das Ganze verkauft. Ich glaube, der Baron hatte es eilig, uns zu verlassen. Er hat sich von niemandem verabschiedet und seine Häuser weit unter Wert verkauft. Die Zunft hat die Werkstatt in Signac und die Feigenmühle übernommen.«

Der Blinde schwieg, während seine Augen behandelt wurden.

»Die Mühle ist an Meister Lucas vermietet, ihren einstigen Eigentümer. Die Werkstatt in Signac soll einem Gesellen überlassen werden.«

»Eine gute Idee!«, lobte der Arzt. »Wurde schon ein Geselle ausgewählt?«

»Leider geht es nicht darum, ihn auszuwählen, sondern ihn zu finden!«, seufzte der Blinde und wischte sich einen Tropfen Pomade von der Wange. »Seit dem Abenteuer mit dem Marienblau werden unsere Söhne lieber Händler als Färber. Man sieht keine kräftigen Burschen mehr, die mit rot gefleckten Fingern herumlaufen, sondern nur noch Schreiber mit Augengläsern, die mit Rechenbrettern klappern!«

Der Arzt stimmte in das Lachen des Blinden ein, das auch die Gattin erheiterte.

»Nicht doch, Boniface! Natürlich gibt es noch junge Leute, die die Farbe lieben!«

»Zeigt mir einen einzigen, damit ich ihm die Hand drücken kann!«

»Abgemacht, Färber! Heute noch! Frei heraus, wir haben einen Jungen hier, der ganz besessen ist von Farben.«

Der Arzt zwinkerte der Besucherin zu. Boniface aber kreuzte mit mürrischer Miene die Arme.

»Sagt lieber, er ist besessen von schönen Kleidern und reichen Stoffen. Farben zu tragen heißt für mich nicht, ihre Qualität wirklich zu würdigen. Die Farbe lieben, heißt das Färben lieben!«

»Genau das meine ich! Der Junge, von dem ich sprach, erhitzt die Bäder und zerreibt Wurzeln! Die Töpfe im Refektorium dienen ihm als Bottiche, und mit einer Suppenkelle rührt er seine Mischungen um. Dank seiner Arbeit ziert ein wunderschönes blaues Tuch unseren Altar.«

Das Gesicht des Blinden erstrahlte vor Freude.

»Eine gute Nachricht! Sagt mir doch, ist dieser junge Mann bei einem Meister in der Lehre?«

»Nein, Boniface ... Der Grund liegt in seiner Jugend, er ist noch ein Kind. Vor allem aber ist er behindert.«

»Wie schade!«, seufzte der Meister. »Man duldet keine Hinkefüße im Haus eines Färbers! Und welche Krankheit hat diesen Jungen geschlagen?«

»Clément ist blind.«

Ein langes Schweigen folgte auf die Eröffnung des Franziskaners. Bonifaces Augen waren feucht. Auch seine Frau war tief bewegt: Da sie nicht nach der Hand ihres Gatten greifen konnte, liebkoste sie seinen Schatten an der Wand.

»Ich will dieses Kind kennenlernen!«, verkündete der Meister.

Der Arzt half dem Blinden aufzustehen. Boniface wunderte sich nicht, noch von einem weiteren Arm gestützt zu werden, den er einem anderen Mönch zurechnete. So geführt – sein Weib auf der linken Seite, den Geistlichen auf der rechten – verließ der Färber das Zimmer.

Bald erreichten sie die Zelle, in der Clément lebte. Ihr Inneres war armselig und enthielt nur das Notwendigste – einen Strohsack, eine Schüssel und einen Krug. Aber Boniface witterte sogleich den leicht säuerlichen Geruch, der die Färberei verriet.

»Bursche, du hast ein Bad in Arbeit! Komm näher!«

Der Gerufene kam zu dem Meister. Trotz seiner bescheidenen Kleider hatte er eine starke Ausstrahlung. Vor allem seine Augen, zwei blaue Edelsteine, strahlten vor Intelligenz. Die Gattin wechselte einen gerührten Blick mit dem Arzt.

»Das ist ein Krappbad!«, erklärte der Junge mit sicherer Stimme.

»Zeig her!«, befahl der Meister.

Die Hand des Kindes berührte die Mauer und folgte ihr in ganzer Länge. Am Ende der Zelle beugte es sich über einen zugedeckten Topf. Boniface folgte ihm am Arm des Arztes.

»Wir werden bald wissen, ob du ein Färber bist«, sagte der Blinde lächelnd.

Sogleich tauchte er zwei Finger in die Mischung. Er führte sie an seine Nase, steckte sie in den Mund, saugte lange daran. Der Arzt beobachtete das Ganze voller Neugier.

»Das ist nicht schlecht«, lobte der Färber. »Dein Rot ist anständig! Wer hat es dich gelehrt?«

»Mein Vater«, antwortete das Kind.

»Wie heißt du?«

»Clément.«

»Dein Familienname?«

»Den kenne ich nicht.«

»Ein Schäfer hat ihn uns gebracht«, erklärte der Mönch. »Sein Vater kam in einem Hinterhalt ums Leben.«

Boniface nickte bedächtig. Dann folgte er einer Eingebung, beugte sich zu dem Jungen herab und ergriff seine Hände: »Clément, willst du mein Lehrjunge sein?«

»Oh, ich wäre sehr glücklich!«, antwortete das Kind. »Aber meine Augen sehen nichts …«

»Meine auch nicht!«, lächelte der Blinde. »Aus diesem Grund bin ich der Lehrer, den du brauchst, und du bist der Schüler, den ich mir wünsche! Nur ich kann dich im Geschmack der Bäder, in ihrem Geruch unterweisen … Die anderen Meister verstehen nichts davon. Während sie mit ihren Augen färben, färben wir mit unserer Zunge!«

»Meister, stellt mich ein!«

Clément suchte Bonifaces Arm. Die beiden umarmten sich fest, schwankend zwischen Lachen und Weinen. Der Arzt und die Gattin schnieften vor Rührung.

»Sag mir«, fuhr der Meister mit ernster Stimme fort, »willst du Blaufärber oder Rotfärber werden?«

»Beides gleichermaßen.«

»Wie kommt das?«

»Mein Vater liebte das Blau, und ich sah ihm jeden Tag zu, wenn er arbeitete. Da aber die Menschen im Dorf auch nach Rot verlangten, färbte er auch das.«

»Ohne Zweifel verstand sich dein Vater auf das Färben, wenn er zwei so unterschiedliche Künste beherrschte! Und er war auch ein weiser Mann, dass er dich wählen ließ!«

»Meister! Ich brenne darauf zu färben!«

»Du hast Recht, es ist spät! Los, sammle deine Sachen zusammen und verabschiede dich von den Mönchen. Du verlässt dieses Haus.«

Dann richtete Boniface feierliche Worte an den Franziskaner, mit denen er sich verpflichtete, Clément bei sich aufzunehmen, ihm Brot und Suppe zu geben und ihn in der Kunst des Färbens zu unterweisen. Das Kind würde als Lehrjunge in die Zunftrolle eingetragen werden und als Lohn zehn Sous in der Woche erhalten.

»Wer weiß«, endete der Blinde. »Vielleicht wird eines Tages der Geselle Clément die Bottiche von Signac erhitzen?«

Mit diesen Worten gingen Meister und Schüler Arm in Arm davon, unauffällig von der Gattin überwacht, die sich am

Ende jedoch beeilte und als erste zu Hause war, um die Suppe aufzuwärmen. Die drei setzten sich vor die dampfenden Schalen.

Nach der Mahlzeit holte der Meister eine Lederschürze, die er dem Kind reichte.

»Clément, wir wollen keine Zeit vergeuden: Du hast viel zu lernen. Binde die Schürze um und komm zu den Bottichen.«

Ein Lächeln erstrahlte auf dem Gesicht des Kindes.

»Mag es hageln, mag es stürmen, mag der Blitz einschlagen über meinem Hohlkopf! So lange mein Bottich färbt, werde ich als aufrechter Mann in dieser Welt stehen.«

Petra Durst-Benning

Die Zuckerbäckerin

Historischer Roman mit Rezepten

ISBN 978-3-548-26625-1
www.ullstein-buchverlage.de

Stuttgart 1816: Die verwaisten und ungleichen Schwestern Eleonore und Sonia leben in ärmlichen Verhältnissen. Doch das Glück scheint auf ihrer Seite zu stehen, selbst nach einem Diebstahl, denn Königin Katharina holt die beiden Mädchen aus Mitleid als Küchengehilfinnen an ihren Hof. Von nun an verknüpfen Liebe, Verrat und Intrigen das Schicksal der drei Frauen miteinander …

»Absolut spannend!« *Bild*

»Eine von Deutschlands First Ladies des historischen Romans.« *Bild am Sonntag*